Lou Bihl

Amazonah

Roman

UNKEN

Amazonah beschreibt ausschließlich Erfundenes.
Ähnlichkeiten mit realen Personen oder Begebenheiten sind zufällig.

Erste Auflage 2022

Umschlag und Illustrationen: Daniel Horowitz, Paris
Lektorat: Dr. Felicitas Igel
Korrektorat: Eva Wagner
Satz: Buch&media GmbH, München
Gesetzt aus der Neuton und Segoe
Druck und Verarbeitung: CPI books GmbH, Leck
Printed in Germany
ISBN 978-3-949286-07-0
www.unken-verlag.de

*Geschichte - das ist etwas, was alle gemeinsam machen,
um danach sofort zu erklären, es dürfe sich
nicht wiederholen.*

Peter Hohl

1. August

Kaum blieb ihr Zeit, den Moment zu genießen, als sie den Winzling in Händen hielt. Die Leica schlitterte über die Fliesen, der Körper des Ministers klatschte dumpf auf den Boden. Rasch reichte Anna der Hebamme das Neugeborene und ließ den internistischen Notdienst aus dem Klinikum rufen. Neben dem Bewusstlosen kniend fühlte Anna dessen Puls auf der linken Halsseite: flach und zu schnell. Ihr blutiger Handschuh hinterließ rote Spuren auf blasser Haut. Sekunden später war die Assistenzärztin zur Stelle. Claire, erst kürzlich aus der Inneren Medizin ins Kinderwunsch- und Geburtshilfe-Zentrum KiZ gewechselt, bewies Notfallfitness. Routiniert schloss sie das tragbare EKG an und fand problemlos eine Vene. Ein wenig zitterte sie, die Kanüle bohrte sich schmerzhaft in die schlaffe Haut des Ministers, was ihn aus seiner Ohnmacht holte. Er schlug die Augen auf und funkelte die über ihn Gebeugte an: »Was soll der Quatsch?«

Claire drückte ihn sanft auf das untergeschobene Kissen. »Bitte bleiben Sie liegen, Sie hatten einen Schwächeanfall.«

Anna streifte frische Handschuhe über. Draußen lauerte die Presse, schon sah sie die Schlagzeile vor sich: *Bundesgesundheits- und Sozialminister Arian Preuss (PEL) stirbt bei Geburt seines Kindes an Herzschlag - Chefärztin des KiZ steht hilflos daneben, Ehefrau Mechthild muss ohnmächtig zusehen.*

Sie atmete auf, als der Boden vibrierte; knatternd näherte sich der Hubschrauber - ein Geräusch, das selten geworden war, seit Wasserstoff-Helis fast lautlos flogen. Der Landeplatz auf dem Dach, großzügig finanziert durch die Preuss-Stiftung, war zwei

Wochen zuvor in Betrieb genommen und dieses Event prompt zu einem Werbespot für Preuss verarbeitet worden: *Nie rettet man mehr Leben als im Mutterleib – für die Zukunft unseres Landes!*

In Begleitung zweier Rettungsassistenten stürmte der Chefkardiologe des Klinikums in den Kreißsaal, er hatte darauf bestanden, den Einsatz persönlich zu leiten. »Ganz ruhig, Arian, das kriegen wir ruckzuck in den Griff«, versprach Struck dem Parteifreund; die Assistenzärztin schob er rüde beiseite. Nach einem Blick auf das EKG bekräftigte er die Beruhigung mit einem reichlichen Schuss Benzodiazepin*, dann spritzte er Aspirin und einen Betablocker. Zum Schluss klebte er eine sterile Kompresse auf die mäßig blutende Platzwunde über der rechten Augenbraue. »Kein Grund zu Sorge, mein Lieber, aber dein Herz muss ich mir anschauen, wir nehmen dich kurz mit.«

Mühelos hievten die hünenhaften Rettungsassistenten den Minister auf die Trage. Preuss winkte seiner Frau zu und brabbelte benzobenebelt: »Alles wird gut, Mausi!«

Struck trat zu Mechthild Petri. Gönnerhaft nickte er Anna zu, die tröstend auf ihre Patientin einsprach. »Na, wie ist es, Frau Kollega, haben wir bei der jungen Mutter alles im Griff?«

Anna richtete sich auf, schob die Brille ein Stück Richtung Nasenspitze und schaute über das Gestell. Der kompakte Kardiologe überragte sie mit knappen eins achtzig nur um Zentimeter und wich vor dem Blick auf ungewohnter Augenhöhe einen Schritt zurück. »Danke der Nachfrage, Herr Kollege, *wir* haben den Erfolg unserer Intervention bereits in trockenen Tüchern.«

Kichernd streckte die Hebamme dem Verdutzten das Neugeborene entgegen, das in flauschigem Frottee strampelte.

---

* Medizinische Fachausdrücke werden im Glossar erläutert

Struck schaltete sein Lächeln von säuerlich auf väterlich, tapste einmal mit dem Zeigefinger auf das Köpfchen und murmelte »ganz süß!«. Dann wandte er sich Mechthild Petri zu und tätschelte ihr die schweißnasse Wange. »Glückwunsch zum Stammhalter, gnädige Frau«, dröhnte er, worauf die Angesprochene unwillig schnaubte. »Erstens ist es ein Mädchen, und zweitens sorgen Sie bitte dafür, dass sie keine Halbwaise wird.«

»Klar doch, das kriegen wir hin, Frau Minister.« Der Kardiologe knickte den Oberkörper in eine kleine Verbeugung. »Schließlich braucht unser Land Ihren Gatten!« Damit enteilte er Richtung Heliport.

Nach Verklingen der Rotorengeräusche legte sich stilles Aufatmen über den Kreißsaal; in ruhiger Routine wurde der Rest absolviert, die Entbundene versorgt, das Baby gescreent. Als die Hebamme der Patientin endlich ihr Kind in die Arme legte, ging ein Leuchten über deren Gesicht und verlieh ihren anstrengungsverquollenen Zügen einen Moment lang die maßstabslose Schönheit aller frischgebackenen Mütter.

¤

In der Umkleide klopfte Anna der Assistentin auf die Schulter. »Super, wie Sie den Minister versorgt haben, damit haben Sie die Probezeit bereits mit Bravour bestanden.« Ihr Augenzwinkern sagte, was beide wussten: Seit selbst Assistenzärzte mit Headhuntern gesucht wurden, war die Probezeit zum formalen Relikt ferner Jahrzehnte geworden. Claire bedankte sich grinsend. »Ich habe gelernt, dass man es ernst nehmen soll, wenn ein Mann über fünfzig umkippt. Warum müssen solche Oldies noch Kinder kriegen? Und warum müssen die armen Embryonen nach ihrer Befruchtung im Reagenzglas dann noch jahrelang in der Tiefkühltruhe freezen?«

Zwei Jahre älter als Petri, ließ Anna die »Oldies« unkommentiert. »Die ›armen Embryonen‹ sind Achtzeller und keine leidensfähigen Wesen«, entgegnete sie knapp. Dann erst begriff sie und erschrak. »Verdammt, woher wissen Sie das überhaupt?«

Claire erwiderte unbefangen: »Beim Personalgespräch vor vier Wochen rief die Petri an, und ich sollte das Büro verlassen. Sie haben so laut gesprochen, dass ich im Vorzimmer das meiste verstanden habe, obwohl ich nicht lauschen wollte.«

Anna wurde blass. »Was haben Sie gehört?«

»Na ja, Sie meinten, Frau Petri könne doch dankbar sein, dass sie in ihrem Alter überhaupt schwanger wurde. Und ob sie als siebenundvierzigjährige Erstgebärende wirklich das Risiko einer normalen Geburt eingehen wolle, statt mit dem geplanten Kaiserschnitt zu entbinden.«

Anna ließ sich auf die harte Holzbank fallen. Nur zu gut erinnerte sie sich an das Mitarbeitergespräch mit Claire – unterbrochen von der *Kleinen Nachtmusik*, der Erkennungsmelodie des »Preussofons«. Das Seniorenhandy war ein Geschenk von Frau Petri gewesen, hatte keine Internetfunktion und riesige Ziffern für Menschen über achtzig, die keine Smartphones bedienen konnten. Es war nicht zu hacken und abhörsicher. An jenem Abend hatte die werdende Mutter aus ihrem Kosmetikstudio angerufen, und die Meditationsmusik im Hintergrund war so durchdringend gewesen, dass sie brüllen musste. Zuerst fragte Petri, ob die Schwangerschaft ein Hinderungsgrund für ihre Botox-Applikation sei. Ganz nebenbei teilte sie Anna ihre

Entscheidung gegen den empfohlenen Kaiserschnitt mit, da sie sich eine natürliche Geburt durchaus zutraue. Ihr Pränatal-Coach habe sie dazu ermutigt, und Ari, ihr Mann, wollte die Geburt so gern filmen.

Anna stand auf. »Ich weiß, dass Sie die ärztliche Schweigepflicht ernst nehmen. Dieser Fall ist besonders delikat. Herr Minister Preuss befindet sich im Landtagswahlkampf, seine politischen Gegner und die Presse stürzen sich gierig auf alles, was seinen Ruf schädigen und ihm die Landesvaterschaft vermasseln könnte.«

»Schon klar«, gab Claire unbewegt zurück. Anna legte nach. »Wo Sie politisch stehen, geht mich nichts an. Aber jede Indiskretion, die nach außen dringt, fällt auf die Klinik zurück und würde alles gefährden, was wir uns mühevoll aufgebaut haben.«

Mit einem Ruck zog Claire den Reißverschluss ihrer Jeans hoch. »No worries, Chefin. Von mir erfährt niemand, dass das First Child ein aufgetautes Retortenbaby ist.«

¤

Das Telefon zerschrillte abrupt die Stille im Büro. Der persönliche Referent des Ministers verlangte umgehend zu erfahren, was mit seinem Boss los sei. Anna bat um Geduld und versprach einen Rückruf. In der Kardiologie gab es nichts Neues, die Koronarangiografie war noch im Gang und bislang keine Diagnose zu stellen. Draußen wartete die Presse, kein Kommentar war keine Lösung, ein Vertrösten befeuerte Spekulationen, Davonschleichen wäre unwürdig. Also Geduld. Donnerndes Klopfen unterbrach ihr Grübeln. Ehe sie antworten konnte, platzte der Referent ins Büro, ein vierschrötiger Bulle, in seinem Schlepptau ein gestikulierender Security-Mitarbeiter des Hauses, der sich erregt entschuldigte, er habe keine Chance gehabt, diesen Herrn abzuwimmeln.

»Beckstein«, bellte der Bulle. »Warum fertigen Sie mich am Telefon ab wie einen Hilfspfleger?«

Anna lehnte sich in ihrem Stuhl zurück. »Dr. Martini, sehr angenehm, bitte nehmen Sie Platz.« Sie schwieg einen Moment und verschränkte die Arme. »Übrigens behandle ich meine Mitarbeiter in der Pflege stets mit Respekt.«

»Schon gut«, brummte Beckstein, als hätte er etwas zu verzeihen, und ließ sich auf den Stuhl vor ihrem Schreibtisch fallen. Anna legte die manikürten Hände auf die mattschwarze Schreibtischunterlage und musterte ihr Gegenüber schweigend.

Unter ihrem Blick zerbröselte die aggressive Präsenz des Referenten, Beckstein rutschte auf seinem Stuhl hin und her. »Sorry, Frau Chefarzt, dass ich hier unangemeldet hereinschneie.« Er senkte den Kopf. »Ich bin in Sorge um meinen Chef, weil ich nichts gehört habe, und mir sitzt die Presse im Nacken und.«

»Ich verstehe«, unterbrach Anna, »aber die Presse wird warten müssen.« Knapp erläuterte sie die Sachlage. »Wir können nur hoffen, dass es kein Herzinfarkt ist«, schloss sie.

Beckstein wurde blass und sackte in sich zusammen. »Oh Gott, Frau Doktor, was soll ich jetzt bloß tun?«

Der klägliche Ton erweichte ihre Frostigkeit, trotz der Vermutung, dass Becksteins Sorge eher der eigenen Karriere als der Gesundheit seines Chefs galt. Sie bot an, sich gemeinsam den Journalisten zu stellen. Beckstein straffte die Schultern und knipste sein Presselächeln an. »Sehr freundlich. Nur bitte, Frau Doktor, sagen Sie auf gar keinen Fall, dass der Minister mit dem Hubschrauber ausgeflogen wurde. Das sieht so nach Notfall aus.« Anna nickte.

¤

Gerne überließ sie es dem Referenten, die sehr geehrten Damen und Herren der Presse im Namen des Herrn Ministers zu begrüßen. Die Zwischenfragen nach dem Verbleib des frischgebackenen Vaters wehrte Beckstein mit einem beschwichtigenden Spreizen seiner fleischigen Hände ab und übergab den Stab an Frau Dr. Martini, eine renommierte Expertin der Gynäkologie und Geburtshilfe.

Anna bedankte sich artig und spulte mit routinierter Empathie ihren Text ab: »Ich darf Ihnen die überaus freudige Mitteilung machen, dass wir Frau Petri von einer gesunden Tochter entbinden konnten. Das Baby wiegt dreitausendzweihundert Gramm bei einer Körperlänge von neunundvierzig Zentimeter, also alles im Normbereich. Die Geburt war komplikationslos, aber sehr anstrengend für Mutter und Kind. Beide sind wohlauf, bedürfen jedoch vorerst der absoluten Ruhe.«

Murrendes Stimmengewirr. »Wo bleibt der Minister? Schließlich hat er die Pressekonferenz angesetzt.«

»Silentium bitte!«, sagte Anna. Die leise Schärfe ihrer Stimme sorgte für Stille. »In meiner langjährigen Tätigkeit als Geburtshelferin habe ich es immer begrüßt, wenn der werdende Vater seiner Frau im Kreißsaal beisteht.« Sie legte eine Pause von zwei Sekunden ein. »Das Glück, ein Neugeborenes im Arm zu halten, ist ein existenzielles Erlebnis für jeden Menschen - und wenn es gemeinsam durchlebt wird, auch eine richtungsweisende Erfahrung für Paare. Allerdings unterschätzen die Herren der

Schöpfung mitunter, welch schmerzhaften Prozess ihre Frau oder Partnerin bei der Geburt durchschreiten muss. Auch und gerade toughe Typen kippen dabei einfach um. Wie heute der Herr Minister.«

Als Gelächter und Stimmengewirr verstummt waren, fuhr sie fort: »Es besteht kein Grund zur Sorge, Herr Preuss ist nur kurz ohnmächtig geworden und war sofort wieder ansprechbar. Allerdings hat er sich eine kleine Platzwunde über der rechten Augenbraue zugezogen, und ich habe eine routinemäßige neurologische Abklärung empfohlen. Deshalb steht der junge Vater Ihnen heute leider nicht mehr zur Verfügung.«

Nach einigen Momenten unwilligen Raunens kam die befürchtete Frage ausgerechnet von dem schmierigen Reporter des *Society-Kaleidoskops.* »Warum ist vor einer Stunde ein Helikopter auf dem Dach Ihrer Klinik gelandet?«

»Wir sind als überregionale Geburtshelfer sehr froh, seit Neuestem über einen Hubschrauberlandeplatz zu verfügen, so können bei Notfällen und dringlichen Risikogeburten die Patientinnen eingeflogen werden.«

»Prinzipiell können Sie aber auch Notfälle ausfliegen?«, rief der Reporter vom *Abendblatt* dazwischen.

Sie schaute über ihre Brille. »Selbstverständlich! Allerdings sind wir ein hoch spezialisiertes Zentrum - gerade für Risikoschwangerschaften und -geburten. Somit können wir geburtshilfliche Notfälle sehr gut selbst versorgen.«

Eine dünne Journalistin mit grauem Zopf, zuständig für die Klatschspalte im *Kurier*, hakte nach, was für eine Notfallpatientin denn am Nachmittag eingeflogen worden sei.

»Ach, wissen Sie«, Anna schob ihre Brille hoch und machte eine kurze Pause, »wenn Sie selbst in jüngeren Jahren bei uns

Patientin gewesen wären, hätten Sie sich doch bestimmt gewünscht, dass wir unsere ärztliche Schweigepflicht ernst nehmen?«

Mit einer schroffen Handbewegung beendete Anna das schadenfrohe Lachen zweier männlicher Kollegen. »Natürlich schützen wir die Identität unserer Patientinnen, aber ich darf Ihnen versichern, dass alle drei Mütter, die heute entbunden haben, ebenso wohlauf sind wie deren vier Neugeborene.«

Damit waren die unliebsamen Fragen beendet. Anna sah auf die Uhr und nickte Beckstein zu. Der nahm das Signal umgehend auf, bedankte sich bei den Damen und Herren für das zahlreiche Erscheinen und versprach eine sofortige Pressemeldung, sobald die junge Familie für einen Fototermin bereit sei.

»Noch eine letzte Frage«, rief jemand aus dem Hintergrund. Die meisten Journalisten kannte Anna aus früheren Konferenzen, diesen Reporter bemerkte sie erstmalig. Hagerer Typ, Mitte dreißig, dunkelhaarig, mit ausgeprägtem Kinn, imposanter Hakennase und einer wulstigen Narbe auf der Stirn. Er stellte sich nicht einmal vor. Anna bat, er möge sich freundlicherweise kurz fassen, sie müsse zu ihren Patientinnen.

»Frau Dr. Martini, haben Sie persönlich heute Frau Petri persönlich entbunden?«

Anna verzog keine Miene. »Ich bin nicht sicher, ob ich Ihre Frage verstehe; vielleicht sollten Sie solche Wortdoppelungen aber in Ihrem geschriebenen Text vermeiden«, gab sie zurück. »Und ja, bei der Frau des Ministers habe ich selbstverständlich die Entbindung persönlich durchgeführt. Aber nun entschuldigen Sie mich bitte.«

Der Kerl runzelte seine buschigen Augenbrauen und gab nicht auf. »Allerletzte Frage zum Thema *persönlich*: Was sagen Sie zu dem Gerücht, Frau Petri hätte eine Leihmutter angeheuert und der Öffentlichkeit die Schwangerschaft nur vorgespielt?«

Anna blähte die Nasenlöcher. »Junger Mann, Sie sind wohl noch neu im Geschäft, sonst wäre Ihnen bekannt, dass Schwangerschaften immer bis ins Detail dokumentiert werden - auch die von Frau Petri. Übrigens: Ein Charakteristikum von Fake News ist, dass sie falsch sind. Vielleicht sollten Sie künftig die Quellen solcher Gerüchte etwas kritischer prüfen. Schönen Abend noch.«

Die Lacher waren auf ihrer Seite. Als sie sich zum Ausgang des Konferenzsaals wandte, sah sie aus dem Augenwinkel den bohrenden Blick des Journalisten, der zu ihr trat. »Bitte noch eine Sekunde, Frau Doktor.«

Der Referent stellte sich in Drohpositur neben sie. »Sie haben doch gehört, dass das für heute alles war«, schnauzte er den vorwitzigen Schreiberling an. »Für weitere Fragen wenden Sie sich an die Pressestelle!«

¤

Dankbar, dem Autopiloten den Weg durch den abendlichen Verkehr nach Hause zu überlassen, drückte Anna die Home-Taste und lehnte sich zurück ins weinrote Mikrofaserpolster ihres E-Autos mit selbstverdunkelndem Plexiglasdach. Die Schnellstraße war gesperrt, das Navi wählte den Weg durch die Kasernenstadt, eine No-go-Area, die sie sonst strikt mied.

Das Auto schlich durch die Straßenschluchten zwischen schmutzig grauen Betonklötzen, deren erdrückende Höhe alles Licht zu schlucken schien. Auf der Straße tummelten sich Menschenmassen, die sich nicht um den Verkehr scherten. Eine

Gruppe von sieben Jugendlichen randalierte in Gang-Uniform: armeegrüne Jeans im Camouflage-Look mit Arsch-Dekolleté, senfgelbe Muscle-Shirts und magentafarbene Baseballkappen. Grölend bewarfen sie sich mit zerknautschten Bierdosen. Einige starrten ihren Flitzer böse an, einer zeigte den Stinkefinger, seine Dose verfehlte die Frontscheibe knapp. Mit zitternden Händen suchte Anna vergeblich die Security-Taste auf dem Display. Dann fiel ihr der Sprachbefehl ein: *Protection Now*. Der akustisch aktivierte Notmechanismus setzte alle Griffe und hervorstehenden Teile der Karosserie unter Strom, um Angreifer abzuwehren - falls sie nicht zu zahlreich waren. Außerdem heulte die Hupe fünfmal gellend, und das Auto beschleunigte ruckartig, ein Hund konnte gerade noch zur Seite springen. Die Jugendlichen blieben zurück, brüllten Unverständliches und trollten sich.

Anna atmete auf und schloss die Augen. Nach zehn Minuten bot die häusliche Tiefgarage Geborgenheit in Beton. Mit dem Lift schwebte sie in den dreizehnten Stock, ihre schweißnassen Hände hinterließen klebrige Fingerabdrücke auf dem Code-Display.

Die Wohnungstür glitt zur Seite, Robby begrüßte Anna mit fröhlicher Chorknabenstimme. »Guten Abend, Süße, wie war dein Tag?« Seit die Katze tot war, lieferte die Zuwendung des Kuschelroboters ihr ein Surrogat für das Gefühl, dass sich jemand freute, wenn sie abends nach Hause kam.

»Möchtest du einen Drink?«, schnarrte Robby fürsorglich, wobei sich sein Scharniergelenk unter dem Kinn um fünfzehn Grad neigte und eine putzige Kopfschieflage entstehen ließ. Unvermittelt musste Anna niesen, der taiwanesische Putzmann hatte wieder die ätzende Reinigungsflüssigkeit benutzt. Ihr »Hatschi« überforderte Robbys Spracherkennung; er funkte das Kommando *Caipi* an den Drinkomaten, dessen Eiscrasher umgehend zu häckseln begann. Dann zischten die Düsen und gaben einprogrammierte Mengen von Limettensaft, braunem Zucker und Cachaça zum Eis. Dankend nahm Anna den unbestellten, doch hochwillkommenen Caipirinha entgegen und kraulte den Acrylfaserflausch auf Robbys Kopf, der die Streichelhaptik eines Kleinkinderschopfes imitierte.

Sie sah aus dem Panoramafenster hinunter auf die Stadt, die im letzten Tageslicht versank, und dachte an den frischgebackenen Vater, der in der dritten Medizin des Klinikums nach dem Herzkatheter die Beruhigungsmittel ausschlief, nach hoffentlich unauffälligem Befund. Der Cachaça flutete an und spülte das Adrenalin aus ihrem System. Schlagartig sackte die innere Drehzahl ab. Endlich geschafft: die Petri-Schwangerschaft, an deren Details von der Planung bis zur Entbindung sie sich teils messerscharf, teils nur verschwommen erinnerte. Doch ihr Gedächtnis lagerte im Gästeklo. Dort ließ sie per Knopfdruck den Spiegel zur Seite gleiten, öffnete den Tresor und griff nach dem Tagebuch.

1.2. Unfassbar! Ich hatte gleich ein komisches Gefühl bei der handgeschriebenen Einladung des Staatssekretärs zu einem Imbiss in familiärer Atmosphäre. Das war wörtlich gemeint, es ging um Familienplanung!! Dem Powerpaar fehlt die Power, auf übliche Weise ein Kind zu zeugen – oder vielleicht ist dem früheren Schürzenhelden nur der Bock auf Sex mit Mausi vergangen? Ich habe versucht, ihnen den Kollegen S. F. in Berlin schmackhaft zu machen, schließlich ist Karlsruhe nur ihr Zweitwohnsitz. Aber erfolglos. Klar, als milliardenschwerer Sprössling des Preuss-Imperiums fliegt man im eigenen Wasserstoff-Minijet klimaneutral in einer knappen Stunde vom BER zum Baden Airpark.

Beim Dessert verpflichteten sie mich zur »uneingeschränkten Diskretion«. Das Schärfste kam dann beim Digestif: Petri fragte ganz unbefangen, ob ich - da ich schon im Hause sei - nicht gleich eine Spermaprobe mitnehmen wolle, die schon, in einer Spritze aufgezogen, im Kühlschrank lagere. Ari scharrte mit den Füßen und starrte zu Boden. Unfassbar, wie der Macho, den die Öffentlichkeit kennt (»Ich nenne alle Frauen Mausi, dann gibt es keine Verwechslungen«), zu Hause seiner Lebensgefährtin die Hosen überlässt. Nicht umsonst wird sie MP, die Maschinenpistole genannt.

Das Telefon klingelte, Anna klappte das Tagebuch zu. Der Kardiologe wollte sie über den Zustand des Ministers updaten. »Gut, dass Sie mich gleich gerufen haben«, sagte er. »Minister Preuss hatte einen Herzinfarkt. Die Engstelle in der Koronararterie wurde aufgedehnt und wird nun mit einer Spiralprothese offen gehalten. Er ist stabil und wird in Kürze wieder fast der Alte sein.«

»Gott sei Dank«, sagte Anna und wünschte dem Kollegen noch einen schönen Abend. Danach war ein zweiter Caipirinha fällig. Zurück auf der Couch öffnete sie erneut das Tagebuch.

2.3. Es hat tatsächlich im zweiten Anlauf geklappt!! Fünf achtzellige Embryonen, trotz miserabler Spermienqualität. Für Preuss war es die ultimative narzisstische Kränkung, dass seine Spermiendichte nicht einmal die Hälfte des unteren Normwertes erreichte. Bei meinen Worten »Ohne unsere Hilfe schaffen es Ihre Samenzellen nicht« zuckte sein rechtes Unterlid. Bei Mausi ahnte ich stille Genugtuung über die eindeutige personelle Zuordnung des reproduktiven Misserfolges.

Jetzt ruhen die vitrifizierten Embryonen friedlich im Trockeneis, denn die beiden (er 47, sie immerhin 43 Jahre) wünschten nicht etwa einen sofortigen Embryotransfer, sondern eine Kryokonservierung!!* Momentan wäre eine Schwangerschaft der Karriereplanung wohl abträglich. Vielleicht verpasst MP ja die Implantation über der Karriere, bis es dann wirklich zu spät ist.*

Doch Anna hatte vergeblich gehofft. Vier Jahre später standen Preuss und Petri auf der Matte. Ihr vorsichtiger Hinweis auf das Alter seiner Zukünftigen wurde vom Verlobten charmant abgebügelt: Biologisch sei Mausi höchstens Mitte dreißig. Petri war eine schwierige Schwangere und bestätigte das Klischee, der Albtraum jedes Arztes seien Ärzte als Patienten. Als studierte Medizinerin, die nie praktisch in ihrem Beruf gearbeitet, sondern sich direkt nach der Approbation auf Medizinmanagement spezialisiert hatte, meinte MP, in allen medizinischen Belangen mitreden zu können. Nachdem das erste kritische Trimenon problemlos überstanden war, engagierte sie umgehend einen Coach, der auf Pränatal-Training von späten Erstgebärenden spezialisiert war und dreimal pro Woche aus Basel anreiste. Als der Babybauch sichtbar wurde, gab es eine pompöse Hochzeit. Die massive Präsenz der großzügig eingeladenen Presse sorgte für einen werbewirksamen Auftakt des Wahlkampfes.

Anna legte das Tagebuch zurück in den Safe. Obwohl ihr Kalorienkontingent mit den Drinks bereits erreicht war, taute sie eine Diät-Lasagne auf, schaffte aber nur die Hälfte der Gumminudeln mit ihrer Pseudofleischfüllung. Müde schminkte sie sich ab und wünschte Robby eine gute Nacht. Bevor sie in einen unruhigen Schlaf fiel, galt ihr letzter Gedanke dem Baby, das schon pränatal Wahlkampfhelfer sein musste und am Tag der Geburt fast Halbwaise geworden wäre.

¤

Mehr hatte er nicht herausholen können aus dieser bescheuerten Pressekonferenz, auf die alle stundenlang gewartet hatten. Nicht einmal nach der Veranstaltung hatte er es geschafft, an die Chefärztin heranzukommen, um ihr wegen der Leihmuttergerüchte auf den Zahn zu fühlen. »Bornierte Schnepfe«, murmelte Ben und spuckte seinen Kaugummi auf den Boden. Noch immer hatte er den sarkastischen Ton der Doktorin im Ohr, penetrant wie einen Tinnitus. »Junger Mann« hatte sie ihn genannt, was er überwiegend unverschämt - ansatzweise aber auch antörnend fand. Scharfes Weib, kein Zweifel. Wenn man auf ältere Frauen stand. Diesen Print hatte ihm sein erster Sex verpasst, mit dem Au-pair-Mädchen im Haus des besten Schulfreundes.

Ben zog den Kopf ein, um durch die Tür seines 23,5-Quadratmeter-Hauses zu passen. Er pellte sich aus dem verschwitzten Shirt. Im Kühlschrank lag noch ein kleines Bier, das er in drei Zügen hinunterstürzte. Ein weiteres wäre schön gewesen, aber er kaufte nie auf Vorrat. Minimalismus forderte Verzicht auf den Erwerb von Überflüssigem, dazu gehörte auch Alkohol. Früher leidenschaftlicher Weintrinker, beschränkte Ben sich nun auf ein Pils pro Tag, nur am Wochenende gönnte er sich ein zweites.

Auf der Mini-Holzterrasse tippte er die Headline: *Tougher Typ macht im Kreißsaal schlapp*. Dann folgten einige Sätze zur Geburt des Preuss-Kindes, bei der der einundfünfzigjährige Vater ohnmächtig geworden, aber nach Angaben der Klinikleitung nun wieder wohlauf war. Den Text sandte er an die Redaktion von *VIGILANZVISION*, des Online-Magazins, das ihn als Freelancer vorzugsweise zu Events von minderer Relevanz schickte, wenn gerade kein Festangestellter verfügbar war.

Das Wummern des Messingtürklopfers vom Flohmarkt riss ihn aus seinen Gedanken. Kilian, sein pensionierter Nachbar, mit dem er sich auch den kleinen Gemüsegarten teilte. Manchmal brachte er eine Flasche Wein mit, bei Hitze auch gekühlten Sprudel, für Ben eine willkommene Abwechslung zum stillen Kanisterwasser.

»Wenn ich störe, bin ich sofort wieder weg.« Das sagte er immer.

»Quatsch, komm rein«, antwortete Ben, ebenfalls wie fast immer, diesmal umso lieber, als Kilian neben dem norwegischen Riesling noch zwei Hamburger aus der Jutetasche zog - ein kulinarischer Sündenfall, den der Neunzig-Prozent-Vegetarier sich gelegentlich gönnte. Ben ließ sich willig verführen. Sie trugen Gläser, Holzbretter und zwei Blatt Küchenkrepp als Servietten zum Klapptisch auf die Terrasse.

»Wie war dein Tag?«, fragte Kilian.

»Beschissen, deshalb heute keine Politik!«

Kilian nickte und öffnete den Riesling. »Ist das First Baby gelandet? Hast du deine Fragen zur Mutterschaft untergebracht?«

»Schön wär's«, seufzte Ben und berichtete von der Pressekonferenz, vom Schwächeanfall des Ministers nach der Geburt und erwähnte in einem Halbsatz auch den Heli: »Aber den Einsatz konnte die scharfe Chefärztin hinreichend erklären.«

Kilian tupfte sich das Ketchup aus dem Fusselbart und grinste. »Scharfe Chefärztin? Zeig mal!«

Ben rief das mitgeschnittene Video auf. Kilian schnalzte mit der Zunge. »Trotz der Falten gut erhalten - und du stehst ja auf die Alten.«

»Typisch Deutschpauker! Die ist locker zwanzig Jahre jünger als du!«

Sie prosteten sich zu, während das Video weiterlief. Als es um den Heli ging, bat Kilian, die Aufzeichnung zurückzuspulen, und zwirbelte seinen grauen Pferdeschwanz. »Ist dir aufgefallen, dass die Chefärztin die Frage deines Kollegen nicht beantwortet? Wäre doch denkbar, dass den Minister vor lauter Geburtsstress der Schlag getroffen hat und er deshalb ausgeflogen wurde?«

»Optimist!«, gab Ben zurück. »Preuss ist einundfünfzig und spielt regelmäßig Tennis. Bei Geburten kippen auch jüngere Väter um. Außerdem interessiert mich das Gerücht um die Leihmutterschaft viel mehr.«

»Aber die ist heutzutage legal«, meinte Kilian, »schließlich braucht man mehr Rentenzahler.«

Ben widersprach. Der Nachweis einer Leihmutterschaft könne dem Wahlkämpfer sehr wohl das Genick brechen. »Nicht weil es illegal ist, sondern weil er und seine Frau so ein Babybauch-Brimborium veranstaltet haben. Da menschelt sich der Noch-Minister über den Kindesvater zum Landesvater. Den Job will er dringend haben, denn der Kanzler kann ihn nicht leiden, und mehr als das langweilige Amt als Gesundheitsminister ist nicht drin. Wenn herauskäme, dass der schwangere Bauch der Gattin nur Schaumgummi und die Gebärmutter gemietet war - das würde die Öffentlichkeit nicht verzeihen.«

Wie täglich um diese Zeit dröhnte im Nachbarhäuschen der Fernseher. Erna und Otto Schmidt, beide Rentner, waren hörgemindert. Vor den Abendnachrichten lief ein Wahlwerbespot mit dem panflötendominierten Musikeinspieler der Partei der Echten Liberalen.

»Scheiß-Echte«, sagte Ben. »Selbst wenn der Preuss tot umfiele, wären die in der Landtagswahl kaum zu schlagen. Ihr Grünen habt Anhänger verloren, die Christen sind abgeschlafft, und die Sozis hatten im Ländle noch nie viel zu sagen. Immerhin haben die Echten den Rechten so viele Wähler abgeworben, dass die auch nix mehr hinkriegen.«

»So viel zum Thema *keine Politik*«, gab Kilian zurück. »Du sagst es: Alles wird immer trostloser.« Er pulte die sauren Gurken von seinem Hamburger. »Das waren noch Zeiten, als Baden-Württemberg unangefochten grün war, bevor ihr Minimalisten die Schnapsidee hattet, eine Partei zu gründen.«

»Quatsch«, konterte Ben. »Es gibt viel mehr Rechte, die bei den Echten eine politische Heimat finden, als Grüne, die den Mut zum Minimalismus haben. Nicht wir sind schuld, dass ihr schwächelt. Die Menschen glauben euch nicht mehr, dass man den Klimawandel noch aufhalten kann.«

»Du Defätist! Unaufhaltsam ist der nur, wenn Politiker sich weiter von Lobbyisten kaufen lassen. Oder wenn Lobbyisten oder Finanzhaie Politiker werden, wie der Preuss. Und ihr tragt an diesem Desaster Mitschuld, weil ihr mit uns dasselbe macht wie die Echten mit den Rechten - ihr spannt uns Wähler aus. Menschen, die auf Sinnsuche sind und denen ihr einredet, Verzicht wäre Weltrettung.« Er riss ein Stück Küchenrolle ab und wickelte die Gurkenscheiben sorgsam ein. »Den menschlichen Basisbedürfnissen nach Wohlstand und Genuss die

Berechtigung abzusprechen, ist für eine Bewegung vielleicht akzeptabel, aber noch längst kein Parteiprogramm.«

Ben wickelte die Gurkenscheiben aus der Küchenrolle und schob sie sich in den Mund. »Würden euch die Wähler wegrennen, wenn *euer* Programm sexy wäre? Vielleicht haben die Leute es satt, die Welt von Wohlstandsbürgern erklärt zu kriegen, die Wasser predigen und Wein saufen? Wir tun wenigstens, was wir propagieren: Wir schränken uns ein. Ihr dagegen fordert von den Bürgern Verzicht auf Luxus, und dann haust ihr in wohngesunden Ökovillen und lasst eure vegane Pizza mit der Drohne einfliegen.«

Kilian stand abrupt auf und schnappte sich die halb leere Weinflasche. »Dann ist es wohl auch verwerflich, wenn ein Grüner seinen teuren Biowein mit einem konsequenten Asketen teilt und damit dessen Ernährungsbudget schont. Schönen Abend noch.«

Mit diesem nicht retournierbaren Konter trottete Kilian zu seinem Tiny House. Ben schaute ihm nach und rief ihm ein »Sorry« hinterher, er möge doch bitte zurückkommen. Aber Kilian drehte sich nicht um.

Was für ein Scheißtag!

¤ ¤ ¤

2. August

Beim Aufwachen dröhnte Kilians Kopf vom allein geleerten Riesling. Im Spiegel starrte ihm eine rotäugige Visage entgegen, mit Tränensäcken, die sich wangenwärts ausbreiteten und in deren Falten man Kresse säen konnte.

Er trug ein Schälchen Sojamilch vor die Tür und stolperte fast über die Katze, die keinem gehörte. Sie strich ihm hektisch um die Beine, ignorierte das Schälchen und sprang mit einem Satz durch die offene Haustür nach drinnen. Im Wohnzimmer kletterte sie blitzschnell die Leiter hoch und verschwand unter seinem Bett, ihrem Lieblingsplatz. Er brauchte zehn Minuten, um die Problemkatze zu verscheuchen.

Nach dem Duschen stieg Kilian auf die Waage: 69,4 Kilogramm - alles unter siebzig war gut! Bei einer Körpergröße von eins vierundsiebzig war sein BMI unter dreiundzwanzig und lag damit nicht viel höher als in der Jugend, damals allerdings ohne störendes Bäuchlein. Dann maß er den Blutdruck: 150 / 90 - gar nicht gut! Kilian nahm die Statistiken zur erhöhten Inzidenz von Herzinfarkt- und Schlaganfallrisiko ab 120 / 70 ernst, besonders, seit die Krankenkassen ihre Leistungen für über Siebzigjährige deutlich einschränken durften. Seine familiäre Fettstoffwechselstörung machte ihn zum Risikopatienten, und bis zum runden Geburtstag war nicht mehr viel Zeit. So verordnete er sich zusätzlich zum fettsenkenden Statin und der teuren DHEA* Anti-Aging-Kapsel ausnahmsweise eine ganze statt der halben Blutdruckpille, dazu zwei Aspirin gegen den Kater. Kopfwehbedingt musste er die Kniebeugen nach der fünfzehnten abbrechen. Sonst war er da eisern, denn das Tiny

House war nicht barrierefrei und die Leiter zum Bett ziemlich steil. Immer öfter fragte er sich, ob die Investition all seines postehelichen Restkapitals ins Tiny House in Anbetracht seines Alters ein Fehler gewesen war - von den zunehmenden Unwetterkatastrophen ganz abgesehen.

Mit der Exfrau war Kilian nicht gelungen, was er seinen Schülern beigebracht hatte: Jeder Streit sei durch ein Gespräch beizulegen. Vor allem mit Menschen, die man mochte. Ben war einer der wenigen, die ihm derzeit am Herzen lagen - umso mehr, als ihm nach der Scheidung neben der Gattin auch der größte Teil seines sozialen Umfeldes abhandengekommen war. Bei Licht betrachtet erschien ihm sein Ärger vom Vorabend kaum nachvollziehbar. Er trug mit Ben oft politische Kontroversen aus, meist harmlos, als frotzelndes Ritual. Eigentlich waren sie sich grundsätzlich einig in ihrer Weltanschauung und den wesentlichen politischen Zielen, was Kilian in diesen Zeiten keinesfalls selbstverständlich fand. Uneinig waren sie sich über *carpe diem*. Während Kilian das Leben zu kurz fand, um sich wesentliche Genüsse zu versagen, so sie der Umwelt nicht schadeten, meinte Ben, Verzicht sei unverzichtbar, um die Welt zukunftsfähig für alle Menschen zu machen. Dagegen erzählte Kilians fast gleichaltriger Sohn seinem Dad bei jeder ihrer seltenen Zusammenkünfte, dass Deutschland sich als Nation wieder auf sich selbst besinnen müsse, statt sich um Sozialschmarotzer und als Flüchtlinge getarnte Terroristen aus aller Welt zu kümmern. Da fühlte er sich dem jungen Nachbarn oft näher als seinem »Selbstgemachten«.

Also Friede durch Frühstück! Nach Bens prompter Zusage nahm Kilian zwei Dinkelbrötchen und ein halbes Roggenbaguette aus dem kleinen Tiefkühlschrank. Nachdem er das

Brot gewärmt und zwei Henne-Hahn-Eier gekocht hatte, klappte er den Esstisch aus der Wand, deckte ihn mit dem guten Geschirr und dekorierte die Aufschnittplatte mit Cherrytomaten aus dem eigenen Beet. Zur Deko kam noch ein blühender Kaktus in die Mitte. Die Außentemperatur lag schon bei über dreißig Grad, doch hatte sein Tiny House dem seines Nachbarn eine Solar-Klimaanlage voraus. Zwar bezeichnete Ben die als dekadente Energieverschwendung für Weicheier, allerdings genoss er bei seinen Besuchen die relative Kühle von maximal achtundzwanzig Grad, genau wie den fair getradeten, frisch gemahlenen Kaffee aus einer Hightech-Maschine.

Kilian schaltete sein Pad ein. Auf dem Display erschien ein Foto des Ministers, der strahlte wie ein Kind nach ergiebiger Bescherung. In spektakulärem Kontrast dazu stand sein grotesker Kopfverband, blutig durchgesuppt. Darunter die Schlagzeile: *Wenn starke Männer schwach werden.* Wie heroisch der Minister seiner Frau durch alle Strapazen der Geburt beigestanden habe. Und wie menschlich es den als durchsetzungsstark bekannten Politiker mache, sich von Vaterfreude überwältigen zu lassen. Auf die Frage, wie der Minister die Geburt seines Babys erlebt habe, antwortete Preuss wörtlich: »Als mir meine neugeborene Tochter ihre winzigen Fäustchen entgegenstreckte, war mein erster Gedanke: Die wichtigste Vaterschaft meines Lebens wurde mir soeben geschenkt. Natürlich werde ich weiter mit all meinen Kräften darum kämpfen, als nächster Landesvater dem Volk zu dienen - aber ich werde es mit einer neuen Gelassenheit tun.«

¤

Kurz vor dem Orgasmus holte die Schiffssirene seines Handys Ben aus dem Schlaf. Gerade hatte ihn die scharfe Chefärztin mit ihrer hauchzarten Spitzenunterwäsche auf einen Gebärstuhl gefesselt; ihr dichtes Schamhaar kringelte sich zu einer lackschwarzen Lockenpracht, wie man sie seit Jahrzehnten bei keiner Frau mehr zu sehen kriegte, und sie roch wunderbar ungewaschen, wie ein mittelalter Chèvre. So dicht beugte sie sich über ihn, dass er die langen Wimpern ihrer Katzenaugen einzeln wahrnahm, dabei leckte sie sich die knallroten Lippen. Er wollte sich nicht bewegen, um die Dessous nicht zu zerreißen. Bis die Textnachricht von Kilian mit der Frühstückseinladung ihn brutal aus seiner Wonne riss. Kurz wandelte sich sein Groll vom Vorabend in Wut am Morgen. Seinen Schwanz ereilte prompt die Schwerkraft, gleich einem beleidigten Shrimp zog er sich zurück ins Glattrasierte, als wollte er seinem Herrchen bedeuten, Kilian könne doch nix dafür. Herrchen gab sich einsichtig.

Bei den Minimalisten war Grünen-Bashing Sport - ähnlich wie vor vielen Jahren die Frauenwitze, die auch niemand lustig fand. Dennoch eine Gemeinheit, ausgerechnet Kilian Doppelmoral an den Kopf zu knallen, obwohl der selbst nicht viel besaß und das Wenige immer bereitwillig teilte. Also sagte er zu.

Als er Kilian schmächtig und verknittert in der Tür stehen sah, hätte er seinen Nachbarn am liebsten umarmt. Stattdessen schlugen sie sich auf die Schulter.

»Willkommen in meiner wohngesunden Ökovilla.«

Ben senkte den Kopf. »Sorry, ich war gestern ein Arsch.«

Kilian hob die Hände. »Schon gut, mein Junge. Auch von mir war es unangemessen, einfach abzuhauen.«

Ben griff herzhaft zu, eine Weile kauten sie schweigend.

Dann zeigte ihm Kilian den Preuss-Artikel. Ben verzog das Gesicht und legte sein Brötchen weg. »Machtgieriger Zyniker zielt auf Wählers Tränendrüsen«, brummte er.

»Mein Lieber, du bist unaufmerksam«, tadelte Kilian. »Deine scharfe Chefärztin sprach im gestrigen Video von einer kleinen Platzwunde über dem rechten Auge. Und wo bitte liegt dieser fette Blutfleck auf seinem Kopfverband - der nebenbei bemerkt für eine kleine Platzwunde ziemlich groß ist?«

»Links«, murmelte Ben und stellte ruckartig die Kaffeetasse ab.

Kilians Augen funkelten. »Eben, Mann! Falsche Seite!«

¤

Robby weckte Anna zur programmierten Zeit. »Hallo, Süße, pflück dir den Tag!«

»Noch zehn Minuten«, murmelte sie und kuschelte sich zurück. Beim nächsten Mal war er strenger. »Raus jetzt, mein Faultier! Zeit, den Tag zu beginnen.«

Anna quälte sich aus dem Bett, klappte per Knopfdruck das versenkte Laufband auf. Sie prügelte den inneren Schweinehund, bis er den Weg freimachte, und absolvierte ihre täglichen zwölf Kilometer.

Beim Müsli störte Mozart - das Preussofon. Mit Mühe verbarg Anna den Unmut. Doch der Anrufer war nicht Preuss, sondern Struck, der sich für die frühe Störung entschuldigte. Er rufe im Auftrag des Herrn Ministers an.

»Verehrte Frau Kollegin, ich brauche Ihre Unterstützung«, schleimte er. »Ich bitte Sie inständig, zu vergessen, was ich Ihnen gestern gesagt habe.«

»Ich höre«, antwortete Anna; er seufzte.

»Mein Freund, der Herr Minister, war äußerst ungehalten, dass ich Ihnen gestern seine Diagnose kommuniziert habe. Er meint, ein Herzinfarkt würde ihm im Wahlkampf schaden, weil er als Zeichen einer grundsätzlichen gesundheitlichen Schwäche ausgelegt werden könnte. Und Schwäche ist schlecht, Unfall ist bloß Pech. Kurz: Herr Preuss hat mich beauftragt, Ihnen auszurichten, dass er Sie um absolutes Stillschweigen bittet. Er hat sich beim Umkippen eine Platzwunde mit Gehirnerschütterung geholt - und mehr war nicht.«

Anna war im Bilde. Ob der Kollege wirklich glaube, das sickere in Zeiten der Totalvernetzung und Überwachung nicht durch?

Auch darauf hatte er die Antwort. »Mein Team habe ich im Griff. Alles loyale, eingeschworene Mitarbeiter. Und in Ihrer Klinik wissen die ja nur, dass er umgekippt ist.«

Anna nickte und dachte an Claire, die das EKG gesehen hatte.

Die Pressemitteilung des Gesundheits- und Sozialministeriums müsste schon herausgegangen sein, fuhr Struck fort und bat Anna, die Meldung sorgfältig zu lesen, um sich bei Nachfragen unbedingt an diesem Text zu orientieren.

Anna klickte sich in ihr Pad und las:

Minister Arian Preuss (51) wich seiner Frau Mechthild Petri (47) während der Geburt ihrer gemeinsamen Tochter nicht von der Seite. Von freudigen Emotionen überwältigt, erlitt er einen kurzen Schwächeanfall mit Bewusstlosigkeit. Dabei prallte Preuss mit dem Kopf unglücklich auf die Steinfliesen und erlitt eine heftig blutende Platzwunde und eine Gehirnerschütterung. Nach Angaben der Ärzte ist diese keinesfalls bedrohlich, zur vollständigen Genesung seien jedoch mindestens zwei Wochen absoluter Ruhe erforderlich. Um ihn vom Wahlkampfstress abzuschirmen, rieten die Mediziner zu einer Reha in einer Privatklinik. Dort werden sich Frau und Tochter mit ihm erholen.

Struck wartete in der Leitung, bis sie den Text gelesen hatte.

»Wir haben den Minister in den frühen Morgenstunden in die MESANCOSA-Klinik verlegt. Da gibt es eine kleine Intensivstation, und mein Neffe wird freigestellt, um ihn dort zu betreuen. Er ist Facharzt für Kardiologie, und ich bin im Standby.«

»Geht doch nix über Familie«, sagte Anna.

»Und über Freunde«, ergänzte Struck. »Frau Kollegin, Sie haben etwas gut bei mir.«

¤

Als sie in die VIP-Suite trat, stolperte Anna fast über den Kerl mit der Kamera. Frau Petri hielt ihre Tochter im Arm und kuschelte sich, perfekt geschminkt und lipglossig lächelnd, an die breite Schulter eines Mannes, der ein T-Shirt mit der Aufschrift *Neue Kinder braucht das Land* trug. Im rechten Winkel des »L« war ein winziger Kaffeefleck. Unfassbar, dass man den Herzinfarktpatienten für ein Fotoshooting hierhertransportiert hatte! Beim zweiten Hinsehen schien der Typ auf dem Bett allerdings deutlich jünger, doch die Preuss'sche Familienähnlichkeit war unverkennbar.

MP setzte sich aufrecht, der Kuschelpartner sprang auf und stellte sich als Schwager vor, der mal kurz gratulieren und seinem Bruder gleich ein Familienfoto mitbringen wollte. Anna reichte ihm die Hand. »Schön, dass die Familie so zusammenhält!«

Nach ein paar weiteren Klicks packte der Fotograf die Kamera ein, und beide Männer empfahlen sich. Als die Tür sich hinter ihnen schloss, erlosch MPs strahlendes Lächeln wie eine Wunderkerze im Regen, in Sekundenschnelle wurde die glückliche Mutter zur Mater Dolorosa. Das Baby legte sie im Körbchen ab. »Ich weiß, dass Sie es wissen. Struck, diese Labertasche. So ein Desaster, dieser Infarkt - und ausgerechnet jetzt.«

Anna schaltete in den Alles-wird-gut-Modus. »Das mit Ihrem Mann tut mir leid, aber er ist in den besten Händen. Dafür haben Sie sich fantastisch erholt, und Ihre süße Tochter ist auch topfit.«

Die Patientin reagierte nicht auf den Trost. »Mein Mann hatte schon länger Herzstechen; der Idiot sagte immer ›bloß keinen Arzt im Wahlkampf‹.«

Anna nahm das kleine Mädchen hoch und streichelte den flaumigen Punkerschopf. Als sie das Baby frontal zur Mutter drehte, schmatzte es einmal Richtung Mama, aber die schaute kaum hin. Anna fuhr mit dem Zeigefinger über den speckigen Nacken des Neugeborenen, legte es behutsam zurück ins Körbchen und wandte sich der Patientin zu. »Ich verstehe Ihre Sorge um den Gatten; Männer sind mitunter unvernünftig. Aber dass Ihr Mann Ihnen bei der Geburt beistehen wollte, kann man ihm ja nicht übel nehmen ...«

»Natürlich nicht. Aber ich würde es durchaus übel nehmen, wenn der blöde Herzinfarkt uns die Wahl vergeigt.«

¤

Bei der weiteren Visite schienen alle Mütter glücklich, auch die Babys waren gesund. Das Zimmer ihrer neunzehnjährigen Patientin Vida da Silva aus Rio de Janeiro besuchte Anna zuletzt. Gerne nahm sie sich Zeit für den Schwatz in spanisch-portugiesisch-englischem Kauderwelsch, bei dem immer viel gelacht wurde. Sie hatte Vida nach einer Risikoschwangerschaft bei Eklampsie* vor zwei Tagen von ihrem ersten Kind entbunden, und selbst bei der stundenlangen, schmerzhaften Geburt hatte die junge Frau mit ihrem heiteren Temperament im Kreißsaal für gute Laune gesorgt.

Anna fand Vida in Tränen. Schluchzend berichtete sie, ihr kürzlich eingestelltes Kindermädchen, das in der kommenden Woche die Arbeit hätte antreten sollen, sei ganz plötzlich »doida« geworden; Vida tippte sich mit dem Zeigefinger gegen die Schläfe. Die Nanny hatte Fieber und ein paar Tage später war sie »morta« - wohl an einer ansteckenden Krankheit gestorben, denn auch drei ihrer fünf jüngeren Geschwister waren infiziert und in kritischem Zustand. Vidas Mann hatte berichtet, die Seuche habe in kurzer Zeit elf Menschen aus Rio dahingerafft, die meisten in Rocinha, der größten Favela der Stadt.

Auf Annas Frage, ob sie Angst vor Ansteckung oder um ihr Baby habe, antwortete Vida, das sei nicht das Problem. Ihr Ehemann habe versichert, die Infektion sei ausschließlich eine Krankheit der Slumbewohner, die ihr Trinkwasser nicht abkochten.

Was dann außer der Trauer ihr Problem sei, fragte Anna.

Vida wusste nicht, wie sie allein mit dem Baby zurechtkommen sollte, ihr Mann war dauernd beruflich unterwegs. Anna versuchte zu trösten, es ließe sich doch sicher Ersatz finden?

»But not so simpática«, heulte Vida, so nette Nannys gebe es selten, sie wünsche sich ein bisschen Gesellschaft, und ihr Mann sei doch schon so alt.

Anna sah sie fragend an. Vor Kurzem war Vidas Gatte »forty anos« geworden.

¤

Zurück in ihrem Büro streckte sich Anna für ein paar Minuten im stufenlos verstellbaren Lümmelsessel aus. Eine Viertelstunde Zeit bis zur Sprechstunde. Auf dem Intelligopad fand sie das Familienfoto im Netz. Der Minister strahlend unter blutigem Kopfverband, und die Gattin mit anbetendem Augenaufschlag und verklärtem Lächeln an seine Schulter geschmiegt. Das Baby mit dem dunklen Schopf kuschelte sich an die Mutterbrust. Wie ein Krippenbild von Murillo, Maria nur nicht ganz so jung und etwas weniger unschuldig. Fehlte noch Richard Claydermans Kitsch-Klavier. Der Minister wirkte schlank, er trug das T-Shirt mit der Aufschrift *Neue Kinder braucht das Land*. Anna griff zur Lupe: Im rechten Winkel des »L« sah sie den winzigen Kaffeefleck. Sie speicherte das Foto in ihrem verschlüsselten Privatarchiv auf einer separaten Festplatte, die sie nach Dienstschluss zu Hause im Safe lagern würde. Sicherheitshalber.

¤ ¤ ¤

3. August

Als Teilzeitler kriegte Ben oft die Krüppelschicht. So nannten die Taxler die Krankentransporte mit alten Hybridautos - für die meisten Kollegen eine Strafe, ohne Autopilot, kaum Hightech und vor allem: weniger Trinkgeld. Nachdem die Krankenkassen die Fahrtkosten zum Arzt oder in die Klinik nur noch bei Schwangeren ersetzten, boten Taxiunternehmen den Alten und chronisch Kranken gegen Attest reduzierte Preise. Schließlich machte auch Kleinvieh Mist, und immerhin waren die Transporte steuerbegünstigt; außerdem konnten so die Autos weiterlaufen, in die sonst kein Fahrgast mehr stieg. Ben fuhr die Patienten gern, er mochte die alten Kisten, bei denen man noch mitdenken musste.

Manche Patienten mochte er auch. Herr Karliczek gehörte nicht dazu. Er war hundertdreißig Kilo schwer, rauchte Kette und litt unter allen denkbaren Zivilisationskrankheiten. Immer wenn er zum Hausarzt musste, schimpfte er über diesen kaltherzigen Quacksalber, dem nichts Besseres einfiel, als ihm die letzten Freuden des Lebens zu vermiesen. »Überhaupt, was für eine Frechheit, dass Hausärzte sich so nennen dürfen, obwohl sie seit Jahren keine Hausbesuche mehr machen!« Er motzte nonstop, bis Ben ihm einen seiner Vollkornkekse anbot. Solange Herr Karliczek kaute, war Ruhe.

Bevor Ben den nächsten Patienten abholte, deckte er die Rückbank mit Folie ab; Herr Maier, der an Lungenkrebs mit Hirnmetastasen litt, vergaß manchmal seine Pampers und nicht selten auch seinen Betrahlungstermin. Oft musste Ben mehrfach läuten, doch an diesem Nachmittag saß Herr Maier schon vor dem Haus auf dem dreckigen Bordstein und spielte Mundharmonika.

Anfangs hatte Ben geglaubt, Taxifahren sei ein kontemplativer Job, keiner, der den wesentlichen Projekten die Energie abzog: das Eigentliche zu finden, sich vom Überflüssigen zu befreien. Und sein Buch zu schreiben. Von wegen! Nach der Schicht war Ben meist abgegessen und ausgelutscht, oft auch genervt, weil er sich vom Herrenmenschentum mancher Fahrgäste noch immer ärgern ließ, umso mehr, als er selbst sich nur mit Anstrengung aus dem Überlegenheitsdenken des Elternhauses befreit hatte.

Dreimal pro Woche sechs Stunden - zusammen mit dem unregelmäßigen Einkommen als freier Journalist reichte es gerade zum Leben. Für einen Minimalisten. Gelegentlich kamen Einsätze in dem Abschleppdienst hinzu, den der Chef nebenher betrieb.

Mitunter tröstete ihn, dass sein Job sich demnächst durch die Zulassung selbstfahrender Taxis erledigen würde. Bis dahin musste er es schaffen, von der Schriftstellerei zu leben. Schreiben als Berufung, die zum Brotberuf würde; das war der Plan. Und dass der Weg steinig würde, hatte er vorher gewusst. *Hold on tight to your dreams* war das Lebensmotto seiner verstorbenen Lieblingstante Gerda gewesen. Nur manchmal schien ihm das Wegschaffen der Steine zu viel Kraft zu kosten, um das Ziel zu erreichen, bevor er für alles zu alt war.

Kitty war sein letzter Fahrgast des Tages - und ein Lichtblick, der seine Laune hob. *Nicest nerd of the universe* nannte er Frau von Kittwitz, die Sympathie beruhte auf Gegenseitigkeit: Bei der zweiten Fahrt hatte sie angekündigt, ab sofort sei sie »taximonogam« und würde nur noch mit ihm fahren. Nach einer Schulterverletzung musste Kitty zweimal pro Woche zur Physiotherapie. Mit siebzig Jahren hatte sie eine Audrey-Hepburn-Figur, und ihre großen Augen strahlten in jugendlichem Optimismus. Immer war sie akkurat geschminkt und adrett gekleidet. Bis zu ihrer Pensionierung im Vorjahr Systemanalytikerin für eine IT-Security-Firma, besserte Kitty nun ihre Rente als freie EDV-Beraterin auf. Im Darknet war sie zu Hause wie in ihrer Wohnstube und erledigte gelegentlich Recherchen für Ben, für die es spezieller Kenntnisse und Connections bedurfte. Als Zugabe zum Trinkgeld.

An seinem Leben nahm Kitty gerne, aber unaufdringlich Anteil. Beim letzten Beziehungskummer mit Svenja war ihr Trost therapeutisch gewesen. Ben hatte Svenja im Netz als Literaturbloggerin schätzen gelernt, und der digitale Austausch wurde bald auf die Matratze erweitert. Dort bereitete ihm ihre scharfe Zunge ebenfalls Wonne; alles schien bestens und in beidseitig akzeptierter Ausgewogenheit von Nähe und Distanz. Bis zu dem Tag, als er ihr das erste Kapitel seines Buches über Minimalismus zur Beurteilung anvertraute. Ihr herzloser Spott war so vernichtend, dass die Matratze umgehend zum Sperrgebiet wurde. Kitty hatte sein zerschmettertes Schreiber-Ego aufgerichtet, indem sie sagte: »Literaturkritiker kritisieren, was manche von ihnen selbst gerne wären, nämlich Schriftsteller. Und merken Sie sich eins, mein Lieber: Wenn man sich schon spitzzüngige Menschen ins Bett holt, sollte man Ihnen dort Sprechverbot erteilen.«

Kitty saß mit ihrem Pad in der Wartezone der Physio-Praxis. »Ich habe Ihren Beitrag über das Ministerbaby gelesen, diesmal haben Sie sich aber nicht besonders ins Zeug gelegt?«

Ben erzählte von der frustrierende Pressekonferenz und wie

Frau Dr. Martini ihn abgebügelt hatte. Kitty lachte. »Die kenne ich, sie hat Haare auf den Zähnen, ist aber sympathisch.« Als das Kinderwunsch-Zentrum vor Jahren in Betrieb gegangen war, hatte Kitty dessen IT-Security implementiert.

Das Telefon plingte, Ben drückte auf Annahme. Kilian. Die Tomaten waren überreif gewesen, er hatte sie ernten müssen. »Kommst du zum Essen? Es gibt Nudeln mit Sugo, mein Spezialrezept.«

Nudeln mit Sugo und Gebabbel - gegen Pellkartoffeln mit Quark und Ruhe. Eins zu null für Ruhe. Ben war reif fürs Trappistenkloster und wollte noch eine Runde schreiben. Aber Kilian ließ nicht locker. »Einen guten Primitivo hab ich auch.«

Halbe Flasche Rotwein mit Gebabbel - gegen ein einziges Bier mit Ruhe. Unentschieden.

»Und zum Minister ist mir noch was aufgefallen. Da gab es ein Bild von der jungen Familie, das ist nicht ganz koscher, wenn du mich fragst. Um eine Fotomanipulation nachzuweisen, bräuchte man allerdings einen Fotoforensiker.«

Ohne nachzudenken, antwortete Ben, er würde mal seinen Fahrgast fragen, eine IT-Spezialistin. Schon zwitscherte Kitty dazwischen. »Hier spricht die Gästin. Katharina von Kittwitz. Ehemals Informatikerin, genauer gesagt IT-Security.«

Kilian schnaufte hörbar und legte maximalen Schmelz in seine Stimme: »Sehr angenehm, gnädige Frau, Kilian Georg Pichler, ehemals Germanistik und Biologie. Wenn das nicht Schicksal ist. Kennen Sie sich mit Fotoforensik aus?«

Ben verdrehte die Augen, das letzte Jahrtausend ließ grüßen, und der alte Misanthrop machte auf charmant. Aber Kitty nickte eifrig. »Na ja, ich habe da so ein Programm.«

Kilians Begeisterung waberte durch den Lautsprecher. »Darf

ich Sie auch zum Essen einladen, es ist genug Sugo da. Ben soll Sie einfach mitbringen.«

»Das ist hier ein Taxi und kein Datingportal«, protestierte Ben - wohl wissend, dass er längst verloren hatte.

¤

Schon von Weitem schallte ihm das Lachen der Blind Dater entgegen. Trotz anhaltender dreißig Grad plus saßen sie auf Kilians winziger Terrasse. Klimaanlage wäre Ben lieber gewesen, nachdem er erst Kitty bei Kilian abgesetzt, dann den Hyundai in der Zentrale abgegeben und sich schließlich mit dem Fahrrad nach Hause gequält hatte.

Die beiden begrüßten ihn eher beiläufig, niemand würdigte seinen schweißtreibenden Umweg, und der Primitivo war schon halb leer. Kitty und Kilian wirkten bestens gelaunt und waren bereits per Du. Oldies beim Teenietreff statt Trappistenkloster!

»Darf man überhaupt Wein trinken, wenn man Schmerzmittel nimmt?«, fragte Ben.

»Spielverderberfrage!«, rügte Kilian. »Wenn die Gelenke nicht funktionieren, muss man erst recht die Leber trainieren.«

»Ist er nicht ein fabelhafter Dichter?«, kicherte Kitty.

Ben goss sich Rotwein ein und füllte das Glas bis zu einem unziemlichen Pegel.

Zwei Tablets lagen einträchtig nebeneinander auf dem Tisch. Kitty griff nach ihrem magentafarbenen und zeigte Ben einen Beitrag auf Twitter: Autor: KalauerKilian

Die Frau hat gelitten, das Baby ist da.

Und wer kippt prompt um? Der stolze Papa.

Ari ist hart auf den Kopf gefallen,

nun kann er nur noch grinsen und lallen.
Schon immer intelligenzgemindert,
ist er jetzt endgültig geistig behindert?

Kitty strahlte Kilian bewundernd an. Ben trank einen großen Schluck. Die psychotrope Wirkung des Primitivo setzte prompt ein, die zarte Schärfe des fruchtigen Sugo vertrieb seinen Missmut vollends. Selbst als das Gespräch irgendwann wieder beim Minister und dem Familienfoto landete, störte ihn das nicht.

»Das Foto könnte eine Fälschung sein«, erklärte Kilian und zog das Bild auf seinem Tablet groß. »Verdacht auf Photoshop-Montage. Für mein Gefühl zu viel Body für zu wenig Kopf, und der Hals ist zu kurz. Kitty, kannst du meinen Verdacht fotoforensisch bestätigen?«

»Nicht unschwierig«, meinte sie, versprach aber, zu Hause ihr Analyseprogramm über das Bild laufen zu lassen.

Als die Flasche leer war, verschwand Kilian im Castle. Kurz darauf kam er mit einem Joint zurück. Kurz angeraucht reichte er ihn an Kitty weiter. »Reines Biogras, kein genverändertes Hollandgewächs«, betonte er, und Kitty bekam leuchtende Augen: »Wie wundervoll, ein richtiger Old-School-Joint!«

Schweigend nahmen sie die ersten Züge. Kitty inhalierte genießerisch. »Schön mit euch beiden, so gut ging es mir lange nicht. Wunderbares Essen, herrlicher Wein, Biogras ... dazu noch zwei Männer!«

Sie hob ihr Glas und bot Ben das Du an.

»Endlich«, sagte Ben und küsste sie zart auf die linke Wange.

Kitty umarmte ihn. »Ich bewundere dich, mein Lieber! Viele Menschen haben eine Lebenseinstellung, und wenige leben sie wirklich. Du bist der einzige praktizierende Minimalist, den ich kenne. Warum wirst du nicht politisch aktiv?«

»Weil ich weder Talent zum Lügen noch das dicke Fell habe, auf dem andere rumtrampeln können, ohne dass es wehtut.«

»Da hat er leider recht«, stimmte Kilian zu. »Mit Ehrlichkeit wird man nicht gewählt, mit Ehrlichkeit erreicht man allenfalls ein paar Idealisten, die Mehrzahl der Dummen will so belogen werden, dass sie nur sehen müssen, was sie sehen wollen.«

Schon waren sie wieder bei der Politik; Kitty und Kilian einig in allem, was wichtig war, wie Werbende, die einander mit Seelenverwandtschaft beeindrucken wollen - aber doch genügend Dissens wahren, um das Florettflirten spannend zu halten.

Ben rauchte und staunte.

Nach zwanzig Minuten ausschließlichen Zweiergespräches mit dem gemeinsamen Resümee »Der Preuss ist die Pest in Tüten« erinnerte man sich schließlich an die Präsenz eines Dritten. Kitty wandte sich an Ben. »Mein Lieber, du bist doch investigativer Journalist und Schriftsteller, mach dich doch an die Chefärztin heran und krieg heraus, wie das mit dem kollabierten Minister und der Schwangerschaft seiner Frau war. Ich kenne Mechthild Petri flüchtig aus einem Frauenclub, sie ist hochintelligent, ideenreich und pragmatisch. Sicher wäre sie eine hervorragende Politikerin, wenn sie nicht im Schatten dieses superreichen Egomanen stünde. Aber sie ist auch brandehrgeizig, und ich traue ihr jeden Betrug zu, wenn's um den Wahlkampf des Gatten geht.«

Ben war skeptisch. Die Martini hatte ihn schon bei der PK abgebügelt.

»Schleich dich auf Umwegen an«, riet Kitty. »Behaupte, du planst ein Feature über Reproduktionsmedizin.«

»Wie das denn?«, fragte Ben.

Kitty legte die Fingerspitzen aneinander und brauchte zwanzig Sekunden. »Wie wäre es damit: *Die sozialen Auswirkungen der innovativen Verfahren und neuen Rechtsverordnungen in der Fertilitätsmedizin auf die moderne Gesellschaft.*«

»Moment«, sagte Ben und kritzelte Kittys Textvorschlag auf die Recyclingpapierserviette. Aus Erfahrung wusste er, wie der Biohanf seines Nachbarn die Merkfähigkeit zerbröselte.

Nach zwei weiteren Zügen hatte Ben eine Idee.

¤ ¤ ¤

4. August

Absagen war ihr erster Impuls gewesen, als die Eltern Anna zum Familienfest geladen hatten. Doch wieder hatte sie es nicht übers Herz gebracht.

Der TGV war verspätet, zumindest funktionierte bei den Franzosen die Klimaanlage, und der Schnellzug schaffte Karlsruhe-Stuttgart in sechsunddreißig Minuten. Versteppte Landschaften und abgestorbene Bäume flitzten hinter trüben Scheiben vorbei, die Augen suchten vergeblich nach Grün. Bei Mühlacker bremste der Zug auf Schleichtempo, die Personenschadenstrecke hatte schon mehreren Lokführern posttraumatische Belastungsstörungen beschert. Eine Mauer schirmte ebenerdig das Migrantenlager ab, nur von der erhöhten Bahntrasse war die Containersiedlung einsehbar. Die vormals kreischenden Pastellfarben waren verblasst und schmutzigem Grau gewichen, das die Trostlosigkeit der dicht gereihten Ansammlung kleiner Leichtbauwürfel betonte, in denen Horden von Menschen auf engstem Raum hausten. Mülltonnen quollen über, struppige Katzen wurden von mageren Hunden gejagt. Aus der Ferne ahnte man die Teilnahmslosigkeit der graugesichtigen Gestalten, die rauchend in Grüppchen auf dem staubigen Boden vor ihren Würfeln hockten und kaum aufsahen, als ein Polizeiauto langsam durch die zentrale Gasse fuhr.

Per App bestellte Anna den Perso-Guard, der sie durch den Bahnhof von Stuttgart 21 eskortierte und zum Kauf der Schoko-Maultäschle in den Souvenirshop begleitete. Auf den letzten Metern über den Bahnhofsvorplatz bis zum Taxistand hatte er die Hand am Schlagstock, dort tummelten sich Abgestürzte und Junkies, laufend kam es zu Überfällen. Die prekäre Lage hatte sich verschärft, seit Stuttgart wegen des unerträglichen Smogs den Status der Landeshauptstadt an Karlsruhe verloren hatte und die Polizei Personal reduzieren musste. Der Perso-Guard hielt Anna die Taxitür auf, gab ihr eine Visitenkarte für künftige Gelegenheiten und wünschte einen schönen Abend.

¤

Winzig stand das graue Achtzigerjahrehäuschen ihrer Eltern zwischen der sechsstöckigen Jahrtausendwende-Mietskaserne und dem Glaspalast einer Versicherung. Als der Fahrer sie vor dem Gartentor absetzte, schallte ihr kastagnettenklappernder Flamenco entgegen, die Gipsy Kings. Vater nannte das »Zigeunermusik«, aber an diesem Abend hatte Mutter sich offensichtlich durchgesetzt, das deutsche Liedgut würde später zum Einsatz kommen. Einmal mehr war Anna die Letzte und wappnete sich gegen Vaters Missbilligung. Tante Berta öffnete die Tür und sah sie mit strafendem Blick an, der sie ihrem Bruder noch ähnlicher machte. »Deine Eltern warten schon sehnsüchtig auf dich.«

Bei zweiunddreißig Grad stand die Luft stickig im Häusle, Alkoholdunst mischte sich mit Schweißgeruch, trotz reichlich Raumspray und Duftwasser. Nur vereinzelt nutzten Gäste, meist Raucher, den kleinen Garten, der mistralartige Wind war kaum angenehmer als der Wohnzimmermief. Vater hob langsam den linken Arm und sah drei Sekunden lang auf die Uhr, ehe er Anna auf die Stirn küsste. Sein zunehmender Bauch sorgte für ausreichend Abstand. Anna senkte den Kopf. »Sorry, dass ich zu spät bin, Papa, du weißt ja, das Baby der Frau Minister, und dann hatte ich noch einen Notkaiserschnitt.«

»Selbstverständlich, das kennt man ja«, antwortete er. »Und jetzt geh deiner Mutter gratulieren.«

»Zu dir?«, fragte Anna. Vater sah knapp an ihr vorbei. »Und begrüße deinen Mann, der war übrigens pünktlich.«

»Wie bitte?«, zischte Anna, insistierte aber nicht, denn ihre Mutter stöckelte in roten Schuhen mit hohen Absätzen auf sie zu. Immer war Mama stolz auf ihre schlanke Figur gewesen, mittlerweile sah sie knochig aus, ihre Haare waren noch lackschwärzer als früher, mit den Jahren nahm der Kontrast zum mittlerweile schlohweißen Haaransatz zu.

»Qué tal, mi corazón«, begrüßte sie ihre Tochter; ihr Lachen klang rauchig-sangriaschwanger, morgen würde sie wieder katerkrank sein. Ihr Bronzeteint war gerötet, und die dunklen Augen strahlten wie früher, als sie zu den Gipsy Kings oder später zu Juanes getanzt hatte, wenn sie sich allein glaubte. Anna schaute in das scharf geschnittene Gesicht ihrer Mutter, in der Jugend eine mediterrane Schönheit, nun furchig verhärmt; stets aufs Neue fürchtete Anna diesen Blick in den Spiegel von übermorgen.

»Herzlichen Glückwunsch zur goldenen Hochzeit, Mama.« Anna umarmte sie und zog den Gutschein aus der Tasche. Zehn Tage Hurtigruten, mit dem Postschiff von Bergen nach Kirkenes, einer der wenigen Reiseträume, die ihre Eltern teilten. Mama küsste sie auf beide Wangen. »Muchísimas gracias, Cariño«, sagte sie und gab den Umschlag zurück, ohne ihn zu öffnen. »Leg ihn auf den Gabentisch zu den anderen Geschenken.«

Dann schwebte sie weiter, drehte sich aber noch einmal zu ihrer Tochter um.

»Es ist dir doch recht, dass ich Joschi eingeladen habe? Ist schließlich ein Familienfest, und da gehört dein Mann ja dazu.«

»Ex-Mann!«, korrigierte Anna reflexartig.

»Schlimm genug«, konterte die Mutter. »Wo er damals so treu zu dir gehalten hat.«

Irgendwann würde sie ihren Eltern erzählen, dass es zwei »damals« gab, von denen sie nur eines kannten. Aber nicht heute. »Du hättest mich vorher fragen können.«

Ihre Mutter schüttelte unmerklich den Kopf. »Ist zwar dein Ex-Mann, Chiquita. Aber meine goldene Hochzeit!«

Anna stopfte den Gutschein in die Tasche zurück und ließ sie zuschnappen. »Ich bin eben nicht so leidensfähig wie du - schon gar nicht fünfzig Jahre lang.«

Sie sah ihre Mutter zusammenzucken und wartete auf den Konter. Doch dann kam nur: »Nimm dir Sangria.«

Anna ging zum Büfett und griff nach einem Glas des süßen roten Gebräus, das sie sonst nie anrührte. Das Eis war weitgehend geschmolzen, doch ausreichend Cava machte die Bowle spritzig, und eine undefinierbare Menge Carlos III Brandy sorgte für Süffigkeit. Anna schaute sich um: Die Gäste waren überwiegend im Alter der Eltern, ein paar Verwandte, einige frühere Nachbarn und ehemalige Arbeitskollegen aus der Klinik, außerdem natürlich der Pfarrer. Sie fühlte sich so verloren wie meist auf Partys. Dann entdeckte sie auf der Terrasse ihre Schwester Tine und Ingo, den Kinderpsychologen, lachend mit Ex-Mann Joschi ins Gespräch vertieft. Sie gesellte sich dazu, ließ sich von Tine herzen und von Joschi auf den Mund küssen, was sich vertraut volllippig anfühlte und zur Sangria passte. Sie tauschte einen Händedruck mit Ingo, dessen Namen sie sich nur merken konnte, weil Mutter seine Ähnlichkeit mit einem früheren Lieblingsmoderator festgestellt hatte. Tine hatte ihrer Schwester allerdings irgendwann gestanden, im Bett sei Ingo wie Gammahydroxybuttersäure*: in kleinen Mengen erst anregend - bei höherer Dosis dann Vollnarkose.

Joschi hatte seit ihrem letzten Treffen ein paar Kilo zugelegt, seine Haare wurden zunehmend schütter, und der angegraute Dreitagebart nahm dem Gesicht das Bubenhafte. Er sah nicht mehr zwei Jahre jünger aus als Anna, aber sein Grinsen war unverändert spätadoleszent, die blauen Augen strahlten unbekümmert wie immer und spiegelten eine reifungsresistente Kindlichkeit. Anna hätte es nie zugegeben, aber ihre Laune hellte sich auf.

Vater klopfte an sein Sangriaglas. Die Gäste formierten sich im Halbkreis, Mutter zerrte ihre Töchter in die Mitte der ersten Reihe.

»Nun, da auch meine große Tochter uns die Ehre ihrer Anwesenheit erweist, darf ich ein paar Worte an euch richten. Wir feiern heute unsere goldene Hochzeit. Damals, vor fünfzig Jahren, war mein größter Traum, einen Daimler zu besitzen.«

Er machte eine kurze Pause, dann deutete er mit ausladender Geste auf seine Frau. »Und ich hab meinen Mercedes bekommen und fünfzig Jahre lang nicht verkauft.«

Anlassentsprechendes Lachen, freundlicher Applaus. Anna legte den Arm um ihre gequält lächelnde Mutter, die sich diesen Witz anhörte, seit sie Mercedes Häberle hieß. Der Vater fuhr fort: »Als junger Teamchef im Controlling der größten Klinik unserer Stadt habe ich in den Siebzigerjahren die schöne Schwester Mercedes erobert, hinter der sämtliche Männer her waren, vor allem die Herren Ärzte.«

Anna rollte mit den Augen. Vater war Verwaltungsangestellter im Einkauf für Verbandsmaterialien gewesen, und sein »Team« hatte aus ihm selbst und Fräulein Eisele bestanden, die ihm untergeordnet war, weil Frau.

»Aber die rassige Andalusierin hat sich für mich entschieden«, sagte Vater und streckte die Brust heraus. »Und ich mich natürlich für sie.«

»Von wegen Entscheidung!«, presste Anna unhörbar durch die Lippen.

Vater sprach weiter. »Wir fuhren damals zwar nur einen VW Golf, aber dafür hatten wir bald unser Häusle gebaut, für ganz wenig Geld. Heute muss ich jeden Tag einen Immobilienhai abwimmeln, der auf das Grundstück scharf ist. Und ihr lebt alle weit draußen, weil sich keiner mehr das Wohnen in der Stadt leisten kann. Aber anders als die meisten damaligen Hausbesitzer haben wir uns nicht vertreiben lassen und sogar bald ein halbes Jahrhundert ohne Klimaanlage überlebt.«

Er sah Beifall heischend in sein Auditorium, doch wer Neid sät, erntet selten Applaus. »Und wir müssen schwitzen«, warf Tante Berta ein und wedelte sich mit ihrem japanischen Geisha-Fächer Luft ins speckig glänzende Gesicht.

Vater bedachte seine Schwester mit einem strafenden Blick, ohne ihre Klage zu kommentieren. »Natürlich hätten wir uns gewünscht, bei unserer goldenen Hochzeit eine Schar von Enkelkindern um uns zu haben.«

Mutter räusperte sich, ihr Mann ließ sich nicht beirren. »Aber man kann nicht alles haben, die Mädle sind in unsere Fußstapfen getreten. Beide haben ihr Leben der Medizin geweiht und Karriere gemacht, eine als Klinikdirektorin, die andere ist Kinderärztin, und auf beide sind wir kolossal stolz.« Er deutete auf Tine. »Und wenigstens bei unserer Jüngeren haben wir unseren sehnlichen Wunsch nach Enkelkindern noch nicht aufgegeben.«

Tine schaute auf ihre Schuhspitzen, Anna fischte ein Stück Ananas aus ihrer Sangria, steckte es in den Mund und verschwand Türe knallend nach draußen. Allein im Garten wurde sie vom heißen Wind eingestaubt, eine Minute später roch sie Joschis Paco-Rabanne-Duft. »Sei nicht sauer, Süße, dein alter Herr war schon immer taktlos, aber das war nicht bös gemeint.«

Seine sonore Stimme tröstete, ohne zu beschwichtigen. Sie knallte ihr leeres Glas auf den Bistrotisch. »Klar doch! Armer Vater, vom Schicksal geschlagen! Stammhalter gewünscht, Töchter bekommen; und eine davon hatte noch die Frechheit, sich die Gebärfähigkeit rausschneiden zu lassen«, presste sie durch die Zähne. »Aber weißt du, was wirklich ein Scheißschicksal ist? Mutter hat das alles fünfzig Jahre mitgemacht, und zwar bloß wegen mir.«

Joschi nahm sie in den Arm. »Dafür hat es sich doch gelohnt«, murmelte er in ihr Ohr.

Befriedet lehnte sie ihren Kopf an seine Schulter. Drinnen wurde geklatscht. Dann dröhnte DJ Ötzi. *Noch in hunderttausend Jahren wirst du meine Liebe spür'n.*

Gewitter war nicht vorhergesagt, so hielten sie das dumpfe Knallen für ein Feuerwerk in der Innenstadt. Der Himmel wurde hell und schimmerte orangerötlich wie Los Angeles bei Nacht. Andreas Gabalier sang *Verdammt lang her*. Schon bald überdröhnten Martinshörner und das Rotorengeräusch der Hubschrauber die Musik, Unruhe breitete sich unter den Gästen aus. Joschi ging mit dem Handy ins Netz. »Halleluja«, schrie er, »Explosion in der Parteizentrale der Echten, Verdacht auf Sprengstoffanschlag.«

Schlagartig erstarb das Stimmengewirr, nur das Sirenengeheul durchdrang die Stille.

»Schämen Sie sich«, rügte der Pfarrer und schlug vor, gemeinsam zu beten, doch niemand hörte auf ihn. Vater drehte Gabalier den Ton ab und schaltete den Fernseher an. NTV war bereits vor Ort, das Gebäude weiträumig abgeriegelt, man sah Flammen aus den Fenstern lodern, viel Rauch, Feuerwehr, Polizei. Noch keine detaillierten Erkenntnisse, terroristischer Anschlag wahrscheinlich, bislang hatte sich niemand dazu bekannt. Wie auf Wahlpartys beim gemeinsamen gierigen Warten auf die nächste Hiobsbotschaft flaute die Erregung ab, als sich in den nächsten Stunden weder neue Erkenntnisse noch Sensationen abzeichneten, die Sangria beruhigte die Nerven, der Appetit auf die Tapas blieb ungebrochen. Um elf Uhr begann der Aufbruch. Im Netz hieß es, der Stuttgarter Bahnhof sei abgeriegelt und Straßensperren blockierten sämtliche Hauptverkehrswege. Die Taxizentrale gab Anna einen Korb. Als Joschi ihr anbot, bei ihm zu übernachten, zögerte sie, aber nur einen Moment.

¤

Joschis chaotische Dachmansarde war klimatisiert, ein wohltuender Kontrast nach dem elterlichen Häuslemief. Nachdem sie eine halbe Stunde über den Sprengstoffanschlag spekuliert hatten, fragte Anna nach Bettzeug für die Couch. Ohne Anstrengung überzeugte Joschi seine Ex vom höheren Schlafkomfort des Doppelbettes.

Regungslos lagen sie in der Dunkelheit, Anna wartete auf Joschis tiefe Atemzüge vor dem Einschlafen. Die blieben aus, dafür kam seine Hand, warm und blondhaarig im Dunkeln ihre ertastend, dann mit rauen Fingerspitzen von ihrer Handfläche über das Gelenk und die dünnhäutige Innenseite ihres Unterarmes streichelnd. Gänsehaut.

Willig ließ sie sich zu ihm hinüberziehen. Manches konnte man Joschi nachsagen, nicht aber, dass er im Bett wie Gammahydroxybuttersäure war.

Danach brachte er Karottensaft mit Eis und einem Schuss Wodka ans Bett, sie lehnten sich im Schneidersitz in die Kissen. »Was für ein grässliches Event«, sagte Anna schläfrig. »Vater war mal wieder das ultimative Arschloch. Danke für das Asyl und überhaupt für alles.«

»*Alles* immer besonders gerne«, antwortete Joschi grinsend. »Ich finde es goldig, dass deine Oldies mich gern als Schwiegersohn behalten hätten.«

»Du und die!«, maulte Anna. Schon zu Ehezeiten hatte es Joschi genossen, zwischen ihr und den Eltern zu vermitteln. »Ihr nehmt euch immer gegenseitig in Schutz. Und die Gegenseite bin ich. Wenn die wüssten, dass du mich mit deiner Spielsucht fast in den Ruin getrieben hättest. Und wenn du wüsstest.« Sie biss sich auf die Zunge, als ihr der Vorsatz einfiel, dem Ex die Vergangenheit nicht länger aufs Brot zu schmieren.

Joschi richtete sich auf: »Was wäre, wenn ich was wüsste?«

»Na ja ... Meine Eltern waren dir bloß dankbar, weil du damals – angeblich aus ehelicher Liebe – bei mir geblieben bist, obwohl ich keine Kinder mehr kriegen konnte und Hurenkrebs hatte.«

»Hä?? Bitte was?«, fragte Joschi, wie immer, wenn er etwas nicht verstand.

»Hurenkrebs! Deine Schwiegereltern haben sich von ihrem Uralthausarzt erzählen lassen, Zervixkarzinome* würde man durch Promiskuität kriegen. Gewissermaßen hätte ich also einen Selberschuldkrebs.«

Joschi knuffte sie in die Rippen. »Deine Oldies haben das halt nicht besser gewusst. Keine böse Absicht. Im Gegensatz zu deinem Spruch mit der ›angeblichen ehelichen Liebe‹, der durchaus böse Absicht war! Als du krank wurdest, hatte ich meine Spielerei noch total im Griff, wegen Geld hätte ich nicht bei dir bleiben müssen. Und mit dem Bürohasi hab ich nach deiner Diagnose auch gleich Schluss gemacht – und zwar deinetwegen.«

Ihre Kehle wurde eng. Sie glaubte ihm, dass er meinte, was er sagte. Dass das Wort »angeblich« ihm Unrecht tat. Dass sie ihm dankbar sein sollte für die Beharrlichkeit, mit der er ihr nach der Totaloperation behutsam den Rückweg gezeigt hatte, sich im eigenen, entkernten Körper wieder zu Hause zu fühlen. Trotz allem, was später kam. Sie griff nach seiner Hand. »Ich nehme das *angeblich* zurück.«

»Das ist gut«, murmelte Joschi. Er tätschelte ihre Schulter, löschte das Licht und entschlummerte.

Hellwach lag sie im Dunkeln, neben ihrem Ex-Mann, der nie erwachsen geworden war und sich alles Schlechte schönredete. Tauchte zurück in die Zeit, als ihr Leben aus der Spur gekommen war und durch Joschis Spielsucht, die Spekulationen und Unterschlagung von Firmenkapital eine Richtung nahm, die sie immer weiter wegführte von ihrem einstigen Ziel, der Karriere als Wissenschaftlerin. Für die Forschung hatte sie gebrannt, doch plötzlich war von der Flamme nur noch eine Funzel übrig geblieben, ebenso vom Traum einer Professur, vielleicht sogar einem Lehrstuhl. Stattdessen Bankrott durch die leichtfertig erteilte Bürgschaft, Wohnung gepfändet, keine bezahlbare Alternative in Sicht, dazu drohender Rausschmiss im Job. Schließlich als letzter Rettungsanker das Preuss-Projekt. Zugleich erinnerte die pulsierende Restwärme im entspannten Unterbauch sie daran, dass ihr eheliches Liebesleben selbst in Krisenzeiten nie seine unkomplizierte Leichtigkeit verloren hatte. Sex mit Joschi garantierte Orgasmen ohne Kontrollverlust und Hingabe, ohne sich auszuliefern. Und immer hatte er ihr das Gefühl gegeben, sie sei für ihn nicht nur ein Lebensmensch, sondern auch sein bevorzugtes Sexsubjekt, zumindest im jeweiligen Moment. Nur dass Momente selten nachhaltig waren.

¤ ¤ ¤

5. August

Im Vorzimmer fand Anna ihre Sekretärin aufgelöst, mit hektischen Flecken am Hals, ihre schwarze Kraushaarmähne stand in alle Richtungen. »Gott sei Dank ist Ihnen nichts passiert in Stuttgart. Und ich weiß, dass ich Sie morgens nicht gleich mit was Dringendem überfallen soll. Aber der persönliche Referent vom Minister hat schon dreimal angerufen. Er wollte, dass Sie sofort zurückrufen, und hat sich nicht abwimmeln lassen.« Sie schlug mit der flachen Hand auf den Tisch. »So ein chauvinistisches Macho-Arschloch! Sorry, Chefin, ich weiß schon, Gossensprech. Aber als ich mich mit meinem Namen gemeldet habe, hat der Kerl mich erst mal gefragt, ob ich Deutsch verstehe.«

Anna schüttelte den Kopf und griff in ihre Tasche. »Zum Trost!«, murmelte sie und überreichte Aisha deren Lieblings-Schoko-Maultäschle aus dem Souvenirshop des Stuttgarter Bahnhofs.

Neben dem morgendlichen Espresso stellte Aisha unaufgefordert ein Glas mit sprudelndem Inhalt auf den Schreibtisch. Auf Annas fragenden Blick lächelte sie wissend. »Aspirin plus C, ich weiß doch, wie Familienfeste sind.« Die gläserne Chefin stürzte dankbar das bitter-zitronige Brabbelwasser hinunter. »Sehr aufmerksam, Sie können den Herrn jetzt durchstellen.«

Nach einer wortreichen Entschuldigung für die frühe Störung rechtfertigte der Referent sich Verständnis heischend, es handle sich quasi um einen Notfall. »Also, Frau Doktor, es ist so: Der Herr Minister wünscht, dass Sie seine Frau sofort in die Reha entlassen, falls das medizinisch machbar ist, er fürchtet um die Sicherheit seiner Familie.«

»Selbstverständlich, gerne«, unterbrach Anna schnell und fügte hinzu, eine baldige Entlassung sei sowieso geplant. Sie wolle zu diesem Zweck die Patientin und das Neugeborene nochmals untersuchen, um sicherzustellen, dass medizinisch nichts dagegenspreche. Beckstein bedankte sich beflissen. »Der Chef hat schon alles organisiert«, erklärte er. »Und für Frau Petri wurde eine private Hebamme engagiert.«

»Na, dann ist ja alles bestens«, sagte Anna und legte auf.

¤

Bei der Abschiedsvisite fand Anna die Patientin im Sessel, sie hielt ihre Tochter beidarmig hoch und quietschte Dududu-Laute, was das Baby mit unspezifischem Glucksen quittierte. Die junge Mutter sah rosig aus, gut erholt oder professionell geschminkt. Der Overall in changierendem Aquamarin kaschierte ihre nachgeburtlich ballonförmige Mitte, die Gummizugraffung mit Seidenbändchen unter der Brust betonte die Vollbusigkeit. Sie erhob sich und reichte Anna das Baby, das ihren Daumen mit erstaunlicher Kraft umklammerte.

»Schön, dass es Ihnen und Ihrer Tochter so gut geht. Der Referent Ihres Gatten hat mich informiert: Sie wünschen Ihre sofortige Entlassung?«

Die Patientin nickte und legte gewohnheitsmäßig die Hände auf den babybefreiten Bauch. »Mein Mann ist der Ansicht, nach dem gestrigen Anschlag bestünde für Führungskräfte der Echten Liberalen und deren Familien die Gefahr, Ziel weiterer Anschläge zu werden.« Auf Empfehlung seiner Sicherheitsberater sollten Frau und Kind ihn an einen vor der Öffentlichkeit geheim gehaltenen Ort zur Reha begleiten.

Anna schaukelte den Säugling. »Selbstverständlich, Frau Minister, wenn Ihr Gatte das so anordnet …«

MP ignorierte die Provokation. Ort der Reha sei die MESANCOSA-Klinik auf der Bühler Höhe, also ganz in der Nähe. »Für den Fall, dass wir Ihre ärztliche Hilfe brauchen.«

Familie Preuss würde sich in die Luxus-Kurklinik verziehen und die Chefärztin bei Bedarf zum Berg kommandieren. Anna gab der Mutter den Säugling zurück und sagte, in dringenden Fällen sei sie erreichbar. Ihr Ton klang schroffer als gewollt.

»Das beruhigt mich sehr, meine Liebe«, sagte MP. »Es ist schön, wenn man sich in Krisensituationen aufeinander verlassen kann.« Sie legte den Kopf des Babys an ihre Schulter und streichelte ihm das Köpfchen. »Uns war es ja auch eine Freude, Ihnen zu helfen, damals bei der Geschichte mit Ihrem Mann.«

Annas Magen rotierte, gallige Säure schäumte sich rückwärts die Speiseröhre hoch. Sie sah ihrer Patientin in die gletschergrauen Augen, die sich für einen Wimpernschlag amüsiert zusammenzogen.

»Schon klar«, sagte Anna leise und fragte sich, ob der Herzinfarkt des Ministers ihre biografische Achillesferse durch Vertuschung versiegelt hatte. Zumindest teilweise?

Als könnte sie Gedanken lesen, legte MP ihr eine Hand auf den Arm. »Frau Doktor, verstehen Sie mich recht: Ich hätte damals auch sonst alles getan, um Sie für unser Projekt zu gewinnen. Schließlich teilen wir beide den Traum der selbstbestimmten Reproduktion für Frauen. Und zwar zu einem Zeitpunkt, wenn frau das will. Ich finde übrigens, solche Grundsatzfragen dürfen wir nicht den Männern überlassen, nicht mal dem meinigen.«

Anna nahm die Bitte im Blick der Ministergattin wahr. So ähnlich hatte MP sie angesehen, als sie ihr damals das Gutachten zum Embryonenschutzgesetz antrug, das Ärzte in Deutschland unter Strafe stellte, die Unfruchtbaren den Kinderwunsch mittels Fremdeizellspende erfüllten.

Nach einem Moment des Schweigens sagte MP: »Ihre Anmerkung über die Anordnungen meines Gatten habe ich durchaus verstanden.«

Anna machte eine beschwichtigende Handbewegung, aber ehe sie etwas sagen konnte, fuhr MP fort: »Mein Mann braucht mich jetzt, und er hat Angst. Angst ist Gift bei Herzinfarkt, das muss ich Ihnen nicht sagen. Sie wissen, dass hinter erfolgreichen Männern häufig eine einflussstarke Frau steht.« MP legte das Baby an die andere Schulter. »Manche politischen Entscheidungen werden nicht ausschließlich von offiziellen Entscheidungsträgern getroffen. Und ich versichere Ihnen, dass das so bleiben wird - nicht nur in Sachen frauenfreundlicher Politik. Es wäre schön, wenn ich weiter auf Ihre Unterstützung zählen könnte.«

Die beiden Frauen standen sich gegenüber, Frau Petri nicht als Aris Mausi, eher als Mechthild, die Machtbewusste, bei der Anna sich nicht sicher war, ob sie ihr die zärtliche Mutter und Ehefrau abnahm, die sich um ihren Mann sorgte, selbst wenn der ein mieser Macho war.

»Ach übrigens, Frau Doktor, wenn das hier vorbei ist, möchte ich Sie herzlich einladen, in unserem Frauenclub einen Vortrag über Reproduktionsmedizin* zu halten.«

Spontan fiel Anna keine kränkungsfreie Ablehnung ein. MP sprach weiter: »Der Club heißt *Females for Future.*« Dabei handle es sich um eine nicht öffentliche und parteipolitisch unabhängige Interessengruppe von Frauen, die davon ausging, dass die Menschheit samt dem Planeten demnächst baden ginge, wenn die Politik sich so weiterentwickelte wie in den letzten fünfzehn Jahren – und der Lauf der Welt überwiegend in der Hand der Männer bleibe.

Dann wurde MP wieder brave Patientin. In der Rehaklinik gebe es sogar einen auf Rückbildungsgymnastik spezialisierten Physiotherapeuten.

»Da bin ich aber froh«, sagte Anna. »Und jetzt darf ich Sie noch mal untersuchen?«

¤ ¤ ¤

9. August

Kilian gönnte sich eine Spezialspülung, die den Gelbstich bei »altershellen« Haaren zu eliminieren versprach. Dann cremte er den Körper ein, dessen ledrige Haut die Body Lotion for Men in Minutenschnelle wegschlürfte und deren Zerfurchungen kurzfristig glättete. Verbissen kämpfte Kilian gegen jenen Leguan-Look, den Iggy Pop seinerzeit mit furchtlosem Exhibitionismus zelebriert hatte. Er trimmte den Bart, bis die Koteletten nahtlos in den seitlichen Wangenstreifen bis zum Kinn übergingen und sein Profil markanter machten. Den Pferdeschwanz zupfte er so zurecht, dass das linke Ohr teilweise bedeckt und der vor Jahren von einem Kampfhund abgebissene Oberrand der Ohrmuschel unsichtbar blieb. Beim Blick in den Spiegel nickte er sich zufrieden zu. Zum Schluss kam noch ein Spritzer Rosenholz-Rasierwasser auf den Hals.

Als Kilian aus dem Bus stieg, nahm ein Schwall feuchter Hitze ihm fast den Atem. Im Bistro am Botanischen Garten war der Innenraum so klimatisiert, dass ihm sofort der verschwitzte Stoff seines Shirts nasskalt auf der Haut klebte. Zwar war nach meteorologischer Vorhersage das Sturmtief Sabrina im Anzug, aber noch war der Himmel fast wolkenlos. So suchte sich Kilian den schattigsten Platz im Gastgarten und bestellte eine doppelte Rhabarberschorle mit viel Eis.

Als er Kitty entdeckte, sprang er auf. Sie entstieg ihrer E-Rikscha graziös wie Kaiserin Sisi der Kutsche und reichte dem Fahrer einen Geldschein, als erwarte sie einen Handkuss. Kilian überlegte, ob er sie umarmen dürfe, so, wie sie sich auch verabschiedet hatten. Kitty wirbelte auf ihn zu und hielt ihm ihre Porzellanwange zum Kuss hin. Ihr Tropenblumenparfum schmiegte sich an seinen Rosenholzduft.

»Schön, dass unser Arbeitslunch geklappt hat«, begrüßte sie ihn.

»Ich weiß nicht, ob das Wetter so bleibt«, sagte Kilian, als er Kitty den Stuhl zurechtrückte.

Sie lächelte versonnen. »Was bleibt schon, wie es ist?«

Kitty bestellte Maultaschen mit Speck und eine kleine Rieslingschorle, was Kilian bewog, zu seinem Kräuterpfannkuchen ausnahmsweise am hellen Tag ein Achtel Rivaner zu ordern.

»Hier kommt die Arbeit«, verkündete Kitty, zog ihr Tablet aus der Tasche und reichte es über den Tisch. Im Newsportal las Kilian, dass Familie Preuss-Petri aus der Klinik entlassen worden war und sich in Anbetracht des aktuellen Anschlags an einem aus Sicherheitsgründen geheim gehaltenen Ort erholte.

»Ein Terroranschlag zur rechten Zeit - hat Preuss von der Neugier der Presse befreit«, kalauerte er, und Kitty sagte: »Wow!« Dann schloss sie das Portal und klickte einen roten Button an. »Mein Auftrag zur Fotoforensik.« Das Foto der jungen Familie ploppte auf. »Vorher«, sagte Kitty und klickte weiter. Das Nachher-Bild war zweifarbig blau-grau, die Dreisamkeit nur schemenhaft zu erkennen. Kilian riss die Augen auf und murmelte: »Ich fass es nicht.« Eine horizontale, hell leuchtende Zone lag zwischen Schlüsselbein und Kinn, als trüge der Preuss-Umriss ein Halsband, das nach oben und unten sägezahnartig ausgefranst war.

»Genial, eindeutig Fotomontage!«, stieß Kilian hervor. »Wie hast du das geschafft?«

Das Programm subtrahiere zunächst das Bildrauschen aus dem Originalbild, erklärte Kitty. Das danach übrig bleibende

»pure« Rauschen könne man durch Farbkanäle quantifizieren. An Grenzflächen oder Stellen der Manipulation zeige sich dann mitunter eine Abweichung des Bildrauschens, am besten sichtbar im Blaukanal.

Kilian nickte und setzte die sachkundige Miene auf, mit der seine früheren Schüler gerne versucht hatten, ihre Wissenslücken zu kaschieren.

Der Pseudo-Preuss auf dem Foto war nicht nachträglich hineinkopiert, führte Kitty aus, sondern der Typ müsse physisch präsent gewesen sein, nur sein Kopf war ausgetauscht worden. Mutmaßlich hatte Arians kleiner Bruder, Peter Preuss, dem Großen seinen Body für das Fotoshooting geborgt. Schließlich würde die junge Mutter ja nicht irgendwen für so eine Scharade engagieren, beim Schwager blieb es immerhin ein Familienfoto.

Der Lunch wurde serviert, und Kilian bestaunte das Tempo, mit dem Kitty die zwiebelgeschmälzten Maultaschen vertilgte. Sie nahmen kaum wahr, wie sich der Himmel eintrübte und einen schwefeligen Ton annahm. Drückende Schwüle stülpte sich wie eine Käseglocke über den Nachmittag, schwarze Wolken schluckten schlagartig das Licht. Die anderen Gäste flüchteten beim ersten Donner nach innen; auch Kilian sprang auf, griff nach Kittys Tasche, dann nach ihrer Hand und zog sie Richtung Eingang. Auf den letzten Metern setzte die Sintflut ein, machte Kittys Fönfrisur platt und Kilians Zopf strähnig. Fette Tropfen klatschten auf den Boden, dessen ausgedörrte Härte das Wasser abprallen und in die Senken strömen ließ. Sturmböen rüttelten an allem, was nicht befestigt war. Zwei Kellner verrammelten die Fensterläden. LED-Deckenleuchten flammten auf und tauchten das klimatisierte Café in kühles Licht.

Kittys Nähe lenkte Kilian von der Sorge um sein Tiny House ab, dessen Sturmtauglichkeit noch nicht erwiesen war. Es gab keine Chance wegzukommen, die Taxizentrale kündigte unbestimmte Wartezeiten an, viele Straßen stünden unter Wasser. Ben hatte dienstfrei und wieder mal sein Handy aus.

Auf einen Schlag erloschen die Lichter, der Wind heulte in die plötzliche Stille, nachdem auch das Sirren der Klimaanlage verstummt war. Die Angestellten verteilten batteriebetriebene Tischleuchten, und die Wirtin informierte die verehrten Gäste, es handle sich um einen Stromausfall, der die gesamte Stadt betreffe. »Die nächste Runde geht aufs Haus, derzeit sind die Getränke im Kühlschrank noch kalt.« Wer aufs Klo musste, bekam eine Taschenlampe.

Vielstimmiges Sirenengeheul konkurrierte mit dem des Sturmes. Binnen Kurzem war die Luft in der Stube geschwängert vom Ausdünstungs-Cocktail zu vieler Menschen auf zu engem Raum. Kittys Bewegungen wurden fahrig, sie zerkrümelte ihre Papierserviette. Kilian griff zaghaft nach ihrer Hand, sie protestierte nicht, also streichelte er ihr Unbehagen weg. Fast bedauerte er, dass nach einer Viertelstunde bei mäßig kühlem Rivaner der Spuk vorbei war.

¤

Wenn sein Geist beim Taxifahren mühelos und musenbeflügelt alle Gipfel der präzisen Formulierung erklomm und komplexe Gedanken zur klaren Essenz destillierte, dachte Ben immer, eine Schreibblockade treffe nur die anderen. Doch am Campingklapptisch vor dem Haus rotierten seine Gedanken in Leerschleifen. Kein Musenflügel in Sicht, das Projekt steckte fest wie zwei Rallyeautos im Schlick, die sich beim Rennen gegenseitig blockierten. Beim Romanentwurf klemmte der Plot.

Wenn man die Muse zum Küssen zwang, wurde sie frigide.

Er klickte sich ins Sachbuch, das er *Minimax-Weltsicht* genannt hatte und das ganz anders werden sollte als die Ratgeber und Wegweiser zum Minimalismus, die den Markt überschwemmten, jedoch meist welterklärend mit ideologischem Zeigefinger getippt waren. Sein Buch hingegen sollte auf sinnliche Weise den Lesern das Prinzip des Minimalismus als erfüllende Lebensform nahebringen. Beleuchten statt belehren.

Den Einstieg mochte er, obwohl Svenja ihn so heruntergemacht hatte: *Minimalismus heißt, sich von allem zu trennen, was nur vermeintlich glücklich macht - bis man es als überflüssig erkennt. Bis man Besitz als Ballast empfindet und Sozialprestige als Beschränkung. Bis man Sehnsucht verspürt, die Seele vom Diktat der Statusbewahrung zu erlösen. Bis das Verlangen entsteht, den Geist von den Fesseln des Versicherungsdenkens zu befreien. Bis man erkennt, dass ein Leben ohne Rücklagen das Voranschreiten beflügelt.*

Minimalismus befreit das Leben von einer der Zivilisationskrankheiten unserer Zeit: der Furcht, zu verlieren, was man besitzt. Lebensstandard, Macht, Einfluss. Diese Angst generiert Konflikte, besonders Gefühlskälte gegenüber sozial Schwachen und Fremdenfeindlichkeit.

Aber der Rest war dröge, einschließlich der Abrechnung mit dem Neo-Liberalismus, der die Spaltung der Gesellschaft in selbst ernannte, immer reicher werdende Eliten und ein zunehmendes Prekariat vorantrieb. Dessen Apologeten den Klimawandel zwar bekämpften - aber stets nur so weit, dass Konzerne und Lobbyisten bei der Stange blieben. Immer wieder entdeckte er im eigenen Text den Zeigefinger. Eine Welle von Mutlosigkeit durchschwappte sein Hirn und breitete sich in konzentrischen Kreisen aus. Kein wirklicher Plan. Keine echte Perspektive. Mitte dreißig, nichts vorzuweisen, keine Karriere in Sicht, ein unbekannter Möchtegernschriftsteller, der seiner eigenen Begabung, ein echter Autor zu werden, nur bedingt vertraute. Der nur wusste, dass er nicht sein wollte, was er geworden wäre, wenn er sich daheim zu Hause gefühlt hätte. Zu erkennen, wohin man nicht wollte, war besser als nichts. Aber es bot kein Ziel, das Halt gab.

Resigniert klappte er sein Pad zu.

Dann fiel ihm Kittys Vorschlag ein, die Martini zu befragen, und seine grasgetriggerte Idee, ihr nicht nur wegen der Geburt des Preuss-Babys auf den Zahn zu fühlen, sondern die Reproduktionsmedizin als Aufhänger für ein Kapitel im Sachbuch zu nutzen - widersprach sie doch einem der Grundprinzipien des Minimalismus: der natürlichen, ressourcensparenden Lebensführung. Was für ein Auswuchs konsumgesellschaftlicher Dekadenz, Eizellen, Sperma oder Embryonen für teures Geld einzufrieren, energieaufwendig in Tiefkühltruhen zu lagern und bis zu einem opportunen Zeitpunkt zu horten!

Bei seiner Recherche über A. Martini fand er in der medizinischen Datenbank dreiundfünfzig Publikationen. Zu Beginn ihrer wissenschaftlichen Karriere hatte sie sich mit dem Thema Bewahrung der Fruchtbarkeit bei Frauen vor einer Krebsbehandlung beschäftigt. Er lud alle gelisteten Artikel herunter.

Dann schrieb er eine Mail an seinen Vater - widerwillig, denn er hasste es, ihn um Unterstützung zu bitten, auch wenn sie sich besser verstanden, seit Vater durch einige Fehlinvestitionen am Aktienmarkt den größten Teil seines Vermögens losgeworden und von seinem hohen Ross heruntergestiegen war. Das Domizil in der Villa war ihm nur geblieben, weil die horrende Hypothek auf Mutters Namen lief, auch die Haushälterin stand bei der Frau Staatsanwalt im Lohn. Allerdings war Dad in puncto Netzwerk zuverlässig und effizient, und es war ihm stets eine Genugtuung, dem missratenen Sprössling seinen sozialen Einflussreichtum zu demonstrieren. Dass er seinem Sohn seinerzeit - hinter dessen Rücken - den Job bei *VIGILANZ-VISION-online* vermittelt hatte, wäre für Ben, als er es zufällig erfuhr, beinahe ein Kündigungsgrund gewesen. Doch der Chef hatte gutmütig gelacht, er solle sich nicht so anstellen, heutzutage bekämen auch die besten Leute ihre ersten Jobs nur mit den richtigen Beziehungen zur richtigen Zeit.

Kaum hatte Ben auf *Senden* gedrückt, krachte der erste Donner in die drückende Stille. Als er die Tür öffnete, blies ihn eine Windböe fast um und wirbelte ihm Sand ins Gesicht. Die zwei Stühle auf der Miniterrasse hatte der Sturm weggefegt. Ben sicherte alles, verrammelte sämtliche Fenster und schaute zu Kilians Castle, wo die Fensterläden offen standen, obwohl sein Nachbar sie sonst beim ersten Anzeichen eines Unwetters schloss. Sturzflutartiger Regen trieb Ben zurück ins Tiny House, das wackelte wie ein über Schotter gezogener Wohnwagen. Die Versuchung, im Trockenen zu bleiben, war groß, dennoch griff er nach Kilians Hausschlüssel für Notfälle. Vornübergebeugt kämpfte er sich durch Wind, Wasser und Momente der Panik zu Kilians Castle. Das verwüstete Gemüsegärtchen musste warten. Mehrere umgestürzte Blumentöpfe lagen verstreut vor dem Haus, er verstaute alles unter der auf Stelzen ruhenden Holzveranda. Kilians Castle aus Hanfbeton war im 3-D-Druck gefertigt und durch seine runde Form mit einer Abschrägung des Dachs angeblich sturmfest, sogar die Fenster waren aus High-Impact-Glas. Als Ben die Tür öffnete, schoss mit furchterregendem Fauchen die Katze, die keinem gehörte, an ihm vorbei ins Haus und kletterte in die Schlafebene, wo sie unter dem Bett verschwand.

Erst Rollläden, dann Kleinwildjagd! Zumindest machte Kilians Castle seinem Namen Ehre und stand stabiler im Sturm als Bens Hütte. Zwar war das Vibrieren zwerchfellstrapazierend, doch weniger beängstigend als das Rütteln. Ben entschied, das Unwetter hier auszusitzen und auch der Katze Asyl zu gewähren, solange sie nichts demolierte.

Eine gefühlte Ewigkeit saß er mit angezogenen Knien auf der Couch, schloss die Augen und lauschte dem Toben von Regen und Sturm. Dann folgte ein Donner, ohrenbetäubend wie eine Bombenexplosion, und durch die Ritzen der Fensterläden drang gleißendes Licht. Die Katze sprang von der Schlafebene herunter und fetzte in spastischem Zickzack durch den Wohnraum. Dabei fegte sie die schwere Muranoglas-Schale und einen Tonkrug vom Sideboard. Verschreckt vom Lärm des Zersplitterns, sprang sie in zwei Sätzen zurück zur Leiter, traute sich aber nicht hoch. »Na, komm her«, lockte Ben, dem das Vieh wider Willen leidtat. Zu seiner Überraschung sprang sie ihm maunzend auf den Schoß und beruhigte sich. Das Wetter auch. Schlagartig war der Spuk vorbei, Sturm und Regen flauten ab. Ben atmete auf, Apokalypse noch mal vertagt.

Die Katze kraulend schaltete er sein Handy ein, zwei entgangene Anrufe von Kilian. Noch bevor er die Mailbox abhören konnte, stand der Absender in der Tür. »Huch«, sagte er, als ihm die Katze im Affentempo durch die Beine witschte und das

Weite suchte. Dann klappte er den Mund zu und lachte. Dabei wirkte er völlig entspannt, seine Augen funkelten. Und wieso hatte er am helllichten Tag eine Fahne? »Thanx for saving my castle«, sagte Kilian und ließ sich auf die Couch fallen, ohne die Scherben eines Blickes zu würdigen.

Bens Handy plingte. Vater war unfassbar schnell gewesen: *Hallo Sohn, Anfrage erledigt, s. Anhang. Gruß, Dad.* In der Bunkervilla, in der sich die Büro- und Konferenzräume seiner Kanzlei mit ihren elf Gesellschaftern befanden, hatte ihn das Unwetter wohl nicht gestört. Ben öffnete das angehängte Dokument.

Liebe Freundin Martini,
darf ich heute mit einer persönlichen Bitte an Sie herantreten?
Mein Sohn Ben, seines Zeichens studierter Jurist und Journalist, derzeit als freier Schriftsteller tätig, beschäftigt sich mit aktuellen soziologischen Fragen. Er arbeitet an einem Feature über das Thema »Soziale Auswirkungen der innovativen Verfahren und fortschrittlichen gesetzlichen Verordnungen in der Reproduktionsmedizin auf die moderne Gesellschaft«.
Als Ben mir diese Idee vortrug, habe ich sofort an Sie, verehrte Freundin, gedacht. Ich war seinerzeit überaus beeindruckt von dem Vortrag, den Sie im Club zur modernen Fertilitätsbehandlung gehalten haben, insbesondere davon, wie Sie uns als Laien die komplexen medizinischen Sachverhalte dieser hochspezialisierten Therapie in verständlicher Weise nahebrachten. Deshalb habe ich meinem Sohn spontan empfohlen, sich von Ihnen beraten zu lassen. Dürfte Ben sich in Ihrem Sekretariat um einen Termin bemühen?
Mit rotarischen Grüßen
Ihr CC

Als er Kilian die Mail zeigte, klopfte der Ben auf die Schulter. »Donnerwetter! Dein alter Herr könnte dem Preuss glatt Nachhilfe in Manipulationskunde geben.«

»Mmpff«, machte Ben, der gegen aufwallenden Sohnesstolz weitgehend, aber nicht vollständig immun war.

¤ ¤ ¤

11. August

Anna hatte Carlos Cortes verflucht, als er sie per E-Mail um einen Termin für seinen Sohn bat. Sprösslingsbetreuung für einen Juristen, der keinen Bock auf Papas Kanzlei hatte und sich als Schreiberling für seine sozioanalytischen Ambitionen auf die Reproduktionsmedizin als Spielwiese kaprizierte! Aber rotarischen Freunden schlug man die Bitte um Unterstützung nicht aus Lustlosigkeit ab, schon gar nicht CC, der ihr seinerzeit beim Joschi-Chaos als renommierter Anwalt für Steuer- und Wirtschaftsrecht weit untertariflich juristischen Beistand geleistet und ihr den Gerichtsvollzieher vom Hals gehalten hatte.

»Schauen Sie mal, wie süß!«, sagte Aisha, als ihre Chefin am Spätnachmittag das Sekretariat betrat. Ein Baby im Taufkleid schüttelte Anna auf dem Schirm seine Fäustchen entgegen, man meinte es brüllen zu hören, das arme Kind wehrte sich wohl gegen das Weihwasser. Vida schrieb: *Dear Doctora Anna, Luiz is beautifulest baby of world. But I unhappy with husband because he not want to hire nanny and he fired maidservant. Many people sick in Rio, mostly in favelas but also in places where favelados go work. Como a peste!! Husband says I must stay home, no shopping, no fitness, no parties, too dangerous because contaminação.*

Anna wollte gleich antworten, aber Aisha meinte, der arme Journalist würde schon seit einer halben Stunde warten. »Übrigens, der ist gar nicht so ungeil.«

Als Sohn des alten Cortes hatte sie keinen lässig gekleideten Typen mit Dreitagebart erwartet. Der Junior sprang schwungvoll auf und kam mit einem Lächeln auf sie zu, als sei ihr Erscheinen die Erfüllung eines lang gehegten Wunsches. Sein

Gesicht mit der dominierenden Hakennase kam ihr bekannt vor, vielleicht vom rotarischen Kaminabend im Elternhaus. Sie musste zu ihm aufschauen, als er sich vorstellte und artig seine Dankbarkeit für den zeitnahen Termin bekundete. Es klickte in ihrem Kopf, unvermittelt trat sie einen Schritt zurück. »Ach, *Sie* sind das. Wir kennen uns ja bereits, allerdings haben Sie sich damals nicht vorgestellt.«

Cortes ignorierte das Klirren in ihrer Stimme und strahlte sie unvermindert an. »Ich fühle mich geschmeichelt, dass Sie sich an mich erinnern«, sagte er, »auch wenn ich mit dem ersten Eindruck wahrscheinlich keine Punkte gesammelt habe.«

Anna verschluckte ein Lächeln. Nicht uncharmant, der Alte hatte sich bei der Erziehung Mühe gegeben. »Stimmt«, antwortete sie knapp und bat ihn in ihr Zimmer.

»Das zerknirscht mich total«, antwortete er mit fröhlichem Grinsen, »dabei haben Sie mich freundlicherweise coram publico mit ›junger Mann‹ tituliert und mir von Wortwiederholungen abgeraten. Übrigens, Vater lässt herzlichst grüßen.«

Cortes junior - der impertinente Typ, der auf der Pressekonferenz gefragt hatte, ob sie Frau Petri persönlich entbunden habe, und dann auch noch den Gerüchten um eine Leihmutterschaft weitere Nahrung gab. Wenn sie das vorher gewusst hätte ... »Danke und Grüße zurück«, erwiderte sie kühl und ging zügig voran, am Konferenztisch mit dem Sofa und den bequemen Thonet-Schwingstühlen vorbei zu ihrem Chefsessel am Schreibtisch. Ihr Gast setzte sich auf den Stuhl gegenüber, stellte den Rucksack auf den Boden und kramte ein Pad mit digitalem Schreibstift heraus. Lächelte sie erwartungsvoll an.

Anna musterte ihn über ihre Brille hinweg. Joschi nannte das ihren Gouvernantenblick. Den brauchte sie, denn ihr Gegenüber drohte sie milde zu stimmen. »Ihnen ist hoffentlich klar, dass Sie von mir keinerlei Auskünfte über die Familie Preuss-Petri oder sonstige Patientinnen bekommen?«

Cortes legte die Handflächen vor der Brust aneinander und senkte den Kopf zu einem perfekten Wai, wie der thailändische Guru, in den sie sich vor Jahren im Yogakurs verguckt hatte. »Selbstverständlich«, beteuerte er, »nichts liegt mir ferner.« An der Pressekonferenz habe er nur im Rahmen seines Brotjobs teilgenommen. Sein heutiges Anliegen sei eine Recherche zum Thema assistierte Reproduktion, er arbeite an einem Buch über aktuelle, gesellschaftlich relevante Themen wie unter anderem die Reproduktionsmedizin. »Ich habe alles von Ihnen gelesen, was im Netz zu finden ist; und ich bin total fasziniert.«

»Tatsächlich? Wie schmeichelhaft.«

Cortes sprang auf und kam mit einem »Darf ich?« um den Schreibtisch herum. Behutsam schob er die Orchidee zur Seite, deren fahlweiße wächserne Blüten wie die Marzipandeko auf einer Hochzeitstorte aussahen. Er platzierte sein Pad vor Anna auf der Tischplatte. Sie sog seinen Geruch ein - kerlige Gesamtnote, dazu ein winziger Hauch von frischem Schweiß, den sein herbes Deo nicht vollständig überdeckte.

Er tippte auf dem Display einen Ordner an. Auf dem Bildschirm erschienen ihre Publikationen, chronologisch geordnet und nahezu vollständig. Sie bat ihn, wieder Platz zu nehmen. Nach einem Moment des Zögerns ging er zu seinem Stuhl zurück und nahm seinen Duft mit, dessen letzter Rest verflog, als die Klimaanlage sich sirrend einschaltete.

Cortes hatte die Fragen in den Dateien notiert. Er drehte das Pad zu ihr: eine Übersichtsarbeit aus den *Seminars in Reproductive Medicine*. Sie musste sich über den Tisch beugen, um die neben den markierten Zeilen jeweils in einer Kommentarblase stehenden Fragen zu entziffern. Nun konnte sie ihn wieder riechen. Minutiöse Vorbereitung, stellte sie fest, ernsthafte Beschäftigung mit dem Thema. Und mit ihr. Sie scrollte durch den Artikel und las seine Kommentarfragen. »Das geht doch besser, wenn wir nebeneinandersitzen«, sagte sie und steuerte den Konferenztisch an.

Sie setzten sich auf das Sofa. Vorab hatte Ben eine Frage zum Verfassungsgerichtsurteil, mit dem die Leihmutterschaft gesetzlich neu geregelt wurde. Ob das gesundheitliche Risiko, das eine Leihmutter auf sich nehme, nicht ein Argument für das frühere gesetzliche Verbot sei?

Anna schüttelte den Kopf. »Strenge Regelungen ja, staatliche Reglementierung nein. No risk, no life! Dass Sie heute hier sitzen, verdanken Sie der Risikobereitschaft Ihrer Mutter. Verbietet das Gesetz etwa einem Skirennläufer oder Formel-1-Fahrer die Berufsausübung? Oder steckt man bei einem Unfall den Bordmechaniker ins Gefängnis, wie man es vor der Gesetzesänderung mit den Ärzten gemacht hat?«

Als Cortes zögerlich den Kopf wiegte, legte sie nach. »Eine Leihmutter stellt vorübergehend ihren Körper zur Verfügung – und zwar unglücklichen Menschen, denen die Natur etwas verweigert, das für viele einen wesentlichen Bestandteil des eigenen Lebenssinns ausmacht.« Ihre Stimmbänder kriegten Gänsehaut, als sie sich selbst salbadern hörte.

Ben Cortes grinste zaghaft. »Sorry, Frau Doktor, das war wohl eine blöde Frage, danke, dass Sie sie trotzdem beantwortet haben.«

Ihr Zorn zertröpfelte wie eine Seifenblase. »Bevor ich Ihnen da Rede und Antwort stehe, würde ich gerne wissen, welche aktuellen, gesellschaftlich relevanten Themen Sie in Ihrem Buch bearbeiten und welche Rolle die assistierte Reproduktion dabei spielt.«

Einen Moment wirkte er nervös, dann antwortete er zögerlich: »Ich bin Minimalist und schreibe ein Buch über Minimalismus.«

»Echt jetzt?«, fragte sie. Ausgerechnet der einzige Sohn von Cortes, einem erfolgreichen Wirtschaftsanwalt, bei dem die reiche Schickeria ein und aus ging. Die Idee des totalen Luxusverzichts fand Anna nicht unattraktiv, doch die eigenen Eltern hatten sie derart knapp gehalten, dass sie mit Eintritt ins Berufsleben die schwäbische Sparsamkeit aus ihrem Leben verbannt hatte. Dennoch wurde mit der Zeit die Akquisition von Überflüssigem weniger lustvoll. »Minimalismus ist spannend. *Wer Fülle meidet, findet Erfüllung*. Erzählen Sie!«

»Wow, Laotse«, antwortete Cortes und strahlte, »vielleicht war er der erste aktenkundige Minimalist. Was mich betrifft …« Das durchdringende Fiepen des Notrufs unterbrach ihn. Der Kreißsaal. Eine Risikopatientin mit Diabetes wollte ihre Zustimmung zur Sectio nur geben, wenn die Chefärztin ihr das persönlich erklärte. Ausgerechnet jetzt. »Tut mir leid, Notfall, wir müssen uns wohl vertagen.«

Als Cortes sie treuherzig anschaute und darum bat, auf sie warten zu dürfen, egal wo und wie lange, wurde sie schwach. Sie fuhr ihren Computer herunter, aktivierte die App, die bei jedem fingerprintinkompatiblen Zugriff ihren Handyalarm auslöste, und schloss noch verstohlen ihren Schreibtisch ab.

»Versteh ich«, kommentierte Cortes grinsend.

¤

Im Kreißsaal herrschte Hektik. Die zweiundvierzigjährige Diabetikerin war kaltschweißig, das mütterliche Becken für das Riesenbaby zu eng und die Geburt stagnierte seit Stunden - klare Indikation zum Kaiserschnitt. Nur die Patientin konnte sich nicht entschließen, verlangte immer wieder Aufschub - sie litt unter Narkosephobie, Periduralanästhesie* ging auch nicht. Zwar war die junge Oberärztin aus Portugal fachlich ein Ass, sprach aber nur eingeschränkt Deutsch, nicht gut genug, um die verängstigte Patientin zu überzeugen. Am schlimmsten war der Ehemann, der seiner Frau hektisch mit einem speckigen Tuch über die Stirn fummelte.

Anna schickte alle außer der Hebamme aus dem Kreißsaal, setzte sich zu der Patientin und fuhr ihre Stimme auf die Beruhigungsfrequenz herunter, die sie in einem Seminar für Hypnose trainiert hatte. »Ich weiß, dass Sie die Geburt Ihres Kindes lieber auf natürliche Weise und bewusst erleben möchten. Aber ist es das wert, Ihr Leben und das Ihrer Tochter zu riskieren? Wenn Sie uns erlauben, Sie mit Kaiserschnitt zu entbinden, werden Sie ein bisschen schlafen und beim Aufwachen ihr Baby im Arm halten. Und ich wette, dass es Ihnen dann nicht mehr wichtig sein wird, wie es auf die Welt kam.«

Sie brauchte sieben Minuten, um die Patientin zu überzeugen.

¤

Kurz vor dem dritten Stock blieb der Lift mit einem scharfen Ruck stecken. Anna schaltete die Sprechanlage ein, der Haustechniker versprach, sich sofort auf Fehlersuche zu begeben, die aber ergebnislos blieb. »Keine Panik, Frau Chefarzt, ich kontaktiere den Hersteller.« Macho, dachte Anna, einer Frau unterstellten Männer immer Angst.

Sie rief Cortes an und schlug ihm vor, nach Hause zu gehen und das Gespräch zu einem späteren Zeitpunkt fortzusetzen. Er lehnte strikt ab. »No way! Ich lasse Sie doch nicht allein. Geht es Ihnen gut, oder haben Sie Klaustrophobie?«

Schon wieder Macho. »Quatsch! Phobien sind was für Weicheier!« Sie hasste es, wenn ihre Stimme schrill wurde.

Ob ihr Smartphone geladen war, wollte er wissen. Nur zwölf Prozent, sie fluchte und beendete das Gespräch. Mit Bedauern. Leise sagte sie »sehr gern«, als Cortes ankündigte, er würde sich alle zehn Minuten kurz melden.

Trotz weißer Jeans setzte sie sich auf den Boden, lehnte sich mit dem Rücken an die Wand. Schön wäre, sich an einen Menschen zu lehnen. Einen, der sie beruhigte - oder der noch mehr Angst hätte und den sie dann trösten könnte. Der ihr abkaufte, dass sie kein Weichei war.

Keulenschlagartig fiel ihr Stuttgart ein. Zweiter Terroranschlag? Gestern die Parteizentrale, wo man wohl den Minister vermutet hatte, heute die Klink, in der seine Frau lag? Sie drückte auf die Sprechanlage - nur Rauschen.

Platzangst ist was für Weicheier, hatte sie damals gelernt, als sie sich als Vierjährige beim Versteckspiel ausgerechnet Mutters Wäschetruhe ausgesucht hatte, deren Deckel dann eingerastet war. Wo sie fürchtete, ihre zusammengefalteten Knochen würden zerknacksen wie gefrorenes Reisig. Wo sie erstmals Erstickungsangst spürte. Sie hatte die Dampfnudel erbrochen und die Bettwäsche mit Urin getränkt. Als Vater sie endlich fand, verpasste er ihr eine Ohrfeige, rannte ins Bad und wusch sich mit angeekelter Miene die Kotze von der Hand.

Mutter sagte vorwurfvoll zu ihm: »Tenia yuyu, la pobre sita.«

Er hatte geantwortet: »Wenn sie Schiss hat, soll sie von solchen Verstecken wegbleiben.«

Tief atmen. Ablenken. Aufzüge können auch aufregend sein. Wie damals, als sie fast Sex hatte, nach dem Meeting in Seattle, wo der schwedische Immunbiologe, der aussah wie Daniel Craig, sie im stecken gebliebenen Aufzug des gemeinsam besichtigten Instituts geküsst hatte.

Schlagartig wurde es grabesstill und stickig, die Lüftung hatte sich abgeschaltet. Wie eine fette Python schlang sich die Beklemmung in Spiralen um ihre Brust, trieb ihr den Schweiß in den Nacken. Schon lange hatte sie eine Patientenverfügung schreiben wollen. Keine lebensverlängernden Maßnahmen, wenn das Hirn durch Sauerstoffmangel zu Gemüse wird.

Das Telefon. Ben Cortes, wie von einem anderen Planeten, aber dennoch nah. »Geht es Ihnen gut?«, erkundigte er sich.

Ihre Restcontenance zerplatzte. »Beschissen! Ich bin halt doch ein Weichei«, stammelte sie.

»Sie sind die totalste Powerfrau, die ich kenne«, widersprach er, »abgesehen von meiner Mutter.«

Sie musste lachen, die Python lockerte ihre Umklammerung, sie atmete leichter. »Es wird schon kein Attentat sein«, sagte sie scheinscherzhaft.

»Bestimmt nicht«, antwortete er ernst. »Ich werde aber doch mal nachforschen, was los ist, und melde mich wieder.«

Die Zeit dehnte sich wie erkaltender Schmelzkäse, der Innenraum des Aufzuges schien zu schrumpfen. Dann der Textnachricht-Pling: Cortes. Seine Stimme zu hören, wäre besser gewesen.

Ich schreibe, weil das Strom spart, aber in Gedanken bin ich bei Ihnen. Im Haus ist alles ruhig, also kein Anschlag, auch sonst alles okay. Ich war in der Technikzentrale. Irgendein Steuerungselement ist defekt, nichts Schlimmes. Leider steht der Servicetechniker im Stau, ist aber schon in der Nähe. Halten Sie die Ohren steif, ich warte auf Sie.

Ihr Zittern erschwerte das Tippen, umso mehr, als es schnell gehen sollte. *Vielen Dank für Ihren Beistand, den ich sehr zu schätzen weiß. Wenn das hier überstanden ist, brauche ich erst mal einen Drink.*

Sofort kam die Antwort. *Darf ich Sie dazu einladen?*

Beim Grinsen löste sich ein Schweißtropfen von der Oberlippe, als Anna zu tippen begann: *Nein* – dann erlosch das Display. Sie warf das Handy an die Wand, es schepperte panzerglasgeschützt zu Boden. Anna legte den Kopf auf die Knie. Tief atmen! Die Zeit lief in Super-Slow-Motion.

Minuten später hörte sie drei dumpfe Schläge, jemand klopfte an die Aufzugtür, ganz in der Nähe.

»Frau Doktor Martini?« Anna erkannte Ben Cortes' Stimme, oder träumte sie das? Sie konnte nicht gleich antworten, ihre Zunge klebte am Gaumen.

»Alles in Ordnung bei Ihnen?« Er klang besorgt, aber nicht beunruhigt.

»Ben, sind Sie das?«, krächzte sie.

»Ja klar, ich bin da, Anna, und ich bleibe, bis Sie herauskommen.«

Warum sagte er Anna zu ihr, und wieso musste sie heulen? Energisch wischte sie sich die laufende Nase mit dem Ärmel ab. Atmete auf, als sie Ben sagen hörte: »Es ist alles in Ordnung. Der Servicetyp ist jetzt da.«

Er sprach irgendwie weiter, sein Beruhigungsbariton hallte durch den Schacht. Sie verstand den Klang, die Worte waren unwichtig. Nach weiteren zehn Minuten setzte sich der Aufzug mit einem Ruck in Bewegung, glitt nur wenige Meter nach oben. Die Tür quietschte und öffnete sich quälend langsam. Dahinter stand Ben. Seine Arme nicht ausgebreitet, aber auffangbereit. Sie ließ sich sinken, vergrub ihr Gesicht in seiner Schulterkuhle, sein Geruch war wie nach Hause kommen, der Schweiß hatte etwas die Oberhand gewonnen, erdig frisch.

»Danke, dass du da warst«, murmelte sie in sein Shirt.

Die Umarmung war einzig der Ausnahmesituation geschuldet. Gerettete durften das. Ihre Fingerkuppen ertasteten seine Rückenmuskeln, das ärztliche Ohr an seiner Brust diagnostizierte einen zu schnellen Puls. Ihr eigener Herzschlag wummerte in Wellen. Sie tauchte ein in den Moment prickelnder Geborgenheit. Ihr Hirn funkte das Kommando: Verweilen verboten! Sie löste sich.

Tränen und Make-up hatten eine pudrig-braune Spur auf seinem lichtgrauen T-Shirt hinterlassen.

¤

Ben holte das Fahrrad aus dem Keller der Klinik und schickte einen stummen Dank an das Steuerungselement. Er hatte im Stillen geflucht, als Martinis Notfallhandy klingelte, gerade als sie zugänglicher zu werden schien. Ein Grund mehr, dranzubleiben, nachdem sie ihm bis dahin unmissverständlich die Grenzen ihrer Gesprächsbereitschaft aufgezeigt hatte. Als Wallraff war er nicht wirklich erfolgreich gewesen. Doch Anna Martinis Vertrauen zu gewinnen, war nach dem bisherigen Abend eine reizvolle Aufgabe, die den inneren Journalisten vor eine Herausforderung stellte und den inneren Autor beflügelte.

Wenn eine Chefärztin sich für den Minimalismus interessierte – gab es da nicht Hoffnung für die Welt?

Als sie ihm dann vor einer halben Stunde aus dem Aufzug entgegengewankt kam, die zerbrechliche Powerfrau, ganz weichgespült von Tränen und Schweiß, da waren ihm die Knie zittrig geworden. Der Moment des Festhaltens, als er ihre seidigen Haare streichelte und »alles ist gut« in ihr Ohr flüsterte, hätte endlos dauern können. Aber Anna Maria Mercedes hatte sich gleich wieder gefangen und fast ruckartig von ihm gelöst. Nach einer gemurmelten Entschuldigung war sie verschwunden, um sich »frisch zu machen«. Zehn Minuten später kam sie zurück, umgezogen und perfekt geschminkt, wieder ganz die coole Chefärztin. In ihrer schmal geschnittenen grauen Leinenhose und der lose darüber getragenen Hemdbluse wirkte sie sportlich, mit einem unaufdringlichen Schuss Eleganz. Und war wieder so komplett in die Haut der unnahbaren Frau Doktor geschlüpft, dass er sich kaum zu fragen traute, ob ihr Nein zu seiner Einladung auf einen Drink endgültig sei. »Ja sicher«, hatte sie geantwortet. Er hatte wohl enttäuscht dreingeschaut, sie lachte. »Mein Nein bezog sich nicht auf den Drink, sondern auf die Einladung, denn die ist ja wohl meine Sache.« Ein ordentlicher Italiener sei in Laufdistanz gleich um die Ecke. Übrigens habe sie auch Hunger.

Den hatte Ben sowieso und rechnete es der Chefärztin hoch an, dass sie ihn – trotz Cargohose und der Flecken auf dem Shirt – in den Nobelschuppen mitnehmen wollte, den sogar sein Vater schätzte. Ob ihr »Du« den Affekt überdauern würde?

Sie wartete vor dem Eingang und schaute ungläubig auf sein Bike. »Ist das etwa ein Fahrrad ohne Elektromotor? Ich dachte, die gibt's nur noch für Radsportprofis und Kinder.«

»Das ist meine Frieda«, stellte er vor und tätschelte den Lenker wie ein Lieblingshaustier, »und dieser Herr ist Hakuho.« Er quetschte dem anstelle einer Klingel auf der Lenkstange thronenden Gummi-Sumo-Ringer den massigen Hintern, woraufhin dieser einen durchdringenden Quietschlaut von sich gab. »Minimalisten fahren keine E-Bikes, außer bei Gebrechlichkeit.«

»Auto auch nicht?«

»Nope.«

»Wow«, sagte sie ohne Ironie, als sei sie beeindruckt und wundere sich. Seine Ohren wurden warm. In einträchtigem Schweigen liefen sie die zweihundert Meter bis zum Italiener. Friedas Reifen schmatzten leise auf dem Asphalt. Sie passierten einige Platanen, in denen ein Schwarm quietschbunter Kanarienvögel rätselhafter Herkunft ein schrilles Abendkonzert tschilpte. Der Mördersommertag glitt gemächlich hinüber in eine milde abendliche Summertime.

»Was für ein schöner Abend«, sagte Martini. »Können wir uns darauf einigen, Fachliches beim Essen außen vor zu lassen?«

»Klar«, antwortete Ben, »aber ich darf auf einen zweiten Interview-Termin hoffen?«

¤

Der Padrone begrüßte die Dottoressa überschwänglich und Ben beiläufig. Er brachte sie zu einem ruhigen Tisch am Fenster und überreichte die Speisekarte; als Tagesempfehlung nannte er, seiner Stammgästin zugewandt, *Pesce spada alla griglia* und *Branzino al forno*. Für Ben übersetzte er: »Schwertefisch und Wolfebarsch, totalmente Bio, garantierte ohne Mikroplastik.«

Ben war begeistert, Fisch aus den mikroplastiküberwachten Schutzgewässern lag üblicherweise jenseits seines Minimalistenbudgets.

»Ist Weißwein okay?«, fragte seine Gastgeberin. Ben nickte; sie orderte ein großes Wasser und eine Flasche Pinot Grigio aus dem Friaul. Ben sah sich um: postmodern dekorierter Schuppen, mit Säulen und Retromobiliar. Die Gäste: Golfplatzpublikum, natürlich niemand in T-Shirt und Sneakers. Froh, solchen Deko-Wohlstand hinter sich zu wissen, hätte er sich für den Moment doch ein weniger schäbiges Outfit gewünscht.

»Antipasti?«, fragte Anna, und Ben antwortete: »Au ja.«

Der Wein war spritzig und kalt genug, um die Illusion der Leichtigkeit zu erhalten. Beim Anstoßen bedankte Ben sich artig bei Frau Doktor für die Einladung.

»Ich bin Anna - nach diesem Abenteuer ... Danke für den Beistand vorhin. Und sorry ...« Sie stupste mit ihrem manikürten Zeigefinger zart auf die Make-up-Spur an seiner Schulter. »Haben Minimalisten wenigstens Waschmaschinen?«

»Dafür wäre in meinem Tiny House kein Platz.«

Anna bekam runde Augen. »Tiny House? So eins wollte ich immer schon mal von innen sehen.« Sie brach ab, ein Anflug samtiger Hellröte breitete sich auf ihren Wangen aus, sie schaute in ihr Weinglas.

»Anytime, total gerne«, antwortete er.

Anna griff erneut nach der Karte, klappte sie schnell wieder zu und verkündete, den Branzino mit Fenchel zu nehmen. Ben entschied sich für die Alternativempfehlung des Padrone.

»Schwertefisch«, sagten sie synchron und lachten los.

Anna wollte mehr über das Tiny House wissen.

»Mein Castle hat vierundzwanzig Quadratmeter, mit Miniküche, Nasszelle, kleiner Terrasse, also alles, was man braucht. Allerdings gibt es keine Klimaanlage, dafür aber einen großen alten Ventilator.«

»Schau mir in die Augen, Kleiner«, warf Anna ein. Was er gerne tat und sich tief ins Mahagonibraun versenkte. Anna hielt seinem Blick nicht stand und sagte: »Filmzitat.«

»Halten Sie mich für so jung und unwissend, dass ich *Casablanca* nicht kenne?«

»So jung, dass du mich aus Respekt vor dem Alter siezt, obwohl ich dir das Du angeboten habe.«

Ben machte sein ernstes Gesicht mit Dackelblick. »Ich werde demnächst fünfunddreißig. Und die mickrige Anzahl an Jahren, die du mir voraushast, ist mir erstens bekannt und flößt mir zweitens kein bisschen Respekt ein.«

Annas Mundwinkel zuckten, er war gespannt auf die Replik, aber die Vorspeisenplatte beendete vorerst die Debatte. Parmaschinken, Trüffelsalami, marinierte Muscheln, Garnelen, eingelegte Tintenfische und eine bunte Vielfalt von mediterranem Gemüse erforderten ungeteilte Aufmerksamkeit. Als die Platte fast leer war, reichte Anna ihm die letzte Garnele. »Dein Vater hat geschrieben, du wärst eigentlich Jurist. Wie findet er es, dass du Schriftsteller geworden bist?«

Ben schob sich eine Muschel in den Mund und legte die Gabel zurück auf den Tisch. »Eigentlich wollte ich Arzt oder Journalist werden. Aber fürs Medizinstudium reichten die Abinoten nicht, und fürs Schreiben hatte meine Sippe null Verständnis. Dad bestand darauf, dass ich erst mal einen Brotberuf lerne, zum Beispiel Jura, das eröffne die größte Palette an Perspektiven, vom Politiker bis zum Poeten, sogar Sänger wie seinerzeit Paolo Conte. Nach dem Examen könnte ich dann weitersehen, falls ich bis dahin nicht so weit zur Vernunft käme, das Schreiben als Hobby zu betrachten.«

Er trank einen Schluck Wasser. Anna sah ihn auffordernd an.

»Also ließ ich mich zum Jurastudium bequatschen. Obwohl ich es hasste. Die Eltern haben mich regelmäßig bekniet und bestochen, und so habe ich bis zum ersten Staatsexamen durchgehalten.«

Er rollte eine Scheibe Parmaschinken. Ob er das Studium nur für seine Eltern beendet habe, wollte Anna wissen. Ben schüttelte nachdenklich den Kopf, er mochte nicht erzählen, dass es hauptsächlich die schöne Christine gewesen war, die ihn eine Zeit lang motiviert hatte. Als leidenschaftliche Juristin, einige Jahre älter und bereits auf einer vielversprechenden Karriereschiene, war sie not amused gewesen, als er seinen Vater nach dem Examen beim Wort genommen und sich hoffnungsvoll in ein duales Journalismusstudium gestürzt hatte. Schnell schlug seine Begeisterung allerdings in totale Ernüchterung um. Mit Ach und Krach stand er die sechs Semester bis zum Bachelor durch, konnte sich danach aber nicht dazu durchringen, den Master anzuhängen wie mit Vater vereinbart. Zu quälend fand er die gefühlte Unerträglichkeit von Kommilitonen und Dozenten, noch deprimierender aber war die eigene Ziellosigkeit. Er fiel in ein schwarzes Loch, das er polytoxikoman* bekämpfte und das noch tiefer wurde, als die schöne Christine ihm mitteilte, sie sei nun mit dem jüngsten Partner aus Vaters Kanzlei liiert. Danach ging bei ihm gar nichts mehr.

Für Anna formulierte er diesen Teil seiner Biografie etwas geschmeidiger: »Motiviert hat mich außerdem eine Beziehung, die aber scheiterte. Auch das Journalistikstudium war ein Flop.

Als ich es abbrach, folgte eine depressive Sinnkrise und ›Eigentherapie‹ mit psychoaktiven Substanzen.«

»Das kenn ich«, sagte Anna, und Ben nahm überrascht die Intensität erinnerter Traurigkeit wahr, die für einen Moment ihre Gesichtszüge einfror. Dann kam das Lächeln zurück. »Und weiter?«

Beim nächsten Teil hatte er keine Hemmungen. Von einem Tag auf den anderen war er aus der Komfortzone des verwöhnten Sohnes geflüchtet, hatte sein Auto verkauft und eine Reise mit unbestimmtem Ziel angetreten. Hauste in einer Favela in Rio, erkundete Madagaskar mit dem Motorrad, schlug sich in Botswana als Hilfsranger durch - und lernte, was Armut bedeutete. Drei Jahre vagabundierte er durch die Welt.

Gedankenverloren hatte Ben seinen Wein ausgetrunken, der aufmerksame Kellner war zur Stelle und schenkte nach. »Den Rest will ich auch noch wissen«, insistierte Anna.

Ben hob sein Glas und sprach weiter. Die Heimkehr war zunächst ein »Vaterlandsschock« gewesen. Er war in eine Souterrainbude gezogen, hatte begonnen, auch im Alltag Verzicht zu üben. Anfangs holprig, aber zunehmend berauscht von der Leichtigkeit, die ihn erstmals erkennen ließ, wie lähmend der unbemerkt mitgeschleppte Ballast gewesen war. Er beschloss, endlich zu tun, was er immer schon hatte tun wollen: schreiben. Irgendwie. Sein Einstieg ins Literatendasein war der Job als Freelancer bei *VIGILANZVISION-online*, zum Leben nahm er zusätzlich den Teilzeitjob als Taxler an. In der freien Zeit schrieb er über seine Weltreise und über Minimalismus. Als seine Lieblingstante Gerda starb, steckte er einen Teil ihres Erbes ins Selfpublishing seines Reisetagebuches, das aber nur eine Handvoll Käufer fand. Vom restlichen Geld kaufte er den

Komplettbausatz für ein Tiny House, das er in eigener Handarbeit und mithilfe seines pensionierten Nachbarn zusammenbaute. »Tiny but miny«, schloss er.

Den Hauptgang servierte der Padrone persönlich. Der Wolfsbarsch für Anna lag mit trübem Blick und scharfzahnig geöffnetem Maul auf einem Bett von Fenchel und Artischocken.

»Darf ich den für dich filetieren?«, bot Ben an. Anna schüttelte erstaunt den Kopf, das fände sie zwar nett, aber wie er dazu komme, schließlich sei *sie* die Chirurgin.

»Mein Vater hat mir beigebracht, dass man einer Dame den Fisch mundgerecht entgrätet.«

»Ach wirklich?« Anna zog eine Augenbraue hoch und schob ihm ihren Teller hinüber. »Na dann.«

Zweimal rutschte das Messer ab, trotzdem schaffte er es, den Wolfsbarsch unter ihrem prüfenden Blick zügig zu filetieren. Als sie ihren Teller wieder entgegennahm, berührte sie kurz und hauchzart mit einem »Danke« seinen Handrücken. Eine Pianistinnenhand - aufregend unvorstellbar, dass sie damit Bäuche aufschnitt.

Sie widmeten sich schweigend dem Essen. Der Schwertfisch war köstlich, doch Bens Magen wenig aufnahmefähig, so wie immer, wenn eine Frau sein Zwerchfell zum Flimmern brachte. »Jetzt du«, sagte er schließlich, »wie kommt man zur Reproduktionsmedizin?«

Auch ihre Eltern hatten bei der Berufswahl mitgemischt, wie sie ihm gestand. Für den Angestellten einer Klinikverwaltung und die Krankenschwester war der Arztberuf Inbegriff der Träume für die Zukunft ihrer Töchter. Anna hatte hingegen wie Ben von der Schriftstellerei geträumt - am liebsten Kinderbücher - und mehr noch vom Zeichnen, beispielsweise Graphic Novels.

»Ernsthaft?«, fragte Ben begeistert.

Anstelle einer Antwort klaubte sie ihre Papierserviette vom Schoß, zog einen Kajalstift aus der Tasche und zeichnete in wenigen Strichen Ben mit Fisch, beim Filetieren, in der Sprechblase stand: »Das hab ich von Papa gelernt.«

»Wie krass ist das denn?«, stieß Ben hervor. »Können wir gemeinsam ein Buch schreiben, du machst die Illustrationen?« Er nahm die Papierserviette an sich, faltete sie sorgfältig und steckte sie ein. »Das werde ich in der Redaktion kopieren und ausnahmsweise auf Papier ausdrucken. Was für ein irres Talent!«

Anna lachte kurz auf. »Danke, leider bleibt Talent ohne Training meist Traumtänzerei.« Sie hatte einen anderen Weg eingeschlagen und als brave Tochter Medizin studiert, durchaus nicht ungern. Vor allem Gynäkologie und Geburtshilfe hatten sie früh fasziniert. Schon als Assistenzärztin stürzte sie sich auf die Wissenschaft, was vor einigen Jahren mit der Position als Chefärztin belohnt wurde.

»Glückwunsch«, sagte Ben. »Wie ist so eine Karriere mit Familie vereinbar?«

Ihre Züge froren ein. »Ich bin geschieden und kinderlos.« Ihr Gesichtsausdruck war nun verschlossen. »Und für heute habe ich genug erzählt, morgen muss ich früh raus.«

»Wie schade!«, sagte Ben und tröstete sich mit *für heute*.

Als Salvatore ihnen die Dessertkarte reichte, verzichteten beide. Beim Espresso rief Anna ein Taxi. Der Grappa ging aufs Haus und machte Ben mutig. Er bedankte sich für die Einladung und den überraschenden Abend, den er sehr genossen habe, obwohl umständehalber noch viele Fragen offengeblieben seien. Ob er sie für den zweiten Teil des Interviews zu einer Tiny-

House-Führung einladen dürfe? Einen Moment wirkte sie unschlüssig, dann nickte sie. Ihr Zeitplan sei momentan eng, aber er könne sie anrufen.

Draußen war die warme Abendluft nach der künstlichen Kneipen-Kühle willkommen. Das E-Taxi näherte sich geräuschlos, zum Abschied griff Anna Bens Sumoringer an den Hintern, weshalb ihr »bis bald« beinahe im Quietschklingeln unterging.

¤ ¤ ¤

15. August

Erst war der Linearbeschleuniger ausgefallen, und Herr Maier musste eine Stunde auf seine Bestrahlung warten. Dann Stau auf der Südtangente, nur im Schritttempo kam das Taxi voran. Gut, dass Ben schon am Morgen die Quiche geholt hatte. Für Frau Bogdan, Mutters Haushaltshilfe, war es Ehrensache gewesen, einen Imbiss vorzubereiten, der »etwas hermachte« für den Damenbesuch vom Buben – der umstandslos einen Termin für das Zweitinterview mit Anna hatte verabreden können.

Herr Maier spielte Mundharmonika und ignorierte Bens Bitte um einen Moment Ruhe zum Telefonieren. Also nahm Ben ihm das Instrument kurzerhand ab und legte es in die Konsole. Endlich hatte er Kilian an der Strippe. Im Hintergrund lief *Je Veux*, sein Lieblingsheuler von Zaz aus alten Zeiten.

»Ich brauche deine Hilfe«, brüllte Ben ins Telefon, denn Herr Maier hatte sich sein Instrument aus der Konsole zurückerobert und quäkte wieder darauf herum.

»Wie bitte?«, schrie Kilian zurück. Im Hintergrund dröhnte der Dudelsack von Zaz und mischte sich in schriller Disharmonie mit der Mundharmonika. Ben erklärte, er stehe im Stau. Frau Dr. Martini komme in einer halben Stunde zur Fortsetzung des Interviews. Ob Kilian sie vielleicht empfangen und so lange unterhalten könne, bis er zu Hause sei? Er nahm Herrn Maier die Mundharmonika wieder weg und legte sie nun nach links ins Innenfach der Fahrertür.

»Guantanamo«, brüllte Herr Maier, und Kilian fragte: »Oh Gott, was ist denn bei dir los?«

»Hirnmetastasen«, antwortete Ben.

Moi, je veux crever la main sur le cœur, sang Zaz.

Kilian brauchte einen Moment, um die Information zu verarbeiten, dann sagte er: »Klar, sehr gerne! Fortsetzung des Interviews.« Es sei ihm ein Vergnügen, sich um die scharfe Chefärztin zu kümmern, obwohl er später selbst ein Date habe.

¤

Kurz vor 19.00 Uhr ging Kilian zum Parkplatz, Sekunden später bog ein schnittiger Zweisitzer um die Ecke. Die Fahrerin zog sich in aller Ruhe die Lippen nach, während das Auto millimetergenau rückwärts einparkte. Er erkannte sie sofort, ging auf das Auto zu und hielt die Tür auf. »Grüß Gott, Frau Dr. Martini«, begrüßte er sie. »Herzlich willkommen im Tiny-House-Land.«

Sie stieg geschmeidig aus dem Sportwagen und lächelte ihn fragend an. Hätte er nicht gerade eine bezaubernde Frau zu Gast im eigenen Hause gehabt, so wäre Kilian in diesem Moment gerne zwanzig Jahre jünger gewesen - aus der Nähe war die Frau Doktor noch fescher als im Video. Olivfarbener Teint, Figur wie eine Flamencotänzerin - eine »rassige Schönheit«, hätte man früher noch sagen dürfen. Na ja, ziemlich viel früher, jetzt eher verboten. Klar, dass sein junger Freund dieses Rendezvous nicht vermasseln wollte.

»Gnädige Frau, mein Name ist Kilian Pichler, Nachbar von Herrn Cortes«, erklärte er der Ankommenden mit einer kleinen Verbeugung. »Ben bat mich, Sie zu empfangen.«

Anna reichte ihm die Hand. Ob er Österreicher sei oder ob sie so alt aussehe, dass er sie mit ›gnädige Frau‹ anspreche?

»Geh bitt schön, junge Dame! Ich bin gebürtig in Baden bei Wien, aber mittlerweile seit Langem Wahlbadener.« Seine Mission als Platzhalter für den verkehrsbedingt verspäteten Gastgeber nahm Martini lächelnd zur Kenntnis und folgte ihm anstandslos.

Vor Tagen hatte ihm Ben vom bevorstehenden Interview mit Dr. Martini in seinem Tiny House berichtet und ihn gebeten, vorher für ihn eine fertige Quiche in seinem Backofen warm zu machen. Kilian hatte sofort Kitty angerufen, und sie war Feuer und Flamme für seine Idee gewesen.

Auf dem schmalen Schotterweg, der zu den Häusern führte, gingen sie bergauf. Zu Kilians Freude bemerkte Martini sogleich, dass das rechte Tiny House größer und solider wirkte als alle anderen. »My Castle«, sagte er stolz. Ob er es ihr zeigen dürfe, seine Bekannte würde sich sicher auch freuen, Frau Doktor kennenzulernen.

Kitty saß auf der Terrasse, sie schien tief versunken in ihr Intelligopad. Erst als die beiden fast vor ihr standen, erhob sie sich und sagte freundlich, aber ohne ein Zeichen des Wiedererkennens: »Wie nett, mein Lieber, du hast Bens Date mitgebracht.«

Anna erkannte Kitty sofort. »Wie schön, Sie wiederzusehen.« Es klang nach aufrichtiger Freude, in die Kitty, vermeintlich ebenso überrascht, einstimmte. Kilian zog sich zurück und ließ die beiden Frauen in Ruhe ihr Wiedersehen auskosten und sich gegenseitig ihres seit dem letzten Kontakt vor einigen Jahren nahezu unverändert blendenden Aussehens versichern. Im Kühlschrank wartete der Hugo à la Kilian, mit Biowinzersekt und selbst gezogener Zitronenmelisse, ein zuverlässiger Stimmungsmacher. Nachdem sie das erste Glas auf der kleinen Terrasse geleert hatten, bat Kilian die Damen zur Schlossführung. Nacheinander kletterten sie über die schmale Leiter in die Schlafebene. Anna und Kitty bewunderten das Bett, viel zu groß für einen Junggesellen, aber mit breiter Option auf Zweisamkeit. Seine Gästinnen bestanden auf rhythmischem Probeliegen, Kilian durfte in die Mitte und konnte sich nicht sattriechen am Zweikomponentenduft der beiden Frauen. So gut war es ihm lange nicht gegangen.

Als das Trio kichernd wieder hinunterstieg, stand plötzlich Ben samt Gemüsetorte im Zimmer und schaute verständnislos drein.

»Frau von Kittwitz ist mein Date, wenn's recht ist«, erklärte Kilian. »Und da du ja leider verspätet warst, haben wir auftragsgemäß *dein* Date entertained.«

Kitty kicherte. Kilian nahm Ben die Backform ab und drückte dem Verdutzten ein Glas Hugo in die Hand. Als er mit der aufgebackenen, nun köstlich duftenden Quiche auf die Terrasse zurückkehrte, sagte Kitty sehnsüchtig: »Wow, wie lecker.«

Ben war aufgestanden, Martini blieb sitzen und strahlte ihn an. »Wie nett, dass du für uns gekocht hast.«

Kilian blieb ernst, als Ben ein Gesicht zog wie ein Kind, dem man ein Bonbon hingehalten und wieder weggenommen hatte. »Eigentlich wollten wir ...«, setzte er an, aber Kitty sprang auf. »Das Prachtstück muss ich fotografieren. Kilian links, Ben rechts, Frau Doktor bitte in die Mitte, und jetzt alle Cheese!« Kitty knipste eine Serie, zum Schluss ein Selfie mit allen und klappte das Handy zu. »Schade, Akku ist leer«, bedauerte sie, »ich schicke euch morgen die Fotos.«

Nach dem ersten Stück Quiche duzten sich auch die beiden Frauen. Ben taute schnell auf und winkte verlegen ab, als Kitty betonte, wie sehr sie es bewundere, dass ein begabter junger Mann sein luxuriöses Leben und die Option, eine renommierte Kanzlei zu übernehmen, für die Idee des Minimalismus aufgegeben habe und sich auch nicht zu schade sei, Taxi zu fahren.

Anna nickte und beschrieb begeistert, wie er ihr durch den Albtraum im Aufzug geholfen hatte. Sie tranken auf Ben.

Statt Dessert gab es Tüte. Kitty zögerte nicht, Anna nur einen Moment. Als Ben schließlich den Aufbruch ankündigte, drückte ihm Kilian noch ein Einmachglas mit abgefülltem Hugo in die Hand. »Falls dein Bier nicht reicht.«

¤

Erfreulicherweise machte Kitty keine Anstalten, sich dem Aufbruch der jungen Leute anzuschließen. Ob er ihr einen weiteren Hugo bringen dürfe? Kitty legte den Kopf schief. »So eine ganz kleine Raucherei und ein Wasser wären mir noch lieber.«

Als Kilian mit einer Karaffe und den Utensilien für den Joint aus der Küche zurückkam, strahlte sie ihn an. »Bevor ich dich traf, habe ich seit vierzig Jahren nicht gekifft.«

»So jung und schon so vernünftig gewesen?«

»So jung und schon geschieden«, antwortete sie. »Wir haben in jugendlicher Verblendung die gleiche Wellenläge beim Sex mit Gleichklang der Seelen verwechselt. Als die Routine den Rausch ablöste, blieb nur noch Kater, und nach vier Jahren konnten wir uns das Auseinanderdriften nicht mehr schönkiffen.«

Kilian nahm ihre Hand. »Wer sich dich schönkiffen muss, muss ein Depp sein.«

»Du machst immer so charmante Komplimente.« Sie strich über seine linke Augenbraue, deren weiße Borsten sich unter ihrer Fingerkuppe zu glätten schienen und kribbelten. Der allerletzte Schimmer am Himmel leuchtete lavafarben, und das Grün der Bäume phosphoreszierte. Sogar die Grillen zirpten, wie es Kilian schien, im Takt zu seinem Herzschlag – alles in harmonischem Gleichklang.

Kittys Stimme riss ihn aus seiner Traumschwärmerei. »Wir zwei waren heute ein ideales Team.«

Ihr leises Lachen perlte von seinem Ohr ins Hirn und rieselte von dort Richtung Herz. Oder Bauch. Es war so ansteckend, dass er mitlachen musste.

»Lass uns mal wieder ernst sein«, sagte Kitty kichernd. »Wenn das bei Petri Babyschummel war, kriegen wir den Preuss.«

Kilian nickte. Mit ihrem kleinen Fototheater hatte Kitty die beiden perfekt eingelullt, niemand wäre auf die Idee gekommen, das Wiedersehen sei kein Zufall. Unübersehbar war die Chefärztin für Bens männlichen Charme empfänglich; vielleicht würde es ihm gelingen, ein paar zusätzliche Informationen aus ihr herauszuholen.

Kitty grinste. »Der Junge ist total verknallt; dabei ist die Frau Doktor ein Prototyp ...« Sie stockte. Der Faden war weg. Doch unter Kilians fragendem Blick fand sie ihn wieder. »Prototyp von allem, was Männern sonst Angst macht: eine rasante Powerfrau, offensichtlich klug – und ausgesprochen attraktiv.«

»Liebste Kitty«, unterbrach Kilian, »du schilderst die Dame ausnehmend präzise, aber bei allem Respekt empfehle ich eine kleine Überarbeitung deines Männerbildes.« Er senkte die Stimme. »Sonst müsstest ja *du* mir Todesangst einjagen.«

Kittys linker Mundwinkel zuckte unmerklich. »Nicht mal ein klitzekleines bisschen Angst?«

Kilian reichte ihr den Joint. »Na ja, vielleicht ein winziges bisschen. Aber nur Sternschnuppenangst.«

Sie zog die linke Augenbraue hoch. »Bitte erklären, Herr Deutschlehrer.«

»Sternschnuppenangst ist die Befürchtung, dass etwas, das man sich sehr wünscht, am eigenen Horizont aufleuchtet und dann - schwupp - wieder abtaucht.«

»Nix schwupp«, antwortete Kitty. Sie legte den Joint weg, ging um den Tisch herum und küsste ihn. Sie schmeckte wie das erste vorsichtige Kosten einer sonnengereiften Marille. Dann nahm sie die Arme wieder von seinem Hals - und Kilian war zu perplex, um sie festzuhalten. Was er auch nicht musste, denn sie ging zielstrebig ins Haus und kletterte die Leiter hoch.

¤

Willig ließ sich Anna von Ben an die Hand nehmen, der Weg zu seinem Haus war nicht asphaltiert, ein paar knorrige Wurzelstümpfe wölbten sich zu Stolperfallen, und sie schwankte ein bisschen.

»Deine Freunde sind entzückend«, sagte sie und wunderte sich, warum das »tz« als »tsch« herauskam, nix mehr gewohnt. Seit wann ging Hugo so ins Blut? Und gekifft hatte sie auch seit Ewigkeiten nicht mehr. Fühlte sich super an, von einer großen, warmen Hand geführt zu werden, und gerne lehnte sie sich gegen den starken Männerbody an ihrer Seite. Der wieder richtig gut roch. Am liebsten hätte sie sich an seine Schulter gekuschelt, ging aber nicht, weil Interview.

Wie er sie angeschaut hatte ... Da gab's nix dran zu rütteln, dass sie dem Knaben gefiel. Oder? Mutter sagte immer, bei den

Latinos sei das Routine: Wenn ein Mann nicht wenigstens so tat, als wäre er scharf auf die Frau, die er gerade anschaute, war das eine Beleidigung für die Dame. Aber schließlich hatte Ben nicht lange gewartet, um den neuen Termin zu kriegen.

Nun taumelte sie leicht stoned mit diesem minimalistischen Schreiberling durch die warme Sommernacht, inmitten von Spielzeughäusern. Irgendwie Märchen. Dann ließ er sie leider los, um den Schlüssel aus der Hosentasche zu kramen. »Vorsicht Stufe«, warnte er. Über die sie prompt stolperte. Blitzschnell hielt er sie fest. Eigentlich hätte er sie ruhig über die Schwelle tragen können.

Drinnen war es heimelig, jeder Winkel genutzt. Und ordentlich wie in Vaters Wohnmobil, aber alles Holz statt Resopal. Und es roch auch holzig, wie Urlaub im Schwarzwald. An einer Wand hing ihre Papierservietten-Skizze von Ben mit dem Fisch - auf Hochglanzpapier. Ein Bild von ihr in seinem Wohnzimmer! Der Ventilator schnurrte träge, das passte nicht zur schwindelschnellen Umdrehung. Sie kicherte. »Schau mir in die Augen, Kleiner, deine Libelle an der Decke macht mich ganz dudelig.«

Fürsorglich fasste er sie am Ellenbogen und geleitete sie zu einem abgewetzten Ledersessel, in dem sie plumpsend versank.

Dann fragte ihr aufmerksamer Gastgeber, ob er Kaffee kochen solle, was sie eigentlich vernünftig fand. »Oder lieber noch einen Schluck Hugo?«

Sie deutete auf das Einmachglas mit der Bowle, in dem die Zitronenmelisse wie Seetang waberte, und zitierte Vater: »Das hat der liebe Gott nicht für den Mülleimer wachsen lassen.«

Ben brachte zwei Gläser aus der Kochnische. »Very welcome!«

»Saugemütlich hier«, antwortete sie, warf den Paschmina über einen Stuhl und zog die Schuhe aus; der Korkboden lud zum Barfußlaufen ein. Jetzt war Ben noch ein bisschen größer, eigentlich sowieso zu groß für ein Tiny House. Ohne zu fragen, begann sie den Raum zu inspizieren. Alles war winzig, aber alles da, worauf es ankam: Kochnische mit Kühlschrank, wenn auch ohne Tiefkühler. Ben öffnete eine Schiebetür: ein kleines Bad und eine Kleiderablage. Sie zählte drei Hosen, drei Hemden, ungefähr zehn Shirts, ein Jackett. Sie staunte und dachte an ihren begehbaren Kleiderschrank mit all den Designerklamotten.

Ben deutete auf die schmale Leiter in der Ecke des Wohnraums und fragte, ob sie auch die Schlafebene sehen wolle. Ihr Herz stolperte kurz. »Unbedingt, aber vielleicht nach dem Interview? Erst die Arbeit, dann ...« Sie biss sich auf die Zunge und wartete auf einen anzüglichen Spruch. Kam aber keiner, nur seine Augen wurden ein bisschen schmaler, als er sie unverwandt ansah. Dann die höfliche Frage, ob sie bei dem schönen Abendwetter draußen sitzen wolle. Zum Interview. Sie nickte.

Die Lichter der Stadt tauchten den Himmel in einen rosigen Schimmer, fast körperlos durchsichtig schwirrten Fledermäuse in schrägen Bahnen durch die Nacht, begleitet vom Gezirpe der Zikaden. So laut, wie früher nur in der Provence. Ben brachte die Gläser und eine Kerze. Echtes Bienenwachs. Er ging noch mal rein, kam mit hängenden Schultern wieder und beichtete, er habe sein Tablet mit sämtlichen Fragen für das Interview bei Kitty und Kilian vergessen. »Ich hoffe, du denkst jetzt nicht ...«

Schön wär's, dachte sie und sagte: »Ich denke gar nichts, nur dass man die beiden nicht mehr stören sollte?«

Ben spielte Latin Songs, irgendwann Juanes. Zu Mutters kolumbianischem Lieblingssänger passte Bens Erzählung von seinem Vater. Der alte Cortes war mit neunzehn Jahren als Sohn eines vom Medellín-Kartell erschossenen Cafébesitzers mit einem Stipendium zum Jurastudium nach Tübingen gekommen, wo er sich in eine Kommilitonin aus Karlsruhe verliebte und in Deutschland blieb, um ein Superschwabe zu werden.

Sie tranken einen Moment schweigend und lauschten dem Zirpen der Zikaden. Plötzlich fiel Anna das Interview wieder ein. Sie konnte ihm doch schon mal das Social Freezing nahebringen. Oder? Er war einverstanden.

»Damit die Gesellschaft überleben kann, braucht sie Fachkräfte. Richtig?«, begann sie.

Ben nickte.

»Und die fehlen«, redete sie weiter. »Weil nämlich ...« Der Gedanke flutschte weg, dann fing sie ihn wieder ein. »Viele Fachkräfte sind Frauen.« Sie sammelte sich. »Frauen werden Fachkräfte, wenn man sie Fachkräfte werden lässt. Und wenn sie nicht schwanger werden, bevor sie geworden sind, was sie werden können.«

»Das verstehe ich«, sagte Ben, und Anna fühlte sich verstanden. Also weiter. Mit ausladenden Handbewegungen beschrieb sie die Bevölkerungspyramide, griff sich dann einen Zettel aus der Handtasche und malte mit wenigen Strichen ein Gebilde, das an eine Amöbe erinnerte. »Beine ganz dünn, wie Hühnchen, unten sind die Jungen«, erläuterte sie, »und oben die Älteren, das ergibt einen Wasserkopf; und wenn keine Kinder mehr gezeugt werden, wächst der Wasserkopf immer weiter, und irgendwann machen die Beine dann knick.«

»Schäm dich, Frau Doktor«, rügte Ben, »das ist Altersdiskriminierung.«

Sie brachen in Kichern aus. Kilians Kraut war wohl Lachgras gewesen. In diesem Augenblick bekamen die Zikaden quakende

Konkurrenz. Anna war begeistert. »Klingt wie anschwellender Froschgesang«, sagte sie. »Ich dachte, Frösche wären ausgestorben?«

»Das ist ein echter Froschteich«, erklärte Ben. »Ein Nachbar hat ihn angelegt, Naturschützer seines Zeichens. Er sorgt für die Quakviecher, als wären es Haustiere. Sogar Kühlaggregate legt er ins Wasser, wenn es den Tieren zu heiß wird.«

»Frösche sind meine Lieblingstiere«, schwärmte Anna. »Seit der Kindheit. Sie bringen mir Glück.« Sie wollte unbedingt den Teich sehen. Und bestand darauf, barfuß zu gehen.

Am Weiher setzten sie sich auf einen Stein, lauschten stumm dem Froschkonzert und schauten ins metallische Blau des Nachthimmels. Der Mond leuchtete als scharf berandete Sichel, Venus flirrte. Anna stand auf, stellte sich ins Wasser und trug mit leiser Stimme den Fröschen das Gedicht vor: »Die Welt ist so schön und der Himmel so blau.«

Sein Atem war warm in ihrem Nacken, als er fortfuhr: »Und die Lüfte, die wehen, so lind und so lau.«

War der nicht zu jung für Heinrich Heine? Sie spürte die großen Hände auf ihren Schultern und ließ sich zurücksinken. Seine Lippen auf ihrem Nacken, elektrisch. Er drehte sie um, mit rauen Fingerspitzen strich er von ihrem Jochbogen zart über ihre Lippen, dann nahm er ihr Gesicht in beide Hände. Eingehüllt in deren kraftvolle Wärme wollte Anna die Augen schließen, aber sein Blick hielt sie fest, zwang sie, ihm standzuhalten, bis sie zu spüren meinte, dass sich ihre Pupillen weiteten und die Knie weich wurden. Er küsste sie auf die Lippen, aber nur kurz, ohne zu verweilen. Sie fand das grausam und unterdrückte ein erleichtertes Stöhnen, als er ihre Hände behutsam auf den Rücken drehte, um sie endlich richtig zu küssen.

Die Frösche verstummten, die Zikaden übernahmen.

Hand in Hand gingen sie zurück, sieben Schritte, ein Kuss. Im Tiny House knipste Ben das Licht an, das warm und gedämpft war, doch die plötzliche Helligkeit zerriss den Zauber, schlagartig war Anna nüchtern. Wurde starr, als er sie in die Arme nahm und ihr ins Ohr raunte, ob es jetzt nicht an der Zeit sei, ihr die obere Etage zu zeigen. »Lass mich dich anschauen, du bist so schön.«

Seine hungrigen Augen strahlten in Vorfreude, was ihm etwas Kindliches verlieh und ihr die fünfzehn Jahre Altersdifferenz gnadenlos vor Augen führte. Unvermittelt stülpte sich die Angst über ihr Begehren wie ein klebriges Spinnennetz, lähmte sie, nur Kopfschütteln ging noch. Sie wollte nicht angeschaut werden, wollte ihre Narben nicht zeigen, eine davon wulstig verheilt, ihre Haut, die seit der Chemo zu trocken war, ihre blind vernähte Scheide, ihre nicht mehr mädchenhafte Möse, deren beleidigtes Pochen Anna für die verweigerten Wonnen strafte.

In seinen Augen blitzte perplexe Enttäuschung auf, doch so kurz, dass es sie fast enttäuschte. Sofort hatte er sich im Griff, strich ihr übers Haar, entschuldigte sich, er habe sie nicht überrumpeln wollen. Er klang traurig. »Es schien so ein perfekter Moment.«

Als er sie losließ, fröstelte sie plötzlich, gerne hätte sie alles zurückgedreht, wusste aber nicht, wie, und nahm seine Hand. »Sorry, es ging mir einfach ein bisschen zu schnell.«

»Kein Problem, ich habe ja noch ein Interview gut«, sagte Ben. »Und du musst unbedingt mein Buch illustrieren«, fügte er hinzu.

Dann rief er ein Pilotentaxi.

Als Anna im Auto saß, erinnerte sie sich schaudernd an den Schlussvers des Heine-Gedichts:

»Und doch möcht ich im Grabe liegen
und mich an mein totes Liebchen schmiegen.«

¤ ¤ ¤

16. August

Sie fühlte sich noch immer wie bekifft. Ihr Handy behielt sie in Hörweite, trug es bei der Arbeit in der Hosentasche und legte es nur im OP ab. Kein Lebenszeichen von Ben. Ob sein Begehren den sinkenden Cannabis-Spiegel am gestrigen Abend überdauert hatte? Früher hätte sie sich so etwas nie gefragt, doch mit dem Uterus wurde nicht nur die letzte Option einer Schwangerschaft in Formalin ertränkt, auch ihr weibliches Selbstwertgefühl war zu Teilen dem Skalpell zum Opfer gefallen. Die krebsbefreite Operationshöhle geriet zum Nistplatz für Yuyu. Und ihr Angstgespenst erhielt durch den baldigen runden Geburtstag nochmals einen Wachstumsschub.

Erschöpft ließ sich Anna nach der schwierigen Zwillingsgeburt einer achtundvierzigjährigen Chinesin in ihren Schreibtischstuhl fallen und öffnete ihre Dienstmails. Das Handy fiepte. Ben Cortes. »Yes«, flüsterte sie und ballte eine Faust.

Liebe Anna, ich will Dir nicht auf die Pelle rücken, nachdem ich Dir gestern zu schnell gewesen bin. Ich möchte mich aber wenigstens für Deinen Besuch und den schönen Abend bedanken. Gibst Du mir noch einen Termin für das Interview, das durch meine Vergesslichkeit zu kurz kam? Übrigens: Du hast Deinen Paschminaschal bei mir liegen lassen, wann und wohin darf ich ihn bringen? Oder hättest Du Lust auf ein Picknick am Froschteich?

Anna fummelte ein Erfrischungstuch aus der Schublade und kühlte die heiße Haut von Hals und Gesicht. Ohne nachzudenken, schrieb sie zurück: *Froschteich klingt prima. Wie wäre es mit morgen Abend?* Vor *morgen* fügte sie noch *über* ein. Yuyu meldete Einspruch an, fand das unpassend, als sei sie bedürftig und wolle die magischen Momente dieser Sommernacht mit Froschgesang wiederbeleben. Die eigene Wohnung als Treffpunkt war keine Alternative, womöglich fände der Minimalist deren luxuriöse Ausstattung obszön, vielleicht auch dem elterlichen Umfeld zu ähnlich, das er so radikal hinter sich gelassen hatte. Sie starrte auf ihr Handy. Dann kam die Idee. Sie löschte ihren Text und tippte eine neue Nachricht:

Demnächst findet die Jahrestagung der deutschsprachigen Reproduktionsmediziner in Freiburg statt, ich werde dort einen Vortrag halten. Am Freitag gibt es eine Pressekonferenz, bei der auch Texte zu den einzelnen Themen zur Verfügung gestellt werden, die für Laien verständlich sind und sicher eine gute Grundlage für Deine Recherche liefern. Falls Du Interesse hast, schicke ich Dir die Daten, und wir können wir uns da treffen.

Ben antwortete umgehend. *Freu mich total, Freiburg ist meine zweite Heimat. Schick mir die Daten, und ich werde mich sofort zur Pressekonferenz anmelden.* Zum Schluss ein Kuss-Emoji und ein zweites mit einer roten Rose, die Anna ein blütenzartes Kribbeln Richtung Zwerchfell schickte. Sie tippte den Kalender an, der Kongress war erst in zwei Wochen. Sie textete: *Ich sehe gerade, dass das Meeting erst am 1.9. stattfindet. Ist das okay für Dich?* Mit einem kleinen Stachel der Enttäuschung las sie seine Antwort: *Selbstverständlich, dafür habe ich dann das Vergnügen, Dich live als Vortragsrednerin zu erleben.*

Immerhin hatte sie nun genügend Zeit, die beiden Überkilos abzunehmen und durch tägliches Training den Body zu shapen.

Nicht einmal Mechthilds Mail konnte ihre Vorfreude mindern.

Hallo, Frau Dr. Martini, wir hatten ja vereinbart, dass ich mich melde, falls es Probleme gibt. Ich habe seit einigen Tagen Unterbauch-

beschwerden und vermehrt Ausfluss. Wann darf ich Ihnen unseren Fahrer schicken? Vielen Dank und beste Grüße, Ihre Mechthild Petri.

Morgen Nachmittag, schrieb Anna zurück.

¤

Unter keinen Umständen solle sie einen E-Mail-Anhang öffnen, dessen Absender ihr nicht bestens bekannt sei, hatte Kitty ihrer damaligen Kundin eingeschärft. Nach dem gemeinsamen Abend war sie in Anna Martinis Kreis der Vertrauenswürdigen erwartungsgemäß so weit vorgedrungen, dass die ihre Anweisung ignoriert und am nächsten Morgen die Quiche-Fotos auf ihrem Dienstcomputer geöffnet hatte. So konnte sich Kitty problemlos ins KiZ hacken, noch immer war ihr das System genügend vertraut, prompt fand sie die Akte Petri. Die Schwangerschaft war ab dem ersten positiven Test lückenlos und ausführlich dokumentiert, einschließlich zahlreicher Ultraschallbilder. Die Hoffnung, dem künftigen Landesvater samt Gattin durch das Aufdecken einer heimlichen Leihmutterschaft in die Suppe zu spucken, hatte sich damit erledigt. Auch sonst gab es nichts Neues über Preuss, der wieder in den sozialen Netzwerken unterwegs war. Nirgendwo ein Hinweis auf eine andere Ursache des ministerialen Umfalls als die Story der angeblichen emotionalen Überwältigung.

Das Klinikum war nicht so leicht zu knacken. Sie kontaktierte Kevin, ihren Adoptiv-Azubi, dem sie vor vielen Jahren die Prinzipien der IT-Sicherheit, aber auch den Spaß am grauzonig legalen Eindringen in geheime Sphären des Datendschungels vermittelt hatte. Inzwischen war aus dem Lehrling ein Meister mit eigener Cyber-Security-Firma geworden, der es perfekt beherrschte, bei Bedarf die Auslegung besagter Grauzonen ins Nachtschwarze zu verschieben. Als sie ihm ihr Problem geschildert hatte, grinste Kevin fröhlich in die Kamera. »Nicht ganz easy, aber kein wirkliches Problem, vorausgesetzt, die Klinikaufnahme wurde ordnungsgemäß dokumentiert«, meinte der. »Gib mir zwei Stunden.«

Es dauerte etwas länger. »Sorry, nix, nada, niente. In keiner Abteilung der Inneren Medizin, Neurologie oder Chirurgie aller Kliniken in der Stadt irgendeine Spur.«

Frustriert nahm sich Kitty die letzte Zigarette aus dem Tageskontingent. Sie hasste es, Kilian zu enttäuschen, ausgerechnet ihn, der sie mit seiner old-school-mäßigen Werbung verzaubert und ihre verschrumpelte Weiblichkeit glatt gestreichelt hatte.

Kilian, den charmanten Konspirateur mit dem detektivischen Scharfsinn und der kreativen Fantasie, mit der er Szenarien entwarf, den Echten das Handwerk zu legen. Allen voran Arian Preuss, der als Gesundheitsminister sein wahres Gesicht als Utilitarist und echter Feind der Alten gezeigt hatte und allen das Geld kürzte, die nichts mehr zum Bruttosozialprodukt beitrugen.

Kilian, der Kittys Abscheu gegen die giftpilzig wuchernde Ausbreitung des autokratischen Nationalismus teilte - wobei er, pessimistischer als sie selbst, die Überlebensfähigkeit der Demokratie insgesamt anzweifelte und sein Menschenbild noch negativer war als ihres. Diese Challenge nahm sie gerne an, immer hatte sie es genossen, mit ihrer Fröhlichkeit Misanthropen aus ihrer Miesepetrigkeit zu reißen. Kitty bezog ihren Optimismus aus dem Glauben an die Liebe und aus der Überzeugung, Liebe sei infektiös und könne auch Kaltherzige berühren oder zumindest entwaffnen. Nach ihrer Auffassung gab es selten schlechte Menschen, dafür viele, die das Gute nicht hinbekamen, und solche, deren Sehnsucht nach Sinn nur vom sozial diktierten Streben nach Profit und Status verschüttet schlummerte. Kilian war inhaltlich von dieser Weltsicht gar nicht weit entfernt, formulierte das aber in seiner verschwurbelten Diktion anders, eher biologistisch: Genuin böse Mitmenschen seien genetische Unfälle, bei denen auf eine statistisch unwahrscheinliche Weise unter vielen Erbanlagen eine katastrophale Konzentration negativer Eigenschaften entstünde. Quasi als negatives Pendant zum Lottogewinn, der ja real existierte, wenn auch selten.

Als Lottogewinn empfand sie auch die Begegnung mit Kilian, die als leidenschaftliche Liebesnacht zu beschreiben ebenso klischeehaft wie treffend war. Seit sieben Jahren hatte sie erstmalig wieder mit einem Mann das Bett geteilt. Wobei das letzte Intermezzo kurz geblieben und die sexuelle Einsatzfähigkeit des zehn Jahre Jüngeren begrenzt gewesen war. Er *hatte Rücken* – und ließ sich vorzugsweise bedienen.

Mit Mitte vierzig hatte sie sich ohne Bedauern damit arrangiert, Single zu bleiben, nachdem sie drei Jahre mit Leander zusammengelebt hatte, ihrer großen Liebe, leider verheiratet, aber er hatte sich für sie entschieden. Doch ein pubertierender Sohn mit Asperger* und die depressive Ehefrau setzten Leo einer Zerreißprobe aus, der er auf Dauer nicht standhielt. Ansonsten war sie mit dem Beruf verheiratet gewesen, hatte mit obsessiven Nerds die Leidenschaft geteilt, aufgeputscht von Nikotin und Kaffee nächtelang IT-Sicherheitslücken aufzuspüren und vermeintliche Safety-Systeme erst zu knacken und dann zu optimieren. Regelmäßiges Tennisspiel auf mittlerem

Amateurturnier-Niveau und ein buntes, doch meist unverbindliches Sexlife sorgten für Ausgleich und ließen keine Defizite aufkommen.

All das war lange vorbei, nun war sie Rentnerin, die sich gelegentlich noch hobbymäßig als Freelancerin betätigte und mit ihrem ruhigen Dasein durchaus zufrieden war. Nun kam mit Kilian und der letzten Nacht unverhofft ein Stück Lebenshunger zurück. Wann, wenn nicht jetzt, da die Zeit immer endlicher wurde, sollte sie noch einmal eine Sternschnuppe schnappen?

Als sie Kilian anrief und ihm bedauernd die Erfolglosigkeit ihrer Recherche gestand, tröstete er sie. »Sei nicht traurig. Schurken sind erfolgreich, weil sie sich nicht erwischen lassen. Sieh es so: Wieder einmal war der Weg das Ziel, schließlich hat der Kerl mir den Arbeitslunch mit dir beschert und dich in mein Castle gebracht.«

¤ ¤ ¤

17. August

Auf der Fahrt Richtung Baden-Baden zappte Anna im Radio und dachte an den Tiny-House-Abend. Immer wieder hatte sie Kittys Fotos betrachtet, Ben mit der Quiche, Ben mit ihr, das Familienfoto. Ben mit den Fesselaugen, seine Hände, die sie widerspruchslos losließen, was sie ihm zugutehielt - wenn auch nicht ohne Bedauern. Hirnverbrannt, solch ein Prachtexemplar von der Bettkante zu schubsen, noch dazu in ihrem Alter. Von wegen Cannabis als Angstlöser, ihre Panikattacke hatte es nicht verhindert. Dabei war bis zu jenem Moment alles so verdammt schön gewesen.

Sie überließ sich dem Autopiloten und schloss die Augen. Meinte die Frösche zu hören und Bens Stimme, als er ihr Heine ins Ohr zitierte, meinte, seinen Geruch einzusaugen und die Geborgenheit in seiner Umarmung zu spüren - gleichzeitig mit einer Hochvoltspannung, die zuletzt erlebt zu haben sie nicht mehr erinnerte.

Auf einer schmalen Spur schlich der Verkehr an mehreren Krankenwagen und einem Lkw vorbei, unter dessen Ladefläche sich ein Kleinwagen verkeilt hatte. Anna griff reflektorisch ins Lenkrad, noch hatte sie nicht gelernt, die Kontrolle an die Technik abzugeben. Sie legte die Hände wieder in den Schoß und schloss erneut die Augen, um den scheußlichen Unfall nicht sehen zu müssen.

Das Telefon summte, unbekannte Nummer, sie las +5521. Die Verbindung war abgehackt, das Display flimmerte, und erst nach einigen Sekunden erkannte sie ihre Patientin Vida, die sie vor vier Wochen entbunden hatte. Telefonisch war die multilinguale Verständigung schwieriger als im persönlichen Gespräch, zumal Vida schnell und aufgeregt sprach. Erst verzögert begriff Anna, worum es ging.

Vida selbst war kerngesund, aber die Krankheit, an der ihr Kindermädchen gestorben war, grassierte in Rio, inzwischen auch außerhalb der Favelas. Und nun gab es das Gerücht, die Infektion werde häufig durch die Muttermilch übertragen.

Das sei selten, antwortete Anna, nur in Ausnahmefällen, beispielsweise bei offener Tuberkulose oder Ebola. Ansonsten komme eine Ansteckung eher durch den Körperkontakt beim Stillen als über die Muttermilch zustande. Ausgeschlossen sei es aber nicht. Ob Vida denn wisse, welche Erreger die Krankheit verursachten.

»Yes, Doc, name is *Papafluenza.*«

»Maybe you mean *Parainfluenza*?«

»Exato, Doctora, is Parafluenza very dangerous?«

»Mostly not for adults. Sometimes for children.«

»Maybe not in Alemanha. But in Brasil many adultos dead.«

Dann rückte Vida radebrechend damit heraus, ihre achtzigjährige Großtante Tia Antonia habe behauptet, alle ansteckenden Krankheiten gingen beim Sex direkt von »Esperma in die Leite materno.« Nach einem Seufzen fragte sie: »Doctora Anna, must I not make sex?«

»Do you like to have sex?«, fragte Anna.

»No, actualmente not much. Doloroso, pain.«

»Then, no sex for the next weeks; do you understand?«

»Si, si, understand; zero sex, alguns semanas. Doctora Anna, you best medico do mundo! Obrigada, gracias, thank you.«

»Very welcome - best wishes, good luck«, sagte Anna und legte nachdenklich auf.

Sie nahm dem Autopiloten auf der Schwarzwaldhochstraße das Kommando ab und jagte den Sportwagen bergauf durch die Kurven.

Eingebettet in einen Park mit alten Bäumen und Panoramablick ins Bühler Tal thronte die Privatklinik MESANCOSA auf fast achthundert Metern Höhe. Anfang des 20. Jahrhunderts ein Erholungsheim für Offiziere, wirkte das Gebäude von außen wie ein altehrwürdiges Kurhotel, bot im Inneren aber eine hochmoderne Ausstattung. Im luxuriösen Ambiente dieses Schwarzwaldidylls absolvierten Manager ihren Gesundheitscheck, Prominente und Reiche aus der ganzen Welt ließen Befindlichkeitsstörungen aller Art ganzheitlich kurieren. Anna parkte neben einem zitronengelben Lamborghini.

¤

Vor dem Eingang unter dem Schild *Mens sana in corpore sano* standen zwei Herren mit muskulöser Statur, die legere Freizeitkleidung zeigte an der rechten Flanke je eine Ausbeulung. Der Jüngere grüßte Anna mit einer knappen Verbeugung und hielt ihr die Tür auf. »Die Präsidentensuite ist ganz oben.«

Was sonst? Anna schritt durch die lichtdurchflutete Eingangshalle zum Aufzug. Sie kannte sich aus, gelegentlich betreute sie in der Privatklinik Promi-Problemschwangere, für die ein perfekt ausgestatteter gynäkologischer Untersuchungsraum einschließlich modernstem Ultraschall zur Verfügung stand. Vor Kurzem hatte sie die Drittfrau eines Ölscheichs bis zur Entbindung begleitet, deren Gatte anschließend leider auf sofortiger Rückkehr in die Wüste bestand.

MP saß am Fenster ihrer Hunderfünfzig-Quadratmeter-Suite mit Blick über den Wald und ins Tal, auf der Dachterrasse war es wohl zu heiß. Sie klappte ihr Buch zu, Jakob Augstein, *Strömung*, und ging Anna entgegen. Seit der Entbindung hatte sie deutlich abgenommen, ihr vormals durch die Schwangerschaft aufgequollenes Gesicht zeigte wieder Falten, doch die sorgsam überschminkten dunklen Augenringe waren nur für den geschulten Blick erkennbar. Sie wirkte energiegeladen, aber nicht entspannt.

Auf die Frage nach ihrem Befinden antwortete MP, dem Baby gehe es prima, und um ihr eigenes kleines Problem werde Frau Doktor sich ja kümmern. »Nur mein Mann.« Sie machte eine Pause und starrte aus dem Fenster. »Rein kardiologisch betrachtet hat er sich angeblich gut erholt, aber psychisch ...« Sie rührte in ihrer Teetasse. Anna schwieg und verordnete sich einen empathischen Gesichtsausdruck. MPs Stimme war flach. Der Infarkt habe ihrem Mann den Zahn gezogen, und ohne Biss sei kein Wahlkampf zu gewinnen.

Anna wechselte das Thema und fragte nach den Schmerzen im Unterleib.

»Ich schrieb von *Beschwerden*«, stellte MP richtig. Sie schlug die Augen nieder und nestelte am Bund ihres linken Ärmels. »Wegen Schmerzen hätte ich Sie nicht belästigt«, fuhr sie fort. »Es ist viel schlimmer, ich kann manchmal meinen Urin nicht halten, damit könnte ich meine Karriere vergessen.« Sie hatte sich neulich beim Essen verschluckt, heftig gehustet und anschließend eine feuchte Unterhose bemerkt; irgendwann, als Ari ihr einen Witz erzählte, war das auch beim Lachen passiert. Selbst zum Sport traute sie sich nur mit Einlage. »Das klingt nicht besonders dramatisch«, beschwichtigte Anna. Eine vorübergehende, leichte Inkontinenz* trete bei nicht mehr ganz jungen Erstgebärenden öfter auf - und sei mit konsequentem Beckenbodentraining meist gut zu behandeln.

Für Sekundenbruchteile blitzte in den Augen der nicht mehr ganz jungen Mutter Mordlustähnliches auf, aber dann brach sie in ein Lachen aus, dessen Spontaneität unerwartet echt wirkte. »Charmant umschrieben und ins Schwarze getroffen, Frau Doktor. Aber jetzt zeige ich Ihnen, dass auch alte Mütter noch bezaubernde Töchter kriegen.«

Viktoria war im Nebenzimmer, sie hatte sich in ihren ersten Lebenswochen prächtig entwickelt, begrüßte Anna mit einem »mpfff« und patschte ihr mit einem klebrigen Händchen ins Gesicht. Auch ihre Mutter schien nun gelöst und glücklich.

¤

Bei der vaginalen Inspektion entleerten sich beim Pressen nur wenige Tropfen Urin, es bestand kein Descensus*. Der Uterus zeigte im Ultraschall zweieinhalb Wochen nach der Geburt eine adäquate Rückbildung.

»Alles wunderbar«, kommentierte Anna. Erleichterung glättete MPs Gesichtszüge, sie bestand darauf, Anna zu einem kleinen Imbiss einzuladen. Widerspruch war zwecklos.

Zurück in der Suite fanden sie eine Karaffe mit frisch gepresstem Mangosaft im silbernen Kühler auf dem Tisch; außerdem lockten je eine Platte mit gefüllten Blätterteigtäschchen und bunten Petit Fours.

Sie stießen mit den langstieligen Gläsern an, MP legte Anna eine Hand auf den Arm und dankte ihr für alles, was sie für ihre Familie getan hatte.

»Gern geschehen«, behauptete Anna.

MP fuhr fort: »Da ich die Ältere von uns bin: Darf ich Ihnen das *Du* anbieten?« Sie hob ihr Glas.

»Sie sind zwei Jahre jünger als ich«, protestierte Anna.

»Das kann ich kaum glauben«, schmeichelte MP, »dann bitte ich um Entschuldigung, wenn ich die Etikette verletze, aber könnten wir uns bitte trotzdem duzen? Ich bin die Mechthild.«

Anna dachte: *Du Schlange.* Und sagte: »Ich bin die Anna.« Sie tranken einen Moment schweigend.

Es klopfte. Ohne eine Antwort abzuwarten, stand Preuss im Zimmer. »Mausi, du glaubst nicht, was passiert ist«, stieß er hervor, dann erst sah er die Besucherin. MP presste kurz die Lippen zusammen, ehe sie sie zu einem Lächeln auseinanderzog, und flötete: »Hallo, Ari-Schatz, was gibt es?«

Ari-Schatz war leicht gebräunt, er wirkte nicht rekonvaleszent, eher gesund und vital, auch durch einige verlorene Kilos. Doch seine Til-Schweiger-Pose war hängenden Schultern und einem Bewegungsmuster gewichen, als balancierte er auf dünnem Eis. Als Preuss die Besucherin erkannte, straffte er sich und begrüßte sie höflich, aber ohne Wärme, was sie verständlich fand, schließlich hatte er vor ihr auf dem Boden gelegen. – Wer mochte schon unerwünschte Zeugen der eigenen Hilflosigkeit?

»Ich wäre normalerweise nicht so hereingeplatzt«, entschuldigte er sich. »Aber stell dir vor, den Siggi Krause hat es final erwischt. Auch Herzinfarkt. Zack, bum, mause.«

»Mause!«, wiederholte seine Frau. »Da siehst du mal, wie gut du davongekommen bist.«

»Na ja, ich bin ja auch jünger.« Preuss schlug sich mit der rechten Faust in die linke Handfläche. »Ein Arschloch weniger, das mir im Ministerium das Leben schwer macht.«

Mit ertapptem Grinsen wandte er sich an Anna. »Frau Doktor, das haben Sie jetzt nicht gehört.«

»Natürlich nicht, mein Beileid«, antwortete Anna und bedankte sich für den köstlichen Imbiss. Sie habe ein bisschen die Zeit verplaudert, nun müsse sie dringend los.

»Noch eine Minute«, bat die Gastgeberin. Ihr Mann werde demnächst bei der Eröffnung des Kongresses der Reproduktionsmediziner das ministeriale Grußwort sprechen, ob Anna ihm bitte ein paar Schlüsselbotschaften ihrer eigenen Präsentation zukommen lassen könne? »Damit alles gut zusammenpasst«, schloss sie, und ihr Mann nickte.

Anna gab sich keine Mühe, ihre Unlust zu verbergen. »Ich bin mit der Vortragsvorbereitung noch längst nicht fertig.«

»Zwei Tage vorher reicht meinem Redenschreiber«, warf der Minister mit lässiger Handbewegung ein.

Anna nickte knapp und antwortete nicht. Unbehagliche Stille breitete sich aus, die MP nach zwanzig Sekunden beendete. »Danke, dass du da warst, Anna. Wir sehen uns demnächst bei den *Females for Future*.«

»Na, Mädels, ich sehe, ihr seid schon per Du«, dröhnte Preuss dazwischen. »Gehen Sie ruhig zu Mausis *Females-or-Future*-Kaffeekränzchen! Meine Frau ist danach immer total gut gelaunt, da gibt's auch Schampus zum Kuchen.«

»Ja, Ari-Schatz«, sagte seine Frau, »so ist das Leben. Mädels kriegen Kuchen, und Kerle kriegen Herzinfarkt.«

¤ ¤ ¤

1

29. August

Eigentlich hatte sie den Vortrag kurz vor dem Kongress für Reproduktionsmedizin nicht übernehmen wollen, doch die Einladung machte neugierig. *Females for Future* stand auf altmodischem Hochglanzpapier, im Wasserzeichen ritt eine stilisierte Amazone auf einem Motorrad. Darunter: *Wir sind eine private, überparteiliche Interessenvereinigung von Frauen. Unser Ziel ist die kontinuierliche Einbringung der weiblichen Perspektive in alle Schlüsselstellen der nationalen und internationalen Politik, die bei wesentlichen Herausforderungen unserer Zeit an der Eindimensionalität männlichen Denkens gescheitert ist.*

Statt eines Vortragshonorars hatte die Gastgeberin Anna eine großzügige Spende für den Förderverein des KiZ angeboten, mit der handschriftlichen Notiz, sie würde sich sehr freuen, Frau Dr. Martini persönlich kennenzulernen.

Auch Anna war gespannt auf MM, die Mysteriöse, eine schillernde Gestalt, die als Inhaberin eines Imperiums für medizinischen Bedarf bei der COVID-19-Pandemie mit der kurzfristig hochgezogenen Produktion von Schutzkleidung und Partikelmasken angeblich zu sagenhaftem Reichtum gelangt war. Kürzlich hatte sie nur knapp eine Sepsis durch resistente Keime nach Implantation eines künstlichen Hüftgelenkes überlebt und danach den überwiegenden Teil ihrer Firma abgestoßen, um ein innovatives Pharmaunternehmen zu erwerben, das sich ausschließlich der jahrzehntelang vernachlässigten Antibiotikaforschung und der Entwicklung von Impfstoffen widmete. MM galt als chronisch medienscheu und zeigte sich selten in der Öffentlichkeit, man munkelte jedoch, ihr Netzwerk sei legendär, und sie ziehe weitverzweigt ihre Fäden als Sponsorin oder Mäzenin.

Mit elektrochromen Glasfronten und einem runden Solarzellendach wirkte die Villa wie ein am Berg gelandetes Raumschiff. Am Eingangstor gab Anna den Code der Einladungskarte ein; auf leisen Schienen glitt das Tor zur Seite. Den Betonzaun, der das Grundstück von außen abweisend wie eine Festung abschirmte, tarnte innen eine Trockenmauer aus Naturstein. Fetthennen, blaue Zwergglockenblumen und gelber Lerchensporn quollen aus den Ritzen und schufen ein eingefriedetes Naturparadies.

¤

Mechthild kam ihr strahlend entgegen. Ein taubenblaues Maxikleid umfloss maßgeschneidert ihre Figur, die noch nicht ganz die vorgeburtliche Schlankheit erlangt hatte. Unpassenderweise trug sie dazu Flipflops. Nach der Beteuerung, wie sehr sie sich freue, Anna zu sehen, nahm sie deren Ellbogen und bugsierte sie über die Marmortreppe auf eine geräumige Terrasse mit Bambusplankenboden. Dort reichte ihr eine junge Frau in einem T-Shirt mit der Aufschrift: *Willkommen mit Herz – ohne Handschlag* ein feuchtes Tuch zur Händedesinfektion, das sie ihr nach Gebrauch wieder abnahm, mit der Bitte, die Schuhe abzulegen. Sie bot originalverpackte Flipflops in verschiedenen Größen und Farben an, alternativ Noppensocken oder atmungsaktive Überschuhe. »Sie wissen ja, da gibt es eine neue Epidemie in Brasilien, an der sind schon Dutzende gestorben, auch viele Kinder. Rio ist zwar weit weg, aber das war Wuhan damals auch.« Dann drückte sie ihr eine Karte in die Hand, auf der zur nächsten Veranstaltung mit dem Thema *Gefahren durch neue Pandemien* eingeladen wurde. Grinsend las Anna den Namen des Referenten und beschloss, sich den Termin frei zu halten.

Die ausnahmslos weiblichen Gäste standen um Cocktailtische oder räkelten sich in Lounge-Sitzmöbeln. Umringt von einer ehrfürchtig lauschenden Gruppe erkannte Anna die Fernsehmoderatorin Emma Britt-Wilmer, deren Polit-Talkshow sie immer wegschaltete. Die Gattin des Wirtschaftsministers plauderte mit einer grünen Bürgermeisterin und der angeblichen Geliebten des Landtagspräsidenten.

Auf dem Boden lagen randständig halbmondförmige Zafus, auf denen Frauen im Lotussitz diskutierten. Zu Annas freudiger Überraschung saß Kitty unter ihnen. Anna wollte sie begrüßen, doch Mechthild schob sie sanft in Richtung Terrassentür. Auf den Schildpattgriff einer Krücke gestützt humpelte ihnen die Gastgeberin mit energisch klackenden Schritten entgegen. Seit ihrer flüchtigen Begegnung auf einem Empfang vor einigen Jahren schien MM, die ihr Geburtsdatum streng geheim hielt, um Jahrzehnte gealtert. Die kupferfarbenen Haare, ein mehrschichtiges Make-up und knallrot geschminkte Lippen betonten ihren fahlen Teint. Scharf geschnittene Züge und tiefe Falten verliehen ihrem Gesicht eine raubvogelartige Wachheit, ihre tief liegenden Augen scannten hinter der lackschwarzen Cat-Eye-Brille pausenlos das Umfeld.

»Darf ich dir Frau Dr. Martini vorstellen?«, sagte Mechthild und legte Anna eine Hand auf die Schulter. »Ihr verdanke ich Viktoria. Sie ist eine begnadete Ärztin und hat selbst so schwierige Patientinnen wie mich im Griff.«

MM hob eine knochige Hand und sagte: »Das will was heißen!« Sie dankte Anna für die freundliche Übernahme des Abendprogramms, es sei ihr eine Freude, sie in diesem Kreis zu begrüßen, gerne wolle sie sich nach dem Vortrag in Ruhe mit ihr unterhalten.

Nach fünf Minuten entschuldigte sich Anna, sie müsse eine alte Bekannte begrüßen. Ihr blieb noch Zeit, mit Kitty anzustoßen. »Wie schön, dich hier zu treffen, bist du Mitglied dieses elitären Vereins?«

»Ich bin gewissermaßen die Clubhackerin«, antwortete Kitty. »Und den heutigen Abend konnte ich mir natürlich nicht entgehen lassen.«

Ein melodiöser Gong ging MMs Ankündigung voraus, der Vortrag werde in wenigen Minuten beginnen, und sie bitte die lieben Freundinnen, sich in den Nebenraum zu begeben.

¤

Das Lampenfieber traktierte Anna in den ersten zehn Sekunden des Vortrages, dann war sie im Tritt. Mühelos erreichte sie ihr Ziel, einem Laienpublikum die Reproduktionsmedizin nahezubringen, zwar verständlich, doch nicht ohne deren wissenschaftliche Komplexität durchschimmern zu lassen. Trotz des herzlichen Applauses wartete sie, wie gewohnt, auf aggressive Fragen und Einwände. Doch die Diskussion war derart einvernehmlich, dass sie fast enttäuscht war und die Herausforderung vermisste.

MM bedankte sich und nahm Anna beim Ellbogen. »Chapeau, Mechthild hat nicht übertrieben. Als Kommunikatorin sind Sie ein Naturtalent. Sie bringen Komplexes und Kontroverses so auf den Punkt, dass Ihre Botschaften nicht als Anliegen, sondern als objektive Information herüberkommen. Ich würde Sie als Alphafrau gerne für unseren Club gewinnen.«

Bevor Anna antworten konnte, fuhr MM fort: »Der Begriff ›Alpha‹ beschreibt eine der beiden Kategorien von Frauen, die in unserer Interessengemeinschaft an komplementären Schaltstellen operieren.« Sie fischte eine grüne Kirsche aus ihrem Cocktailglas und zerbiss die pralle Frucht. »Sie und ich gehören in diese Kategorie. Als weibliche Führungskräfte können wir durch unsere berufliche Position das soziale und politische Geschehen unmittelbar mitgestalten.« Sie lachte meckernd. »Ich brauche Ihnen nicht zu sagen, wie viel Wohlwollen uns Frauen die Konkurrenz um wichtige Positionen bei den Herren der Schöpfung beschert hat. Und nachdem man irgendwann zu Anfang des 21. Jahrhunderts dachte, das würde sich bessern, gab es in den letzten Jahren einen herben Rückschlag. Sekretärin willkommen, Chefin nein danke.« MM schaute Anna taxierend an. »Sie sind im Vergleich zu mir ein junges Huhn, aber alt genug, um die Wiedererstarkung der autokratischen Machos miterlebt zu haben?«

Anna nickte. MM fuhr fort: »Darum sind wir Alphafrauen zwar wichtig, aber unser Einfluss reicht allein nicht aus, um dauerhaft den Rückfall ins Patriarchat des vorletzten Jahrhunderts zu verhindern. Deshalb brauchen wir eine zweite Kategorie von Mitstreiterinnen, nämlich solche, die sich die Herren in Schlüsselpositionen so weit untertan machen, dass sie Einfluss auf wichtige Weichenstellungen ausüben. Und zwar mit dem seit Urzeiten geübten Kunstgriff, die Herren glauben zu machen, alle Entscheidungen seien ihre ureigene Eingebung.«

»Gewissermaßen Alpha und Omega«, sagte Anna versonnen und sah hinüber zu Mechthild, die ein paar Meter weiter eine Gruppe von Frauen unterhielt.

»Genau«, erwiderte MM, »wobei die Übergänge fließend sind

und ein Crossover von Omega nach Alpha nicht nur möglich, sondern erwünscht ist – wie man an Frau Petri sehen kann.«

»Das dachte ich mir schon«, gab Anna nachdenklich zurück. »In Ihrer Community der Reichen und der Schönen muss man also Leistung bringen.«

»In der Tat, meine Liebe.« MM grinste sardonisch. »Was den Reichtum betrifft: Alles selbst gemacht! Ich bin auf einem Bauernhof im Banat aufgewachsen. Und Frau Petri hat zwar einen reichen Mann, ist aber keineswegs reich geboren, sondern kommt aus sehr bescheidenen Verhältnissen.«

»Oh«, machte Anna perplex. »Haben Sie es ernst gemeint, dass Sie mich in Ihren Club aufnehmen würden, ohne meine politische Einstellung zu kennen?«

MM schien amüsiert. »Sie haben das Wort *überparteilich* in unserer Zielorientierung gelesen, seien Sie versichert, das ist wörtlich gemeint, wir lehnen prinzipiell alle *Ismen* ab. In unserer Gruppe ist jede Art von dogmatisch-ideologischer Orientierung ein Ausschlusskriterium, wir orientieren uns rein pragmatisch an einer wesentlichen Frage: Wie bleiben wir zukunftsfähig, nachdem wir in der Vergangenheit die Probleme der Gegenwart verschlafen oder ignoriert haben?«

»Club der Weltretterinnen?«, fragte Anna und entlockte MM damit kein Wimpernzucken. »Wenn Sie so wollen«, antwortete die ungerührt. »Irgendwer muss schließlich die Notbremse ziehen; wer, wenn nicht wir Frauen? Gerade jetzt, da möglicherweise die nächste Katastrophe mit der neuen Virusepidemie in Brasilien schon im Anrollen ist.«

»Finden Sie, dass sich die damalige Bundeskanzlerin bei Corona durch überlegenes Krisenmanagement hervorgetan hat?«

MM schüttelte nachsichtig den Kopf. »Die Kanzlerin hat sich

vielleicht nicht *hervorgetan*. Vor allem nicht publicitywirksam. Aber ihr Krisenmanagement war präventives Katastrophenmanagement. Sie hat im Hintergrund den Schaden begrenzt, der durch den Murks der Männer entstand. Sie hat unmerklich die Herren an vielen Schaltstellen gesteuert, die Zauderer wie die Aktionisten, die COVID-19 für den Wahlkampf instrumentalisieren wollten.« MM hob ihren linken Zeigefinger. »Denn, meine Liebe, die Herren der Schöpfung schalten regelhaft ihr Hirn aus, wenn es um zwei Dinge geht - eins davon ist die Macht.«

Anna musste schmunzeln. »Sorry, aber als Alphafrau sind Sie selbst doch auch keine Machtverächterin?«

»Keineswegs«, antwortete MM. »Man sagt, Macht mache Menschen mies. *Ich* sage: Ohnmacht macht Menschen noch mieser. Frauen sind genauso wenig Machtverächterinnen wie Männer. Der Unterschied ist nur, dass *wir* dabei unser Hirn auf Turbo schalten.«

¤ ¤ ¤

1. September

Nach dem Einchecken im Kongresszentrum klingelte ihr Handy. Mechthild Petri wünschte einen guten Morgen, sie freue sich, Anna gleich zu sehen. Ihr Mann sei leider verhindert, sie würde ihn bei der Eröffnungsrede vertreten. »Übrigens, ich finde es gar nicht schlecht, wenn eine Frau das Grußwort spricht. Wie wäre es, wenn wir heute zusammen auftreten, ich würde gerne in meiner Einführung ein paar Worte über deine Verdienste für die Reproduktionsmedizin sagen.«

Anna wehrte ihr Gefühl des Geschmeicheltseins ab. »Das weiß ich sehr zu schätzen«, antwortete sie. »Ich denke aber, das gemeinsame Anliegen ist besser zu vermitteln, wenn wir getrennt marschieren und vereint schlagen. Es kommt nicht gut an, wenn der Eindruck entsteht, Forschung würde politisch protegiert.«

»Wie du meinst«, sagte Mechthild nachdenklich. »Schade. Übrigens: Falls dich meine kurze Rede heute überrascht, lass dir bitte nichts anmerken.«

Auf dem Weg zum Vortragssaal verwickelte sie ein bekannter Kollege in ein Gespräch, erst im letzten Moment vor Veranstaltungsbeginn betrat Anna den Saal. Sie setzte sich in die dritte Reihe, dort konnte sie ungestört das Auditorium scannen. Vor der Tribüne saßen einige junge Männer, ganz außen links eine mollige Frau mit Baby – warum mussten Kolleginnen zum Kongress für Reproduktionsmedizin immer die eigenen Reproduktionen präsentieren, als wären Babys neue, nie erhobene Daten? In der zweiten Reihe entdeckte sie endlich die eckige Gestalt mit den dunklen Haaren und der vertrauten Linie seines Nackens. Ben. Sie kuschelte sich in ihren Sitz.

¤

Lustlos hieß der Bürgermeister die verehrten Gäste in der schönen Stadt Freiburg willkommen. Aus seinem Munde klang »Reproduktionsmedizin« wie eine Geschlechtskrankheit, und »Gattin des Gesundheitsministers« hörte sich an wie zickige Schwiegermutter.

Unbeeindruckt federte Mechthild Petri auf die Bühne. Ihr förstergrünes Kostüm mit Stehkragen und die geblümte Bluse mit angedeutetem Dekolleté verliehen dem Business-Outfit einen Hauch von Dirndl-Look. Sie lächelte in die Kamera, bedankte sich artig für die reizende Anmoderation und begrüßte die Anwesenden in ihrer Funktion als Staatssekretärin, die sie neben der bereits erwähnten Position als Ehefrau ja auch bekleide und übrigens schon innegehabt habe, bevor Arian Preuss sein Amt als Gesundheitsminister angetreten hatte. Sie entschuldigte den Minister, der es außerordentlich bedaure, diesen Kongress nicht eröffnen zu können. Einer seiner geschätzten Mitarbeiter, Ministerialrat Siegfried Krause, sei unerwartet einem Herzinfarkt erlegen. »Obwohl mein Mann sich sehr darauf gefreut hatte, Sie heute hier zu begrüßen, muss er der traurigen Pflicht nachkommen, diesen langjährigen Freund und Weggefährten auf seinem letzten Weg zu begleiten.«

Aris Bemerkung über »Siggi Krause, ein Arschloch weniger« kam Anna in den Sinn, sie quetschte das Kichern in die Kehle zurück.

Wie eine moosgrüne Statue stand MP auf der Bühne, wartete, bis das Raunen im Saal verstummte, und fuhr fort: »Lassen Sie mich erklären, warum dem Ministerium und besonders mir als ärztlicher Kollegin und Gesundheitspolitikerin dieser Kongress und sein Thema Reproduktionsmedizin so wichtig sind. Zwar ist die herkömmliche Familienplanung auch heute noch ein tragendes Element unserer Gesellschaft. Doch wir können es uns nicht länger leisten, eine Steigerung der Geburtenrate nur noch im engen Rahmen der konventionellen Modelle von Ehe und Familie anzustreben. Kinder zu bekommen, muss für Frauen in jeder persönlichen Konstellation und in jedem Alter erstrebenswert sein.«

»Bravo«, rief eine Teilnehmerin aus der zweiten Reihe.

»Den Kritikern, die es verdammen, dass Mediziner mit modernen Methoden angeblich der Schöpfung ins Handwerk pfuschen, sei gesagt: Die Reproduktionsmedizin ist alles andere als eine Missachtung der Schöpfung - im Gegenteil, sie nimmt deren Herausforderungen an. Hat uns die Schöpfung nicht die Evolution beschert, vom Neandertaler bis hin zu einer Zivilisation, in der die Lebenserwartung sich in den letzten hundert Jahren verdoppelt hat? Und während noch im 16. Jahrhundert die Frauen ihr fruchtbares Alter oft nur kurz überlebten, werden wir heute als fitte Best Ager über achtzig Jahre alt. Das stellt uns nicht nur vor die Aufgabe, unsere älteren Mitbürger menschenwürdig zu versorgen, sondern auch, unsere Jugend davor zu schützen, dies mit immer weniger aktiv im Beruf stehenden Beitragszahlern meistern zu müssen. Im eigenen Interesse sollten wir von Menschen, die aus anderen Kulturen zu uns kommen, weder erwarten noch verlangen, dass sie anstelle unserer Jugend diesen Generationenvertrag erfüllen.

Sie, meine Damen und Herren, tragen als Reproduktionsmediziner dazu bei, unseren Sozialstaat am Laufen zu halten. Ein Gemeinwesen, in dem *alle* Bürger versorgt sind. Aber dazu müssen auch wir als Politiker unseren Beitrag leisten. Dem Ziel, Frauen zum Kinderkriegen zu motivieren, werden wir nämlich nur dann näher kommen, wenn wir Müttern auch nach der Geburt logistische und materielle Unterstützung anbieten, die ihnen eine selbstbestimmte Gestaltung ihres Lebens, unter anderem auch eine weitere Berufstätigkeit, ermöglicht. Und so gibt es für uns alle noch viel zu tun.«

Der Kongresspräsident applaudierte, einige Teilnehmer schlossen sich an. Anna klatschte mit.

Die Rednerin dankte für den Applaus. »Gestatten Sie mir zum Schluss eine sehr persönliche Anmerkung: Ich weiß, wovon ich spreche. Ich habe mich in den Lebensjahren, in denen wir Frauen noch mühelos schwanger werden, mit allen Kräften für einige überfällige Reformen in unserem Gesundheitswesen eingesetzt. Zum Beispiel für die Akzeptanz des Social Freezing*. Mein berufliches Engagement war, wie Sie wissen, nicht unerfolgreich, und ich hoffe, damit der Gemeinschaft gedient zu haben.« Sie senkte kurz den Kopf, schaute dann direkt ins Auditorium. »Dennoch wollte ich meinen Traum vom eigenen Kind nicht aufgeben. Mit Hilfe der assistierten Reproduktion durfte ich in einem Alter, in dem spontane Schwangerschaften nur noch ausnahmsweise eintreten, das Glück einer späten Mutterschaft erleben.«

Schlagartig wurde es still, nur die Kamera von *Ba-Wü-TV* surrte. In ungläubigem Staunen hielt das Auditorium den Atem an. MP schritt langsam von der Bühne die Treppe hinunter, dort kam ihr auf halber Höhe die mollige Frau aus Reihe eins entgegen und überreichte der Rednerin ihre Tochter. Die nahm das Baby mit verzücktem Lächeln in die Arme, drückte einen lippenstiftschonenden Kuss auf den flaumig dunklen Punkerschopf und präsentierte ihr Kind dann mit ausgestreckten Armen dem Publikum. Die kleine Viktoria schien die Blitzlichter unterhaltsam zu finden, strampelte glucksend und lächelte in die Kameras, als hätte sie es von Mama gelernt. Ein serielles Klicken löste die Stille ab, als zahllose Handys gezückt wurden.

»Meine Damen und Herren, darf ich Ihnen unsere Tochter Viktoria vorstellen, sie ist meine jüngste Mitstreiterin und mir eine täglich inspirierende Bestätigung dafür, dass es sich lohnt, Ziele konsequent zu verfolgen. Wir wünschen Ihnen einen anregenden und erfolgreichen Kongress.«

Sie griff nach der Hand ihrer Tochter, die ihren Zeigefinger fest umklammerte. Lebhafter Applaus brandete auf, und gemeinsam winkten sie ins Publikum. Das Baby begann zu quengeln, drei junge Männer standen auf und geleiteten Mutter und Kind zügig aus dem Saal. Die Presse stürmte hinterher.

¤

Ohne nachzudenken war Ben mit dem Pulk seiner Kollegen aufgesprungen und dem Tross gefolgt. Ein Journalist brüllte: »Hat Ihr Mann Sie mit diesem Coming-out beauftragt, als Trick für den Wahlkampf?«

Frau Petri blieb stehen, der Blick, mit dem sie den Reporter musterte, hätte Lava gefrieren lassen. »In einer modernen Ehe erteilt man sich im persönlichen Bereich keine Aufträge. Und in der modernen Politik, so wie mein Mann und ich sie verstehen, gewinnt man den Wahlkampf ausschließlich mit Sachfragen.«

Sie setzte sich wieder in Bewegung, rasch verschwanden Mutter, Kind und Security im Aufzug.

Ben suchte sich eine ruhige Ecke, lud das Foto hoch, auf dem Frau Petri mit dem quengelnden Baby die Treppe herunterschritt, und schrieb:

VIGILANZVISION-online

Paukenschlag bei Reproduktionsmediziner-Kongress
Mechthild Petris Coming-out:
Ihre Tochter ist ein Retortenbaby

Von Ben Cortes, 1.9. 12:30 Uhr

Bei der Eröffnungsansprache auf der Jahrestagung der deutschen Reproduktionsmediziner vertrat Staatssekretärin Mechthild Petri ihren Ehemann, Gesundheitsminister Arian Preuss. In ihrer Rede hob sie die Verdienste der Reproduktionsmedizin und ihre Bedeutung für die Gesellschaft hervor und brach eine Lanze für das sog. Social Freezing, das Einfrieren von weiblichen Eizellen oder befruchteten Embryonen, das Jahre später mit Hilfe der assistierten Reproduktion eine planbare Schwangerschaft ermöglicht.
Petri betonte, die Option, sich unabhängig von der biologischen Uhr dem Beruf zu widmen, diene nicht nur der persönlichen Verwirklichung von Frauen, sondern leiste in Anbetracht der demografischen Entwicklung einen wesentlichen Beitrag zum Gemeinwohl.
Wie ein Paukenschlag wirkte das anschließende persönli-

che Bekenntnis, die vor vier Wochen geborene Tochter von Mechthild Petri (47) und ihrem Ehemann Arian Preuss (51) sei mit Hilfe der assistierten Reproduktion gezeugt worden. Stolz präsentierte sie Baby Viktoria dem verdutzten Auditorium.

Für ihr Coming-out erhielt die Staatssekretärin, deren Mann im Landtagswahlkampf für das Amt des Ministerpräsidenten kandidiert, freundlichen Applaus und widerlegte gleichzeitig die Gerüchte um eine Leihmutterschaft.

Ben schickte den Text an die Redaktion und kehrte zurück in den Saal. Der Kongresspräsident hielt eine langweilige Begrüßungsansprache, Studenten der Musikhochschule spielten zum Abschluss den ersten Satz des Streichquartetts in g-Moll von Debussy mit dem Titel *Animé et tres decidé*.

Nachdem die jungen Künstler nach höflichem Applaus von der Bühne abgetreten waren, leerte sich der Saal. Anna war bereits verschwunden. In der Lobby sah er sie in einer Ecke stehen, ging auf sie zu, hielt aber inne, da sie gerade von einem groß gewachsenen, graugelockten Herrn, Typ Vorabendarztserien-Held, auf beide Wangen geküsst wurde. Der Kerl trug eine Patek-Philippe-Uhr, alle dreißig Sekunden bleckte er sein gebleachtes Gebiss. Anna winkte Ben mit einer knappen, fast verstohlenen Handbewegung zu und machte keine Anstalten, dem auf sie Einredenden zu entkommen. Ihm zugewandt nickte sie regelmäßig, warf ab und zu ihre offenen Haare zurück und sah mit der locker um die Taille geschlungenen weißen Jacke sportlich-lässig aus.

Ben drehte sich um und ging, ohne zurückzuschauen, zu einer Sitzgruppe am Rande des Foyers. War wohl eine Schnapsidee gewesen, seinen Chefredakteur um den Job als Kongressreporter anzubetteln, den er erst bekommen hatte, als er freiwillig auf Spesen verzichtete. Alles nur, um Anna wiederzusehen. Die immer noch mit Mr. Patek herumstand, der mit seinem ebenmäßigen Schönlingsgesicht optisch viel besser zu ihr passte als er selbst mit seiner verdellten Hakennase und der hässlichen Narbe auf der Stirn. Ganz abgesehen vom Status - sicher war ein erfolgreicher Gynäkologe sozial adäquater für eine Chefärztin als ein Gelegenheitsjournalist in ausgewaschenen Jeans und Sneakers, ein Alien inmitten des Kongresspublikums, dessen definierte akademische Karriereziele ein überwiegend businessmäßiges Outfit erforderten und von dem zur Zielerreichung niemand Taxi fahren musste.

Ben schaltete sein Tablet ein, die schnellsten Kollegen hatten es bereits ins Netz geschafft. Er fand die Schlagzeilen:

Künftige First Lady outet sich mit Retortenbaby. Mechthild Petri zeigt Mut und Stärke. Mechthild schneidet Konservativen die Zöpfe ab.

Offensichtlich störte sich kein Schwein daran, wie das Polit-Powerpaar sein Baby für den Wahlkampf missbrauchte. Als er die App schloss, ließ ihn die rauchige Stimme aufschrecken.

»Hallo, Ben«, sagte Anna. »Schön, dich zu sehen.« Sie lächelte wie eine Flugbegleiterin, die ihre Businessclass-Gäste an Bord begrüßt. Kein Kuss, keine Umarmung. Ihre ihm vorenthaltenen Wangen waren leicht gerötet, vielleicht von den Küsschen des Graulockenschnösels?

»Auch hallo«, sagte Ben und setzte sich wieder. Das Kunstleder knarzte.

Anna ließ sich in den Sessel neben ihm fallen und zupfte den Stoff ihrer Hosenbeine glatt. Ben blieb stumm.

»Na, wie ist es denn so?«, fragte Anna.

Als Ben den Kopf drehte, sah er auf ihrem Hals ein paar rötliche Flecken, die er vorher nicht bemerkt hatte.

»Danke, alles grün«, antwortete er, »ich wollte nur gerade dein Gespräch mit dem Richard-Gere-Guy nicht stören.«

Für drei Sekunden legte Anna ihre Hand auf seine, ihm wurde warm, aber schnell zog sie sich wieder zurück und machte eine abwertende Handbewegung. »Ach, das war bloß der Sponsor für eines unserer Forschungsprojekte, ein totaler Schwätzer.«

»Ach so, na dann«, sagte Ben, und die Falte zwischen seinen Augenbrauen glättete sich.

Anna streckte die Hand aus. »Wollen wir einen Kaffee trinken?« Ben stand auf und zog sie hoch. Auf ihren halbhohen Schuhen reichte sie ihm bis zur Nase, er erkannte ihr Parfum, spätsommerliche Almwiese mit einem Hauch von Quitte.

Der Cappuccino in der Cafeteria war wässrig. Anna wippte mit der Fußspitze und zerkrümelte ihren Butterkeks. Mehrmals wurde sie von Kollegen begrüßt, stellte Ben aber nur einmal vor, als eine Dame ihn direkt ansprach: »Dr. Reinhild Watzmann, Charité, und wer sind Sie?«

»Ben Cortes«, antwortete er, »angenehm.«

Anna ergänzte: »Wissenschaftsjournalist«, worauf Frau Dr. Watzmann ihn mit einem »wie interessant« anlächelte und fragte, ob Cortes ein südamerikanischer Name sei. Ben nickte.

»Spannend! Was wissen Sie über die neue südamerikanische Slumseuche?«

Ben bedauerte, er sei eher an Reproduktionsmedizin interessiert, und der Terminus *Slumseuche* sei ihm so nicht geläufig.

»Wie bedauerlich, in Brasilien wird gerade ordentlich gestorben, und wir konferieren hier übers Kindermachen«, sagte Frau Watzmann und wünschte Ben noch viel reproduktive

Erleuchtung. Anna hatte das Gespräch ohne erkennbare Teilnahme verfolgt. Pausenlos sah sie auf die Uhr, obwohl bis zu ihrem Vortrag noch zwanzig Minuten Zeit blieben. Ben trank den Kaffee aus und zerknüllte seinen Pappbecher. »Ich geh dann schon mal, man sieht sich.«

Anna nickte erst zerstreut, dann sah sie ihn erschrocken an und hielt ihn am Ärmel fest. Auf ihrer Oberlippe standen kleine Schweißperlen. »Sorry, Ben, dass ich so unpräsent bin.« Vor ihren Vorträgen müsse sie immer gegen schreckliches Lampenfieber kämpfen, mit dem zwanghaften Bedürfnis, kurz vorher alles noch einmal durchzugehen. Nach der Veranstaltung habe sie Zeit und würde sich freuen, Ben zum Abendessen einzuladen. Unter ihrem bittenden Blick verflog sein Frust. »Abendessen klingt gut, aber mit der Einladung bin ich dran.«

»Neunzehn Uhr am Haupteingang des Münsters.«

¤

Anna auf der Bühne - eine andere Person. Wieder eine Metamorphose innerhalb weniger Minuten, wie beim ersten Nicht-Interview. Sie hatte die Haare mit einem korallenfarbenen Band zusammengerafft, dazu passend trug sie Korallen-Ohrringe, und ihr Mund erschien mit dem glänzenden Lippenstift im identischen Rotton noch voller. Die lässige Wickeljacke entpuppte sich angezogen als modischer cremeweißer Blazer, noch immer sportlich, doch hauptsächlich elegant.

Die Rednerin bedankte sich für die Einladung und die Möglichkeit, den Kolleg:innen in den folgenden Minuten einen Überblick über die *Bedeutung der neuen Rechtsprechung für die Re-*

produktionsmedizin zu geben. Nichts war mehr zu spüren vom Lampenfieber, sie sprach völlig frei.

Ben zwang sein Hirn auf Linie - weg von dem Wunsch, ihre Facetten zu fusionieren: Anna, die Coole, Charismatische am Mikrofon, Anna, die Angstgeschüttelte, die ihm aus dem Aufzug entgegengewankt war - und Anna, die Vibrierende, als sie sich beim Küssen an ihn gepresst hatte. Aber er war Profi, der Kongress ein Job und Frau Doktor eine Informationsquelle.

Er hörte sie sagen: »Ein Vorwurf, der immer wieder gegen die Reproduktionsmedizin erhoben wird, ist das angebliche Aussortieren von Embryonen entsprechend ihrer genetischen Qualität.«

Eine Folie erschien, die rechte Bildhälfte füllte sich, zunächst erschien ein rot eingekreister Achtzeller, zerquetscht von einem herabsausenden Holzhammer. Dann tauchte der zweite Achtzeller auf, grün umkringelt und lächelnd. Zum Schluss wurde das Bild rot durchgestrichen. Aus ein paar Zellen hatte Anna zwei Wesen gezaubert, mit lebensechter Verzweiflung beim einen und vergnügtem Optimismus beim anderen.

Ein amüsiertes Raunen ging durch den Saal.

»Wie Sie alle wissen, werden selbstverständlich sämtliche lebensfähigen Embryonen asserviert.« Annas schaute Ben direkt an. Der lächelte und sah sich mit ihr auf der Miniterrasse vor seinem Tiny House, wie sie den Unterschied zwischen Minimalisten und Wohlstandsverwahrlosten für sein Buch illustrierte: letztere verfettet, missmutig und schlapp, erstere drahtig, vor Vitalität strotzend und Optimismus versprühend. Ohne erklärende Worte würden seine Leser intuitiv das Wesentliche erfassen, das Wesen des Minimalismus begreifen.

War es ein Vorurteil, dass die Reproduktionsmedizin den

Grundprinzipien einer natürlichen Lebensführung widersprach? Oder wurde ein Prinzip zum Dogma, wenn es als unnatürlich brandmarkte, was der Natur bei deren ureigenstem Anliegen auf die Sprünge half?

Schon mit vierzehn hatte sich Ben in seine Ethiklehrerin verknallt, weil er es unschlagbar sexy fand, dass eine Frau sein Weltbild auf den Kopf stellen und ihm neue Horizonte aufzeigen konnte.

¤

Die Currywurst war knackig, die Pommes knusperten unter der Tunke von Mayo und Ketchup, das eiskalte Pils perlte wie Champagner und stieg Anna stracks in den Kopf. Auf die Frage nach der gewünschten Dinnerlocation hatte sie Ben verschämt gestanden, dass sie nach Stress immer von Heißhunger auf Junkfood und Bier überfallen wurde.

Mit Blick auf das Münster vertilgten sie an einem Stehtisch der Imbissbude die zweite Wurst, sie Curry, er Bock, die dritte Portion Pommes hatten sie sich geteilt. Fettige Wärme legte sich beruhigend auf Annas flatternde Magennerven, jeder Schluck Bier spülte eine Ladung Anspannung hinunter, das Lampenfieber vor dem Vortrag - dann das Wiedersehen mit Ben, den sie zunächst in ihrer Aufregung stiefmütterlich behandelt hatte. Worauf er prompt sensibel, aber sympathischerweise ganz vorwurfsfrei mit Rückzug reagierte. Er hatte ihr nichts nachgetragen, stand ihr in der Abendsonne gegenüber, schlug seine Raubtierzähne in die Bockwurst und prostete ihr mit seiner Cola zu. Alles war gut.

Satt und zufrieden machten sie sich auf die Suche nach einer ruhigen Kneipe. Überall fanden sie entweder die Tische besetzt oder es war zu laut für eine Fortsetzung des Interviews. Als er ihr vorschlug, sich am Bungalow seines Onkels bei schöner Sicht an den Pool zu setzen, stimmte sie sofort zu. Er nahm ihre Hand. »Der Renner steht gleich um die Ecke.« Kurz musste sie schlucken, als er stehen blieb, seinen Rucksack auf einer BMW-Enduro abstellte, eine Motorradjacke aus der Satteltasche zog und ihr grinsend hineinhalf. Er reichte ihr einen der beiden Helme und stülpte sich den anderen über. Da es nur ein Paar Handschuhe gab, bestand er darauf, dass Anna sie trug, der Schutz ihrer Chirurginnenhände habe Vorrang.

Ein bisschen ängstlich stieg sie dennoch auf, klemmte die Absatzschuhe auf die Stütze und legte die Arme um Bens Taille. Er blubberte gemächlich los und fuhr sehr sanft. Krampfhaft musste sich Anna beim ersten Kilometer in Kurvenlage zwingen. Doch dann kam das Genießen, sie hörte auf zu klammern und begann zu kuscheln. »Schneller!«, forderte sie, und Ben beschleunigte, was sie kurz vor Angstlust aufschreien ließ. Lachend legte sich Ben etwas steiler in die Kurven, begeistert ging sie mit. Der Fahrtwind streichelte ihren Hals, sie saugte die septemberlich warme Abendluft ein und lächelte über die olfaktorische Halluzination, Ben rieche nach Leder, obwohl er nur ein T-Shirt trug. Sie schmiegte sich an ihn, ließ die Kontrolle sausen und sich von der Wärme seines Rückens durchströmen.

Als Ben vor einem klotzigen Jahrtausendwende-Betonbunker anhielt, fragte sie: »Können wir nicht einfach immer weiterfahren?« Bedauernd schüttelte er den Kopf, in diesen Klamotten sei das nicht sinnvoll. Er bot jedoch an, seine Tante nach deren Motorradkluft zu fragen und in den nächsten Tagen eine Tour zu planen. Aktuell seien die beiden allerdings bei irgendeinem Event, fügte er hinzu, und Anna fand das ziemlich erfreulich.

¤

Sie trat durch die Terrassentür in einen grünen, parkähnlichen Garten, in Stufen angelegt, mit einem echten Pool, gefüllt mit echtem Wasser! Wofür, wie Ben erklärte, sein Onkel wachsende Unsummen hinblättern musste, um alle zwei Jahre seine Sondergenehmigung zu erneuern, von den Wasserkosten ganz zu schweigen.

Nach ihrem Getränkewunsch gefragt, antwortete Anna: »Alkoholfreies Bier, echtes hatte ich ja schon.« Bevor sie »Scherz« anfügen konnte, war Ben im Haus verschwunden und kehrte kurz danach mit zwei Flaschen Jever fun im Kühler zurück.

»Auf deinen Vortrag«, toastete er. »Rhetorisch Bombe und zeichnerisch genial. Wann fangen wir mit unserem gemeinsamen Buch an?«

Anna fischte ihr Pad und den Stift aus ihrer Tasche. »Ich kann ja schon mal mit dem Autor beginnen.« Sie zeichnete mit schnellen, präzisen Bewegungen. Ben schaute ihr in aufmerksamer Schweigsamkeit zu. Meist machte es sie nervös, wenn man ihr bei der Arbeit auf die Hände sah, diesmal fand sie es beflügelnd.

»Krass«, schwärmte Ben, als er sich selbst auf der Skizze erkannte, auf dem Motorrad sitzend, die schwere Maschine breitbeinig ausbalancierend und im Begriff, sich mit einer schwungvollen Bewegung den Helm aufzusetzen.

»Pur wie der Minimalismus, mit wenigen Strichen das Wesentliche getroffen«, kommentierte er andächtig. »Wir machen eine Graphic Novel zusammen oder einen Sachbuch-Comic, wie von Claire Lecœuvre und Vincent Mahé.« Anna klatschte in die Hände. Mahé war einer ihrer Lieblinge.

Nach Sonnenuntergang wich die Spätsommerhitze langsam einer milden Wärme, wie ein schmeichelnder Schleier legte sich der Duft nach gemähtem Gras über den Garten, Spatzen tschilpten in einem knorrigen Apfelbaum. Ben griff nach Annas Hand und murmelte, eigentlich sei der Abend zu schön für ein Interview.

Fand Anna auch. »Wir holen das Interview nach.«

»Gern«, sagte er. »Zumal ich schon einige meiner Vorstellungen korrigiert habe, weil du mir eine andere Perspektive aufgezeigt hast; dafür bin ich dir übrigens dankbar.«

Sein Lob prickelte wie Champagner, Anna schloss die Augen und ließ es wirken. Bis sie ihn sagen hörte: »Aber die Petri hat eine peinliche Show abgezogen. Ich habe übrigens vertrauliche Informationen, dass der Herr Möchtegernlandesvater bei der Geburt nicht nur einfach umgekippt ist.«

Anna vereiste ihre Stimme. »Selbst wenn das so gewesen wäre, was ich keinesfalls andeuten will, kann ich dir darüber keine Auskünfte geben. Ärztliche Schweigepflicht.«

Ben blieb stumm, Anna hakte nach. »Woher, um Himmels willen, beziehst du derartige Informationen?«

Ben lächelte kühl. »Journalistische Schweigepflicht, man nennt das Quellenschutz.«

Anna lachte unherzlich. »Lass uns bitte nicht mehr über Preuss und Co. sprechen.«

»Na gut«, sagte Ben. Es klang unwirsch.

Anna sah den Zauber des Abends zerplatzen und wollte ihn festhalten. Eine leichte Brise kräuselte das Wasser, das sie verlockend anglitzerte. »Dürfen in diesem Pool eigentlich auch Gäste schwimmen?«, hörte sie sich fragen.

»Klar, aber nur nackt.«

»Oh!«

»Man kann allerdings das Licht am Pool löschen, und Bademäntel gibt es auch.«

»Na dann«, sagte Anna und nahm schnell einen großen Schluck Jever, das ihr aber keinen Mut machte, weil fun. Ben stand auf, knipste das Licht aus und warf zwei weiße Frotteeknäuel auf einen leeren Liegestuhl. Unbefangen zog er sich aus, hechtete mit einem weiten Kopfsprung ins Wasser. Seine Rückenmuskeln schimmerten beim Kraulen im Licht des Dreiviertelmondes, der sich im Wasser spiegelte.

Anna leerte ihr Glas. Als Ben das andere Ende des Pools erreicht hatte, pellte sie sich hastig aus den Klamotten und sprang hinterher. Die seidige Wärme des Wassers umfloss ihre Haut, zügig schloss sie zu Ben auf. Der schnalzte mit der Zunge. »Schwimmen kann Frau Doktor also auch?«

Die nächsten zehn Minuten zogen sie ihre Bahnen, Ben wechselte zu Delfin, Anna zum Rückenschwimmen, da konnte sie ihn beobachten. Dann sagte er: »Noch zwei Längen, und wer zuerst da ist, gibt der anderen den Bademantel.«

»*Der* anderen? Träum weiter!« Anna kraulte los. In ihrer Schulzeit hatte es noch einen Leistungskurs Schwimmen gegeben, und sie war zwei Jahre lang Klassenbeste gewesen. Er zog an ihr vorbei, sie verdoppelte vergebens die Anstrengung, erst nach der Rollwende blieb er ganz knapp zurück. Sie schlug als Erste am Beckenrand an, direkt hinter sich spürte sie Ben, der sie mit einem »herzlichen Glückwunsch« lachend hochhob und wieder absetzte. Sie lehnte sich gegen ihn, Rücken an Bauch, und gab ihm eine Kopfnuss. »Hast du mich etwa gewinnen lassen?«

Ben brummte in gespielter Entrüstung, umfasste ihre Schultern und biss sie zart in den Nacken. Anna schnurrte. Seine rechte Hand glitt auf ihren Bauch, Locker ließ er sie auf der Höhe ihres Bauchnabels liegen, reglos abwartend. An ihrem Hals spürte sie seinen schneller werdenden Atem und die nassen Lippen - am unteren Rücken seine wachsende Härte. Anna hielt still. In warmen Wellen wurde der schmerzende Hohlraum, den der Krebs in ihrem Bauch hinterlassen hatte, von der Zweifelsfreiheit gieriger Sehnsucht geflutet. Sie hörte sich leise aufstöhnen, ein Laut, der nicht zu ihr zu gehören schien. Sie presste sich an ihn.

»Komm, wir gehen«, flüsterte Ben und hob sie hoch.

»Nein, nicht weggehen, bitte jetzt, gleich hier!«, sagte Anna heiser, nahm seine Hand und legte sie zurück auf ihren Bauch, etwas tiefer.

Mit leichtem Druck ließ er seine Fingerspitzen rotieren, sich in Spiralen nach unten bewegen. Das Glühen im Bauch nahm ihr den Atem.

Unvermittelt zog Ben die Hand weg, sein Rückzug schmerzte wie ein brutal abgerissenes Pflaster, plötzlich war das Wasser eiskalt. Mit einer kraftvollen Bewegung drückte sich Ben am Beckenrand hoch, gab ihr die Hand und zog sie aus dem Wasser. Selbst noch nackt, mit halbmastigem Penis, der im Mondlicht glänzte, reichte Ben ihr den Bademantel und ein Handtuch. Der Bungalow war nun hell erleuchtet, die Schiebetür öffnete sich quietschend, und ein stämmiger Endfünfziger mit grauem Bart trat mit einem roten Drink eisklimpernd auf die Terrasse. »Hallo, Benny«, tönte seine basstiefe Stimme, »bin wieder da, das Meeting war stinklangweilig. Bist du am Planschen?«

»Mein Onkel Gerhard«, erklärte Ben und warf schnell den

zweiten Bademantel über seine Blöße, die der Onkel ungeniert grinsend anstarrte. Ben stellte ihm Anna vor.

»Sehr erfreut«, sagte Gerhard und musterte sie beifällig. »Mein Neffe hat nicht in allen Dingen einen guten Geschmack, aber was Damen angeht, ist er top.«

Seine Einladung zu einem Drink lehnten beide dankend ab, Gerhard zog sich mit einem »Ich lass euch dann mal« zurück.

»Gehen wir auf mein Zimmer?«, fragte Ben, aber es klang nicht so, als würde er daran glauben.

Anna zögerte. »Ich denke eher nicht.« Aus dem Wohnzimmer tönte *Guns n' Roses* in Wacken-Lautstärke.

Sie müsse morgen früh raus und habe einen anstrengenden Tag, murmelte Anna und tippte die Taxi-App an.

»Take your time, Baby«, sagte Ben und frottierte ihr die Haare. Zum Abschied nahm er ihr Gesicht in beide Hände und küsste sie ohne Körperkontakt. Anna wurde von Reue geschüttelt, das Taxi hupte.

In ihrem Hotelzimmer erlöste sie die Textnachricht: *Danke für den Abend, das Noch-nicht-Interview und ... Ich habe meinen Onkel* nicht *umgebracht. Hast du in den nächsten Tagen Zeit für eine Motorradtour auf den Schauinsland? Meine Tante hat noch eine alte Motorradkombi aus jüngeren Jahren, die leiht sie uns, und Picknick macht sie auch. Lust?*

Au ja und wie!!!, schrieb sie zurück. *Morgen habe ich volles Programm, aber übermorgen bin ich frei.*

¤ ¤ ¤

2. September

Mit einem lauten Schlürfton saugte Arian Preuss die letzten Tropfen seiner Bloody Mary aus dem Plastikbecher. Der Mini-Jet geriet in eine Turbulenz, ein Tomatensafttropfen kleckerte aus dem Strohhalm auf Preuss' cremefarbenes Canali-Hemd, ein weiterer auf den hellen Ledersitz.

»Scheiße!« Er knallte den Becher auf den Klapptisch. »Ich glaube, ich brauche noch einen.« Er sah auffordernd zu Mario, der ihm gegenübersaß und nicht reagierte.

»Mario, wie ist das mit dir?«

»Danke, ich hab noch«, antwortete der Angesprochene, hob sein halb volles Glas hoch und blieb sitzen.

Preuss feuerte den Becher samt Eiswürfelresten in den Papierkorb, löste den Sicherheitsgurt und ging zum Kühlschrank. Er griff nach dem Tomatensaft, stellte ihn wieder zurück und nahm sich nur eine kleine Flasche Schnaps ohne Glas. Auf dem Rückweg zu seinem Platz brachte ihn eine weitere Turbulenz fast zum Stolpern, fluchend ließ er sich in den Sessel fallen und setzte das Fläschchen an. Mario schüttelte unmerklich den Kopf, er wusste, dass stumme Missbilligung den Chef mehr traf als ausgesprochener Tadel.

»Was dagegen? Beerdigungen machen mich nun mal fertig, und alle haben mich auf Mechthild angesprochen.«

»Das kann ich mir vorstellen, aber ich muss dir nicht erklären, dass Alkohol nicht gut für dein Herz ist.«

»Mann, du redest schon wie meine Frau!«

»Danke, Chef, das war doch ein Kompliment?«

»So was von gar nicht!«, antwortete Preuss ungewohnt ironieresistent und setzte erneut den Wodka an. »Außer der dämlichen Beerdigung macht mich gerade die Ehe fertig. Manchmal ist Mausi eine Ratte.«

Überrascht löste Mario den Blick von den Wattewolken, die am Fenster vorbeiwaberten, und dachte, dass Mausi eher eine Raubkatze war. *Ratte* fand er allerdings amüsant, verkniff sich jedoch das Grinsen. »Deine Frau ist manchmal eigenwillig, aber sie hat einen guten Instinkt.«

Der Chef warf ihm einen bösen Blick zu, als sei Mario der Verursacher seines Zornes. Immerhin schien die teilnahmslose Wehleidigkeit der Wochen nach dem Herzinfarkt durchbrochen und einer vitalen Emotionalität gewichen zu sein. Wichtig für den Wahlkampf angesichts der gesunkenen Umfragewerte nach seinem krankheitsbedingten Abtauchen und dem Lapsus beim ersten öffentlichen Wiederauftritt in einer Talkshow, in der er die grüne Mitbewerberin als *Bäh-Mulle* beschimpft hatte.

Preuss maulte weiter. »Mechthild hat mich mit ihrem Coming-out bei diesen Scheiß-Repro-Docs gestern vor der ganzen Nation zum Hampelmann gemacht!«

»Ach was, da tust du ihr Unrecht«, sagte Mario, obwohl er Mechthild als Strafe Gottes empfand, besonders seit er ihre zu laut geflüsterte Bemerkung gehört hatte, Ari solle gefälligst auf sie, seine Frau, hören und nicht auf diesen Schnullerbacken-Schönling. »Schnullerbacke« fand Mario gemein; was konnte er für sein jugendliches Aussehen, das den Chef deutlich älter wirken ließ, obwohl die beiden nur vier Jahre trennten?

Seit Mechthild Arians Leben infiltriert hatte wie eine Giftpflanze, musste der Consigliere, vormals einer der wichtigsten Menschen in Preuss' Leben, nicht nur dessen Aufmerksamkeit teilen, sondern hatte auch an Einfluss verloren. Vorbei war die gute alte Zeit, in der »A&M« zunächst bei White Cliff, dann nach dem Wechsel auch in der Politik ein unzertrennliches Duo waren - zwar mit hierarchischer Festlegung, aber inhaltlich auf Augenhöhe. Vorbei auch die intimen Brainstormings, deren Kreativität gelegentlich mit einer Nase Psycho-Stimulanz hochgekickt wurde. Ganz zu schweigen von anderweitig intimen Momenten, wie die beiden sie leider nur einmalig nach hoch dosiertem MDMA* auf dem Gesellschaftsabend im Rahmen einer Geberkonferenz in Genf geteilt hatten. Alkohol und Ecstasy hatten sie in eine verquaste Diskussion über Seelenverwandtschaft und menschliche Nähe schlittern lassen, die in einer idealen Welt ganzheitlich und panerotisch das Physische einbeziehe. Arian, der über die variable erotische Disposition seines Consigliere Bescheid wusste, signalisierte erstmals eigene Bereitschaft, die Mario tatkräftig nutzte, um ihn ins ganzheitlich gleichgeschlechtliche Gefilde einzuführen. »Nie mehr aufhören!«, hatte Arian in Ekstase gestöhnt. Leider schien er diese Premiere männlicher Zuwendung komplett aus dem Bewusstsein verdrängt zu haben und war in der Folgezeit eher auf Distanz gegangen. Aber notfalls gab es da ein Erinnerungsfoto mit Leberfleck an prominenter Stelle, aufgenommen von der Mikrokamera in Marios Ohrpiercing.

Die Berufung zum Gesundheitsminister war für den Sprecher des Wirtschaftsflügels der Echten einer Degradierung gleichgekommen. Mario mutmaßte, der Kanzler habe das eiskalt geplant: mit der Ernennung seinen unbequemen Kritiker durch ein Ministeramt einzubinden und ruhigzustellen, ihm statt des angestrebten Wirtschaftsministeriums aber ausgerechnet ein Ressort zuzuteilen, in dem ihm die eigene Frau durch ihre Ausbildung fachlich überlegen war. Seitdem hatte sich Arian verändert, und damit auch die Beziehung zu seinem Consigliere. Zumindest hatte sein Chef schon früh verinnerlicht, dass seine Finanzpotenz und Durchsetzungsstärke durch Marios Hirnschmalz und Fleiß in optimaler und unverzichtbarer Weise karrieretechnisch ergänzt wurden. In einer schwachen Stunde hatte Ari ihn sogar seinen »persönlichen psychologischen Kompass« genannt. Seit Mechthild hatte der Chef allerdings zwei Psycho-Kompasse mit gelegentlich inkompatiblen Richtungsangaben.

Mausi in Schutz zu nehmen machte Mario Mühe, zumal er sich eingestehen musste, wie ähnlich sie ihm war, was die Manipulation ihres Umfeldes betraf. Er war stocksauer, dass man ihr Coming-out nicht mit ihm besprochen hatte. Allerdings hatte Mechthild den Auftritt wohl selbst mit ihrem Mann nicht wirklich abgestimmt und ihm nur am Vorabend kurz das Manuskript gegeben. Nach zwei Gläsern Wein, wohl wissend, dass seine Alkoholtoleranz seit dem Herzinfarkt vermindert war und dass ihn eine Eröffnungsrede für Mediziner nicht interessierte. Detailliertes Lesen überließ Arian sowieso gerne anderen.

Was die Psychologie des Wählers betraf, war Mechthild mal wieder schlau gewesen, die Psyche ihres Mannes war ihr wohl nachrangig erschienen. Preuss hatte seinerzeit die IVF-Prozedur vor der Öffentlichkeit strikt geheim gehalten. Zwar hatte er Mario als engsten Vertrauten beiläufig eingeweiht, dabei aber den Eindruck vermittelt, die IVF* diene der Chancenoptimierung für Mechthild, mit über vierzig schwanger zu werden. Verschwiegen hatte Arian, dass er es war, der die »Repro-Docs« zur Aufbesserung seiner Spermienqualität gebraucht hatte. Was Mechthild nicht ahnte - und ihr Mann nicht mehr wusste: Bei einem ihrer sporadischen Saufgelage zu zweit hatte sich Ari nach einer halben Bottle Bushmills Single Malt verquatscht und bei Mario über seine lahmarschigen Spermien ausgeheult, die es einfach nicht schafften, Mechthilds störrische Eizellen zu penetrieren. Praktischerweise war sein Alkoholpegel ausreichend für einen Blackout gewesen, der die Erinnerung an das Geständnis am nächsten Tag gnädig ausgelöscht hatte.

»Schau dir das an!«, forderte Preuss und hielt Mario mit anklagendem Blick sein Pad mit einem Kommentar vor die Nase: *Wo soll der schlappschwänzige Erzeuger eines Retortenbabys die Potenz hernehmen, uns ein starker Landesvater zu sein?*

Mario hielt die Luft an. »Komm schon, Ari, du stehst doch über derartiger Gossenpolemik?« Er gab ihm das Pad zurück. »Die biologische Uhr ist eindeutig Frauensache! Mechthild hat in ihrer Eröffnungsrede auf dem Repro-Kongress auch ausdrücklich betont, dass *sie* es war, die sich das Glück einer späten Mutterschaft gegönnt hat - und zwar wörtlich *in einem Alter, in dem frau nur noch selten spontan schwanger wird.*«

»Ob der Wähler solche Feinheiten kapiert?«, quengelte Preuss, der dazu neigte, den Souverän für minderbemittelt zu halten, eine Einschätzung, deren konsequentes Verschleiern Mario seinem Chef immer wieder einschärfen musste.

»Du siehst doch in den Umfragen, wie gut das ankommt, dass ihr als Powerpaar euren Politikerjob *und* ein Kind so mühelos auf die Reihe kriegt. Du bist erfolgreich als Minister; du bist frauenfreundlich, weil du deiner Angetrauten erst mal eine Karriere zubilligst und dann den Reprokram mitmachst, statt einfach zu bumsen. Und neuerdings bist du auch der hingebungsvolle

Jungvater einer entzückenden Babytochter. Gibt es eine bessere Empfehlung für einen künftigen Landesvater?«

»Meinst du wirklich?«, fragte Arian und Mario verstärkte: »Klar, nach der Forsa-Umfrage hast du insgesamt fast sechs Prozent zugelegt, bei der weiblichen Wählerschaft sogar acht Prozent. Das war nach deinem Spruch über die grüne Konkurrenz-Mulle auch dringend nötig. Und Vaterschaft wird übrigens als Zeichen der Jugendlichkeit gewertet.«

»Echt jetzt?« Ein geschmeicheltes Grinsen glättete Preuss' Züge. »Dabei hätte ich in zweiter Ehe gar kein weiteres Kind kriegen müssen«, brummte er, »aber ich habe mich weichklopfen lassen, weil ihr beide gesagt habt, das wäre gut für den Wahlkampf.«

»Nicht nur«, erinnerte ihn Mario. »Du hast gedacht, mit Baby würde sich Mechthild auf ihre Rolle als Ehefrau und Mutter besinnen und sich aus der Politik mehr heraushalten. Ich habe dir gleich gesagt, dass ...«

»Smart Ass!«, unterbrach Preuss. »Haben wir sonst noch was zu besprechen?«

»Wir müssen uns mal wieder um eine Seuche kümmern«, antwortete Mario. »Auf dem Empfang nach der Beerdigung hat mich ein Epidemiologe angesprochen. In Brasilien grassiert eine ziemlich üble Infektionskrankheit, so was Ähnliches wie Masern, aber viel schlimmer, mit Hunderten Toten. Aus einer vertraulichen Quelle hat der Typ gehört, dass es wahrscheinlich demnächst eine Meldung des WHO-Frühwarnsystems geben könnte. Er meinte, das Gesundheitsministerium sollte ausnahmsweise einmal vorbereitet sein, falls die Epidemie sich über Südamerika hinaus und vielleicht sogar in Europa ausbreitet.«

Preuss trank den letzten Schluck und warf das Fläschchen weg. »Bitte nicht schon wieder! Verschone mich heute mit irgendwelchen Hiobsbotschaften, es gibt doch andauernd Gerüchte um neue Infektionskrankheiten, die sich dann wieder in Luft auflösen.«

»Der Epidemiologe hat gesagt, diesmal würde es ernst klingen, und die WHO hat ja auch nicht gerade den Ruf, frühzeitig Alarm zu geben.«

Preuss schlug mit der Hand auf die Sitzlehne. »Verdammt, Mario, irgendeine bescheuerte Seuche würde mir jetzt gerade noch fehlen. Da müssten wir uns dann nämlich wirklich drum kümmern - und kümmern will ich mich momentan nur um den Wahlkampf.«

»Versteh ich Ari. Andererseits kann eine Pandemie auch eine Mordschance zur Profilierung sein. Hätte der Jungspund von den Christen das damals bei Corona nicht so vergeigt, wäre er womöglich Kanzler geworden ...«

»Lass mich erst mal Ministerpräsident werden«, brummte Preuss. »Brasilien ist weit weg. Selbst wenn an der neuen Epidemie was dran wäre, sollten wir also erst mal den Ball flach halten.«

»Ball flach halten ist okay«, stimmte Mario zu. »Alle Wahlberechtigten haben die Coronakrise schon bewusst mitgekriegt. Viele würden ausrasten, wenn wir ihnen wieder irgendwelche Einschränkungen ankündigen. Aber wir dürfen auch keinesfalls vermitteln, dass wir irgendwas nicht ernst nehmen.«

Preuss verzog das Gesicht. »Hör auf, mir noch mehr die Laune zu verderben.«

»Ich sag's ja nur«, begann Mario.

Die Stimme des Piloten überdröhnte ihn. »Gentlemen, please

prepare for landing.« Sie schnallten sich an, der Mini-Jet setzte butterweich auf.

Am Exit empfing sie überraschenderweise nicht der Chauffeur des Ministers, sondern eine strahlende Mechthild, die das Händchen der betörend lächelnden Viktoria zu einem Begrüßungswinken auf und ab schüttelte.

Preuss machte sich zunächst steif und schien sich gegen die Umarmung seiner Frau zu sperren. Die so tat, als bemerke sie seine Abwehr nicht, und ihn hemmungslos herzte, bevor sie ihm seine Tochter in die Hand drückte. Brav hob Ari das Baby in die Luft und gab lulu-lallende Laute von sich. Der Säugling quietschte, Mechthild strahlte ihren Mann an und schenkte Mario ein angedeutetes Lächeln, etwas mokant, aber nur für ihn bemerkbar. Wieder einmal hatte sie es geschafft, des Gatten Ärger zu vaporisieren. Zugegebenermaßen sah sie verdammt attraktiv aus, das Baby stand ihr gut.

»Es gibt Sauerbraten mit Spätzle«, kündigte sie an. »Mario, mein Lieber, magst du mit uns essen?«

»Nein, aber vielen Dank für die Einladung«, antwortete der Angesprochene. Die Ratte wusste genau, dass er Vegetarier war.

¤ ¤ ¤

3. September

In Mathildes Overall, der stramm wie eine Wurstpelle anlag, wäre Anna glatt als Rockerbraut durchgegangen. Gerhards Dynatec-Anzug war Ben an den Schultern knapp und am Bauch zu weit.

Er fuhr langsam los, wieder klammerte Anna in den ersten Kurven, dann spürte er, wie sich ihre Anspannung mit jedem Kilometer mehr löste. Er drehte schrittweise die Geschwindigkeit hoch und legte sich etwas stärker in die Kurven. Anna jauchzte: »Mehr, schneller.«

Oft war Ben diese Strecke früher mit Gerhard auf der alten Kawasaki Ninja gefahren und einmal mehr fragte er sich, ob nicht wenigstens ein kleines Motorrad auch für einen Minimalisten akzeptabel sein könnte.

Doch die Veränderung der Landschaft machte ihn wehmütig. Damals war das noch Schwarzwald gewesen, sattgrün und manchmal ein bisschen düster wie alte Kirchen. Nun waren weite Teile des Waldes braun versteppt, Tannen, Fichten und Kiefern in den Dürrejahren an Wassermangel eingegangen, von Borkenkäfern aufgefressen oder im Sturm umgeknickt worden. Erst ab fünfhundert Metern Höhe hatten neu gepflanzte Mischwaldbäume das Wetter und die Stürme teilweise überlebt; aber noch waren sie zu klein, um die Frische der grünen Lunge von früher wiederherzustellen. Oben angekommen hielten sie an, um die Aussicht zu genießen.

»Auf geht's«, sagte Ben, »ich kenne ein schönes Plätzchen für unser Picknick.«

Als Anna den Helm abnahm, hinterließ der in ihrem Gesicht

zwei Druckstellen, ihre Haare waren verknautscht, die Wangen gerötet, mit ihren blitzenden Augen sah sie aus wie ein Schulmädchen. »Mann«, sagte sie, »das war so was von geil.«

»Superbeifahrerin«, lobte Ben und küsste sie auf die Nasenspitze.

Er breitete eine Decke aus und öffnete das Touren-Topcase. Mathilde hatte augenzwinkernd ein romantisches Picknick angekündigt. »Lass uns schnell essen, das Wetter hält nicht.«

Nach den ersten Bissen verschmolzen die fetten Wolkenknäuel zu tief liegenden, homogenen Klumpen aus bleiernem Grau, der Wind frischte schlagartig auf und wehte das Butterbrotpapier auf die Wiese.

Sie sprangen auf, packten das Topcase und schafften es gerade noch zur Maschine, bevor der Regen losbrach. Sie solle sich festhalten, er kenne einen Unterschlupf, brüllte Ben. Im Nu wurde die Straße schmierig wie Seife und das Bergabfahren durch die Kurven bei minimaler Sicht zur quälenden Schlingerpartie. Anna klammerte wieder. Schmerzlich vermisste Ben die frühere Routine, mit der er in jüngeren Jahren bei Wind und Wetter auf unbefestigten Straßen durch fremde Länder gebrettert war.

¤

Fast hätte er die kleine Abzweigung verpasst, erst im letzten Moment sah Ben das Hinweisschild. Nach weiteren sechshundert Metern auf einer abgelegenen Schotterstraße durch den Wald erreichten sie die Lichtung vor einem einsamen, blau gestrichenen Holzhaus mit der Aufschrift: *Zur Bikerwally*. Schief hing darunter eine Tafel mit der Aufschrift: *Zimmer frei*. Blumenkästen mit bunten Geranien hübschten den abgerockten Look auf und ließen die abgeblätterte Farbe vergessen. Rechts neben dem Eingang klärte noch immer das alte Schild die Gäste auf: *Bei uns müsst ihr miteinander reden, wir haben kein Netz.* Schon bei Bens erster Schauinslandtour vor fünfzehn Jahren hatte Waltraud, die Wirtin, hier das Regiment geführt; selbst hartgesottene Biker fraßen ihr aus der Hand.

Auf dem Parkplatz standen die Bikes, eine kleine Husqvarna war umgefallen. Die Holzbänke, sonst immer dicht besetzt, waren verwaist, und die Gäste drängten sich in dem kleinen Innenraum. Ben zog den Kopf ein, ein Schwall von Zigarettenqualm, nassen Klamotten und dampfenden Körpern schlug ihnen entgegen. Wally hatte das schon immer so gehalten: Wenn das Wetter zu schlecht war, um draußen zu sitzen, durfte drinnen geraucht werden, bei Regen kamen eh keine Bullen. Der Lärmpegel war so hoch, dass der scheppernde Sound der alten Jukebox fast unterging, die Wally aus dem letzten Jahrtausend herübergerettet hatte.

An den Wänden der holzgetäfelten Kneipe hingen Fotos aus einem halben Jahrhundert und vergilbte Plakate, die entweder Motocrossrennen oder Boxkämpfe ankündigten. Ben sah Anna fragend an. Sie lachte, hob den Daumen und brüllte, sie brauche jetzt ein Bier. Ein nostalgischer Flashback kickte Ben in frühere Zeiten zurück, als er selbst noch zu jener klassenlosen Biker-Community gehörte, in der das Gemeinsame durch *die Maschine* jede gesellschaftliche Zugehörigkeit bedeutungslos machte. Seine Eltern waren stocksauer gewesen, als er sich den Motorradführerschein mit Ferienjobs bei Gerhard verdiente, und Mutter hatte monatelang nicht mit ihrem Bruder gesprochen, als der ihn dann auch noch auf seine ersten Touren mitnahm.

Wally stand hinter dem Tresen. Einst eine dralle Blondine, war sie zwischenzeitlich eine mollige Mittfünfzigerin, die ihr beachtliches Volumen noch immer in hautenge Leggins mit Leopardenmuster und eine ärmellose Lederweste zwängte und die mittlerweile gefärbten Haare als blonde Mähne trug.

»Hört mal her, Leute«, dröhnte sie, und sofort wurde es still. »Essen ist so gut wie aus, der Lieferant steht im Stau wegen dem Sauwetter. Wenn ihr Proviant dabeihabt, könnt ihr es reinbringen und ausnahmsweise drinnen futtern.«

Ben bat Anna, einen Sitzplatz zu suchen, und stellte sich in die Schlange; bei Wally gab es nur Selbstbedienung. Als er mit den Getränken nach Anna suchte, entdeckte er sie in ein lebhaftes Palaver mit zwei bulligen Bikern vertieft an einem runden Sechsertisch, auf dem vier halb leere Bierkrüge standen.

»Das ist Pit, und das ist Bull«, stellte Anna vor. »Die beiden sind Zwillinge«, setzte sie überflüssigerweise hinzu.

»Wir beißen aber nur, wenn man uns ärgert«, ergänzte Pit.

Ben erwiderte: »Ich bin Ben und beiße nur Mädchen.«

Er sah Anna in Erwartung einer Rüge an, doch die sagte lediglich »stimmt« und nahm ihm lachend das große Bier aus der Hand. Er selbst gönnte sich nur ein kleines, und auch das mit schlechtem Gewissen.

»Könnt ihr mal rutschen?«, fragten zwei Ladys, eine im pink-, die andere im fliederfarbenen Shirt, das Oberteil ihrer Motorradanzüge hatten sie heruntergeklappt und sich die Ärmel um die Taille geschlungen. Sie legten eine Box auf den Tisch. »Futter«, erklärte die Pinkfarbene.

»Mimi und Tess, unsere Mädels«, sagte Pit mit stolzem Grinsen. Er öffnete die Box und wandte sich zu Anna und Ben. »Haut ruhig rein, reicht für uns alle.«

Es gab Leberwurstbrote, Buletten und eine Tupperdose mit Wurstsalat, allerdings nur vier Plastikgabeln, wovon Anna und Ben sich eine teilten. »Alles bio«, betonte Mimi, trank aber statt Bionade doch lieber Bier. Alle kauten schweigend, bis der erste Hunger gestillt war.

Pit und Bull hießen eigentlich Peter und Bernulf, waren aber seit ihren ersten Prügeleien in der Schule die Hunde-Spitznamen nicht mehr losgeworden. Die beiden Paare kamen aus Wanne-Eickel und waren auf dem Weg über Frankreich hinunter bis nach Spanien – als Ersatz für eine ursprünglich geplante Südamerikatour, die sie wegen einer dort grassierenden Epidemie verschoben hatten.

»Ist das diese südamerikanische Slumseuche?«, fragte Ben.

»Keine Ahnung«, antwortete Pit, »aber in Brasilien ist die angeblich nicht nur in Favelas unterwegs. Manche husten sich tot, und es gibt auch welche, die Schaum vor den Mund kriegen und durchdrehen. Darauf hatten wir keinen Bock.«

Die Pit-Bulls wollten mit ihren Süßen im Haus übernachten, die Zimmer seien zwar nicht toll, aber zum Schlafen völlig okay.

»Habt ihr's gut«, seufzte Ben mit sehnsüchtigem Blick auf die großen Bierkrüge. Ein wenig fürchtete er die Rückfahrt, bis dahin würde es dunkel und die Fahrbahn noch rutschiger sein.

»Ich muss mal«, verkündete Anna und verschwand.

Der Regen trommelte gegen die Scheiben, der Wind heulte.

Anna kam wieder, streckte Ben ein großes Bier und die linke Faust hin und sagte: »Rate, was da drin ist.«

Ben hatte zunächst keinen Schimmer – dann aber doch. Er stellte den Krug ab, küsste den Faustrücken und bog ihre Finger auf. *Pension Bikerwally Zimmer 7* las er auf dem Plastikanhänger am Schlüssel.

Stumm dankte er dem Wettergott. »Wow, Telepathie!« Er hob den Bierkrug, Familie Pit-Bull prostete mit.

»Mal alle herhören«, rief Wally, »ich hatte gerade einen Anruf; für später ist ein Sturm mit Orkanböen angesagt, auf der Straße liegen jetzt schon Baumstämme und blockieren die Fahrbahn für Autos. Und es wird bis in die Nacht regnen. Also: Wer weitermuss, sollte bald losfahren.«

Allgemeines Raunen, »Buuh« und »Scheiße«, das Wally mit einer Handbewegung zum Verstummen brachte. »Wer keinen Bock hat, bei dem Sauwetter zu fahren, kann auch hier pennen. Ich hab noch drei Zimmer und den Dachboden mit zwölf Matratzen zu bieten, allerdings unisex. Wer Interesse hat, bitte anstellen, zuerst alle, die zahlen wollen und weitermüssen, dann die Übernachter. Danach gibt's neue Getränke.«

Sofort bildete sich eine Schlange, weniger als die Hälfte der Gäste wollte weiterfahren. Binnen einer Viertelstunde hatte Wally alles abgewickelt und zapfte literweise Bier.

»Ey super«, rief eine Bikerin, »wir machen so was von Party.« Sie ging zur Jukebox, kurz darauf klärten die *Ärzte* auf: *Kein Alkohol ist auch keine Lösung*. Wally schlug vor, die Tische zusammenzuschieben und in der Mitte ein Büfett aufzubauen, auf dem alle ihr Proviant zur Verfügung stellen könnten, sie selbst würde noch eine Runde Schmalzbrote, harte Eier und eine Großpackung Debreziner beisteuern. »Die nächste Runde Bier geht aufs Haus, wenn mir jemand beim Zapfen hilft.«

»Das mach ich dann mal«, sagte Anna und bahnte sich den Weg zum Tresen. Ben schaute ihr perplex hinterher, Pit knuffte ihn in die Seite: »Starke Braut, deine Anna.«

»Ich weiß«, sagte Ben und sah staunend, wie selbstverständlich Anna mit dem Zapfhahn und den Krügen hantierte, mit allen Bikern sofort ins Gespräch kam und herumalberte. Auch mit Wally schien sie sich blendend zu verstehen, die Blonde und die Brünette als Power-Duo hinter der Theke arbeiteten Hand in Hand und grinsten sich an wie alte Freundinnen.

Drei Männer standen auf und verkündeten, sie würden Proviant holen. Bull und Ben schlossen sich an. Als sie die Tür öffneten, blies der Wind eine Wolke von kleinen Steinen in den Gastraum. Schnell drückten sie sie wieder zu.

Die Rückkehrer verteilten ihren Proviant auf dem Tisch. Ben hatte verstohlen das angebissene Geflügelsandwich für Anna in die Jackentasche gesteckt. Zusammen mit Wallys Würsten und den Schmalzbroten war ein ansehnliches Büfett zusammengekommen; die Essensdüfte mischten sich mit Bierdunst und dem Geruch nach vielen Menschen auf engem Raum. *An Tagen wie diesen*, jubelten die *Toten Hosen* aus der Jukebox, einige Gäste sangen mit und schunkelten.

Nach den letzten Klängen stürzten sich alle auf das Essen, auch Anna und Wally gesellten sich dazu und wurden sofort umringt. Als Ben sich näherte, stupste Wally Anna mit dem Ellenbogen in die Seite und raunte: »Ist der scharfe schwarzhaarige Schwabe dein Typ?« Anna rempelte zurück. »Klar, ist aber ein Badener.« Ein glückliches Grinsen zog Ben das Gesicht auseinander, er drückte ihr das abgezweigte Sandwich in die Hand.

»Danke, mein scharfer Gelbfüßler«, antwortete sie, »wie süß, dass du so für mich sorgst.« Dann küsste sie ihn, der Biergeschmack ihrer Zunge war angenehm. Schmeckte so eine Karrierefrau, die ihn vor den Kollegen auf Armlängendistanz hielt?

Gegen Mitternacht war die Party vorbei, alle packten beim

Aufräumen mit an. Anna versorgte die gespülten Gläser. Wally dankte ihr, und Ben hörte die Wirtin flüstern: »Du machst das genau richtig. Ich sage immer, ab vierzig sollten wir Frauen nur noch Kerle an uns ranlassen, die mindestens zehn Jahre jünger sind.«

¤

»Darf ich?«, fragte Ben, nahm Anna den Schlüssel aus der Hand und öffnete mit einigem Kraftaufwand das klemmende Schloss von Nummer 7.

»Huch«, machte Anna, als die Deckenlampe grünliches Neonlicht auf den kleinen Raum mit der abgewetzten Resopalmöblierung warf. Er deutete auf den kleinen Tisch mit dem Strauß im Einmachglas: »Schau mal, hast du schon je in einem Hotel frische Wiesenblumen gehabt?«

Das Bad war vom Schlafraum mit einer Pappwand abgeteilt und so winzig, dass sich nur eine Person darin aufhalten konnte. Anna reichte ihm ein Fläschchen japanisches Heilpflanzenöl und eine Zahnbürste, die sie bei Wally abgestaubt hatte.

»Gibt nur eine. Du zuerst.«

»Bist du sicher?«

»Ganz sicher. Geteilte Zahnbürste ist hygienisch nicht bedenklicher als Zungenkuss. Und übrigens: Ich bin HIV-negativ und war nicht in Brasilien.«

»Da bin ich aber beruhigt«, sagte Ben. Damit war wenigstens die Gummifrage geklärt - er hatte für den Motorradtrip nichts mitgenommen. Nachdem er die Zähne geputzt hatte, ging Anna ins Bad und Ben ins Bett. Die Unterhose ließ er an. Er lauschte dem Schrubben der Zahnbürste und räkelte sich auf der durchgelegenen Matratze zurecht. Mit geschlossenen Augen sah er Anna als bierzapfende Rockerbraut vor sich. Die Minuten dehnten sich wie seinerzeit für den kleinen Jungen an Weihnachten, wenn die Zeit bis zur Bescherung endlos schien.

Das Regenprasseln war in ein sanftes Strömen übergegangen, das sich mit dem Rauschen der Bäume mischte. Die einzige Nachttischlampe tauchte die Schäbigkeit des Zimmers in orangefarbenes Licht und verwandelte die Bikerbude in eine romantische Höhle.

In Slip und BH kam Anna aus dem Bad. Bens pulsierende Vorfreude verwandelte sich in banges Herzklopfen, als er ihr Gesicht sah. Wieder hatte sie den Fluchtblick ängstlicher Unentschlossenheit, wie er ihn vom Abend im Tiny House kannte, kurz vor ihrem überstürzten Abschied. Wenigstens konnte sie hier nicht weglaufen. Er klopfte mit der Handfläche auf das Laken und streckte ihr die Hand entgegen. Sie griff zu, hielt ihn fest und setzte sich aufrecht auf das Bett. »Ich weiß, ich bin zu alt für Lampenfieber, aber momentan habe ich trotzdem welches.«

»Ich auch«, sagte Ben und legte ihre Hand auf seine Brust, mitten auf das Klopfen. »Das passt schon. Lampenfieber hat man nur, wenn etwas wichtig ist. Und zu alt ist man nur für das, was man sich nicht mehr traut.«

»Sehr tröstlich«, antwortete Anna, und ein Lächeln glättete ihr Gesicht. »Dann zeig mir mal, wo's langgeht, im Lampenfieber-Land.«

Sie schmiegte sich in seine Arme und ihr Gesicht in seine Schulterkuhle; behutsam nahm Ben das Geschenk ihrer Zutraulichkeit an. Er setzte sich auf, legte sie auf den Rücken und zog sie langsam aus. Sie griff nach ihm, er schüttelte den Kopf, drückte ihre Hände sanft auf das Laken und hielt sie fest. »Lieg still, heute darf ich dich anschauen.«

In ihren Augen glomm panisches Widerstreben. Geduldig setzte Ben sich darüber hinweg, bis unter seinen Händen und Lippen ihr Zittern nicht mehr ängstlich war, sondern ungeduldig wurde. Ihr hungriges Vibrieren übertrug sich auf ihn wie eine Stichflamme, die seine Zurückhaltung schmelzen ließ.

Als ihr Atem wieder zur Ruhe kam, blieben sie ineinander verschlungen, dösten in halb wacher Wohligkeit, lauschten stumm dem Regenrauschen. Irgendwann stand Anna auf und fischte aus der Innentasche des Motorradanzuges einen Flachmann mit Zwetschgenbrand, den hatte ihr Wally als Schlaftrunk mitgegeben, zum Dank für den Thekendienst. Beim Trinken schüttelte es sie.

Anna legte ihm die Hand auf die Wange. »Es geht ja doch noch«, sagte sie träumerisch.

Ben schaltete mit drei Sekunden Verzögerung. »Falls daran noch ein Zweifel besteht, kann ich es dir gerne noch einmal zeigen.«

»Wirklich, jetzt gleich?«, fragte Anna. Als sie seine Wirklichkeit sah, wurden ihre Augen rund, und sie stellte den Schnaps weg.

¤ ¤ ¤

22. September

Ben nannte es »persönliche Glücksspirale«: Seit Freiburg war alles anders. In den letzten drei Wochen war das Tiny House auf beglückende Weise kleiner geworden, seit Anna ihn regelmäßig - meist auch über Nacht - besuchte. Ihre Zahnbürste, Schminkutensilien, ein Schlafshirt, ein Kuschelbademantel und, kaum wahrnehmbar, ihr Duft hatten der Hütte einen Hauch femininen Flairs verpasst.

Auch beruflich hatte er einen Lauf. Die drei Berichte über den Kongress der Reproduktionsmediziner waren Startpunkt für weitere Aufträge zu medizinischen Themen gewesen, gefolgt von einer deutlichen Aufstockung des Honorars. Nur noch zwei Taxitage pro Woche und endlich mehr Zeit für die Schreiberei.

Textmessage vom Chef: Ben habe doch auf dem Betriebsausflug von seiner Zeit in Brasilien erzählt, ob es da noch Kontakte gebe. Wenn ja, solle er mal über die Epidemie in Brasilien recherchieren, die neuerdings in den Medien auftauche, bislang aber ohne detailliertere Infos.

Gibt es, wird erledigt, textete Ben zurück.

Er fand vereinzelte Meldungen über eine Häufung fieberhafter Erkrankungen in den Slums von Rio und einigen weiteren brasilianischen Großstädten, wie sie dort wegen katastrophaler hygienischer Zustände regelmäßig auftraten. Allerdings selten in so großer Zahl. Ursache war angeblich ein besonders aggressives Parainfluenzavirus.* Auf der Website des RKI entdeckte er nichts Wegweisendes, die der WHO war ihm zu unübersichtlich, er nahm sich vor, Anna um weitere Tipps für die Suche medizinischer Portale zu bitten.

Am späten Nachmittag erreichte Ben seinen alten Motorradkumpel Ayrton in São Paulo. Beinahe hätte er ihn auf dem Bildschirm nicht erkannt. Bei Bens Weltreise hatten sie sich kennengelernt und waren zwei Monate gemeinsam durch Südamerika getourt. Damals hatte der Deutsch-Brasilianer ausgesehen wie Che Guevara, hager, langmähnig und vollbärtig. Nun hatte Ayrton ein runderes Gesicht und kurze, schüttere Haare.

Das wechselseitige Update über die jeweiligen Lebensumstände dauerte eine halbe Stunde. Schon lange reiste Ayrton nicht mehr durch die Welt, zwischenzeitlich war er als Familienvater und Lehrer für Deutsch und Englisch an einer internationalen Schule in São Paulo sesshaft geworden. Fast wirkte er ein bisschen neidisch bei Bens Schilderung seines Minimalistendaseins, seiner neuen Freiheit und der neuen Frau in seinem Leben.

»Glückwunsch«, sagte Ayrton wehmütig. »Verheiratetsein ist nicht so spannend. Aber ohne Frau keine Kinder, und die sind super.«

Auf Bens Frage nach der Parainfluenza-Epidemie, über die er gerade für einen Artikel recherchiere, blieb sein Kumpel einen Moment lang stumm, dann zündete er sich eine Zigarette an. »Parainfluenza«, sagte er. »Wird das in euren Medien so genannt?«

»Komm schon, Amigo, spuck's aus, wenn du mehr weißt.«

Ayrton schüttelte den Kopf. Er habe schließlich Familie und wolle nicht in einem Artikel zitiert werden.

Ben beschwor die alte Freundschaft und versprach strikte Diskretion.

»Keinen Namen, auch keine Andeutungen zur Person«, verlangte Ayrton, »sonst kann man mich womöglich demnächst vom Schulhof kratzen.«

Schon immer hatte sein Freund einen Drang zum Dramatischen gehabt. Ben sicherte Quellenschutz zu. Ehrenwörtlich.

Ayrton drückte die Zigarette aus, als zerquetschte er ein ekelhaftes Insekt. Nach den ersten Ausbrüchen der Epidemie in Rio und später São Paulo hatte der greise Staatschef angeblich zunächst eine Geheimhaltungsorder erteilt, um nicht die Absage eines internationalen Meetings in Rio zu riskieren, das für die lahmende Wirtschaft wichtig war. Dann waren innerhalb von Tagen Dutzende gestorben, nicht nur in den Slums, sondern gerade auch in Stadtteilen, deren wohlhabende Bewohner Bedienstete aus den Favelas beschäftigten. Und neuerdings gab es Gerüchte, die Diagnose Parainfluenzavirus sei eine bewusste Irreführung der Öffentlichkeit gewesen, um Panik zu vermeiden. Ein angeheirateter Cousin, der im *Sistema Único de Saúde* arbeitete, einer staatlichen Institution des Gesundheitswesens, hatte ihm unter dem Siegel der Verschwiegenheit von dem Gerücht erzählt, in Wirklichkeit sei die Krankheit eine Zoonose, der übertragende Wirt wahrscheinlich ein durch Brandrodung aus dem Regenwald vertriebener Affe und der Erreger bislang unbekannt. Zwei Journalisten, die dazu recherchiert hatten, waren bereits auf mysteriöse Weise verunglückt und ein brasilianischer Oppositionspolitiker auf offener Straße aus einem fahrenden Auto abgeknallt worden. Er hatte gesagt: »Die neue Seuche ist eine Strafe Gottes für den unmenschlichen Umgang des Menschen mit der Natur und den Lebewesen der amazonischen Regenwälder.«

Ben notierte das Zitat und fragte nach dem Namen des Oppositionellen. Jair Soares, den könne Ben ruhig in seinem

Artikel zitieren. Weil tot. »Verstehst du jetzt, warum ich deinen Quellenschutz brauche?«

Beim Abschied versicherten sie einander, den Kontakt nicht wieder abreißen zu lassen. Ayrtons Worte »wer weiß, ob und wann man sich noch mal sieht«, jagten Ben ein Schaudern über den Rücken. Nachdenklich schaltete er den Bildschirm aus.

Der Chef reagierte positiv auf Bens Frage, ob er seinen Auftrag erweitern und den Artikel etwas später nach genauerer Recherche einsenden dürfe. »Ein möglicher Zusammenhang zwischen der neuen brasilianischen Epidemie und der Abholzung der Regenwälder? Super, machen Sie mal, Krankheit durch Klimawandel kommt immer gut. Aber beeilen Sie sich, wäre doch schön, wenn wir mal die Ersten wären.«

¤

Ben rührte entspannt in seinem Süßkartoffeleintopf und röstete Brotwürfel in gewürztem Olivenöl. In dem winzigen Haus wirkte er noch breitschultriger, und Anna fand es aufregend, seine hochgewachsene Gestalt am Herd zu sehen. Irgendwie auch rührend; Männer in der Küche waren in ihrem bisherigen Leben nicht vorgekommen. Sie trat hinter ihn, stellte sich auf die Zehenspitzen und massierte ihm den Nacken.

»Lass das, so kann ich nicht kochen«, brummte er, und sie machte weiter. Ben gab ein kehliges Geräusch zwischen Schnauben und Schnurren von sich, stellte den Herd auf die niedrigste Stufe, drehte sich um und warf sich Anna über die Schulter. Sie protestierte quiekend und strampelte, gab jedoch die Gegenwehr auf, als Ben auf den Sprossen der Leiter zum Schlafraum ins Schwanken geriet. Mit einer Hand zog er sich hoch, mit der anderen hielt er sie eisern fest. Oben schubste er sie auf die bunte Flickendecke, zog ihr die Schuhe aus und steckte ihren linken großen Zeh in den Mund.

»Du bist schuld!«, sagte er später, als die Brotwürfel brenzlig zu riechen begannen. »Du hast den magischen Griff.«

Sie streckte die Hand nach ihm aus. »Ich hab immer noch Hunger.«

Ben grinste. »Nachtisch gibt es später.«

Er holte ein T-Shirt in Größe XL und reichte es ihr. »Dinner-Dress.« Sie kletterten hinunter in den Wohnraum, Ben öffnete die Fenster, entsorgte die schwärzlichen Minibriketts, entkorkte den Wein, den sie mitgebracht hatte, und servierte den Eintopf.

»Lecker«, sagte sie kauend. »Ziemlich scharf und ein bisschen süß - wie der Koch.« Der Vinho verde ergänzte den exotischen Geschmack mit einer pfeffrigen Note, passend zum Augenschmaus, der ihr gegenübersaß, verschwitzt, nur mit einem T-Shirt bekleidet. »Gracias«, flüsterte sie. Ben griff über den Tisch und strich zart über ihre Lippen, seine Finger rochen moosig nach Frau. Annas überließ sich ihrer Wohligkeit. Die endete abrupt bei Bens Erzählung vom Telefonat mit Ayrton. »Etwas Ähnliches habe ich von einer Patientin gehört«, sagte sie und runzelte die Augenbrauen. »Das hörte sich ziemlich scheußlich an. Infektionskrankheiten sind in Slums an der Tagesordnung und breiten sich bei prekären hygienischen Bedingungen schnell aus. Leider sterben daran viele Menschen, weil die medizinische Versorgung schlecht ist. Für zivilisierte Länder sind sie aber meist keine Bedrohung.«

Ben schaute zweifelnd. »In der fraglichen Zeit fand dort wohl eine wirtschaftlich bedeutsame internationale Messe statt.

Deren Durchführung wäre durch das Bekanntwerden einer Epidemie womöglich in Gefahr geraten. Mein Kumpel vermutet Vertuschung durch die Behörden.«

»Klingt nicht gut«, sagte Anna und versprach, einen Virologen zu kontaktieren, den sie aus früheren Zeiten kannte und der Gerüchte immer frühzeitig mitbekam. Um die plötzlich getrübte Stimmung zu heben, fragte sie: »Was hältst du davon, ein Kapitel in deinem Buch der Umweltzerstörung als Ursache bestimmter Epidemien zu widmen?«

Ben war Feuer und Flamme. Anna bat um Buntstifte und zeichnete mit wenigen Strichen einige Bäume, füllte deren sparsame Konturen mit saftigem Grün in abgestuften Schattierungen und zauberte damit tropische Üppigkeit aufs Papier. Langschwänzige Äffchen hangelten sich fröhlich grinsend von Ast zu Ast. Daneben entstand vor dem Hintergrund rauchender Schwaden ein Stapel gefällter Tropenhölzer in tristem Braun, einige Affen kletterten verloren im Totholz herum, die kleinen Gesichter zu wütenden Fluchtfratzen verzerrt. Für die nächste Illustration brauchte sie nur den Bleistift; blitzschnell erschuf sie die gespenstische Silhouette einiger Wolkenkratzer, an denen sich die Affen mit gebleckten Zähnen festkrallten. Das letzte Bild zeigte einen Berg aufeinandergetürmter Särge mit der Aufschrift R. I. P. Ganz oben thronte ein einsamer Affe, die Arme um den Kopf geschlungen.

»Unfassbar«, sagte Ben begeistert und hielt das Papier in den Händen, als wäre es zerbrechlich. Dann legte er es behutsam zur Seite. »Zeit für den Nachtisch.«

¤ ¤ ¤

23. September

Anna schüttelte den Regen aus den Haaren und zielte mit dem Schirm in den Ständer im Sekretariat. Knapp daneben. Sie stutzte beim Anblick von Aisha, die ungeschminkt und mit verschwollenen Augen hinter dem Tresen saß.

»Liebeskummer wegen Nico?« Ihre Sekretärin hatte ihr kürzlich anvertraut, sie sorge sich um die Treue ihres Lovers. Anna hatte mitfühlend zugehört und Aisha verschwiegen, wie sehr sie deren Befürchtung teilte. Schließlich war sie Zeugin gewesen, als Nico die rothaarige Hebamme Clara beim Praktikum in ihrer Klinik ebenfalls angebaggert hatte. Im Gegensatz zu Aisha hatte die ihn jedoch schnell abserviert. Nach bestandenem Medizinexamen war Nico dann zu einer dreimonatigen Südamerikatour aufgebrochen.

»Er hat mir mal wieder geschrieben, nachdem er eine ganze Woche nichts von sich hat hören lassen, der Arsch. Er treibt sich in Peru herum und will nächste Woche weiter nach Brasilien. Obwohl man ihn gewarnt hat, dass sich dort eine Epidemie total schnell ausbreitet.«

Nun hatte die brasilianische Seuche auch Annas Vorzimmer erreicht. »Dann sollte Nico vielleicht von Peru aus zurückfliegen.«

»Habe ich ihm auch gesagt, macht er aber nicht. Sein Rückflugticket ist in drei Wochen ab Rio gebucht.«

Mascara-Tränen hatten nachtblaue Spuren in Aishas Gesicht hinterlassen. Anna legte ihr die Hand auf den Arm. »Wenn Nico Angst hat, soll er den gebuchten Flug aus Brasilien sausen lassen und ein neues Ticket kaufen. Falls das ein finanzielles Problem sein sollte, kann ich …«

Aisha blinzelte mit schiefem Lächeln. »Das ist total lieb, aber nicht das Problem. Das Problem ist, dass Nico eben keine Angst hat, die Angst habe leider ich.«

Anna legte ihr eine Hand auf die Schulter. »Ich weiß.«

Bei der Coronapandemie hatte Aisha 2020 ihre Großeltern verloren, die, über achtzigjährig, nicht mehr beatmet wurden und gestorben waren - nach fünfzig Jahren Ehe getrennt voneinander, jeweils allein. Und ihre Enkelin hatte nicht in die Türkei reisen dürfen. Anna fiel nichts Tröstliches ein, also nahm sie Aisha in den Arm und ließ sie einen Moment schluchzen. »Was soll ich nur machen, Chefin? Er hört nicht auf mich.«

Anna bot an, einen befreundeten Virologen zu kontaktieren, den sie sowieso sprechen müsse und der eventuell genauere Informationen habe. Und dann Nico anzurufen, um ihn möglicherweise doch umzustimmen.

Aisha schnäuzte trompetend die Nase und fuhr sich durch die wirre Mähne. »Sie sind super. Und jetzt mache ich Ihnen einen schönen Kaffee.«

¤

Ralph war gut gelaunt wie immer, Annas Anruf müsse Telepathie sein, sie stehe auf seiner mentalen Tagestelefonliste.

Während ihrer Doktorarbeit im Institut für Mikrobiologie hatte Ralph ihr mit beiderseits unverbindlichen Some-Night-Stands durch die langweilige Auswertung ihrer Experimente zum Thema *Zuverlässigkeit und praktische Implementierung des epidemiologischen Abwasser-Monitorings bei unterschiedlichen Viren* geholfen und seitdem immer Kontakt gehalten.

Er wollte sie Ende Oktober in Karlsruhe zum Essen ausführen, dort war er von der Vorsitzenden eines Frauenclubs zu einem Vortrag über neue Epidemien eingeladen worden – erstaunlicherweise, noch bevor die WHO eine erste Meldung über die neue brasilianische Infektionskrankheit herausgegeben hatte.

»Kein Wunder, MM hat Connections wie der CIA«, sagte Anna. »Aber bis dahin kann ich nicht warten, ich brauche sofort eine Expertenauskunft zu exakt diesem Thema.«

Sie erzählte von ihrer Patientin aus Brasilien und ihrem Vortrag bei den *Females for Future*, wo sie bei MM ebenfalls von dieser neuen Epidemie gehört hatte. »Und jetzt ist meine Sekretärin ganz aus dem Häuschen, weil ihr Lover von Peru nach Brasilien reisen will. Außerdem recherchiert ein Journalist aus meinem Bekanntenkreis für einen Artikel über die Parainfluenza-Epidemie in Rio. Nach vertraulicher Auskunft eines dort lebenden Informanten soll es sich bei dieser Infektion in Wahrheit um eine neue Zoonose handeln, die irgendwie vertuscht wurde. Beiden habe ich versprochen, einen Experten zu fragen.«

Die Leitung blieb einen Moment still. »Der Lover soll sich in den nächsten Flieger setzen, und dem Journalisten kannst du sagen, er hat eine gute Quelle.« Ralph klang ungewohnt ernst.

Als er weitersprach, bekam Anna Gänsehaut. Die Erkrankung war gleichzeitig mit einer Parainfluenza-Welle aufgetreten, Mediziner und Behörden wurden erst aufmerksam, als innerhalb weniger Tage Dutzende starben. Erst nach einer Verzögerung von einigen Wochen hatte sich herausgestellt, dass es sich bei dem Erreger um ein bislang unbekanntes Paramyxovirus handelte. »Tut mir leid, mehr weiß ich selbst noch nicht, nur dass das Virus ziemlich bösartig zu sein scheint.«

»Warum ist in der Öffentlichkeit darüber fast nichts bekannt?«, wollte Anna wissen.

»Weil solche Krankheitswellen häufig von der Sensationspresse zu drohenden Epidemien hochgejazzt und für Fake News und Verschwörungstheorien instrumentalisiert werden. Derzeit weiß man noch zu wenig, um damit an die Öffentlichkeit zu gehen, vor allem, da die Ausbreitung so begrenzt ist, dass hierzulande kein Anlass zur Sorge besteht. Noch nicht.«

Als Anna ein internationales Großevent erwähnte, das nach Auskunft eines Einheimischen im September in Rio stattgefunden hatte, holte Ralph hörbar Luft. »Das ändert allerdings einiges, da muss ich dringend nachhaken. Kann dein Journalist herauskriegen, um was für eine Veranstaltung es sich handelte?«

»Das recherchiert er sicher gerne für dich«, antwortete Anna, »wenn er dich im Gegenzug kontaktieren und um detailliertere Informationen über das Virus bitten darf.« Ralph zögerte, sie legte ein schmeichelndes Gurren in die Stimme. »Ich weiß, dass du damals mit der Presse keine guten Erfahrungen gemacht hast. Aber für diesen Journalisten verbürge ich mich - und du würdest Informationen aus erster Hand von einem Einheimischen aus Rio kriegen.«

»Überredet«, brummte Ralph, »aber viel mehr, als ich dir eben erzählt habe, kann ich ihm auch nicht sagen.« Nach kurzer Pause ergänzte er: »Und nur, wenn du mit mir nach dem Vortrag essen gehst. Übrigens, my dear, ich bin zurzeit mal wieder Single.«

»Ich aber nicht«, antwortete Anna - und kein Virus der Welt konnte das glückliche Grinsen aus ihrem Gesicht wischen.

¤

Anna erreichte Nico am frühen Nachmittag. Im Hintergrund hörte sie laute Musik und schrilles Frauenlachen. Nico schien verblüfft und ein wenig geschmeichelt über den Anruf seiner Kurzzeitchefin aus Deutschland. Doch von seinem Reiseziel Brasilien ließ er sich nicht abbringen. Seine Stimme vibrierte vor Begeisterung, als er von seiner Bewerbung bei den *Ärzten für Arme* erzählte, die hatten ihn endgültig davon überzeugt, dort einzuspringen und einen humanitären Einsatz zu absolvieren. Endlich mal was Sinnvolles. Die Organisation garantierte Hightech-Equipment und Schutzausrüstung in den provisorisch errichteten Feldlazaretten, die brasilianischen Behörden hatten für Ärzte sogar Personenschutz angeboten. Schon immer hatte Nico davon geträumt, vorübergehend in einem Slum zu leben, um hautnah die sozialen Strukturen und den Umgang armer Menschen mit ihrem Elend zu erleben. Als unbewaffneter Tourist war das lebensgefährlich, doch als Arzt wurde man auf Händen getragen und selbst von den hartgesottensten Kriminellen respektiert. In Brasilien war die medizinische Betreuung armer Menschen miserabel, fuhr Nico eifrig fort, obwohl das *Sistema Único de Saúde* grundsätzlich allen Bürgern eine kostenlose medizinische Versorgung garantierte. Die aber, sobald eine kostspieligere Therapie erforderlich war, nur den fünfzig Millionen Privatversicherten und entsprechend Wohlhabenden zuteilwurde. Vor allem in den Slums grassierte derzeit eine besonders aggressive Parainfluenza, und es fehlte an medizinischer Ausrüstung und Personal. So starben Hunderte Menschen, darunter viele Kinder, an mangelhafter Medizin.

Anna unterbrach seinen Redefluss. Nach Informationen aus erster Hand handle es sich nicht um Parainfluenza, sondern ein neues, sehr bösartiges Paramyxovirus, von dem man noch nicht wüsste, wie hoch die Sterblichkeit selbst bei adäquater Therapie lag.

»Egal«, sagte Niko unbeeindruckt von ihrer Warnung. »Para ist Para. Ich bin jung, ich bin fit, und von meiner Coronainfektion habe ich damals auch kaum was gemerkt.«

Anna fiel nichts mehr ein. Außer Aishas Angst.

Nico bedankte sich für Annas Anteilnahme an seiner Gesundheit und dem Seelenheil ihrer Sekretärin. »Aisha ist ein total liebes Mädchen. Aber sie sorgt sich dauernd um mich und quatscht mir in meine Reiseplanung rein, als wäre ich ihr Mann. Und das bin ich nun mal definitiv nicht. Das können Sie ihr gerne ausrichten.«

»Das werden Sie ihr bitte selbst sagen«, antwortete Anna und legte auf.

Woran er sich offensichtlich hielt, denn zehn Minuten später fand sie Aisha tränenverquollen, doch in trotziger Gefasstheit.

»Danke fürs Versuchen«, sagte sie mit fester Stimme. »Nico ist ein Arsch.«

Anna legte ihr eine Hand auf den Arm. »Ich wusste, dass Sie ein kluges Mädchen sind.«

¤

Um doch noch neue Informationen einer Ortsansässigen für Ben zu erhalten, rief Anna in Rio de Janeiro bei Vida da Silva an, die sich über ihren Anruf zu freuen schien und unbefangen in die Kamera strahlte, während sie ihren Sohn stillte. Der kleine Luiz patschte mit speckigem Händchen auf der prallen Brust seiner Mutter herum und nuckelte so gierig, dass Vida immer wieder lachend »cuidado« murmelte.

Als Anna nach der Epidemie fragte, wurde die junge Frau schlagartig ernst. Alle Krankenhäuser waren überfüllt. Viele Patienten erstickten, da der Sauerstoff knapp war; eine Flasche wurde auf dem Schwarzmarkt zu Wucherpreisen von bis zu fünfhundert Dollar gehandelt. Noch schlimmer seien aber die »loucos«, die Irren, bei denen die Krankheit das brain zerstörte. In einem Zeltlazarett habe ein schwer erkrankter junger Priester laut schreiend eine der drei Sauerstoffflaschen zertrümmert, die allen Patienten mit Atemnot abwechselnd angelegt wurden. Einen Pfleger, der sich ihm in den Weg stellte, hatte er mit seinem Taschenmesser lebensgefährlich verletzt.

»So much nightmare, tanto horror«, schloss Vida. »But I and Luiz happy, husband soon send us to Fernando de Noronha, most beautiful island of Brasil, no Para-Pest there.«

Auf Annas Frage, ob ein befreundeter Journalist Vida wegen eines Videointerviews anrufen dürfe, stimmte die junge Mutter begeistert zu. »Com muito gosto«, sagte sie und hob das Baby hoch. »Vida and Luiz become video stars.«

¤ ¤ ¤

26. September

Zur Feier des Tages gab es Hugo, wenn auch ohne Zitronenmelisse, die Problemkatze hatte auf die Kräuter gepinkelt. Ben hob sein Glas und reichte Kitty und Kilian das Tablet mit dem fertigen Text. Die beiden strahlten ihn mit elternstolzem Wohlwollen an - wie er es sich manchmal von Mutter und Vater gewünscht hätte.

Begeistert hatten sie sich in die Recherche gestürzt; Kitty hatte herausgefunden, dass es sich bei dem internationalen Event in Rio um eine Messe namens *Global Conference on Artificial Intelligence* handelte. Mühelos war es ihr gelungen, sich ins Messezentrum in Rio zu hacken und eine Teilnehmerliste mit über zweitausend Besuchern zu finden, die sich vorab online registriert hatten. Darunter waren 123 Namen, bei denen als Herkunftsland »Germany« angegeben war. Eine Liste der Vor-Ort-Registrierten fand sie nicht, deshalb hatte sie Kevin angerufen, der nachsichtig grinste, als sie ihn fragte, ob sein Netzwerk auch bis Brasilien reiche. Selbstverständlich hatte er dort Kontakte - sogar kürzlich aufgefrischt anlässlich eines Hacker-Meetings in Salvador de Bahia.

Der Rückruf kam zwei Stunden später. Er hatte sich mit seinem Team Zugang zum Sistema Único de Saúde verschafft und alle Nachrichten einsehen können, allerdings existierten dort ab Mitte August keinerlei E-Mails in den Accounts der mit Infektionskrankheiten befassten Abteilungen, auch die Papierkörbe waren geleert worden, und an die gelöschten Daten kam er nicht. Die letzte Mail des Behördenleiters lautete: *Abwarten! Die Messe hat Vorrang!!*

Kilian hatte über den Affen recherchiert und Bens Text redigiert, dabei einige Sätze etwas altmodisch, aber wohlklingend verschnörkelt; ein Artikel sei schließlich keine Textnachricht. Auch die Headline stammte von ihm.

Nur der Virologe war recht unergiebig gewesen. Erst einmal hatte er nach der Großveranstaltung gefragt, die nach Auskunft von Frau Dr. Martini angeblich Anfang September in Rio de Janeiro stattgefunden habe. Als Ben darauf keine Antwort wusste, schien er lustlos. Zwar hielt er Ben einen weitschweifigen Kurzvortrag über die unterschiedlichen Viren aus der Familie der Paramyxoviridae, zu denen auch das neuartige Virus gehörte. Über Letzteres hatte er jedoch noch keine weiterführenden Informationen, die Datenlage war bislang spärlich. Als Überträger galt ein Affe der Spezies Leontopithecus caissara, über den er aber außer dem Namen nichts wusste.

Ob er ihn wegen des Paramyxovirus zitieren dürfe, hatte Ben gefragt, und Ralph Carstens war, wenn auch zögerlich, einverstanden gewesen. Ben hatte sich artig bedankt und zugesichert, den Affen und das Event zu recherchieren und die Infos gerne mit dem Herrn Professor zu teilen.

Schließlich musste man solche Kontakte pflegen.

Kitty ließ das Pad sinken und zwinkerte Ben zu: »Glückwunsch, obwohl man Angst kriegt.«

»Stilistisch ohne Fehl und Tadel, außerdem juristisch nicht zu beanstanden«, lobte auch Kilian Ben und sich selbst.

¤

VIGILANZVISION-online

Strafe Gottes für menschliche Sünden wider die Natur?

Klimawandel zerstört weltweit Ökosysteme und bedroht die Menschheit durch neue Infektionskrankheiten

Von Ben Cortes, 26.9. 16:00 Uhr

Die Klimasünden vom Industriezeitalter bis heute haben unser Leben tiefgreifend verändert. Durch den Temperaturanstieg wurden Krankheitserreger bei uns heimisch, die früher nur in südlichen Regionen überlebten, vor allem durch Stechmücken, die ehemals exotische Erkrankungen wie Denguefieber oder das berüchtigte Zika-Virus übertragen.

Der Homo non-sapiens dringt gnadenlos immer tiefer in die Wälder der Welt vor und liefert durch Massenabholzung unsere grüne Lunge der Erstickung aus. Wenige Menschen scheffeln schnelles Geld mit Sojaanbau oder Massentierhaltung, Wildtiere werden aus ihrem natürlichen Habitat verdrängt, und manche fliehen als »Migranten« in Dörfer und Städte. Dort treten sie erstmals mit dem Menschen in Kontakt und bringen ihm bislang unbekannte Infektionen ins Haus oder in die Hütte.

Virologen warnten bereits vor mehr als zehn Jahren anlässlich der Coronakrise, es werde über kurz oder lang zu Pandemien deutlich schlimmeren Ausmaßes kommen, wenn die Menschheit ihr Verhalten nicht grundlegend ändere.

Möglicherweise erfüllt sich die Prophezeiung in diesen Tagen durch einen putzigen kleinen Heimatvertriebenen, das

schwarzgesichtige Löwenäffchen, (Mico-leão-de-cara-preta), das in den 90er-Jahren erstmals wissenschaftlich beschrieben wurde und aus dem Amazonas stammt. Nach dessen weiträumiger Brandrodung wanderte das Äffchen in die Slums der Städte aus und wurde quasi zum Haustier.
Nach bisherigen Erkenntnissen scheint das Löwenäffchen der Überträger einer neuen Infektionskrankheit zu sein, die ihren Ursprung in einem Slumviertel von Rio de Janeiro hat. Dort leben zahlreiche Wanderarbeiter, die sich beim Aufbau von Messeinstallationen oder im Catering für Großveranstaltungen im ganzen Land verdingen. Zunächst wurde die Erkrankung von der staatlichen Gesundheitsbehörde als Parainfluenza gedeutet, weshalb man keine besonderen Maßnahmen ergriff. Dann stellte sich heraus, dass es sich um eine bislang unbekannte Spezies eines Virus handelte, das zu den Paramyxoviren gehört, die auch Masern und Mumps verursachen. Dies hielt man nach vertraulichen, allerdings unbestätigten Informationen eines Ortsansässigen zunächst geheim, da wirtschaftliche Einbußen im Tourismus- und Messewesen befürchtet wurden.
Die Erkrankung macht sich schlagartig mit hohem Fieber und Symptomen bemerkbar, die einem grippalen Infekt ähneln: Kopf- und Gliederschmerzen, Husten und Atemnot, auch Verwirrtheit und Krampfanfälle wurden beobachtet. Nach bisherigen Berichten sind in Südamerika über zehn Prozent der Erkrankten verstorben.
Bislang scheint das Infektionsgeschehen auf den südamerikanischen Kontinent beschränkt zu sein, in Brasilien sind neben Rio auch São Paulo und Belo Horizonte betroffen, zwei kleinere Ausbrüche werden aus Lima (Peru) und La Paz (Bolivien)

gemeldet. Allerdings fand vom 6.–10. September eine internationale Fachmesse für künstliche Intelligenz in Rio statt, an der auch über hundert Deutsche teilnahmen. Damit ist nicht auszuschließen, dass die Endemie zum interkontinentalen Flächenbrand wird.

Eine halbe Stunde später rief der Chef an. »Hast du einen Kurs in kreativem Schreiben absolviert?«, fragte er. »So, wie du es formuliert hast, kann uns keiner an den Karren fahren, und wir brauchen auch keinen weiteren Faktencheck. Stell es so rein, endlich sind wir mal wirklich die Ersten.«

Auch die Illustration mit den Wolkenkratzern, an deren Fassaden sich die Affen hochhangelten, fand er großartig. Wo Ben denn den Zeichner herhätte, ob man den für *VIGILANZ-VISION* anheuern könne?

»Zeichnerin«, korrigierte Ben. »Übrigens meine Freundin, die als Ärztin sehr beschäftigt ist.«

Der Chef wollte ihre Kontaktdaten, aber Ben lehnte freundlich ab.

»Dann schau mal, ob du aus deinen brasilianischen Primärquellen noch was rauskriegst, und pflege unbedingt deinen Kontakt zu dem Virologen.«

Der Artikel ging viral. Bens E-Mail-Postfach lief über. Der Chef schrieb abends eine Mail, versprach eine weitere, diesmal zwanzigprozentige Erhöhung seines Zeilenhonorars und erteilte den Auftrag, unbedingt an dem Thema dranzubleiben.

¤ ¤ ¤

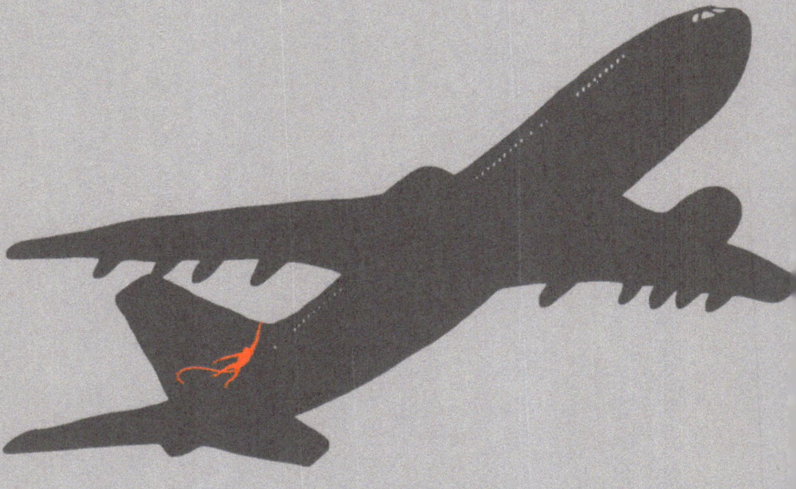

26. Oktober

Sein erster Eindruck war die olfaktorische Andersartigkeit; der Hauch einer exklusiven Duftnotenmischung, die erst durch das Fehlen maskuliner Ausdünstungen wahrnehmbar wurde. Das ausschließlich weibliche Vortragspublikum war für Ralph eine Premiere, ebenso das großzügigste Honorar seiner bisherigen Laufbahn. Neben der Verpflichtung gegenüber der Gastgeberin, deren Stiftung eines seiner Forschungsprojekte sponserte, wäre das schon eine Zusage wert gewesen.

Vorsichtig hatte er MM nach dem Background der Zuhörerschaft gefragt, die er keinesfalls mit allzu spezifischem Fachjargon langweilen wolle. Ihre lakonische Antwort: Das ausschließlich weibliche Auditorium sei politisch versiert, wissenschaftlich interessiert und in analytischem Denken geschult. Er möge sich also auf kritische Nachfragen einstellen. Na warte, hatte er gedacht - und gesagt, diese Herausforderung nehme er mit Vergnügen an.

Damals hatte er nicht geahnt, dass wenige Wochen später eine neue Epidemie von Brasilien in alle Erdteile schwappen und auch in Deutschland, gerade im Süden des Landes, brutal zuschlagen würde. Selbst nach Bekanntwerden der ersten Fälle hatte sich kaum ein Kundiger vorstellen können, wie schwindelerregend die Kurve der Infektionszahlen in die Höhe schnellen würde. Wieder waren die Warnungen vor der offensichtlichen Bedrohung auf hörunwillige Ohren gestoßen und mit Zeitlupengeschwindigkeit in die trägen Hirne einer katastrophen- und pandemiemüden Politikergilde diffundiert - Déjà-vu der Lernverweigerung.

Die junge Frau, die ihm einen transparenten Mund-Nasen-Schutz zusammen mit angeblich atmungsaktiven Überschuhen anreichte, erklärte, er dürfe die Maske gerne auf dem Podium abnehmen und in die bereitgestellte Schale legen. Er bekam noch einen Strohhalm mit der Anmerkung, dieser sei größennormiert und passe genau durch den Auslass unter der Lasche. »Die Social-Event-Maske ist ein Patent unserer Chefin.«

Alle Anwesenden trugen die sündhaft teuren durchsichtigen Masken aus organischen Polymeren, so konnte Ralph wenigstens die Gesichter der Damen sehen, die ihre Lippen um die geknickten Strohhalme stülpten und unbeirrt, wenn auch etwas vernuschelt, hinter ihren Masken schnatterten. Deren gekrümmte Transparenz bewirkte eine interessante Verjüngung durch optische Glättung der Gesichtsfalten, ein Effekt, der besonders der Gastgeberin zugutekam, die ihn überschwänglich begrüßte. »Üblicherweise versuche ich, Referent*innen* zu gewinnen, aber Ihre Expertise konnte ich uns nicht entgehen lassen.« Sie hob ihr Glas, ließ anmutig den Trinkhalm durch die passgenaue Öffnung gleiten und trank ihm zu.

Ralph dankte und quälte sich mit dem störrischen Halm, der zunächst in falscher Position abknickte, dann nach Winkelkorrektur und zu heftigem Saugen eine Überdosis Bitter Lemon in seine Mundhöhle spülte, sodass er sich prustend verschluckte und die Innenseite der Maske bekleckerte. Die Gespräche im Raum verstummten für einen Moment. MM winkte mit der Krücke, die junge Frau, die ihn ausgestattet hatte, war eilfertig zur Stelle, um Maske und Knautschhalm zu tauschen.

Endlich erspähte er Anna. Die Noppensocken taten der sportlichen Eleganz ihrer Erscheinung keinen Abbruch und brachten sie ohne Absätze fast auf Augenhöhe mit Ralph. Als junge Doktorandin hatte Anna ihn durch ihr brillantes Hirn unter der schwarzen Mähne beeindruckt und ihm mit dem mediterranen Madonnengesicht den Kopf verdreht; nur seine damals noch bestehende Ehe und die beiden Töchter hatten ihn daran gehindert, Anna, die nicht in ihn verliebt schien, ernsthaft zu verfallen. Mit Ende vierzig hatten die Jahre und das Leben ihre Züge markanter gemacht und die einstigen Mädchen-Mandelaugen mit Fältchen umkräuselt, die ihrem Blick einen Anflug ironischer Draufsicht verliehen. In ihre Augen war jenes Funkeln zurückgekehrt, das sie in den Jahren nach ihrer Erkrankung und der Scheidung verloren hatte.

Ralph zog den Bauch ein und straffte die Schultern, bevor er fragte, ob eine Umarmung in Zeiten der Ansteckung okay sei. Sie lachte. »Du bist der Virologe, mit Maske darf man doch - oder?«

Als er nickte, drückte sie ihn, zu kurz und mit ernüchternder Schwesterlichkeit. Ihren Duft hatten die Jahrzehnte nicht verändert. Mit Bedauern erinnerte er sich an ihre Aussage am Telefon: *ich aber nicht.*

Dann stellte sie ihm eine zierliche Anfangsechzigerin mit punkiger Fönfrisur vor, Frau von Kittwitz, eine Freundin. Ralph gab sich »sehr erfreut« und hoffte, dass Anna die Lady nicht zum Essen mitnehmen wollte.

¤

Ralph bedankte sich für die Einladung und hob die prophetische Weitsicht der Gastgeberin hervor, die ihn im September gebeten hatte, einen Vortrag zum Thema »Neue Pandemien«

zu halten, als man mit dem Wort »Rio« noch Copacabana und Karneval assoziierte.

Das Auditorium war gebührend beeindruckt von der einleitenden Information, dass acht Prozent des menschlichen Genoms aus Sequenzen viralen Ursprungs bestanden, die für den Fortbestand der humanen und vieler anderer Spezies überlebenswichtig waren. Einige dieser ins Erbgut integrierten Virusanteile dienten zum Beispiel der Einnistung einer befruchteten Eizelle in die Gebärmutterschleimhaut. Doch obwohl ohne Viren kein Leben denkbar war, konnten Viren auch tödlicher sein als Waffen. Die Globalisierung hatte eine neue Waffe geschaffen, nämlich die Fernflüge, die fast jedes Reiseziel auf der Welt innerhalb von sechsunddreißig Stunden erreichbar machten - eine Zeitspanne, die kürzer war als die Inkubationszeit der meisten Infektionskrankheiten.

Ralph warf das neue, bis dato unbekannte HeLiPa-Virus an die Wand, optisch erinnerte es an SARS-CoV-2 und imponierte vor dem weißen Hintergrund als farbenprächtig gespickte Sonne. Es entstammte der Familie der *Paramyxoviridae;* der Name *Henipa-Like Paramyxovirus* bezog sich auf die Gattung Henipa, zu der das Hendra- und das Nipah-Virus gehörten, die Mitte des 20. Jahrhunderts in Australien und um die Jahrtausendwende in Malaysia, Bangladesch und Indien nachgewiesen wurden.

Ein Raunen ging durch den Raum.

In der Animation erschien zunächst ein Flughund, kopfüber hängend, den kleinen Körper von seinen durchsichtigen Flügeln zeltartig umwickelt. Mit dem überproportional großen Köpfchen und seinen riesigen Knopfaugen wirkte er auf zerbrechliche Weise niedlich. Beim Heranzoomen schien sich das harmlose Fledertier in ein reißendes Vampirwesen zu verwandeln, das mit aufgerissenem Schlund seine messerscharfen Zähne unerbittlich in jede Kreatur versenken würde, die ihm nahe käme. »Der bedrohliche Eindruck trügt«, erklärte Ralph. »In Wahrheit sind Flughunde Vegetarier, die Virusübertragung erfolgt selten durch Bisse, sondern meist durch Körperflüssigkeiten oder Kot, mit dem Nutztiere, beispielsweise Pferde oder Schweine, über kontaminierte Nahrungsmittel in Kontakt kommen – die dann wiederum Menschen infizieren. Im Falle von HeLiPa erfolgte die Übertragung durch Affen als ›adoptierte‹ Haustiere.«

Auf dem Foto schien das Löwenäffchen die Zuschauerinnen verschmitzt anzugrinsen. »Ausgangspunkt der Pandemie waren Favelas in Rio de Janeiro, wo dies putzige Tier besonders beliebt ist. Daher stammt auch die umgangssprachliche Bezeichnung ›Rio-Pandemie‹; gegen diese angebliche Diskriminierung hat Brasilien umgehend protestiert.«

Auf dem nächsten Bild sah man ein Zeitschema. »Tückisch ist auch die Inkubationszeit«, fuhr Ralph fort. »Anders als bei den meisten Infektionen kann sie wenige Tage bis zu drei Wochen betragen. Bereits kurz nach der Infektion und vor Auftreten von Symptomen ist der Betreffende ansteckend.« Ralph sah mit ernster Miene ins Publikum. »Das gab Hunderten von Menschen, die sich in Rio de Janeiro infiziert hatten, Zeit, als scheinbar Gesunde loszufliegen und im Flugzeug oder bei der Zwischenlandung Mitreisende und später ihre Lieben daheim zu infizieren.«

»Oh mein Gott«, stöhnte eine Zuhörerin.

»Der hilft nicht immer«, entgegnete Ralph. »Bislang haben sich weltweit über eine Viertelmillion Menschen infiziert. Davon sind knapp 25 000 verstorben.«

Die nächste Abbildung zeigte die Fallzahlen, die offiziell beim RKI in Deutschland gemeldet worden waren: 3795 Fälle, davon 173 Besucher einer internationalen Messe für künstliche Intelligenz in Rio.

»Unter den Infizierten war, wie Sie alle wissen, auch unser Bundesminister für Digitale Infrastruktur und Cybersicherheit. Von den Erkrankten standen 348 Personen nachweislich mit Messeteilnehmern in engerem Kontakt, 52 Flugbegleiter:innen waren in der fraglichen Zeit auf der Strecke von und nach Brasilien im Einsatz. Drei verheiratete Flugkapitäne erkrankten, obwohl sie in letzter Zeit keine Einsätze in Brasilien gehabt hatten. Zwei dieser Piloten waren jedoch mit Stewardessen außerehelich liiert, einer hatte ein Verhältnis mit seinem Chief Purser. Die Betroffenen hatten diese Kontakte zunächst nicht preisgegeben und wurden erst mit Verzögerung getestet und einer symptomatischen Behandlung zugeführt.«

Ralph nahm einen Schluck Schwarzwaldquellwasser, bevor er mit ernster Stimme erklärte: »Doch um einander anzustecken, müssen Menschen sich noch nicht einmal persönlich begegnen. Was die Bekämpfung von HeLiPa besonders schwierig macht, sind Kontakt- oder Schmierinfektionen zusätzlich zur Übertragung durch die Luft, wie sie beispielsweise für die Übertragung von Corona hauptursächlich war. Das HeLiPa-Virus überlebt auf Türklinken, Geländern oder Tischplatten bis zu 48 Stunden und bleibt in dieser Zeit infektiös. Entsprechend kann selbst die bestmögliche Hygiene das Infektionsrisiko nur vermindern und nicht verhindern.«

Er machte eine kurze Pause. »Wussten Sie, dass sich jeder Mensch ungefähr dreihundertmal am Tag ins Gesicht fasst, meist an Nase, Mund oder Augen, die sämtlich Eintrittspforten für Infektionen sind? Auch davor schützt die Maske. Und ebenso wichtig wie das Abstandhalten ist: Hände aus dem Gesicht! Bitte schminken Sie sich außer Haus nie, ohne zuvor die Hände zu desinfizieren oder die Handschuhe zu wechseln. Und beachten Sie dabei, dass Handschuhe keinesfalls das regelmäßige und sorgfältige Händewaschen ersetzen.«

Zufrieden registrierte Ralph, dass sich die Zuhörerinnen gebannt in ihren Designerstühlen zurechtgruselten wie bei der Filmpremiere eines Horrorthrillers.

»HeLiPa kann wie eine Grippe daherkommen, mit Kopfschmerzen, Fieber, Atemnot, später Lungenentzündung«, erklärte Ralph. »Diese Symptome können auch durch viele andere Infekte verursacht werden, was die Diagnose erschwert. In einem Teil der Fälle stehen zu Beginn der Erkrankung neurologische Krankheitszeichen im Vordergrund, die durch eine Entzündung des Gehirns, eine sogenannte Enzephalitis* ausgelöst werden, wie wir sie als Komplikation bei Masern kennen und fürchten. Manche Patienten werden verhaltensauffällig, was sich beispielsweise als untypische Aggressivität äußert. In einigen Fällen wurde berichtet, dass nach Überstehen der akuten Erkrankung erhebliche neurologische Defizite zurückblieben, die teilweise an eine schnell voranschreitende Demenz erinnerten. Ähnliches wurde fallweise von früheren Ausbrüchen durch Henipaviren berichtet. Wie weit diese Schädigungen bei HeLiPa bleibend sind, ist noch nicht absehbar, da in der aktuellen Pandemie diesbezüglich noch keine belastbaren Daten vorliegen.«

Totenstille im Auditorium.

»Die Ironie der Geschichte ist, dass eine Pandemie, die sich ursprünglich - mal wieder - als Slumkrankheit darstellte, vorzugsweise durch Hightech-Fans in die Welt getragen wurde, die wohlhabend genug waren, um sich die Teilnahme an einer internationalen Fachmesse für künstliche Intelligenz in Rio de Janeiro leisten zu können. Die Klientel bestand aus eher jüngeren Menschen, die sich altersgemäß ins traditionell sinnenfrohe brasilianische Nachtleben stürzten. Die entsprechenden Kontakte waren nicht nachverfolgbar und wurden nicht immer offengelegt.«

Er zeigte eine Weltkarte mit den Hotspots der Infektion, deren Häufigkeit mit der Intensität der roten Farbe zunahm. Das dunkelste Purpur zeigte sich in Südamerika, vor allem Brasilien. Zahlreiche Großstädte in den USA, Kanada aber auch in Asien leuchteten. In Europa waren London, Paris und Reykjavík, in Deutschland besonders Frankfurt, Berlin, Stuttgart und Karlsruhe betroffen. Eine Stuttgarter IT-Firma hatte mehr als zehn besonders verdienten Angestellten den Messebesuch in Rio als Incentive-Reise spendiert, auch das Karlsruher Institut für Technologie hatte zahlreiche Mitarbeiter entsandt.

Unruhe breitete sich im Auditorium aus.

Naturgemäß gab es keinen Impfstoff, man arbeitete unter anderem an der Weiterentwicklung eines Totimpfstoffes*, der 2012 für Pferde zugelassen worden war. Es handelte sich um eine sogenannte Subunitvakzine, die durch Bruchstücke von Viruseiweiß eine Immunantwort hervorrief.

Auch zur Therapie hatte man wenig aktuelle Daten, in Studien kamen die Virustatika Aciclovir, Ribavirin und Remdesivir zum Einsatz, die schon vor Jahren bei Hepatitis, Ebola und anderen Viruserkrankungen wechselnden Erfolg gezeigt hatten. Daneben schienen monoklonale Antikörper vielversprechend.

Er schloss den Vortrag mit der Bemerkung: »Auch wenn die Erkrankung derzeit in unserem Land noch relativ begrenzt erscheint und nur ein Promille der Bevölkerung betroffen ist, stellt HeLiPa eine erhebliche Bedrohung für Gesellschaft und Gesundheitswesen dar und erfordert umgehende und umsichtige Maßnahmen. Diese Epidemie wird zeigen, was wir aus der Pandemie in den Zwanzigerjahren gelernt haben - oder nie lernen werden. Oder ob sich die Seelenblindheit wiederholt, mit der wir damals deutliche Zeichen wahrnahmen, ohne sie zu sehen, oder sahen, ohne sie zu deuten.«

Betretene Stille, dann lebhafter Applaus. MM ermunterte das Auditorium zu Fragen an den geschätzten Professor und verwies darauf, dass die Präsentation auch auf der Website seines Instituts nachzulesen sei. Zum Thema des politischen Pandemiemanagements könne übrigens »unsere liebe Mechthild, Frau Staatssekretärin Petri« als Medizinerin und Expertin im Gesundheitsmanagement ebenfalls qualifizierte Diskussionsbeiträge leisten.

Eine Blondine stand auf, verneigte sich und lächelte so huldvoll ins Auditorium, als sei sie die Referentin und Hauptperson des Abends. MM hätte ihn ruhig vorwarnen können, dass er eine Co-Referentin aufs Auge gedrückt bekäme, dachte Ralph. Prompt reichte er die erste Frage an sie weiter: Ob und seit wann Einreisende aus dem Ausland, vor allem Brasilien, so konsequent kontrolliert und getestet würden, dass sich die Erkrankung nicht in ähnlicher Weise unkontrolliert ausbreiten könne wie seinerzeit COVID-19, als zahlreiche Infizierte aus dem Nachbarland unentdeckt eingereist waren?

Ralph sah die Petri erwartungsvoll an. Die umschiffte das Pulverfass. Seit Bekanntwerden der Pandemie sei eine konsequente Einreisekontrolle nicht nur an Flughäfen, sondern auch an den Grenzen eingeführt worden; sie schließe neben Bahnreisenden auch Autofahrer ein, die befragt würden, ob sie sich in den letzten Wochen in Brasilien aufgehalten hätten.

Konsequent? Ralph verbiss sich den Kommentar und wandte sich einer Frau zu, die als Mutter zweier Töchter wissen wollte, wie das Ansteckungsrisiko bei Kindern sei und ob man sich auf Schul- und Kita-Schließungen einstellen müsse.

»Nach bisheriger Kenntnis ist das Infektionsrisiko prinzipiell in allen Altersstufen gleich. Aber Kinder bringen naturgemäß weniger Disziplin in der Umsetzung von Hygienemaßnahmen auf. Deshalb muss man Infektionen im Kindesalter aus epidemiologischer Sicht im Pandemiemanagement besondere Aufmerksamkeit widmen.« Wieder ergriff die Petri das Wort, diesmal ungebeten, und erklärte, vonseiten der Regierung sei vorerst keine Schließung von Schulen und Kinderbetreuungsstätten geplant.

Nach zwanzig Minuten trat MM ans Pult und beendete die Diskussion mit herzlichem Dank an den Referenten und die Diskutanten.

»Wie Sie wissen, meide ich sonst öffentliche Statements wie der Teufel das Weihwasser. Aber heute gestatten Sie mir doch einen persönlichen Kommentar: Corona hätte seinerzeit die Generalprobe für eine vernichtende Pandemie sein können, von der wir alle wussten, dass sie irgendwann kommen würde. Eine Generalprobe soll Schwächen in der Performance zutage fördern, damit man sie bei der Premiere vermeidet. Zunächst war COVID-19 immerhin ein Weckruf. Nach dem weltweiten Maskendebakel schien man endlich einzusehen, dass die Versorgung mit medizinischem Bedarf unabhängiger von Importen aus China werden musste, auch wenn das teurer war. Die Gesundheitspolitiker erkannten plötzlich, dass man unbedingt mehr in die Forschung und Entwicklung von Impfstoffen und Medikamenten gegen potenzielle Pandemien investieren musste. Die Experten, die solche Binsenweisheiten seit Jahren vergeblich verkündet und wenig Unterstützung erfahren hatten, wurden endlich ernst genommen.

Aber das Wachsein währte nur kurz; nichts ist so schnell vergessen wie schmerzliche Lehren aus vergangenem Leid. Das Interesse von Big Pharma ist wegen minimaler Gewinnerwartung gering. Noch sind viele Infektionskrankheiten zu selten, um kontinuierliche Einnahmen zu versprechen. Außerdem spielen sie sich oft in armen Ländern ab, die keine zahlungskräftigen Kunden sind. Gleiches gilt für die Entwicklung neuer Antibiotika und Antimykotika, und das bei weltweiter Zunahme resistenter Keime - die teilweise systematisch vom Menschen im Vieh gezüchtet werden! Und wie der geschätzte Referent treffend bemerkte: Was heute regional beginnt, kann morgen die Welt bedrohen. Der Amazonas erscheint uns fern und ist uns doch nah.

Lassen Sie uns darauf anstoßen, dass wir rasch wieder aufwachen und dieses Mal wach bleiben. Hiermit eröffne ich das Büfett.«

¤

Der erste Schluck nach dem Vortrag boostete die Befriedigung über die gelungene Präsentation. Ralph sah auf die Uhr, er hoffte, die Anstandsanwesenheit kurz halten und bald mit Anna verschwinden zu können. Doch die war nirgends in Sicht.

Stattdessen tippte ihm Annas betagte Punk-Freundin auf die Schulter und richtete ihm aus, Frau Martini sei zu einem Notfall gerufen worden, Plazentablutung. Sie werde sich später telefonisch bei ihm melden. Sein Stimmungsbarometer sackte ab. MM stand plötzlich vor ihm, seine Co-Referentin im Schlepptau. »Frau Staatssekretärin Petri«, stellte sie vor, und Ralph machte eine angedeutete Verbeugung. »Sehr erfreut. Sie sind also die Frau vom Minister?«

»Unter anderem«, antwortete die Petri mit einem Raubkatzenlächeln. »Und wessen Ehemann sind Sie?«

Ralph hob die Hände. »Nobody's. Ich habe mich nur gewundert über Ihr Statement, seit Bekanntwerden der Pandemie sei eine konsequente Einreisekontrolle erfolgt. Ich hatte angenommen, dass Sie als Gattin des Ministers unser Dossier kennen. Wir haben es ihm übermittelt, nachdem die ersten Infektionen nachgewiesen wurden und das Abwasser-Monitoring gezeigt hatte, dass auch in Deutschland das HeLiPa-Virus angekommen war - und zwar in größerem Umfange, als die Zahlen der bis dahin Getesteten das vermuten ließ. Deshalb hätte ich erwartet, dass Sie, als Vertraute Ihres Gatten und als sachkundige Kollegin, die entsprechende Frage nach den Einreisekontrollen vorsichtiger beantworten würden.«

Zu seinem Missvergnügen zog MM Annas Freundin zur Seite und ließ Ralph mit der schnippischen Blondine allein. Die immerhin merklich zusammengezuckt war.

»Dossier? Abwassermonitoring? Ich weiß nicht, wovon Sie sprechen«, gab Petri schmallippig zurück.

»Das erkläre ich gerne. Wie Sie wissen, hat die EU in den Zwanzigerjahren ein Programm zur standardisierten Früherkennung infektiöser Erkrankungen entwickelt, mit dem man Krankheitserreger im Abwasser mit PCR nachweisen kann - und zwar häufig bis zu zehn Tage, bevor klinische Tests positiv werden oder Krankheitssymptome auftreten. Nach der sogenannten Frühwarnung der WHO, die mal wieder ziemlich spät kam, und den ersten HeLiPa-Fällen in Frankfurt haben wir den Herrn Minister explizit darauf hingewiesen, dass mit den bisherigen Kontrollen an Flughäfen zahlreiche Infizierte nicht erfasst wurden. Einige Billig-Airlines bieten zwar Direktflüge von Brasilien und anderen südamerikanischen Destinationen nach Europa an, aber eben nicht nach Deutschland, wo die Start- und Landegebühren höher liegen. Eine unbekannte Anzahl an Passagieren ist damals in London, Paris oder anderswo gelandet und von dort aus entweder weitergeflogen oder mit anderen Verkehrsmitteln zurückgekehrt.« Ralph legte eine Pause ein und beobachtete mit sezierender Genugtuung, wie die plötzliche Blässe dem perfekten Make-up der Ministerialgattin einen Graustich verlieh. Mit leiser Stimme fügte er hinzu: »Erst eine Woche, genauer gesagt: acht Tage nach unserem Hinweis wurden dann die umfassenden Kontrollen eingeführt.«

Aus dem Augenwinkel nahm er Annas Freundin wahr, die aufmerksam herübersah, dann aber sofort den Blick senkte. Außer einem winzigen Flattern der anthrazit getuschten Wimpern verzog Petri keine Miene und sagte in beiläufigem Ton, sie werde nachhaken, da müsse ihr wohl etwas entgangen sein.

»Davon gehe ich aus, Frau Staatssekretärin, ich bin sicher, Sie hätten schneller reagiert.«

Das Gesicht der Petri blieb ausdruckslos, doch die Blässe dunkelte Richtung lachsrosa. »Verbindlichen Dank. Die charmantesten Komplimente sind die, bei denen man sich fragt, ob sie eine Unverschämtheit sind.«

Nichts liege ihm ferner, konterte er, als der Gesundheitsministerin in spe zu nahe zu treten. Die machte keinen Versuch, diese Option als Spekulation zu relativieren. Stattdessen lächelte sie ihn überraschend offen an. »Danke, Herr Kollege, dass Sie mir diese Panne unter vier Augen mitgeteilt haben und nicht coram publico. Das Vertrauen der Öffentlichkeit ist in Krisenzeiten ein kostbares Gut. Wir bemühen uns sehr um eine klare Linie und pragmatische Strategie der Pandemiebekämpfung. Dazu gehört vor allem eine kompetente Beratung und die konsequente Umsetzung von Erkenntnissen der Wissenschaft. Darf ich Ihnen zu gegebener Zeit ein Angebot machen, um Sie als epidemiologisches Gewissen der Regierung einzubinden?«

Die coole Contenance, aber auch der Charme seiner Gesprächspartnerin beeindruckten Ralph, doch so leicht ließ er sich nicht angeln. »Bedaure, gnädige Frau. Ich glaube kaum, dass ich mich zum Surrogatgewissen eigne.«

Petri blähte die Nasenflügel und sah ihn mit irritierend gletscherfarbenem Blick direkt in die Augen. »Irrelevanter Einwand, lieber Professor. Meines Wissens ist die Definition des Surrogates, dass es als *minder-wertiger* Ersatz fungiert. Glauben Sie etwa, ich gebe mich mit weniger zufrieden als mit vollwertig plus?«

Ralph hob sein Glas und deutete eine Verbeugung an.

»Respekt, Frau Petri!«, gab er zurück, und das Grinsen war jenseits seiner mimischen Kontrolle. »Was sagten Sie noch vorhin über charmante Komplimente?«

¤ ¤ ¤

27. Oktober

Zunächst erschien Ralph auf dem Display etwas mürrisch.

»Sorry, dass ich dich gestern versetzt habe«, entschuldigte sich Anna. »Die Plazentablutung war dramatisch, und so spät wollte ich nicht mehr anrufen.«

»Ist verziehen«, antwortete Ralph und lächelte wieder. »Hast ja damals nicht auf meinen Rat gehört, Virologin zu werden, so was passiert unsereinem nicht. Aber die nächste Zeit werde auch ich nicht viel zum Schlafen kommen.«

»Dein Vortrag war hammermäßig«, sagte Anna leichthin. Sie wollte nicht zugeben, wie viel Angst ihr Ralphs Präsentation eingejagt und welches Grauen sie in ihren Träumen der letzten Nacht heimgesucht hatte. »Du hast die Damen ordentlich das Gruseln gelehrt«, fuhr sie fort, »ich hoffe, manches war aus dramaturgischen Gründen ein bisschen übertrieben?«

»Keinesfalls«, antwortete Ralph und klang ungewohnt ernst. »Ich bestreite nicht meinen Spaß an dramatischen Formulierungen, aber inhaltlich habe ich eher *unter*trieben, indem ich die Prognosen der Modellierer weggelassen habe. Ohne konsequentes Krisenmanagement wird das apokalyptisch.«

»Glaubst du an Krisenmanagement?«

»Ich hoffe«, antwortete Ralph. »Ich habe nach dem Vortrag mit Frau Petri geplaudert. Ihren Mann halte ich für einen machtgierigen Opportunisten, aber er ist entscheidungsstark und hat in seiner Frau eine intelligente und medizinisch sachkundige Beraterin an seiner Seite.«

»Dein Wort in Gottes Ohr!«

¤

Lustlos rührte Anna im Risotto, das Telefonat mit Ralph hatte ihr den Appetit verdorben. Ben trat zum Herd und zeigte auf sein Pad, stolz wie ein Kind, das auf Mutters Lob zum ersten Schulaufsatz wartet. Anna deckte den gusseisernen Topf ab, setzte sich und las den Artikel, der auf unterhaltsame und verständliche Weise die Inhalte von Ralph Carstens' Internet-Präsentation wiedergab und ihn namentlich zitierte. Anna sagte »super« und prostete Ben zu. Doch beim letzten Absatz stutzte sie.

Beim gestrigen Meeting des exklusiven Damenzirkels *Females for Future* war als Redner der Virologe Prof. Ralph Carstens geladen. Anwesend war auch Mechthild Petri, die Ehefrau des Gesundheitsministers.

Nach vertraulichen Informationen einer Augenzeugin gab Frau Petri in einem Gespräch mit Prof. Carstens zu, dass ein Dossier des Instituts für Virologie der Universität Tübingen mit einem ausdrücklichen Warnhinweis zu den bisherigen Grenzkontrollen acht Tage lang vom Bundesgesundheitsministerium ignoriert worden war. Einer unbekannten Anzahl von Passagieren aus Brasilien, vor allem auch solchen, die keine Direktflüge nach Deutschland gebucht hatten, wurde es damit ermöglicht, unkontrolliert einzureisen und so der Pandemie Tor und Tür zu öffnen.

Anna ließ das Pad sinken.

»Ach du Scheiße!«, presste sie durch die Zähne. Womöglich würde man sie verdächtigen, das Leak zu sein, ihre Freundschaft mit Ralph war MM bekannt, nie wieder würde sie Anna einladen.

»Wo hast du das her?«, fragte sie.

Kitty habe ihn am Vorabend angerufen, erzählte Ben; sie hatte bei dem Meeting etwas getrunken, er sollte sie im Taxi nach Hause fahren. »Nachdem du mich zu dem Vortrag nicht mitnehmen wolltest, hatte ich erwartet, dich später dort zu sehen, und gehofft, dass du mich deinem Kumpel, dem Referenten, vielleicht persönlich vorstellst, bevor du mit ihm essen gehst. Aber du musstest ja mal wieder einen Notfall versorgen und warst schon weg. Erst ohne den Virologen, aber mit dem ist es anschließend wohl so spät geworden, dass du mich nicht mal mehr anrufen konntest.«

Sein Sarkasmus ließ Anna die Kränkung ahnen. »Ich hätte dich gerne mitgenommen, aber bei diesem Frauenclub sind Männer nicht zugelassen. Und der Notfall hat mich bis in die Nacht beschäftigt, ich habe Ralph nicht mehr gesehen, und dich wollte ich nicht wecken.«

Der letzte Absatz des Artikels war prekär. Ralph, den MM in einem wichtigen Forschungsprojekt sponserte, würde Schaden nehmen. Selbst wenn man ihn nicht verdächtigte, die Nachricht selbst an die Presse durchgestochen zu haben, würde man ihm die Indiskretion vorwerfen, und er wäre Anna gram, dass sie ihm »den ihr bekannten Journalisten« als vertrauenswürdig empfohlen hatte.

Keinesfalls wollte Anna ihr revidiertes Bild von MP mit Ben diskutieren - oder ihm auf die Nase binden, dass sie Mechthild seit dem ersten Abend bei *Females for Future* und MMs Enthüllungen nicht mehr nur als intrigante Gattin, sondern als Person wahrnahm, deren Gestaltungswille ihr Hochachtung abrang. Dass sie mittlerweile glaubte, MP sei wichtig, um das zu tun, was MM der früheren Kanzlerin zuschrieb: Männermurks-Schadensbegrenzung im Hintergrund.

Sie nahm Bens Hand: »MM tut im Verborgenen viel Gutes für Bedürftige, und im Hintergrund zu bleiben, ist ihr wichtig. Sie hat es nicht verdient, auf diese Art ans Licht der Öffentlichkeit gezerrt zu werden.«

»Von mir aus, das kann ich notfalls rausnehmen«, brummte Ben und zog seine Hand weg. »Aber warum sonst scheiße?«

Anna ging zum Kühlschrank, goss Wein nach, obwohl die Gläser noch halb voll waren. »Ich habe heute mit Carstens telefoniert, um mich zu entschuldigen«, sagte sie. »Wenn da was dran wäre, hätte Ralph mir das erzählt. Hat Kitty wirklich gehört, dass Frau Petri die verzögerte Reaktion des Ministeriums explizit zugegeben hat? So deutlich, dass sie es vor Gericht beeiden könnte, wenn sie das überhaupt wollte?«

»Na ja, Kitty weiß noch nichts von dem Artikel«, gestand Ben. »Sie war nur in der Nähe und hat nicht jedes Wort verstanden. Aber den Carstens hat sie deutlich gehört, und der sprach von einer Woche, die vergeudet wurde und in der man viele am Einreisen hätte hindern oder in Quarantäne bringen können. Kitty konnte sehen, dass die Petri weder den Kopf geschüttelt noch gleich geantwortet hat. Also hat sie es zumindest nicht abgestritten.«

»Das reicht nicht!«, sagte Anna. »Ich finde es kontraproduktiv, mitten in der Krise den entscheidenden Krisenmanager zu verunglimpfen. Außerdem wird Kitty dann als Verräterin einer Clubschwester gebrandmarkt.«

Ben widersprach, da stehe Kitty doch drüber. Anna gab zu bedenken, dass sie sich bei ihrem alten Freund für Ben verbürgt habe und Ralph ihm nach einem solchen Artikel nie wieder irgendwelche Infos geben würde.

»Der war schon damals unergiebig«, gab Ben trotzig zurück.

»Da wusste er selbst noch nicht mehr. Und ist es wirklich sinnvoll, einen Politiker abzusägen, den man momentan nun einmal braucht?«

Die Narbe über Bens Augenbraue verfärbte sich. »Feigheit mit der Tarnkappe des Pragmatismus. Damit lässt man die Preussens dieser Welt immer wieder durchkommen.«

Anna packte seine Handgelenke.

»›*Durchkommen*‹ ist das Stichwort. Um Durchkommen wird es in dieser Pandemie gehen! Nach allem, was wir bislang wissen, sterben neun bis elf Prozent der HeLiPa-Patienten, egal, wie alt sie sind. Bei einer Infektion von zehn Prozent der Bevölkerung müssten wir also mit fast einer Million Toten rechnen. Und viele werden geistig behindert bleiben. Willst du so eine Katastrophe wirklich instrumentalisieren, nur um politisch Andersdenkende zu diskriminieren und deine Karriere zu befördern? Jeder Sand im Getriebe wird uns Ärzten den Kampf gegen die Pandemie erschweren.«

Bens Augen verengten sich zu Schlitzen. »Besten Dank für die freundliche Unterstellung opportunistischer Karrieregeilheit. Übrigens: Beschränkt sich *dein* ärztlicher Kampf gegen HeLiPa nicht hauptsächlich auf die Betreuung von frisch getesteten, kerngesunden Schwangeren? Oder in der Kinderwunscherfüllung von Frauen, die mitten in einer solchen Pandemie nichts Besseres zu tun haben, als ihre Fruchtbarkeit einfrieren zu lassen, wenn anderswo in der Welt Kinder verhungern oder an der Seuche sterben?«

Anna spürte die heißen Flecken an ihrem Hals.

»Schade, dass du die Betreuung werdender Mütter und den Schutz ungeborenen Lebens offensichtlich als minderwertige ärztliche Tätigkeiten betrachtest. Die ich vielleicht nicht mehr lange ausüben kann, denn angeblich müssen alle Ärzte damit rechnen, von ihrer derzeitigen Tätigkeit abgezogen und per Dienstanordnung für Rio-Patienten eingesetzt zu werden. Willst du wirklich bestreiten, dass wir Ärzte von der Pandemie stärker betroffen sind als ihr Journalisten an euren Schreibtischen?«

Ben trommelte mit den Fingern auf die Tischplatte, aber seine Stimme war emotionslos. »Frau Doktor denkt in IHR gegen WIR! Lebensretter gegen karrieregeile Journaille. So weit ist man schon?«

Polemik konnte sie auch. »Ärzte werden durch HeLiPa ihre Karriere unterbrechen und Frontdienste leisten müssen, während Journalisten, die zur richtigen Zeit die richtigen Infos erhalten, eine Gehaltserhöhung kriegen und einen Karrieresprung machen. Und zum Thema IHR gegen WIR: Du könntest zur Abwechslung auch mal an UNS denken - oder an mich.«

Ben lehnte sich zurück, seine Stimme vereiste. »So hat meine Mutter das auch immer gemacht. Ich glaube, das nennt man Manipulation?«

Ungerührt sah er Anna in die aufgerissenen Augen; sie fröstelte - mehr noch, als sie ihn sagen hörte: »Wäre mal was Neues, von der Frau, die man zu lieben meinte, einen Maulkorb verpasst zu bekommen. Ich weiß nicht, ob ich diese Erfahrung machen will.«

Meinte? Vergangenheit, bevor das erstmalig Ausgesprochene eine Chance auf Zukunft bekam? Stumm starrte sie ihn an. Ben stand auf, küsste sie streiflippig auf die Wange, was sie reaktionslos hinnahm. Sie konnte auch nicht antworten, als er ihr fürs Kochen dankte, noch einen schönen Abend und alles Gute wünschte.

¤

Anna blieb reglos sitzen und fand geräuschloses Türenknallen die schlimmste Art, verlassen zu werden. Wünschte sich, die Tränen würden fließen und sie wärmen. Linksseitig in ihrem Brustkorb flatterte halb erfroren ein tonnenschwerer Maikäfer. »Alles Gute« hatte geklungen wie »nie wieder«. Und wie er sie angeschaut hatte, sezierend kühl, nichts übrig von der Wärme in seinem Blick, der sonst wie ein sanfter Seelenbohrer ihren inneren Abwehrpanzer sprengte und in die Tiefe ihres Psychogestrüpps drang.

Eigentlich hatte sie es gewusst – das Märchen von Anna und Ben war zu schön, um wahr zu sein. Vom Podest der Frau, die er »zu lieben meinte«, war sie abgestürzt zur manipulativen Maulkorbverteilerin – auf gleicher Stufe wie seine Mutter, über die er nie Positives erzählte. »Mutter« tat am meisten weh, wohl weil das in biologischer Reichweite lag. Wie immer befürchtet, hatten die fünfzehn Jahre zugeschlagen. So brutal, dass sie ihn stumm wie ein Stockfisch hatte ziehen lassen, statt ihm zu sagen, dass sein Präteritum ihr Präsens war, dass sie nicht nur *meinte*, sondern *wusste*. Dass sie all seine Gegensätzlichkeiten liebte, seine coole Gelassenheit, die vibrierende Energie, mit der er zielstrebig den Minimalismus im chaotischen Alltag lebte und sein Buch mit analytischem Idealismus schrieb. Ihr gemeinsames Buch? Wie hatte sie ihm Karrieregeilheit und politisches Ausschlachten der Pandemie vorwerfen können? Das sirenenartige Jaulen des Feuermelders war wie eine Ohrfeige. Sie schnappte sich das längste Messer, das sie finden konnte, sprang auf einen Stuhl und schlug mit brutalem Schwung den Deckel des Brandmelders ab.

Das angebrannte Risotto warf sie in den Müll und schrubbte die Pfanne, bis die verkohlte Klebrigkeit abgekratzt war. Sie trank den restlichen Wein aus beiden Gläsern, von denen beim Einräumen in die Spülmaschine eines zerbrach. Dann holte sie die Weinflasche aus dem Kühlschrank und goss eine leere Teetasse halb voll.

¤

Im novembrig anmutenden Nebel und Nieselregen wurden die Klamotten klamm und der Weg lang.

Die Stille im Tiny House gähnte ihn an, sein Magen rotierte hungrig, aber er hatte keinen Appetit. Ben zog sich um und absolvierte zwanzig Liegestütze, um warm zu werden. Setzte sich in den Ledersessel; stand wieder auf. Griff nach dem Telefon und legte es weg. Überlegte, bei Kilian vorbeizuschauen, verwarf es aber - der würde wieder alles besser wissen. Dann fiel ihm Kitty ein. Er schickte ihr den Artikel und wartete zehn Minuten, bevor er ihre Nummer eingab.

Sie klang nicht begeistert. »Du hast mir nicht gesagt, dass du öffentlich machen willst, was ich dir gestern erzählt habe. Gibt es nicht so was wie eine Schweigepflicht für Taxifahrer?«

»Ich dachte, dir wäre alles willkommen, was hilft, den Preuss abzusägen?«

»Nur, was verhältnismäßig ist«, beschied sie ihn kühl und entschuldigte sich, sie wolle kurz ihr Glas und eine Zigarette holen. Als sie sich wieder setzte, wusste Ben, wie sie entschieden hatte, schon bevor sie sprach. »Ich möchte keinesfalls als Ohrenzeugin genannt werden. Denk noch mal drüber nach, ob du das wirklich publizieren willst. Ich habe Mechthilds Gespräch mit Carstens nur aus der Entfernung mitbekommen. Und eine Clubkameradin an die Presse zu verpfeifen ist für mich tabu. Außerdem kann es kurzsichtig sein, in einer Krise an Regierungsmöbeln zu sägen.«

»Shit, jetzt fängst du auch noch an.« Bens Stimme war brüchig, Kittys Blick wurde fragend. »Was ist los mit dir?«

Ben erzählte. Nachdem sich Anna gestern nicht mehr gemeldet hatte und er dachte, sie schlüge sich mit dem Virologen die Nacht um die Ohren, hatte er nicht schlafen können und die halbe Nacht durchgeschrieben. Er war so stolz gewesen und hatte ihr noch nicht mal Vorhaltungen gemacht - und dann Annas unverständliche Reaktion. Als sei sie davon getrieben, ihn an der Veröffentlichung des Artikels zu hindern. Sogar niedere Motive hatte sie ihm unterstellt.

Kitty hörte aufmerksam zu. Schüttelte nur leicht den Kopf, als er sagte: »Plötzlich war sie eine andere Person. Populistisch wie ein Politiker, der Panik verbreiten will.«

Kitty widersprach. Erstens sei seine Eifersucht albern. Und zweitens, ob er sich nicht vorstellen könne, dass ihre Skepsis von ärztlichem Pragmatismus statt von Panikmache bestimmt war?

»Ich will nicht eifersüchtig sein«, brummte Ben kleinlaut. »Ich lehne Besitzansprüche prinzipiell ab, aber ich hab da irgendwas Ungutes von meinem Vater geerbt. Aber das hat nichts mit dem Artikel zu tun. Und was Anna darüber gesagt hat, das klang nicht pragmatisch, das klang wie meine Mom.«

Bens Mutter hatte das perfektioniert: Menschen zu manipulieren durch den Appell, ihr irgendetwas nicht anzutun. Oder nicht gerade jetzt anzutun. Um der Vernunft willen oder, wenn die fehlte, um ihretwillen. Meist hatte sie so ihren Willen erpresst. »Da ist es mit mir durchgegangen«, schloss Ben und schaute Verständnis heischend auf den Bildschirm. Doch Kitty große Augen verengten sich unter ärgerlich gerunzelten Brauen.

»Eine Geliebte, die um einiges älter ist, mit der eigenen Mutter zu vergleichen, über die man auch noch ständig schimpft - um das wiedergutzumachen, wirst du dich verdammt anstrengen müssen.«

Ben starrte stumm ins Flachbild.

»Du wirst ja ganz blass«, sagte Kitty, und nun waren ihre Augen wieder groß und warm. »Der erste Streit ist immer der schlimmste. Und eine Beziehung hat man erst, wenn man gelernt hat, zu streiten und sich wieder zu versöhnen.«

Als Ben nur traurig nickte, fügte sie hinzu: »Aber eins kannst du mir glauben: Die erste Versöhnung ist auch die schönste. Und jetzt mach hinne und leg dich ins Zeug!«

Ben textete Anna:

Ich dachte, Kitty würde mich einen Kopf kürzer machen, wenn ich den Artikel NICHT publiziere. Hat sie aber nicht, ganz im Gegenteil. Ich war ein Stiesel - aber du warst auch ein bisschen herzlos. Leider kriege ich ohne dich Herzbeschwerden. Übrigens: Geblutet hat mein Herz auch beim Streichen des Absatzes.

In zehn Minuten bin ich bei dir. Wenn du mich nicht reinlässt, randaliere ich.

Musste er nicht. Robby öffnete die Tür. Anna kam ihm entgegen, mit verquollenem Gesicht und einer Zahnbürste in der Hand. Ihre Haare waren wirr und strähnig, sie trug Bens viel zu großes Schlafshirt, das bis zu ihren Knien schlabberte, auf der Brust fletschte verblassend ein giftgrünes Krokodil die Zähne. Ihre Augen waren rot und zugeschwollen; sie roch nach Zahnpasta, Alkohol und Anna.

»Hast du etwa meinetwegen geheult?«, fragte Ben ungläubig und streckte die Arme aus.

»Quatsch, de ninguna manera«, nuschelte Anna und ließ sich an seine Brust fallen, »ist bloß wegen dem andalusischen Heulsusen-Gen meiner Mutter.«

Ben schob Robby beiseite und trug sie ins Bett. Kitty behielt recht mit ihrer Prophezeiung zur Qualität der ersten Versöhnung.

¤ ¤ ¤

28. Oktober

Seit er ihr beim Sturm Asyl gewährt hatte, suchte die Problemkatze Bens Nähe und wartete oft vor seiner Tür, wenn er nach Hause kam. Manchmal legte sie nur eine tote Maus auf die Matte. Vielleicht fürchtete sie auch den Waschbären, der sich neuerdings bei den Mülltonnen herumtrieb.

Meist lag die Katze still und ohne zu stören in Bens Ledersessel, doch immer, wenn er telefonierte, wurde sie unruhig und wollte spielen oder seine Gesprächspartner vom Schirm scheuchen. Da ein kalter Wind um die Hütte fegte, brachte Ben es trotzdem nicht übers Herz, sie vor die Tür zu setzen.

Ben hatte nach einem Aufhänger für ein Gespräch mit Carstens gesucht und sich für eine Frage entschieden, die der Professor beim Vortrag ausgespart hatte.

Die Sekretärin versprach, ihren Chef zu fragen, ob er verfügbar sei, und legte ihn auf Warteschleife. Als Carstens tiefe Stimme durch den Lautsprecher drang, sprang die Katze auf den Tisch, Ben wollte sie mit einer Handbewegung verjagen und wurde mit einem heftigen Kratzer am Handrücken bestraft.

»Verdammtes Miststück«, brüllte Ben, der Virologe fragte: »Wie bitte?«

Ben entschuldigte sich, hielt die Katze kurz in die Kamera und brachte sie vor die Tür. Als er wiederkam, wirkte Carstens genervt, und Ben war verunsichert. »Herr Professor, ich hätte mir vorgestern sehr gerne Ihren Vortrag bei den *Females for Future* angehört, aber Männer waren ja leider nicht zugelassen.«

»Richtig«, antwortete Carstens.

»Ich habe mir Ihre Präsentation im Netz angesehen und war sehr beeindruckt. Was ich nicht gefunden habe, war der Basis-Reproduktionswert. Können Sie mir etwas über den R_0-Wert von HeLiPa sagen? Bei Corona lag er nach meiner Kenntnis meist um die eins bis ca. eins Komma zwei?«

»Fast richtig«, antwortete Carsten. »Aber das waren die Werte, *nachdem* die Pandemie-Maßnahmen, teilweise mit Lockdown, in Kraft getreten waren und später auch die Impfung ihre Wirkung tat. Der ›natürliche‹ oder Basis-Reproduktionswert von SARS COV-2 liegt in einer Bevölkerung, in der niemand immun ist, zwischen drei und fünf Komma fünf. Ohne Maßnahmen zur Eindämmung hätten also zu Beginn der damaligen Pandemie hundert Infizierte bis zu fünfhundertfünfzig weitere Menschen angesteckt. Der Wert um die eins, den Sie für COVID genannt haben, ist der *effektive* Reproduktionswert, also der, auf den man den ursprünglichen Wert durch Infektionsschutz und Impfung gedrückt hat.«

»Das habe ich jetzt zum ersten Mal richtig verstanden, vielen Dank«, sagte Ben und freute sich, dass seine Frage sich nun doch gelohnt hatte.

»Gerne«, fuhr Carstens fort. »Bei HeLiPa haben wir noch keine verlässlichen Zahlen, da die Ausbreitung regional sehr unterschiedlich ist. Man weiß aber, dass die Übertragbarkeit durch die Atemluft etwas geringer ist, dafür gibt es mehr Kontaktinfektionen als bei COVID. Nach derzeitigen Schätzungen liegt der Basiswert von HeLiPa zwischen zwei und drei, kann aber mit konsequenten Maßnahmen wahrscheinlich auf unter eins gedrückt werden. Allerdings hängt der Wert auch davon ab, wie lange ein Erkrankter infektiös bleibt, und das ist bei HeLiPa derzeit noch unklar. Kann ich sonst noch was für Sie tun?«

Umständlich erklärte Ben, dass eine persönliche Bekannte, die bei Carstens' Vortrag anwesend war, danach zufällig gehört habe, wie der Herr Professor Frau Petri mit dem Vorwurf konfrontierte, das Gesundheitsministerium habe auf eine Pandemiewarnung mit Verzögerung reagiert. Ob er da ein schuldhaftes Versäumnis sehe?

»Was Frauen immer so zufällig mithören und dann missverstehen«, sagte Carstens unwirsch. »In meinem Gespräch mit Frau Petri ging es um das Frühwarnsystem der WHO, das immer noch schneckenpostmäßig funktioniert. Wenn man wissen will, seit wann HeLiPa unerkannt bei uns unterwegs war, muss man wahrscheinlich einen Abwasser-Epidemiologen fragen. Sie haben da doch einen Experten im Karlsruher KIT*.«

Nach ein paar weiteren belanglosen Sätzen bedankte sich Ben, legte auf und ließ die heftig an der Tür kratzende Katze wieder herein. »Nie wieder, du Mistvieh«, drohte er und goss ihr einen Schluck Alkohol über das Fell, nachdem er sich die Hand desinfiziert hatte. Erst schüttelte sich die Katze, dann schnurrte sie.

¤ ¤ ¤

29. Oktober

VIGILANZVISION-online

Nicht jeder lässt sich testen, aber alle gehen aufs Klo

Abwassermonitoring als Tool für das Pandemiemanagement und zuverlässiges Frühwarnsystem

Von Ben Cortes, 29.10. 10:00 Uhr

Beim Abwassermonitoring mittels PCR (Polymerase Kettenreaktion) werden, wie auch in der klinischen Diagnostik, Bruchstücke eines bestimmten Erbgutes (Genoms) durch ein Enzym in nahezu unbegrenzter Zahl vervielfältigt. So wird ein gesuchtes Virus auch bei niedrigster Konzentration nachweisbar. Wenn an einem beliebigen Ort der Welt Virusmutationen nachgewiesen werden und man herausfinden möchte, ob sie sich auch bereits regional im Einzugsgebiet ausgebreitet haben, kann man diese Mutanten problemlos und vor allem frühzeitig mit einer Zusatzuntersuchung (sog. Sequenzierung) nachweisen.

Die Europäische Kommission hat den Einsatz des Abwassermonitorings bereits Anfang der Zwanzigerjahre empfohlen, als sich anlässlich der Coronapandemie dessen Voraussage-Zuverlässigkeit zeigte. Erstaunlicherweise wurde das Verfahren wegen bürokratischer Hürden auch in der Folgezeit nicht flächendeckend eingesetzt, da die Zuständigkeiten zwischen Umwelt- oder Gesundheitsbehörden sowie die Finanzierung durch Bund, Länder und Kommunen unklar waren und es Streitigkeiten darüber gab, welche Konsequenzen aus den Messergebnissen zu ziehen seien.

»Wegen ihrer hohen Empfindlichkeit funktioniert die PCR nicht nur beim Menschen, sondern auch im Klärwerk: Nicht jeder lässt sich testen, aber alle gehen aufs Klo und alle scheiden bei Infektion mit den Fäkalien Fragmente des Virusgenoms aus. Der Nachweis gelingt bereits bei einer niedrigen Inzidenz von 50 positiven unter 100.000 Einwohnern – und zwar auch bei Asymptomatischen. Das Infektionsgeschehen wird damit bis zu zehn Tage früher ermittelt als durch klinische Tests. Beispielsweise gibt es nach unserer gestrigen Analyse im Landkreis Karlsruhe ungefähr doppelt so viele Infizierte wie vom Gesundheitsamt gemeldet. Wir gehen also von einer erheblichen Dunkelziffer aus und rechnen im Verlauf der nächsten Zeit mit einem deutlichen Anstieg der Fallzahlen«, so Prof. Adam Thieme, Leiter des Technologie Zentrums Wasser (TZW) in Karlsruhe.

¤ ¤ ¤

4. November

Der Minister tritt ans Mikrofon und legt zwei Blatt Papier auf das Pult.

»Meine Damen und Herren, der Pandemierat hat bis vor zehn Minuten zusammengesessen, insgesamt haben wir heute elf Stunden getagt. Ich darf Ihnen nun kurz die Ergebnisse unserer Krisensitzung mitteilen. Vorab: Die Bundesregierung und ich selbst nehmen die HeLiPa-Pandemie sehr ernst, ich möchte jedoch betonen, dass es keinen Grund zur Panik gibt, denn wir sind bestens vorbereitet. Sehr wohl aber gibt es Grund zu tiefer Besorgnis.

Die Zahl der HeLiPa-Patienten ist innerhalb einer Woche von knapp 4.000 auf insgesamt 19.865 gestiegen, davon sind 1.612 Patienten verstorben. Diese Zahl wird bei den derzeit Erkrankten noch steigen, da der Tod drei bis sechs Wochen nach Infektion eintritt. Weltweit beträgt die Fallsterblichkeit zwischen neun und elf Prozent.«

(Er legt den Zettel zur Seite.)

»Unter den Todesopfern sind junge, gesunde und topfitte Menschen, wie sich in tragischer Weise am soeben gemeldeten Tod des Tennis-Weltstars Goran Dundovic zeigt.

Wir haben aus der Vergangenheit gelernt. Dieses Mal ist weder eine Knappheit an Masken oder Schutzkleidung noch an Beatmungsgeräten zu befürchten. Auch die Anzahl der Klinikbetten und die Intensivkapazitäten können wir jederzeit kurzfristig hochfahren. Unser derzeit wichtigstes Instrument ist die flächendeckende und regelmäßige Testung. Die entsprechenden Kapazitäten sind seit Beginn der Pandemie kontinuierlich gesteigert worden. Neben den herkömmlichen PCR-Tests sind neuerdings auch Antigen-Schnelltests verfügbar.

Die epidemiologische Lage unterscheidet sich fundamental von der Coronapandemie. Das größte Risiko, schwer zu erkranken oder zu sterben, bestand damals für Mitbürger zwischen siebzig und achtzig Jahren. Das führte zu kontroversen Diskussionen, wie stark man die Freiheit *aller* Bürger zugunsten *einiger* Menschen einschränken dürfe. Diese Frage stellt sich bei der Rio-Pandemie nicht, denn HeLiPa kann jeden von uns mit einem schweren Verlauf treffen und Menschen aller Altersgruppen das Leben kosten; es macht auch vor Kindern nicht halt. Deswegen hat sich der Pandemierat, zwar nach lebhaften Diskussionen, aber ohne ernsthafte Kontroversen, auf ein Maßnahmenpaket geeinigt, und auch seitens der Länder gab es wenig Einspruch. Folgende Verordnungen treten ab morgen um Mitternacht in Kraft:

Es besteht eine Maskenpflicht in sämtlichen öffentlichen Räumen außerhalb der eigenen Wohnung sowie auf allen Straßen und in öffentlichen Bereichen mit Publikumsverkehr, Wanderwege ausgenommen. FFP2-Masken werden dringend empfohlen, alternativ können chirurgische Masken verwendet werden. Gleiches gilt im Auto, wenn Personen aus mehreren Haushalten befördert werden. Eine Befreiung durch ärztliches Attest ist nicht möglich.

Wir raten dringend dazu, in öffentlichen Räumen Handschuhe zu tragen. Außerdem werden wir flächendeckend den Hinweis ›Hände weg vom Gesicht‹ positionieren, da Kontaktinfektionen überwiegend über Mund, Nase und Augen erfolgen.

Private Zusammenkünfte oder Partys mit mehr als zehn

Personen sind ab sofort untersagt, Kinder unter zwölf Jahren sind davon ausgenommen. Für Versammlungen und Veranstaltungen gilt ein Maximum von fünfzig Teilnehmern, sofern ein Abstand von einem Meter möglich ist. Die Einhaltung dieser Regeln wird stichprobenartig, aber flächendeckend überprüft. Demonstrationen mit bis zu zweihundert Teilnehmern sind nach individueller Prüfung und Genehmigung unter Einhaltung der Hygienevorschriften möglich.

Geschäfte aller Art bleiben geöffnet, allerdings muss mindestens ein Meter Abstand eingehalten und die Kundenzahl entsprechend begrenzt werden.

Wir werden Schulschließungen wenn möglich vermeiden bzw. nur als Ultima Ratio einsetzen, allerdings wird durch Wechselunterricht die Schülerzahl pro Klassenzimmer halbiert. Die Schulen bekommen FFP2-Masken in allen altersentsprechenden Größen gestellt.

Öffentliche Verkehrsmittel dürfen unter Einhaltung der genannten Vorgaben maximal die Hälfte der zulässigen Passagiere befördern, wo möglich, werden zum Ausgleich die Fahrpläne zugunsten zusätzlicher Fahrten verdichtet.

Der Flugverkehr wird durchgängig kontrolliert, um alle Einreisenden aus Brasilien und anderen Risikoregionen zu erfassen, ebenso der Bahn- und Autoverkehr an den Grenzen. Für alle Direktflüge aus Brasilien gilt bereits ein europaweites Landeverbot. Passagiere aus Risikogebieten müssen sich drei Wochen in Quarantäne begeben und sich verpflichten, ihr Handy 24 / 7 bei sich zu tragen, damit die Einhaltung jederzeit überprüfbar ist.

Zu unserem tiefen Bedauern müssen wir einzelnen Berufsgruppen erneut einschneidende Zumutungen in Form einer vorübergehenden Schließung auferlegen; körpernahe Dienstleistungen wie Kosmetikbehandlungen und Massagen sind nicht möglich, Bars und Clubs werden geschlossen.

Restaurants bleiben geöffnet, sofern Tischabstände von mindestens eins Komma fünf Meter gewährleistet sind, pro Tisch dürfen maximal vier Personen sitzen.

Jeder Verstoß wird, abgestuft nach dem Risiko einer Fremdgefährdung, mit einer Geldstrafe zwischen zweihundert und fünftausend Euro geahndet. Zur Entlastung von Polizei und Ordnungskräften und zur Überprüfung der Kooperation unserer Mitbürger hat das Bundesgesundheitsministerium zweitausend Drohnen und fünfzigtausend Überwachungskameras aus China geordert. Die Bundeswehr wurde in Einsatzbereitschaft versetzt. Alle Verordnungen werden mit einem zentralen Krisenmanagement durchgesetzt.

Ich möchte betonen, dass sämtliche Beschlüsse in enger Absprache mit der Wissenschaft erfolgten, die uns eindringlich warnt, dass die HeLiPa-Pandemie ohne konsequente Maßnahmen nicht zu kontrollieren ist und viele Hunderttausend Tote fordern wird. Wir werden uns nach Kräften bemühen, die entsprechenden finanziellen Verluste der Betroffenen abzufedern.

Die genannten Maßnahmen gelten für vier Wochen, je nach Wirksamkeit der Maßnahmen wird am 2.12. darüber entschieden, ob und in welcher Form wir sie fortsetzen. Unser aller Wunsch ist natürlich, unseren Bürgern und dem Handel ein möglichst wenig beeinträchtigtes Weihnachtsgeschäft zu ermöglichen.

Ich bitte Sie, liebe Mitbürger und Mitbürgerinnen, um Kooperation. Auf uns alle wird ein schwieriger Winter zukommen.

Nur in gemeinsamer Anstrengung können wir eine Katastrophe abwenden.«

¤ ¤ ¤

5. November

Gut, dass ich nicht auf dich gehört habe.«

Mario sah in das schweißige, aber zufriedene Gesicht seines Chefs und nickte nur kurz zu dessen Bemerkung. Er hatte versucht, Arian das Tennismatch morgens um sieben vor der Pressekonferenz auszureden, ausnahmsweise unterstützt von Mechthild, die fand, Rio sei genug Stress für Arians Herz. Sie war sich sogar mit Mario einig, dass Goran Dundovic sich nicht besonders gut eigne, um mit seiner Würdigung im Wahlkampf zu punkten. Bei dem Tennisstar war HeLiPa diagnostiziert worden, nachdem er bei einer Tournee, deren Durchführung heftig umstritten war, auf dem Court erst einen Balljungen getreten und dann den Schiedsrichter mit seinem Schläger attackiert hatte. Anschließend brach er zusammen und starb zehn Tage später.

Arian war stur geblieben, er fand es wahlkampfwirksam, seine Fitness am frühen Morgen zur Schau zu stellen, und zwei Sätze mit anschließender Blutdruckkontrolle hatte der Kardiologe genehmigt.

Also hatten sie das Beste daraus gemacht: Mario hatte die Info zum geplanten Spiel unter der Hand an einen befreundeten Journalisten lanciert und den Tennisclubchef instruiert, er möge sich von den Reportern überreden lassen, ihnen Zutritt zu gewähren. Tatsächlich waren sie zu dritt erschienen, Preuss hatte zunächst glaubwürdig protestiert, sich dann aber zu dem emotionalen Bekenntnis hinreißen lassen, er sei heute – natürlich frisch getestet – mit seinem engsten Berater, Mitarbeiter und Freund auf den Platz gekommen, um dem Tennisspieler des Jahres, Goran Dundovic »trauernd die Ehre zu erweisen«. Dessen gestriger grausamer Tod in so jungen Jahren und auf dem Zenit seiner kometenhaften Karriere habe ihn, Arian Preuss, als Mensch und als passionierten Tennisspieler persönlich tief getroffen. »Wundern Sie sich nicht, falls ich in dieser Gemütsverfassung nicht auf meinem üblichen Niveau Tennis spiele.«

Mario hatte versucht, seinen Spielpartner nicht allzu sehr anzustrengen und dennoch gut aussehen zu lassen. Preuss hatte über den Sommer Gewicht verloren, die beginnende Leibesfülle in der Körpermitte war verschwunden, was ihm eine neue Drahtigkeit verlieh. Er war sogar in seine frühere Angewohnheit zurückgefallen, das Sportshirt zum Schweißabwischen hochzuziehen und seinen ehemaligen Sixpack-Bauch zu entblößen. Insgesamt machte er keine schlechte Figur, auch wenn er drei Monate nach dem Infarkt von seiner alten Form noch meilenweit entfernt war. Außer Mario fiel das jedoch niemandem auf und war jedenfalls mit der persönlichen Betroffenheit über Dundovics Ableben schlüssig erklärbar. Auch der Endstand von 6:4 und 3:6 war nicht unglaubwürdig gewesen.

In der Clublounge waren sie zu der frühen Stunde allein, Preuss stürzte einen Isodrink herunter und nippte missmutig an seinem koffeinfreien Kaffee; da kannte der Kardiologe kein Pardon.

»Tennis geht schon wieder, aber die Ehe wird langsam anstrengend«, stöhnte er.

Mario seufzte lautlos und suchte eine passende Antwort. Gar keinen Kommentar ließ Ari nicht durchgehen, bei einer Beschwichtigung beklagte er sich über mangelnde Loyalität, und falls Mario etwas Negatives über Mechthild äußerte, hieß es, er sei voreingenommen. Also sagte er nur: »Frauen sind manchmal so.« Und wartete.

»Du kennst ja Mausi«, fügte Arian hinzu. »Und du warst es, der mir damals geraten hat, ich soll diese Epidemiologenwarnung wegen der neuen Seuche nicht gleich an die große Glocke hängen.«

Mario goss seinem Chef noch einen Isodrink ein und sagte mit metallischer Stimme: »Wir *beide* waren uns absolut einig, dass die Menschen seit Corona schnell in Panik geraten. Damals hatten wir durch die vielen Sozialleistungen weniger armes Proletariat und weniger Aggressionspotenzial als heute - und trotzdem ist der soziale Friede fast vor die Hunde gegangen. Und bei der Rio-Pandemie hat ja auch niemand damit gerechnet, dass sich das bescheuerte Slum-Virus hier derartig rasant ausbreiten würde. Klar war die verzögerte Reaktion ein Fehler, hinterher ist man immer schlauer. Deshalb haben wir diesen Vorgang wasserdicht nach draußen abgeschirmt und sämtliche Mails aus deinem E-Mail-Account so gelöscht, dass sie nicht wiederhergestellt werden können. Du hast es nicht mal deiner Frau erzählt, weil du fandest, es gäbe nun mal keine wasserdichten Weiber.«

»Stimmt schon«, brummte Arian, »schließlich konnte keiner ahnen, dass Mechthild kurz danach diesem Virologen begegnet.«

»Shit happens«, sagte Mario. »Das war natürlich der Gau.«

»So schlimm ist es nun auch wieder nicht«, antwortete Preuss zu Marios Überraschung. »Mechthild sagt, MM, die Chefin des Emanzenzirkels, hat den Carstens fest im Griff, der braucht dringend ihre Sponsorengelder - und sie hat ihm unauffällig beigebogen, dass er im Gegenzug die Klappe zu halten hat. Bisher ist nichts durchgesickert. Trotzdem scheiße!«

»Was meinst du genau?«, fragte Mario und rührte in seinem Espresso.

»Was glaubst du, wie Mausi mich rundgemacht hat, weil ich sie damals nicht eingeweiht habe. Sie hat gedroht, wenn so was noch mal vorkommt, lässt sie sich scheiden und tritt gegen mich an.«

»Oh, oh«, machte Mario empathisch. »Das war sicher nur eine Spontanreaktion, aus Überraschung, weil du üblicherweise ja alles mit ihr besprichst.«

»Mechthild sagt, ich soll einen Kopf rollen lassen.«

Mario blähte die Nasenflügel. »Hat deine Gattin dabei an meinen Kopf gedacht?«

»Nee, Quatsch, das würde sie sich nicht trauen. Es ging um Beckstein.«

Mario war ein bisschen erleichtert und ziemlich genervt, beides verbarg er. »Davon würde ich dringend abraten. Beckstein wird zwar nicht am Intelligenzstau sterben, aber er ist uneingeschränkt loyal - und denk dran, du brauchst einen fürs Grobe.«

»Hast ja recht«, sagte Preuss, »aber manchmal geht es nicht ohne Sündenbock.«

»Wie wäre es mit einer Sündenziege?«, meinte Mario. »Zum Beispiel die persönliche Assistentin von Siggi Krause. Die hat nach dem Tod ihres Chefs sowieso keinen Bock mehr.«

Preuss lachte dröhnend. »Super! Sündenziege ohne Bock, so machen wir das.«

Mario hob abwehrend die Hände. »Sachte, Ari, Rollköpfe sind nur das allerletzte Mittel, wenn es sich gar nicht vermeiden lässt. Vielleicht geht es ohne. Möglichst keine Wellen!«

»Keine Welle wär gut! Und was mache ich, wenn mich gleich

bei der Pressekonferenz doch jemand nach der Zeitverzögerung unserer Grenzkontrollen fragt?«

»Was du immer machst, Ari. Erstens: fassungslos gucken. Zweitens: abstreiten, dass du irgendwas weißt. Und last not least: die *schonungslose Prüfung des Sachverhaltes* ankündigen.«

¤

Freelancer waren oft statuslos, und selbst bei kleinen Pressekonferenzen hatten die etablierten Kollegen Ben meist ignoriert. Nur der Kollege von der LR war immer freundlich gewesen, bei der *Linken Rundumschau* stand der Minimalismus hoch im Kurs. Inzwischen wurde Ben von namhaften Journalisten begrüßt, manche neideten ihm die Connection zu seinen Primärquellen in Brasilien, vor allem seit dem Videointerview mit Vida da Silva. Die junge Mutter mit der Stupsnase und dem hinreißenden Charme vollweiblicher Mädchenhaftigkeit hatte ihr dunkellockiges, quietschendes Baby in die Kamera gehalten und im Sturm das Publikum erobert. Ihre Ausstrahlung unbändiger Lebensfreude und das zahnpastaweiße Lachen standen in verblüffendem Kontrast zu den Schauergeschichten, die sie über das Wüten von HeLiPa in Brasilien erzählt hatte.

Seitdem schickte ihn sein Boss manchmal sogar auf Presse-Events, die sonst alten Hasen auf den höchsten Hierarchiestufen vorbehalten waren. So wie heute.

Der noch amtierende Ministerpräsident begrüßte die auf Hygieneabstand sitzenden Journalisten und hieß den Herrn Bundesminister für Gesundheit und Katastrophenschutz willkommen. Er dankte dem Parteifreund sehr herzlich für seine Bereitschaft, am Tag nach der Rio-Krisenkabinettssitzung auch die örtlichen Medien in seiner Heimatstadt Karlsruhe über die aktuelle Lage und die soeben beschlossenen Verordnungen zur HeLiPa-Epidemie zu informieren. Obwohl er von einem frühmorgendlichen Tennismatch kam und sich auf der Bundespressekonferenz bereits bis tief in die Nacht den Fragen der Journalisten gestellt hatte.

Preuss federte zum Podium, im admiralsblauen Jackett mit hellgrauem Hemd ohne Krawatte wirkte der Kandidat energiegeladen, die seit Beginn der Pandemie steigenden Umfragewerte schienen ihn beflügelt zu haben, der Einbruch durch die temporäre Absenz nach der Geburt seiner Tochter war längst vergessen.

Dir Arsch verdanke ich Anna, dachte Ben, trotzdem schade, dass dich im Kreißsaal nicht der Schlag getroffen hat.

Demonstrativ entspannt stand Preuss am Pult und versicherte, nirgendwo sei er lieber als in seiner Heimat, außerdem hege er die heimliche Hoffnung, die Damen und Herren von der örtlichen Presse in absehbarer Zukunft vielleicht noch häufiger begrüßen zu dürfen.

Laues Lachen, nur der Kollege von der LR murmelte leise, aber hörbar: »Ist das hier Wahlkampf, oder was?« Der Pressesprecher verzog das Gesicht, nicht so Preuss.

»Ich danke dem Ministerpräsidenten für seine freundlichen Worte und dem Herrn Pressevertreter für seine unfreundliche Frage, die ich aber gerne beantworte. Kein verantwortlicher Politiker würde eine solche Krise für den Wahlkampf instrumentalisieren. Wobei ich keinesfalls abstreite, dass es Politiker gibt, die genau das tun, aber die sollten Sie anderswo suchen.«

Gelangweiltes Raunen.

Preuss legte die Hände in kanzelreifer Feierlichkeit übereinander. »Gestatten Sie mir am Rande die persönliche Bemerkung, dass mein morgendliches Tennisspiel heute ausschließlich dem Gedenken an den großartigen Sportler Goran Dundovic galt, der uns generationenübergreifend ein Vorbild war und sich mutmaßlich auf einem Charity-Event zugunsten behinderter Kinder infiziert hat.«

Er entflocht seine Hände und nahm einen Schluck Wasser, bevor er nochmals die Maßnahmen zusammenfasste, die der Pandemierat am Vortag beschlossen hatte. Dann legte er beide Hände flach auf das Pult und blickte ins Auditorium.

»Ich stehe heute hier, weil ich als gebürtiger Badener eine besondere emotionale Verbindung zu meinem Heimatland verspüre. Deshalb macht mich die überdurchschnittlich hohe Infektionsinzidenz in unserem Ländle besonders betroffen. Wir sind *das* Hightech-Mekka unter den Bundesländern. Wir haben bundesweit die meisten Teilnehmer zur internationalen Messe für künstliche Intelligenz entsandt. Für unsere Weltoffenheit und Exzellenz werden wir derzeit durch eine tückische Epidemie bestraft. Aber es wird genau diese Exzellenz sein, die uns auch helfen wird, die Krise in überdurchschnittlicher Weise zu bewältigen. Seien Sie versichert, dass ich auch in der Bundeshauptstadt meine Landeshauptstadt nie aus den Augen verliere.«

»Wenigstens *ein* Satz, den man ihm glatt glauben kann«, raunte der Kollege von der LR halblaut. Preuss ließ sich nicht anmerken, ob er den Zwischenruf verstanden hatte. »Meine Damen und Herren, als Medienvertreter haben Sie alle einen wesentlichen Einfluss darauf, wie diese Krise in der Bevölkerung wahrgenommen wird. Danke, dass Sie dieser Verantwortung in gewissenhafter Weise Genüge tun.«

Wie ein unkundiger Konzertgänger schien der Ministerpräsident unsicher, ob der Applaus bereits fällig war. Als Preuss sich die Maske wieder anlegte, sprang er auf, bedankte sich für die umfassende Information und versicherte, dass das Land Baden-Württemberg uneingeschränkt hinter der Bundesregierung und dem Herrn Minister stehe. Dann übergab er an den Pressesprecher, der die Fragerunde eröffnete und die Dame von der *Landesschau* um den ersten Beitrag bat.

»In Ihrem Maßnahmenpaket ist bislang nicht von einem Lockdown die Rede. Schließen Sie einen solchen aus?«

»Ausschließen hat sich noch nie bewährt, aber wir glauben, dass die Eingrenzung der Infektion weitgehend ohne generellen Lockdown machbar sein müsste, solange die Inzidenz nicht dramatisch zunimmt und sich alle an die genannten Vorgaben halten.

Bei Corona hat man damals in Deutschland Hochaltrige mit begrenzter Lebenserwartung effektiver als in anderen Ländern vor dem Tode bewahrt. Dafür mussten jedoch sowohl die Wirtschaft als auch die damalige junge Generation teilweise mit ihrer Zukunftsperspektive bezahlen. Wir werden alles tun, um Ähnliches zu verhindern.«

Ob der Föderalismus jetzt endgültig abgeschafft sei, fragte der Vertreter des *Schwäbischen Heimatforums.*

»Danke für diese wichtige Frage«, sagte Preuss in gönnerhafter Väterlichkeit. »Wer damals bei bestimmten Ereignissen den Föderalismus kritisiert hat, war rein epidemiologisch betrachtet nicht selten ein Visionär. Bei regionalen Angelegenheiten bleibt die Autonomie der Länder weiterhin in der Verfassung verankert. Hingegen ist bei einer nationalen Bedrohung ein bundesweites Krisenmanagement absolut unerlässlich. Wir alle mussten damals lernen, dass Viren sich nicht an Landesgrenzen halten.«

Ben konnte es nicht lassen, eine Frage anzumelden, obwohl er das Thema eigentlich abgehakt hatte. Als ihm das Wort erteilt wurde, ärgerte er sich über das Herzklopfen. »Herr Minister, wann genau haben Sie erstmalig davon erfahren, dass die Pandemie auch Europa betrifft, und wie zeitnah haben Sie Maßnahmen der Grenzkontrolle ergriffen?« Er meinte ein winziges Zucken in Preuss' Gesicht wahrzunehmen, aber die Distanz war zu groß, um sicher zu sein. Preuss' stoisches Pokerface ließ dessen Unmut über die blöde Journalistenfrage ahnen, ohne ihn offenzulegen: »Sie werden jetzt nicht von mir erwarten, dass ich in diesen turbulenten Zeiten Datum und Uhrzeit für jede der unzähligen Meldungen parat habe, mit denen wir zu Beginn der Pandemie überschwemmt wurden. Selbstverständlich haben wir umgehend alle notwendigen Maßnahmen zur Kontrolle an Flughäfen und Landesgrenzen ergriffen.«

Ben wollte nachhaken, doch der Pressesprecher sah demonstrativ auf die Uhr und beendete die Veranstaltung.

¤ ¤ ¤

10. November

Rio hatte das Taxifahren endgültig zum Kotzjob werden lassen. Bens Kollegen wünschten die guten alten Coronazeiten zurück, als man mit Maske und Lüften noch halbwegs sicher durch die Pandemie kam. Ben bot jedem Fahrgast ein Paar Handschuhe an, natürlich zu dessen Sicherheit und in der Hoffnung, der Kunde würde sich damit nicht an Mund und Nase herumfummeln und anschließend seine Keime im Taxi verteilen. Er verlangte dafür zehn Cent, was knapp fünfzig Prozent des Kaufpreises deckte, der immer weiter stieg. Immerhin übernahm der Chef die Hälfte der verbleibenden Kosten. Nach jeder Fahrt wischte Ben alle Flächen mit Desinfektionslösung ab und besprühte die Polster.

Zum Glück jobbte er nur noch einmal pro Woche. Rio hatte den Kunden das Taxifahren ausgetrieben, selbst die Zahl der Krankenfahrten war gesunken, da Kliniken ihre ambulanten Leistungen reduzieren mussten, um halbwegs die Infektpatienten zu versorgen. Auch waren die früher verhassten Krüppelschichten zu umkämpften Einsätzen geworden. Ben hatte freiwillig einen Tag für die Kollegen »geopfert«, und die Chancen standen gut, bald auch den letzten Anteil abzugeben. Sein Chefredakteur hatte ihm die nächste feste Stelle bei *VIGILANZVISION* zugesichert, die wohl zeitnah frei würde, denn leider hatte Kollege Wolfgang Brehm sich mit HeLiPa infiziert, und seine Enzephalitis war mit deutlichem Defekt ausgeheilt. Nun hatte er eine schwer verständliche Nuschelsprache und war anhaltend halbseitig gelähmt.

Die beiden Fahrgäste standen in Hugo-Boss-Trainingsanzügen mit ihren Rollkoffern auf der Straße, als Ben bei der angegebenen Adresse ankam. Trotz Maske rochen die Männer nach parfümiertem Tabak. Die Handschuhe lehnten sie ab. Ben hätte gerne den Transport verweigert, doch das Fahrtziel Baden-Baden war zu lukrativ.

Lautstark sprachen die Jungs über Dominiks Geburtstagsparty, wo sie eine geile Zeit haben und mal richtig die Sau rauslassen würden. Mit Flipper und Billardtisch im fast schalldichten Hobbykeller, sodass keiner wegen Krach die Bullen rufen würde. Egal, was die Scheißpolitiker sagten, die wieder auf Panik machten. »Wenn der Preuss Ministerpräsident wird, wander ich aus nach Bayern«, verkündete Bens Beifahrer.

Kaum auf der Autobahn, nahmen beide die Masken ab.

Ben wies seine Fahrgäste höflich auf die Pflicht zur Mund-Nasen-Bedeckung außerhalb des Wohnraumes hin. Und auf das Infektionsschutzgesetz. Er öffnete sein Fenster, schaute unauffällig in die Türablage und überzeugte sich, dass der Elektroschocker an seinem Platz lag.

Bens Nebensitzer patschte auf dem Display seines Pads herum und stellte einen Sender mit deutschen Schlagern ein. »Du kannst dir dein Fiktions-Schutzdingsbums sonst wohin stecken«, blaffte er. »Und mach das Fenster zu, es zieht.«

Ben mahlte mit dem Unterkiefer. »Ohne Maske darf ich Sie nicht befördern.«

Der hinter ihm Sitzende streckte seine rechte Faust vor. Am Mittelfinger trug er einen Ring mit einem pflaumengroßen grünen Stein, in den eine Meerjungfrau geritzt war.

»Willst du vielleicht auf der Autobahn anhalten?«

Ben ließ kurz das Lenkrad los.

»Eigentlich nicht«, sagte er, »bei Tempo hundert halte ich das nicht für zielführend.«

»Schielführend«, grölte Schlagring und klopfte sich auf die Schenkel. Sein Kumpel stimmte wiehernd in das Gelächter ein und schlug mit seiner linken Faust seitlich gegen das Lenkrad. »Du fährst jetzt einfach weiter und hältst die Klappe, sonst rotzen wir dir hier alles voll.«

Kürzlich hatte Ben gelesen, in Krisensituationen gebe es eine Dosis-Wirkungs-Beziehung für Adrenalin: Ein mäßiger Anstieg des Spiegels bewirke zunächst eine Schärfung der Abwehrreflexe, bei Überflutung allerdings einen Blackout im Gehirn. Tiefes Ein- und Ausatmen könne dem entgegenwirken und die rationale Abwägung möglicher Szenarien erleichtern.

Er atmete. Ein Elektroschocker bei zwei Angreifern?

Kurz vor dem nächsten Parkplatz betätigte Ben die Nottaste, die zuerst die Warnblinkanlage, dann die Sirene einschaltete. Er bog so scharf ab, dass seine Fahrgäste aufschrien. Mitten auf der Fahrspur legte er eine Vollbremsung hin und griff nach dem Schocker. Aus mehreren geparkten Autos gafften Neugierige. Ben schnappte den Teaser und stieg aus. Durch die geöffnete Tür sagte er mit leiser Stimme: »So, Freunde, Endstation. Ich schmeiße euch hier raus, und ihr dürft die restlichen dreißig Kilometer zu Fuß gehen. Falls die Bullen euch lassen, die sind nämlich auch gleich da. Es sei denn, ihr setzt jetzt sofort Masken auf, zieht Handschuhe an und tut exakt, was ich sage.«

»Is ja gut, Mann, mach kein Scheiß!«, sagte sein Beifahrer und bückte sich, um seinen Mundschutz vom Boden aufzuklauben. Der Rücksitzler sagte: »Klar doch, war bloß Spaß, wir machen keinen Mucks mehr.«

Die Sirene gellte weiter.

Aus dem Handschuhfach nahm Ben frische Masken und Handschuhe, die seine Fahrgäste umstandslos anzogen; der Schlagringträger zog vorab unaufgefordert die Meerjungfrau vom Finger.

»Und ihr zahlt hier und jetzt mit Kreditkarte und gebt mir eure Ausweise.«

Hinter ihm hupten zwei Fahrer, denen das Taxi den Weg versperrte. Das Hupkonzert ging im Schrillen der Sirene fast unter.

»Kein Problem, Kumpel, aber mach den Krach weg, du kriegst auch Trinkgeld.«

Ben schaltete die Sirene aus, winkte dem Stau entschuldigend zu und fuhr auf einen freien Parkplatz. »Schnulzensender aus!«, kommandierte er, und sein Nebensitzer tat wie geheißen. Ben wickelte die Zahlung ab, scannte die Ausweise und schickte sie per Mail an die Zentrale. Danach wechselte er die Handschuhe.

Bis zur Zieladresse fiel kein weiteres Wort. Nach dem Ausladen der Koffer sagte Ben: »Tschüss, schönes Flippern! Wenn ihr im Suff den Ball doppelt seht, einfach in die Mitte hauen.«

¤ ¤ ¤

14. November

Deprimiert drehte Kitty den Podcast ab. Die epidemiologischen Zahlen waren furchterregend, der Virologe hatte dringend konsequente Maßnahmen gefordert. Diskutiert wurden ein Lockdown oder eine Ausgangssperre zumindest für die Tage ab Weihnachten bis Anfang Januar.

Zeit für eine Aufheiterung. Sie textete an Kilian: *Ich weiß, dass du nicht gerne Auto fährst, aber ich hätte große Lust auf einen Ausflug, zum Beispiel ins Elsass, solange das noch möglich und die Grenze offen ist. Vielleicht könnten wir einen Spaziergang machen, oder einen Pastis trinken und Flammkuchen essen? Würdest du mich begleiten?*

Kilian antwortete prompt. *Mit dir fahre ich überallhin.*

Kitty setzte sich an den Computer, lud sich ein amtliches Formular herunter und bastelte mit ihrem Doku-Modifier eine Bescheinigung über ihren gemeinsamen Wohnsitz. Mit dem neuen Update ihres Programms zur Generierung täuschend echter Unterschriften war es noch einfacher. Damit durften sie ohne Maske im Auto sitzen.

Der Verkehr Richtung Frankreich war ungewohnt hektisch, mit dauerndem Blinken und Hupen, Heerscharen von Lkw - erneut zeichneten sich Lieferengpässe ab.

Als hätte der Klimawandel Wissembourg ausgespart, führten die venezianisch anmutenden Grachten Wasser, auch wenn das Rauschen früherer Zeiten nur noch ein Murmeln war. Noch immer erschien das alte Städtchen wie eine Idylle, mit schmucken Fachwerkhäusern, engen Gassen und knorrigen Platanen, die fast alle Blätter verloren hatten. Doch in der sonst quirligen

Innenstadt huschten nur wenige, überwiegend maskierte Passanten an den meist geschlossenen Geschäften vorbei.

In der einzigen offenen Kneipe orderte Kilian einen Pastis und Kitty eine Apfelschorle. Die Getränke wurden wortlos serviert. Auf die Bestellung eines Elsässer Flammkuchens erhielten sie die Auskunft »Küche geschlossen«. Am Nachbartisch wurde eine wagenradgroße Quiche mit viel Speck und reichlich Zwiebeln aufgetragen, und einer der unrasierten Typen sagte in verständlicher Lautstärke: »Scheiß-Boches, jetzt saufen sie unseren Pastis, und dann machen sie wieder die Grenze dicht.«

Rasch leerten sie die Gläser und machten sich auf den Weg zu St. Peter und Paul, Kilians Lieblingskathedrale. Hand in Hand bestaunten sie die Glasfenster und Wandmalereien aus dem 14. und 15. Jahrhundert und wandelten durch den gotischen Kreuzgang, der vom alten Kloster Weißenburg übrig geblieben war.

»Wunderschön«, sagte Kitty und fand es inniger als manche Liebeserklärung, von einem Menschen, den man mochte, gezeigt zu bekommen, was er liebte.

Auf einem Grabstein sitzend blickten sie auf die riesige Zeder, deren Zweige vertrocknet und kahl waren, nur ein paar grüne Restnadeln ließen die ursprüngliche Üppigkeit des uralten Baumes ahnen. Wortlos saugte Kitty, an Kilian gelehnt, den klösterlichen Frieden ein, in dessen Stille leise das Heulen des nahenden Sturms schon mitschwang. Kilian streichelte ihre Schulter. »Es kann doch keine Sünde sein, wenn man dem Herrgott dankt, obwohl man nicht an ihn glaubt?«

Kitty drehte den Kopf. »Danken ist nie Sünde. Wofür ist der Dank?«

»Für die Gesellschaft eines Lieblingsmenschen im schönsten Herbst meines Lebens.«

»Dann lass uns zusammen sündigen«, antwortete Kitty. Er zog sie an sich und küsste sie, erst zart, dann nicht mehr. Als beide außer Atem waren, tupfte Kilian mit einem gebügelten Stofftaschentuch den Schweiß erst von ihrer, dann von seiner Stirn. Knutschen im Kreuzgang - schon zwei gemeinsame Sünden.

¤

»Schnell nach Hause«, wünschte sich Kilian; Kitty fuhr Autobahn statt Landstraße. An der sonst offenen Grenze stand der Verkehr. Auf der deutschen Seite fragte ein maskierter Kontrolleur, dessen Bart unter dem Zellstoff hervorquoll, weshalb und wie lange sie sich »im Ausland« aufgehalten hätten. Auf Kittys Frage, warum er das wissen wolle, reagierte der Grenzer unwirsch. Ob sie vergessen habe, dass wieder Pandemie war und wie damals bei Corona die Seuche massenweise von den Franzosen über die Grenze nach Deutschland eingeschleppt worden sei? Und wie die Franzmänner bis zur Grenzschließung auch noch hamstermäßig deutsches Klopapier aufgekauft hatten?

»Wer hamstert, ist zu faul zum Plündern«, warf Kilian ein, darauf wurden sie aus der Schlange gewinkt, und der Zöllner verschwand für zehn Minuten mit beiden Personalausweisen. Kam wieder und verlangte die Bescheinigung über den gemeinsamen Wohnsitz. Kilian wurde nervös, Kitty blieb gelassen. An ihren Dokumenten fand der Zöllner nichts auszusetzen, also durchwühlte er wenigstens den Kofferraum, bevor er sie weiterfahren ließ.

Der Verkehr staute sich, Kittys Blase meldete Protest an. Der nächste Parkplatz war besetzt, überwiegend mit Lkw, deren Fahrerkabinen teilweise mit Thermoreflexionsplanen abgedeckt waren. Schon auf dem Weg zurück zur Autobahn, sah Kitty im Rückspiegel einen Platz frei werden - allerdings auch einen dunklen SUV, der sich näherte. Blitzschnell legte sie den Rückwärtsgang ein und schoss knapp vor dem SUV in die Parklücke.

»Großartig«, schwärmte Kilian, und Kitty juchzte. Beim Aussteigen schwand die Begeisterung schlagartig. Der SUV stand quer hinter dem Mini, ein bulliger Typ mit Glatze, Bierbauch und narbiger Visage kam auf sie zu und brüllte: »Was soll der Scheiß, fahr sofort deine Mikroblechdose weg, du verfickte Mumie.«

In Anbetracht der körperlichen Präsenz des SUV-Fahrers fand Kitty sein Kommando unabweisbar, also drehte sie sich um und wollte ihm Folge leisten. Doch zu ihrem Entsetzen ging Kilian stracks auf den Kerl zu, ohne sich um das Längliche zu scheren, das an dessen Gürtel baumelte, und sagte mit schneidender Stimme: »Hören Sie sofort auf, die Dame zu beleidigen, Sie ungeschlachter Prolet!«

Dem blieb für zwei Sekunden der Mund offen, Kittys Herz sackte in ein Eisloch. Dann ging der Kerl auf Kilian zu und packte ihn am Pferdeschwanz. »Dir schlacht ich gleich was, du tattergreisiger Schrumpelzwerg.«

Nur etwa einen halben Kopf größer, aber fast doppelt so breit wie Kilian hob der Typ ihn hoch wie eine Stoffpuppe. »Das hast du davon, dass du eine Pussy ans Steuer lässt«, zischte er und knallte Kilian kopfüber auf den Kühler, es klang wie eine zerplatzende Melone, als seine Stirn auf das Blech schlug. Dann zog er den Schlagstock heraus.

»Nein«, schrie Kitty, ihre Stimme überschlug sich. »Bitte!«

Sie hatte Kilian und diesen lebensherbstlichen Zweitfrühling doch erst gerade gefunden. »Ich flehe Sie an, bitte tun Sie das nicht!«

Das höhnische Grinsen des Glatzkopfes ging ihr durch Mark und Bein. »Brauchst nicht flehen, Omma! Einen Scheintoten zu matschen ist eh keine Challenge für mich.«

In Sekundenschnelle hatte der Kerl die Frontscheibe zertrümmert - wenigstens schlug er an Kilian vorbei. Nach zwei weiteren krachenden Hieben auf das Heckfenster steckte er den Schlagstock weg, zeigte einen Stinkefinger, dann fuhr er mit quietschenden Reifen davon. Kitty sah an der Rückfront des SUV den Aufkleber:

**Diesmal werden keine Deutschen verrecken,
weil Flüchtlinge und Franzmänner unsere
Kliniken blockieren**

In perplexer Erstarrung versäumte Kitty, das Autokennzeichen zu notieren, nur *Stuttgart* konnte sie sich merken. Kilian war wieder auf den Beinen, zwar noch schwankend, mit blutender Platzwunde an der Stirn und kalkweißem Gesicht, ansonsten aber offenbar unverletzt. Kittys Zähne klapperten vor Erleichterung, und sie spürte sein Ganzkörperzittern, als sie sich umklammerten wie Schiffbrüchige.

Nach kurzem Eintauchen in die Geborgenheit des Festhaltens ließen sie einander erschrocken los. Drei Lkw-Fahrer waren aus ihren Trucks gestiegen und näherten sich, alle von ähnlich einschüchternder Statur wie der, dem sie gerade entkommen waren. Zwei blieben stehen. Der Dritte, ein Guerillakriegertyp, dessen ärmellose Camouflage-Weste den Blick auf tätowierte

Monsterbizepse freigab, kam auf sie zu und blieb vor Kilian stehen.

Kitty bekam Herzrasen.

»Du schlimm kaputt?«, fragte der Trucker. Als Kilian den Kopf schüttelte, reichte er ihm einen Flachmann. »Schluck für Trinken, Schluck für Wunde. Dann, wenn wir weg, warten fünf Minute, bis Polizei rufen, okay?«

Kilian nickte stumm und trank, bevor Kitty Einspruch erheben konnte.

»Klar«, sagte Kitty und lächelte den Trucker an. »Sie Engel.« Schnell nahm sie Kilian den Flachmann ab, tränkte ihr Taschentuch mit Schnaps und tupfte seine Wunde ab. Gerne hätte sie selbst einen großen Schluck genommen, doch Rio hielt sie davon ab. Mit gutmütigem Grinsen nahm der Guerillero die verbeulte Blechflasche zurück. »Wir schnell weg, aber Kumpel bleibt bis morgen. Helfen, falls Arschloch wiederkommt.« Er deutete auf einen Kollegen, der in zwei Metern Entfernung mit verschränkten Armen vor der breiten Brust die Szene beobachtete und dessen Gesicht von einem schwarzen Bart und einer verspiegelten Sonnenbrille verdeckt wurde. Der nickte, hob kurz seinen Daumen und ging zu seinem Lkw auf dem Stellplatz gegenüber. Kurz darauf war die Parkfläche halb leer.

Kilian lehnte sich ans Auto, er sah aus wie ein geprügelter Welpe. Kittys Herz krampfte sich erst zusammen, dann schäumte es über. »Mein Held«, hauchte sie und küsste ihn auf die Wange, »du wolltest dich für mich kloppen, das ist mir seit Jahrzehnten nicht passiert, ich hatte solche Angst um dich.«

Seine Schultern strafften sich, er leckte sich einen Tropfen Blut von der Oberlippe, und das Trübe im Blick klarte auf.

»Sorry, ich muss wohl ein bisschen an meiner Challenge arbeiten.«

»Tu mir das nicht an«, seufzte Kitty und umarmte ihren Challenger. Dann holte sie den Verbandskasten aus dem Kofferraum, desinfizierte noch einmal ausgiebig die Platzwunde und verarztete sie mit einer sterilen Kompresse. Kilian begutachtete den provisorischen Verband im Seitenspiegel. »Jetzt sehe ich aus wie Minister Preuss.«

Bis zur Notaufnahme werde das schon halten, meinte Kitty und goss sich Sagrotan über die blutige Hand. »Würdest du heute mal nicht mit mir schimpfen, wenn ich eine Zigarette rauche?«

»Heute schimpf ich über nix mehr«, antwortete Kilian. »Gib mir bitte auch eine.«

Der Polizist am Telefon war zunächst freundlich, seufzte jedoch hörbar, als Kitty angab, niemand sei ernsthaft verletzt, und weder das Kennzeichen noch die Automarke des Angreifers angeben konnte. Derzeit seien alle Kollegen wegen der Viruskrise überlastet, sie solle ein paar Fotos machen und später aufs Revier kommen. Anzeige gegen unbekannt sei allerdings selten erfolgreich, und ihre Beschreibung *dunkler SUV aus Stuttgart, mit viel Chrom und riesigen Rädern* nicht sonderlich präzise. Nicht einmal der Aufkleber beeindruckte ihn, er meinte, Ähnliches sei in den Zwanzigerjahren geschehen, als Patienten aus dem Elsass in Baden-Württemberg beatmet worden seien.

»Vielen Dank, Herr Wachtmeister«, sagte Kitty, »bei so viel Empathie kann man der nächsten Krise ja hoffnungsvoll entgegensehen.«

Kilian grinste: »Du Elfe im Wolfspelz!«

»Den Pelz werde ich brauchen«, antwortete sie. »Ich will nämlich einen Winter mit dir.«

Kilian drückte ihre Hand. »Echt? Ich so was von auch.«

Kitty holte Luft. »Wenn es so schlimm kommt, wie die Pessimisten voraussagen, dann dürfen wir uns vielleicht monatelang nicht mehr treffen oder besuchen …«

Kilian schüttelte traurig den Kopf. »Bitte nicht den Teufel an die Wand malen!«

»Der Teufel lässt sich von Wänden nicht abhalten. Falls es eine Ausgangssperre gibt, könnte man doch überlegen, ob wir unsere vier Wände nicht einfach zusammenlegen sollten, zumindest, bis dieser Viruswahnsinn vorbei ist …«

Seine Augen wurden rund. »Könnte man«, sagte Kilian leise; und ein Strahlen legte sein verbeultes Gesicht in tausend Fältchen.

¤

Rio hatte das Schreiben nicht leichter gemacht. Gefühlsmäßig relativierte eine Bedrohung der schieren Existenz die existenzielle Bedeutung des Minimalismus. Obwohl der Kopf Ben sagte, nur durch die Überwindung zivilisatorischen Fehlverhaltens seien solche Pandemien künftig zu verhindern. Und dafür waren Verzicht und Minimalismus notwendig. Aber der Kopf allein schrieb keine Bücher. Angst lähmte die Inspiration in einer Zeit, da die Begegnung mit Menschen im Radius der Reichweite ihrer Atemluft potenziell todbringend wurde. Am liebsten hätte er Anna geschnappt und sich mit ihr auf einer Insel ohne Menschen verbunkert. Aber Anna ging mit unveränderter Selbstverständlichkeit ihren Aufgaben nach, die sie auch als unverändert wichtig empfand. Nichts fürchtete Ben so sehr wie den Tag, an dem auch sie und ihr Team für die Versorgung von Rio-Patienten abkommandiert würden.

Kittys Anruf riss ihn aus der Grübelei. Schlechte Verbindung – Ben verstand nur die Hälfte. Ob er sie und Kilian mit dem Abschleppwagen seines Chefs abholen könne. Mini kaputt. Kilian auch, aber nicht schlimm.

Anderthalb Stunden später fand Ben die beiden auf dem Parkplatz, sie hockten auf der Kühlerhaube des Mini inmitten von Glasscherben. Kitty hatte ihren Kopf an Kilians Schulter gelehnt, ihr Lippenstift war verschmiert, ihre stets akkurate Frisur klebte am Kopf. Der Verband auf seiner Stirn war teilweise durchgesuppt. Wie sie da saßen, wirkten sie alt und verletzlich, gleichzeitig wie verlorene Kinder. Erleichterter Schreck nahm Ben kurz den Atem, bevor ihn Dankbarkeit durchströmte, dass die beiden am Leben – und in seinem Leben – waren. Alles fragil und nur geliehen. Das Ziehen in seiner Brust ließ Bens Augen feucht werden, was er mit einem Kopfschütteln abwehrte. Er deutete auf die zersplitterte Frontscheibe. »Der schöne Mini! Euch zwei kann man echt nicht allein lassen.«

»Danke für dein Mitgefühl«, antwortete Kilian und fasste sich an den Kopf. Dann sprudelten sie los und erzählten ihr Abenteuer, zum Schluss zitierte Kitty schaudernd den nationalistischen Spruch auf dem Aufkleber.

Ob sie sich deshalb mit dem Fahrer angelegt hätten, fragte Ben.

»Na ja, nicht ganz.« Kleinlaut berichtete Kitty, wie sie dem Killer-SUV den Parkplatz weggeschnappt hatte.

»Ja dann«, Ben schlug sich an die Stirn. »Und ich dachte, soziale Intelligenz bestünde unter anderem darin, zu erkennen, mit wem man sich besser *nicht* anlegt.«

»Dann waren die Menschen im Dritten Reich wohl sozial intelligent«, konterte Kitty. »Und wir sind heute auf dem besten Weg, wieder genauso zu werden, indem wir die zunehmende Gewalt einfach hinnehmen.«

Kilian griff nach ihrer Hand, nun wirkten die beiden nicht mehr verloren, sondern energisch und kampfentschlossen.

Ben schüttelte den Kopf. »Und was hat bitte dein Parkplatzklau mit der Gewalt im Dritten Reich zu tun?«

»Die Gewalt ist der Geburtshelfer jeder alten Gesellschaft, die mit einer neuen schwanger geht.«

»Ist das aus dem Parteiprogramm der Echten?«

»Nicht direkt«, grinste Kilian, »das war Karl Marx.«

Als der Mini auf den Abschleppwagen aufgeladen war, sagte Ben: »Los, ihr zwei Widerstandskämpfer! Ich hoffe, es macht euch nichts aus, im *Führer*haus zu sitzen.«

Wie ein Baldrianschleier legte sich das eintönige Motorbrummen über die erregten Gemüter, entspannte Stille breitete sich aus. Kitty und Kilian saßen eng umschlungen neben dem Fahrersitz auf der Bank und strahlten unter ihren Masken eine Heiterkeit aus, die dem Anlass unangemessen schien.

»Vor eurem Abenteuer mit dem Hooligan war der Tag wohl ziemlich gelungen?«, fragte Ben.

Kitty grinste. »Stimmt genau! Wir haben nämlich unsere persönliche Strategie zur Bewältigung der Pandemie abgestimmt.«

Den Plan, im Falle einer Ausgangssperre bis zum Ende der Krise gemeinsam in Kittys Wohnung zu leben, kommentierte Ben mit: »Echt jetzt? Ich fasse es nicht.«

»Findest du das unpassend, wenn Leute in unserem Alter?«, fragte Kitty und klang gekränkt.

»Quatsch«, unterbrach Ben hastig. »Zusammenziehen im Tiny House fände ich super.«

»Dort wäre es für zwei Personen doch ein wenig zu eng, vor allem bei einer Ausgangssperre«, sagte Kitty.

Als Ben nur »hmm« brummte, fragte sie, ob er sich nicht trotzdem für sie freue?

»Für euch vielleicht«, antwortete Ben. »Aber für mich nicht! Manchmal merkt man erst, was Familie ist, wenn sie wegzieht.«

¤

Gegen Kittys Charme hatte Bens mürrischer Chef keine Chance, er versprach, für den Mini neue Scheiben zu besorgen, und gab Ben für den Rest des Tages sogar einen Wagen mit.

Die ehemals freie Zufahrt zur Notaufnahme war durch eine weitere Schranke gesichert, der Pförtner wollte zunächst die Zufahrt verweigern, öffnete aber, als er in Ben den Taxler erkannte und der ihm über die Sprechanlage durchgab: »Überfall mit Schädeltrauma.«

Ben parkte das Auto auf einem Seitenstreifen, instruierte seine Fahrgäste, zunächst sitzen zu bleiben, und stieg aus. Vor der Patientenaufnahme warteten ein Mann im Rollstuhl, eine Frau mit durchgebluteter Hose und ein junger Typ, der sich die in groteskem Winkel abstehende Schulter hielt. Auf der Zufahrtsrampe standen mehrere Krankenwagen, es herrschte hektisches Treiben. Eine Patientin wurde auf der Trage von Sanitätern in Schutzanzügen Richtung Gebäude transportiert. Sie wimmerte und hustete unter ihrer Sauerstoffmaske, an deren linker Seite schaumiges Sekret hervorquoll. Ein Rettungssanitäter schrie: »Achtung, Verdacht auf Rio!« An der Glastür kam ihm ein Kollege entgegen und brüllte: »Du Vollpfosten, die Rios dürfen nur durch den Hintereingang.«

Ben sprach den Pfleger an. Patient mit Kopfplatzwunde, wie denn die Situation in der Notaufnahme sei. »Wenn er nicht gerade verblutet, nimmst du deinen Platzkopf besser wieder mit!«, wurde er barsch beschieden. Außer bei lebensbedrohlichen Notfällen müssten Patienten zunächst einen HeLiPa-Test absolvieren und anschließend mit einer mehrstündigen Wartezeit rechnen. Die Notaufnahme sei völlig überfüllt und die chronische Personalknappheit seit der Endemie noch heftiger, einige Mitarbeiter fielen wegen Quarantäne aus, zwei hätten sich mit Rio infiziert.

Nach dieser Information verkündete Kilian, keine zehn Pferde brächten ihn da hinein. Kitty protestierte, eine solche Platzwunde müsse sich ein Arzt ansehen, sie griff zum Telefon. Bei seinem Hausarzt lief der Anrufbeantworter, der darauf hinwies, man befinde sich außerhalb der Sprechzeit und möge sich in dringlichen Fällen an den ärztlichen Notdienst wenden. Kitty wurde von ihrer Praxis knapp mitgeteilt, die Frau Doktor sei Internistin und für unfallchirurgische Fragen nicht zuständig.

Kitty war empört, vergeblich versuchte Kilian abzuwiegeln, sie bestand auf einer fachgerechten Versorgung.

»Nicht nötig«, widersprach Kilian. »Mein Kopf ist nur außen angematscht, innerhalb der Schädeldecke ist alles pumperlgesund.«

Ben schlug mit der flachen Hand auf das Lenkrad. »Schluss jetzt! Gebt Ruhe und lasst mich telefonieren.«

Kurz zierte sich Anna, bevor sie zusagte.

¤

Ben bemerkte die überraschten Blicke seiner Schützlinge, als sie von Robby begrüßt und in das geräumige Wohnzimmer mit dem Blick über die Stadt geleitet wurden. Anna trug eine Maske, sie umarmte Ben, den sie noch am Vorabend getestet hatte, hielt aber Abstand zu Kilian und Kitty. Beiden reichte sie ein Desinfektionstuch.

Kilian stupste Ben in die Rippen. »Für einen Minimalisten hast du eine ziemlich luxuriöse Zweitwohnung.«

Annas rechte Augenbraue zuckte.

»Sorry, das hat er nicht von mir«, sagte Ben und deutete auf den Kopfverband. »Das kommt von seinem Dachschaden.«

»Schade«, sagte Anna, und Bens Herz schlug einen Purzelbaum.

Ehe er etwas sagen konnte, wandte sie sich an Kilian. »Ich teste euch beide, und Ben bringt uns etwas zu trinken?«

Ben holte ein Wasser und eine Flasche Crémant aus dem Kühlschrank. Als er mit dem Tablett ins Wohnzimmer zurückkam, hatte Anna bereits die Abstriche fertig und nahm das Visier ab. Nach fünf Minuten zeigte sich nur eine blaue Linie im Kontrollbereich des Schnellteststabes. Alle legten ihre Masken ab. Sie tranken sich zu, Kilian warf einen sehnsüchtigen blick auf den Kühler mit dem Crémant, aber Anna schüttelte lächelnd den Kopf und meinte, Ärztin und Patient müssten für die neurologische Untersuchung und die Wundversorgung nüchtern sein.

Auf dem Couchtisch lagen steril verpackte Handschuhe, ein OP-Set, ein Fläschchen PVP Jod, außerdem eine Taschenlampe und ein Reflexhammer mit Gummiabdeckung.

Nachdem Anna Kilian in die Pupillen geleuchtet, seine Reflexe geprüft und sich davon überzeugt hatte, dass er auch mit geschlossenen Augen das Gleichgewicht bewahrte, verkündete sie, die grobneurologische Untersuchung sei ohne Befund. Dann bat sie Kilian auf die Corbusier-Liege, die sie mit einem weißen Laken und zwei Inkontinenzunterlagen abgedeckt hatte. Sie rückte einen Sitzwürfel ans Kopfende und den Couchtisch in Griffnähe. »Ihr wisst schon, dass ich als Gynäkologin so was seit Jahrzehnten nicht mehr gemacht habe.«

»Macht nix«, gab Kilian zurück. »In meinem Alter und beim Verwitterungszustand meiner Visage ist das kosmetische Ergebnis eh wurst.«

Kitty setzte zum Widerspruch an, aber Kilian schnitt ihr das Wort ab. »Verehrte Anna, eine Ärztin, die Winzlinge auf die Welt bringt und deren Müttern dann den Dammriss zusammenflickt, die kann ja wohl auch so ein bisserl Platzwunde.«

Anna ging Hände waschen und kam im OP-Kittel, mit Haube, Mundschutz und Handschuhen wieder. Sorgfältig inspizierte und desinfizierte sie die Wunde. »Muss man nähen«, stellte sie fest, ob Kilian eine örtliche Betäubung brauche? Die lehnte der Patient nonchalant ab und wurde für diese Heldenhaftigkeit von Kitty mit einem gehauchten »du cooler Krieger, ich halte dir das Händchen« belohnt. Anna bat Ben, einen zweiten Sitzwürfel für Kitty neben die Liege zu stellen.

Sie öffnete das OP-Set und wechselte die Handschuhe. Bens Angebot, ihr zu assistieren, lehnte sie lächelnd ab. Tatsächlich wurde ihm sekundenlang schwarz vor Augen, als die scharfe Spitze der halbrunden Nadel erstmalig Kilians Stirnhaut durchbohrte und auf der anderen Seite des klaffenden Spaltes wieder hervorstieß. Dennoch konnte er den Blick nicht abwenden, als

Anna mit souveräner Fingerfertigkeit die Platzwunde mit vier Stichen nähte. Kilian zuckte nicht ein einziges Mal, quetschte aber krampfhaft Kittys Hand und wurde kalkweiß um die Nase. Anna brachte noch einige Steri-Strips zur besseren Anpassung der Wundränder an.

»Du kannst den Crémant servieren«, sagte sie und klebte den Verband fest.

Mit dem frischen weißen Pflaster und dem Prickeln des ersten Schluckes kehrte bei Kilian die Farbe ins Gesicht zurück. Kitty massierte sich die Hand.

Anna schenkte nach. Als sie Kilian sein Glas reichte, fragte sie: »Hattest du gar keine Angst, als du dich mit dem Schlägertypen angelegt hast?«

Anstelle ihres Liebsten antwortete Kitty: »Kein bisschen, ihr hättet ihn sehen sollen. Er war so wütend, weil der Kerl mich vorher eine verfickte Mumie geschimpft hat.«

»Wut ist evolutionstechnisch in manchen Situationen von Vorteil«, dozierte Kilian. »Wut verdrängt nämlich die Angst und verhindert, dass die den Angegriffenen lähmt und damit kampfunfähig macht.«

Kitty deutete auf den Verband. »Na ja, mein Liebster, wenn ich mir deinen Kopf so anschaue, bezweifle ich, dass diese Verdrängung dem Überleben der Spezies auf Dauer förderlich wäre.«

»Stimmt!«, mischte Ben sich ein. »Aber vielleicht war es die Liebe, die ihn so mutig gemacht hat.«

»Dann müsste man, evolutionstechnisch gesehen, eigentlich die Liebe abschaffen«, gab Anna zu bedenken.

»Lebenstechnisch aber nicht«, widersprach Kitty und streckte die Hand nach Kilian aus. »Ist Liebe nicht auch deshalb schön, weil sie dem Liebenden die Angst nimmt?«

»Ich fürchte nein«, sagte Kilian, »die Summe der Angst bleibt gleich und korreliert mit der Liebesintensität. Je größer die Liebe, umso mehr nimmt die Angst um sich selbst ab, proportional nimmt die Angst um das Liebessubjekt aber zu.«

»Wie romantisch«, seufzte Kitty. »Korrelation der Proportionen in der Liebe. Hast du so was Kraushirniges auch deinen Schülern beigebracht?«

Ben hob das Glas. »Prost! Auf die Liebe als Lebenstechnik!«

¤ ¤ ¤

16. November

Seit dem Ausbruch von HeLiPa herrschte Flaute, für die IVF-Sprechstunde waren vormittags nur zwei Termine eingetragen. Wer dachte schon in diesen Zeiten an Familienplanung, auch sonst ging fast niemand freiwillig zum Arzt.

Frau K. sah die Pandemie hingegen als Chance. Beruflich ehrgeizig, Anfang dreißig, Master in Mediendesign, würde ihr die Karriere in den nächsten zehn Jahren voraussichtlich keinen Freiraum für Partnerschaft und Kinderkriegen lassen. So hatte sie beschlossen, die Zeit der Arbeit im Homeoffice zur Stimulationstherapie und Eizellgewinnung zu nutzen, und kam zunächst zur Beratung. Nach ihrem Kenntnisstand seien Eizellen weniger haltbar als befruchtete Embryonen, bei Bedarf gebe es einen schwulen Freund, der angeboten habe, sich für eine Samenspende zur Verfügung zu stellen. Sozusagen als Weihnachtsgeschenk.

Anna erklärte, die Ursache früherer Schwierigkeiten, Eizellen einzufrieren, habe an deren höherem Wassergehalt gelegen, die sie beim Auftauen leichter platzen ließen. Doch zwischenzeitlich könne man die Vitalität der Oocyten in über achtzig Prozent durch Schockfrosten bewahren, bei nahezu unbegrenzter Haltbarkeit.

»Super, dann brauche ich dafür gar keinen Kerl«, kommentierte Frau K. und wollte umgehend mit der Stimulationstherapie beginnen. Alle nicht benötigten Eizellen wollte sie zur Spende freigeben, sie hatte sich verpflichtet, das Zentrum zu informieren, falls sich ihr Kinderwunsch erübrigen sollte, beispielsweise durch das rechtzeitige Auftauchen eines fruchtbaren Traumprinzen, worauf sie sich jedoch keinesfalls verlassen wollte.

¤

Der gefürchtete Anruf kam um 11.30 Uhr. Becksteins Gesicht auf dem Schirm war grau vor Erschöpfung. Der persönliche Referent des Ministers gab sich überaus höflich und schien verlegen, als er Anna in dessen Namen mitteilte, die stationären Betten und die Operationsräume des KiZ müssten, wie in allen Spezialkliniken, leider zum Pandemie-Zentrum umgerüstet werden, und das gesamte Personal würde nach einer Schulung für die Versorgung von HeLiPa-Patienten eingesetzt. Frau Doktor möge ihm bitte einen zeitnahen Termin nennen, ein Koordinationsteam werde vor Ort den Bestand ihrer Klinikausstattung erheben und den Bedarf an zusätzlicher Medizintechnik und Mitarbeiterschulung evaluieren. Die Kollegen würden alles Organisatorische mit ihr besprechen. Sie möge außerdem eine Liste aller Mitarbeiter:innen bereitstellen, einschließlich vollständiger Angaben zu deren Ausbildung und Wochenarbeitszeit sowie eventuellen Schwangerschaften. Bei Bedarf würden ihrem Team zusätzliche Kräfte der Bundeswehr zugeteilt.

Als sei das ein Trost, schloss er mit der Ankündigung, Frau Staatssekretärin Petri plane, sie noch persönlich zu kontaktieren.

Mit einer müden Bewegung klappte Anna das Intelligopad zu und rührte in der Kaffeetasse. Fast alle anderen kleinen Fachkliniken waren längst umfunktioniert, Pflegekräfte und Ärzte umverteilt und abkommandiert worden; wer sich krankmeldete, musste zum Amtsarzt und riskierte eine Gehaltskürzung. Was finanziell unabhängige Mitarbeiter teilweise dazu bewog, endgültig aus der Medizin auszusteigen.

Anna schüttelte sich. Die Angst angesichts der drohenden Herausforderung, HeLiPa-Patienten zu behandeln, mischte sich mit dem Nervenkitzel, nach langer Zeit wieder Leben zu retten, statt es im Reagenzglas zu generieren, was im schlechtesten Fall zum Nichteintreten einer Schwangerschaft führte. Einmal wieder gegen den Tod zu kämpfen, womit sie derzeit nur ausnahmsweise im Kreißsaal konfrontiert wurde. Einmal wieder an die Grenzen zu gehen. Wie pathetisch. Aber rechtfertigten Katastrophen nicht eine Prise Pathos? Ben würde Angst um sie haben, was sie mit einer Prise Genugtuung erfüllte; noch vor drei Wochen hatte er ihren Beitrag zur Pandemiebekämpfung despektierlich kommentiert. Nun bekäme er Grund, stolz auf sie zu sein. Dann das eisige Erschrecken: Wenn sie Rio-Patienten betreute, würde sie auch Ben einem Risiko aussetzen. Und falls sie sich ansteckte, durfte sie ihm lange nicht nahe kommen, schlimmstenfalls nie wieder. Sie rührte den Bodensatz in ihrer Espressotasse glatt und schob sie ruckartig in die äußerste Ecke des Schreibtisches.

Sie plante eine Teambesprechung in der Mittagspause, bei der sie ihre Mitarbeiter von der Notwendigkeit überzeugen musste, sich in Zeiten wie diesen auch fachfremd für das Wohl anderer zu engagieren.

Das Telefon brummte. »Ihre Lieblingspatientin«, sagte Aisha spitz und stellte durch.

Anna holte Luft und ließ ihr »Hallo« emotionslos klingen.

Ein Schnauben drang durch die Leitung. »Vergiss den Quatsch, den dir Aris persönlicher Schwachkopf gerade erzählt hat.«

»Keine Umfunktionierung der Klinik?«, fragte Anna zaghaft.

»Bestimmt nicht zur Rio-Behandlung«, verkündete Mechthild. »Gerade in Zeiten wie diesen ist es essenziell, dass Risikoschwangerschaften weiterhin bestmöglich betreut werden.«

»Soll heißen?«, fragte Anna.

»In den letzten Wochen ist die Anzahl gemeldeter Schwangerschaften drastisch gesunken, gleichzeitig ist die Häufigkeit von Abtreibungen rasant angestiegen. Diesen Trend müssen wir unbedingt aufhalten.«

Anna holte tief Luft. »Habe ich das richtig verstanden? Ich soll jetzt mitten in der Pandemie?«

Mechthild unterbrach: »Können wir das bitte persönlich besprechen?«

Das war keine Frage. Mechanisch notierte Anna den Termin und verzichtete auf Einspruch, als sie hörte, der Chauffeur würde sie abholen.

¤

An den Wänden des fensterlosen Raumes hingen in Großformat auf Leinwand gezogene Fotos von Wildtieren in der Wüste. Anna zögerte, bevor sie dem maskierten Chauffeur ihr Handy überließ, auf Anweisung der Frau Minister, falls jemand sie abhöre. Er fragte nach ihrem Getränkewunsch und füllte willig drei Eiswürfel aus dem Wandautomaten in ihr Tonic. Allein gelassen kämpfte Anna gegen Klaustrophobie. Sie riss die Maske herunter.

Nach fünf Minuten trat die Hausherrin ein und setzte sich ans andere Ende des Konferenztisches. Ohne Make-up traten ihre grauvioletten Augenringe auch über zwei Meter Entfernung deutlich zutage. MP wirkte übernächtigt, aber nicht müde und strahlte nervöse Energie aus. »Sorry, keine gemütliche Location«, sagte sie mit entschuldigendem Grinsen. »Ich hasse Aris Etosha-Pfannen-Kitsch und die scheußliche Tapete mit den eingewebten Metallgittern; dafür ist es hier abhörsicher.«

»Plant ihr einen Staatsstreich?«, fragte Anna.

MP lachte auf. »Ganz im Gegenteil, meine Liebe, *ich* plane einen Beitrag zum Staatserhalt, und dafür brauche ich deine Hilfe.«

»Was kann ich zum Staatserhalt beitragen?«

Mechthild beugte sich vor und dozierte: »Bei allen Pandemien geht die Zahl an Geburten zurück. In den Zwanzigerjahren lag die jährliche Geburtenrate noch bei fast 800.000, mittlerweile war sie im Jahr vor Rio auf knapp 700.000 gesunken. Seit die Pandemie bekannt wurde, hat sich nach einer Erhebung des Gesundheitsministeriums bei gynäkologischen Praxen die Anzahl der Schwangerschaften pro Monat mehr als halbiert, mit abnehmender Tendenz. Frage: Kann man bei einer IVF die spätere Implantation und Schwangerschaft ohne Infektionsrisiko garantieren?«

Anna lachte ungläubig. »Prinzipiell schon, aber was glaubst du, wer heute Familienplanung im Kopf hat – mitten in dieser Pandemie? Meine Sprechstunde ist weitgehend tot.«

»Na also«, sagte Mechthild. »Allein in Deutschland sind bereits siebenundzwanzig werdende Mütter an Rio verstorben. Nur bei drei dieser Frauen konnte man das Kind per Kaiserschnitt retten, eines starb kurz nach der Geburt an HeLiPa. Jede Frau muss also damit rechnen, im Falle einer Infektion die Krankheit an ihr Baby weiterzugeben. Kein Wunder, dass Frauen nicht schwanger werden wollen. Und ein Ende von Rio ist nicht in Sicht, danach kann es für viele zu spät sein. Deshalb muss man möglichst vielen Frauen, zumindest aber denjenigen mit ablaufender biologischer Uhr, die Option bieten, ihre Eizellen einzufrieren. Oder ihre Embryonen, falls sie sich ihrer Partnerschaft sicher sind. So bewahren wir ihnen - und damit der Gesellschaft - die Chance auf eine Schwangerschaft nach der Pandemie.«

Anna lehnte sich zurück. Der Ungläubigkeit folgte Erleichterung, die sich anfühlte wie der erste Schluck eines alkoholischen Getränkes am hellen Tag, wohlig warm und lustvoll verboten.

»Ihr sollt weiterhin euren Beitrag zur Bewältigung dieser Katastrophe leisten«, fuhr Mechthild fort. »Aber das beste Krisenmanagement ist die Prävention von irreversiblen Langzeitfolgen der Krise, zum Beispiel die Vermeidung weiterer geburtenschwacher Jahrgänge, die in der Bevölkerungspyramide das Fundament der aktiven Beitragszahler reduzieren.«

»Wie stellst du dir das vor?«, wollte Anna wissen.

»Doppelstrategie. Präventiv als reproduktionsmedizinisches Angebot, attraktiv durch den Wegfall der üblichen finanziellen Eigenbeteiligung für die Patientinnen. Zweitens: durch das Projekt *Schwangeren-Refugium.*«

MP schob ein Intelligopad über den Tisch. »Bitte auf Aktionsplan klicken.«

Unter 1. las Anna:

Ausgewählten schwangeren Frauen wird flächendeckend bis zur Geburt eine Infektionsschutzbetreuung mit medizinischer Überwachung in entsprechend ausgestatteter, von der Außenwelt abgeschirmter Unterbringung angeboten. Pilotprojekt im ehemaligen Hotel auf der Bühler Höhe (200 Meter Distanz zur MESANCOSA-Klinik).

1.1. Finanzierung: Krankenkassen: 10 %, zusätzlich zu den üblichen Erstattungskosten für medizinische Betreuung, Familienministerium: 10 %, Finanzministerium: 10 %, Preuss-Stiftung: 30 %, andere private Sponsoren: 10 %.

1.2. Eigenbeteiligung: einkommensabhängig mindestens 20 % bis maximal 40 %. Bei VIP Unterbringung: 60 %.

1.3. Kostenfrei: Studentinnen und Schwangere, die sich zur Adoptionsfreigabe verpflichten. Ausgewählte einkommensschwache Frauen. Zu diesem Zweck wird ein Sonderfond gegründet, der anteilig von der Preuss-Stiftung und Spenden der MM-Stiftung bestückt wird.

1.4. Bedarfsplanung für die medizinische Einrichtung der Refugien: erfolgt nach Vorgaben von Frau Dr. Anna Martini, die auch die Gesamtprojektleitung übernimmt.

1.5. Hygienekonzept zur Abschirmung und zum Infektionsschutz: wird von Prof. Dr. Ralph Carstens entwickelt.

Anna hielt inne und fragte: »Hat Carstens etwa schon zugesagt?«

»Er hat sich ein bisschen geziert«, grinste MP, »aber nachdem er hörte, dass du für die Projektleitung vorgesehen bist, war er easy. Übrigens, der Quarantänecontainer steht schon, damit wir die Zeit nutzen können, bis die Umbau- und Renovierungsarbeiten am ehemaligen Hotel fertig sind.«

Der dritte Absatz umfasste die Schwangerenbetreuung und Entbindung im KiZ einschließlich täglicher Testung aller Mitarbeiter und Patientinnen vor jedem Kontakt.

Die Entscheidung, welche Frauen in das Programm aufgenommen würden, lag bei Frau Dr. Klara Wilhelm, einer kürzlich pensionierten niedergelassenen Gynäkologin. Da die Preuss-Stiftung den größten Anteil zur Finanzierung beitrug, behielt sie sich ein punktuelles Mitspracherecht bei der Auswahl der Patientinnen vor.

Punktuell! Anna bat sich Bedenkzeit aus.

»Selbstverständlich, meine Liebe. Ich hoffe, du wirst dich nach kurzer Überlegung richtig entscheiden.«

Mechthilds süße Rasierklingenstimme peitschte Annas Blutdruck hoch. »Sonst?«

MP blieb ausdruckslos. »Es wäre doch schade, wenn das personelle Potenzial einer so hochkarätigen Institution für Rio-Routinebetreuung statt für die Aufgaben genutzt würde, für die deine Belegschaft ausgebildet ist. Aufgaben, die zwar nicht im Mainstream des medizinischen Gesamtkonzeptes liegen, aber dennoch einen unverzichtbaren Beitrag für die Gemeinschaft leisten. Ich würde zutiefst bedauern, wenn man für das KiZ die allgemeine Planung für medizinische Einrichtungen umsetzen müsste, wie sie dir Beckstein telefonisch angekündigt hat. Ich habe das vorläufig verhindert, aber ...«

»Ach so ist das!«, presste Anna durch die Zähne. Zuckerbrot fressen - sonst Peitsche. Vor ihrem inneren Auge: das KiZ-Team, vermummt wie Mondlandende, Rio-Patienten blutig schäumendes Sekret absaugend. Annas Wut kroch vom Solarplexus kopfwärts und kondensierte zu kalter Rachegier. »Verstehe!«, sagte sie und bemühte sich um ähnlich beißende Zuckrigkeit. »Und du weißt, meine Liebe, ich helfe ja gern. Außerdem habe ich vollstes Verständnis dafür, dass ihr in der Pandemiebekämpfung Boden gutmachen wollt, nachdem euer Ministerium das wissenschaftliche Bulletin zur Einreise von Brasilienheimkehrern eine ganze Woche ignoriert und damit wertvolle Zeit verloren hat. Acht Tage, in denen täglich Schwangerschaften entstehen konnten.«

Sie biss sich auf die Zunge, zu spät. MPs Augen wurden zu Sehschlitzen, und ihre Stimme war nur noch Rasierklinge: »Wer verbreitet so was?«

Anna nahm den Schminkspiegel aus ihrer Handtasche und schob ihn wortlos über den Konferenztisch. MP starrte sich verständnislos an.

»Du selbst hast das zugegeben, Mechthild. Eine Bekannte stand bei MM zwei Meter neben dir, als du mit Ralph Carstens gesprochen hast, und sie hat das notgedrungen mitgehört.«

MPs linkes Unterlid zuckte, ebenso der rechte Mundwinkel. Dann entlud sich die Spannung in einem schrillen Auflachen. »Touché, Anna, eins zu null für dich!« Sie beugte sich vor. »Bitte verzeih meinen dämlichen Erpresserreflex. Ich schätze dich unter anderem, weil du dich nicht unter Druck setzen lässt, sondern überzeugt werden willst. Das Projekt ist sinnvoll, und ich brauche dich. Fachlich und menschlich!«

Annas Zorn zerstob, doch ein Restgroll blieb.

MPs Stimme wurde leise und schmeichelnd. »Und was die verlorene Woche betrifft, hast du leider recht. Niemand ist darüber so sauer wie ich. Männer machen manchmal Mist. Meiner auch. Das Bulletin hat der Schwachkopf mir leider verschwiegen. Diesen Lapsus im Nachhinein offenzulegen, wäre ein gefundenes Fressen für Aris politische Gegner, es hätte niemandem genützt, aber viel Vertrauen zerstört. Bitte glaub mir, so was wird nicht mehr passieren.«

Anna schalt sich der Blauäugigkeit, doch sie glaubte MP. Und das Projekt war gut.

¤ ¤ ¤

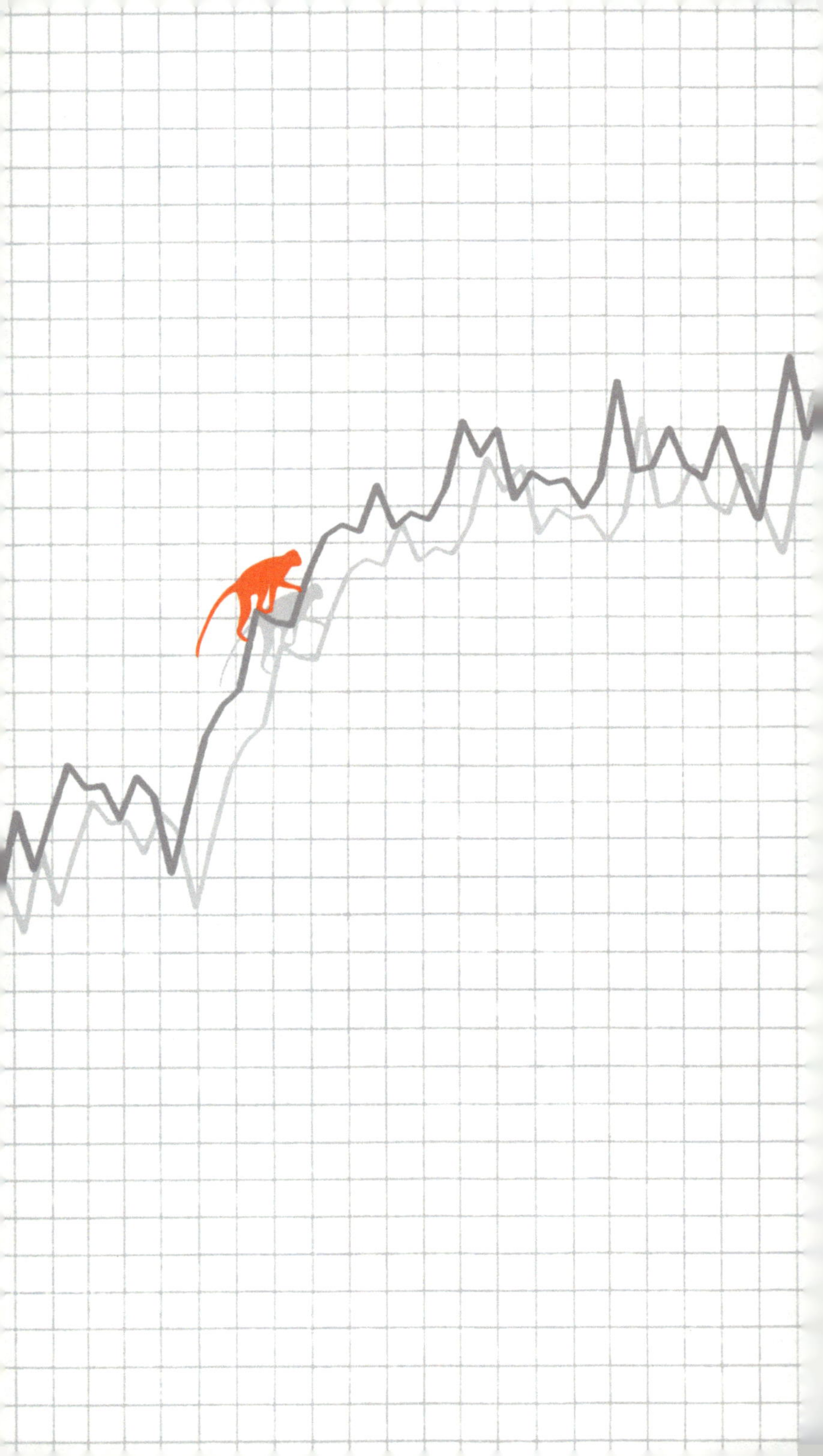

2. Dezember

Bundesgesundheitsminister Arian Preuss tritt ans Mikrofon.

»Meine Damen und Herren, ich habe keine guten Nachrichten. Mittlerweile haben sich in Deutschland insgesamt 116 451 Menschen mit HeLiPa infiziert, davon sind 11 412 Tote zu beklagen. Aus diesen Zahlen ergibt sich nach einhelliger Überzeugung der Experten die Notwendigkeit, die Maßnahmen zu intensivieren.

Wie bislang bleiben private Zusammenkünfte mit mehr als zehn Personen untersagt, neu ist jedoch, dass in dieser Zahl nun auch Kinder unter zwölf Jahren eingeschlossen sind.

Versammlungen und Veranstaltungen sind auf maximal zwanzig Teilnehmer zu begrenzen, das gilt auch für Gottesdienste.

Demonstrationen mit maximal hundert Teilnehmern sind nach individueller Prüfung und Genehmigung unter Einhaltung der Hygienevorschriften möglich.

Beim Mund-Nasen-Schutz wird die dringende Empfehlung, FFP2-Masken zu tragen, jetzt zur Pflichtverordnung. Studien der Aerosolforschung zeigen, dass chirurgische Masken zwar einen gewissen Schutz für andere bieten, den Träger selbst aber nur unzureichend schützen.

Bei Patienten mit Atemwegserkrankungen sind nach entsprechender Bescheinigung FFP2-Masken mit Ausatemventil möglich. Diese sind für den Träger ein gleichwertiger Schutz wie die herkömmliche Variante, allerdings schützen sie das Umfeld deutlich weniger, da sie zwar Aerosol zurückhalten, die Atemluft aber ungefiltert nach außen dringt. In Innenräumen muss daher zusätzlich eine chirurgische Maske darüber getragen werden. Die Bescheinigung muss amtlich überprüft und als QR-Code elektronisch mitgeführt werden, bei Kontrolle ist sie zusammen mit dem Personalausweis vorzuzeigen.

Für Patienten mit *schweren* Atemwegserkrankungen haben wir die FFP2-Maskenpflicht nach Rücksprache mit Epidemiologen und Pulmologen gelockert. Personen mit entsprechender ärztlicher Bescheinigung dürfen sich im Freien mit einer chirurgischen Maske aufhalten, mit dieser jedoch keine Innenräume betreten.

Neue Studien der Aerosolforschung haben eindeutig gezeigt, dass ein dichtes Anliegen der Maske auf der Gesichtshaut für einen wirksamen Infektionsschutz unabdingbar ist. Erwiesenermaßen wird dieser Luftabschluss durch Vollbärte beeinträchtigt. Deshalb sind diese so weit abzurasieren, dass der volle Schutz durch die Mund-Nasen-Bedeckung gewährleistet ist. Wir bedauern diesen Eingriff in die individuelle Freiheit ausdrücklich, mussten uns aber den Argumenten der Wissenschaft beugen, die in mehreren Studien nachgewiesen haben, dass Träger voluminöser Bärte sowohl Superspreader als auch selbst häufiger infiziert sind. Unser grüner Agrarminister, der gestern positiv auf HeLiPa getestet wurde, ist hierfür ein Beispiel, in seinem Umfeld sind fünf Mitarbeiter ebenfalls infiziert.

Aber unsere Maßnahmen bestehen nicht nur aus Einschränkungen, sondern wir bemühen uns auch nach Kräften, individuellen Problemen gerecht zu werden.

Ein besonderer Service für unsere Mitbürger trägt der Tatsache Rechnung, dass Kontaktinfektionen überwiegend über Mund, Nase und Augen erfolgen. Jeder Bürger hat zur Vorbeugung dieser Art der Krankheitsübertragung Anspruch auf ein FAS-Set, ein sogenanntes *Face Alert System*, das aus einem Nasenclip und zwei größenverstellbaren Fingerringen besteht. Der Clip, dessen elektronischer Sender kaum sichtbar im Inneren des Nasenflügels angebracht wird, erzeugt ein Warngeräusch, sobald sich die Hände dem Gesicht auf fünf Zentimeter oder weniger nähern. Der Rio-Nasenclip senkt nach wissenschaftlichen Erkenntnissen das Infektionsrisiko durch die unwillkürliche Berührung des Gesichts. Das Set kann gegen Identitätsnachweis ab sofort kostenlos in Apotheken bezogen werden.

Um unseren Bürgern die Kooperation zu erleichtern, stellen wir zudem ab sofort für jeden Erwachsenen kostenlos ein Rio-Hygiene-Kit pro Woche zur Verfügung, es enthält eine FFP2-Maske, drei Paar Handschuhe und ein Fläschchen mit Desinfektionsmittel.

Die Einhaltung der genannten Regeln wird weiterhin stichprobenartig, aber flächendeckend überprüft. Die Bundeswehr unterstützt uns dabei.«

¤ ¤ ¤

4. Dezember

VIGILANZVISON-online

Mit Spucken und Beißen gegen die Vernunft

WissenSSchaffer und CDA demonstrieren gegen neue Maßnahmen zur Eindämmung der Rio-Pandemie

Von Ben Cortes, 4.12. 15:00 Uhr

Nachdem Bundesgesundheitsminister Arian Preuss vorgestern nach der Sitzung des Experten-Krisenstabes und der Ministerpräsidenten eine Verschärfung der Maßnahmen gegen die Ausbreitung der HeLiPa-Pandemie angekündigt hatte, fanden heute in mehreren Städten ungenehmigte Kundgebungen statt.

In Berlin demonstrierten die *WissenSSchaffer* vor dem Reichstag. Diese Gruppierung umfasst Verschwörungstheoretiker vom äußersten Rand des rechtsnationalen Spektrums bis hin zu linksradikalen Anarchisten, vereinzelt aber auch Wissenschaftler, die bislang einen seriösen Ruf genossen.

Die *WissenSSchaffer* behaupten, das HeLiPa-Virus sei im selben »chinesischen Hexenküchen-Labor« gezüchtet worden wie seinerzeit SARS-COV2. In Anbetracht der engen chinesisch-brasilianischen Freundschaft (ein großer Teil der Bodenschätze Brasiliens wurde von China aufgekauft) sei das Virus gegen Überlassung weiterer Rohstoffe an die brasilianische Regierung weitergegeben worden, die es in den Favelas ausgesetzt habe, um deren zunehmend aufsässige

Bewohner gezielt zu eliminieren. In Anbetracht der desolaten Wirtschaftslage in Brasilien sei das Virus dann für Milliarden an reiche Nationen verkauft worden, u.a. nach Deutschland, wo man die demografische Entwicklung durch Ausrottung Hochaltriger umkehren wolle. Darüber hinaus würden auch Brennpunktviertel infiziert und »ausgedünnt«, um die Anzahl armer Menschen zu reduzieren, die den Sozialstaat zu viel Geld kosteten.

Bei der heutigen Demo der *WissenSSchaffer* versammelte sich eine Gruppe von über dreihundert vorwiegend jungen Männern in Fantasieuniformen und grölten ihr Mantra: MAL WIEDER MISSBRAUCHT IHR CHINESISCHE VIREN, UM DEUTSCHE BÜRGER ZU TERRORISIEREN!

Höhepunkt der Eskalationen des heutigen Tages waren die Spuck-und-Beiß-Demos, zu denen die CDA *(Community der Abgehängten)* in Karlsruhe, Stuttgart und Dresden aufgerufen hatte. Ursprünglich von einer kleinen Gruppe in der Pandemie obdachlos gewordener Menschen gegründet, haben sich mittlerweile Unzufriedene aller Gesellschaftsschichten der Bewegung angeschlossen, und es gibt Gerüchte, die CDA wolle mit den *Alternativen Patrioten* fusionieren.

Die CDA protestiert gegen die Diktatur der Reichen und Satten und gegen die Rio-Maßnahmen, die, so ihr Sprecher, den »Wohlstandsbürgern am Arsch vorbeigehen und die Armen knechten«. Ihr Motto ist »eP gegen pE« (entrechtetes Proletariat gegen parasitäre Elite), die Polizei bezeichnet die CDA als HeStapo.

Am heutigen Nachmittag randalierte eine Horde CDA-Anhänger in Karlsruhe vor dem Bundesverfassungsgericht, ohne Masken, aber dafür mit geschwärzten Gesichtern und angeklebten Vollbärten. Sie fletschten ihre teilweise bunt gefärbten Zähne und spuckten, sobald sich einer der vermummten Polizisten näherte. Sie skandierten den Spruch: »Bevor wir auf der Straße krepieren, werden wir euch noch schnell infizieren!« Einige verspritzten eine gelbe Flüssigkeit mit Sprühflaschen, auf denen »selbst gemachte Pisse« stand.

Einer der Demonstranten trug auf den Schultern einen etwa Vierjährigen, der ein Fäustchen in die Luft streckte und mit unermüdlicher Begeisterung »Scheische« krähte.

Da die Demonstranten der CDA bekanntermaßen jede Gelegenheit wahrnehmen, andere zu beißen, kreiste die Polizei die Randalierer zunächst nur ein, hielt aber weitgehend Abstand, bis eine Hundertschaft Soldaten und Wasserwerfer eintrafen, die dem Event ein schnelles Ende bereiteten. Sieben Demonstranten, zwei Polizisten und ein Soldat erlitten Verletzungen. Insgesamt wurden 36 Demonstranten festgenommen, davon waren 22 Personen bei einer zwangsweisen HeLiPa-Testung, gegen die alle Betroffenen vehement Widerstand leisteten, PCR-positiv.

¤ ¤ ¤

12. Dezember

Im Studio stehen fünf Plexiglaskabinen mit Entlüftung. Der Moderator Mirko Franz befindet sich in der Mitte.

Moderator: »Herzlich willkommen in der heutigen Ausgabe unserer Talkshow *Gnadenlos beleuchtet*. Einmal mehr geht es in meiner Sendung um das Krisenmanagement bei der HeLiPa-Pandemie. Zwar wurde die Ausbreitungsgeschwindigkeit durch die Maßnahmen gebremst, aber noch immer stecken sich täglich über 15 000 Menschen aller Altersgruppen in Deutschland an, von denen zehn Prozent sterben. Was die Bürger besonders beunruhigt, ist, dass in ungefähr einem Fünftel der Fälle schwere Entzündungen des Gehirns auftreten, deren Langzeitfolgen nicht absehbar sind. Deshalb ist sich die Politik ungewohnt einig, dass strikte Maßnahmen zur Eindämmung des Infektionsgeschehens notwendig sind. Über die Art der Maßnahmen wird allerdings auch diesmal gestritten.

Ich freue mich sehr, den Bundesminister für Gesundheit und Katastrophenschutz, Herrn Arian Preuss, zu begrüßen, der uns unter anderem nähere Informationen über die kontrovers diskutierte Einführung des sogenannten Rio-Bracelet geben wird.«

(Hält ein uhrenförmiges Gebilde mit bunt gemustertem Plastikarmband in die Kamera.)

»Das Gerät ermöglicht nicht nur die Ortung, sondern auch eine lückenlose Aufzeichnung des Bewegungsprofils der Armband-Träger:innen. Das Abnehmen löst einen Alarm aus.

Als weitere Gäste darf ich Ihnen in der Kabine rechts von mir die Psychoanalytikerin und Familientherapeutin Frau Dr. Karina Müller-Riefenstein vorstellen, zu meiner Linken begrüße ich den Autor, Journalisten und Blogger Mischa Hoger.«

(Lächelt in die Kamera.)

»Ohne einen ausgewiesenen Experten wäre eine Sendung zum Thema HeLiPa-Pandemie nicht denkbar, und so heiße ich den Virologen Prof. Dr. Ralph Carstens willkommen, der auch die Bundesregierung wissenschaftlich berät.

Aus Karlsruhe ist uns die Anwältin für Verfassungsrecht Frau Dr. Wibke Wackershausen zugeschaltet, schön, dass Sie dabei sind.

Last, not least freue ich mich, auf dem rechten Bildschirm den Vorsitzenden der Gewerkschaft der Polizei in Berlin, Herrn Ulf Keller, zu begrüßen, der uns erläutern wird, wie sich das Bracelet auf die derzeitig oft schwierige Arbeit der Polizei auswirken könnte.«

(Wendet sich an Preuss.)

»Herr Minister, bevor wir uns im Detail dem Rio-Bracelet zuwenden, würde ich gerne kurz die allgemeine Pandemiesituation diskutieren. Der Anstieg der Infektionszahlen ist noch immer beängstigend, obwohl Sie die Freiheitsrechte deutlich eingeschränkt haben.«

Minister: »Und was glauben Sie, wo wir ohne diese Einschränkungen mit unseren Neuinfektionen und Pandemietoten wären? Man sieht ja, wie die Zahlen durch die Decke gehen, wenn Staaten das liberal handhaben, weil ihnen die sogenannte Bürgerfreiheit wichtiger ist als Gesundheit und Leben oder weil sie zu arm sind, um vernünftig zu sein. Auf der anderen Seite zeigt ein Blick nach China oder Singapur, wie ein straffes Supervisions- und Datenmanagement mit konsequenter Sanktionierung von Verstößen die Infektionsraten senkt.«

Moderator: »Das sind überwiegend autoritäre Staaten. Ist so ein Umgang mit den Bürgern im Rahmen einer Demokratie denkbar? Und würde das nicht unsere Gesellschaft spalten?«

Minister: »Die Demokratie mag uns alternativlos erscheinen, aber man muss sie sich leisten können. Und gespalten wird die Gesellschaft von Themen, über die man zu lange diskutiert.«

Moderator: »Interessant. Die Bewegung der sogenannten *WissenSSchaffer* behauptet, Sie würden die Demokratie abschaffen.«

Minister: »Die behaupten ja auch, die Politik hätte das Virus von China gekauft und in Brennpunkten verteilt. Das sind durchgeknallte Zyniker, für die Wissen ein Fremdwort ist.«

Moderator: »Da widerspreche ich nicht; allerdings weisen die *WissenSSchaffer* zu Recht darauf hin, dass auch bei dieser Pandemie die Infektion besonders in Brennpunktvierteln wütet, wo Menschen auf engem Raum zusammenleben müssen; und dass arme Menschen wieder mehr leiden als Wohlhabende.«

Minister: »Das muss ich leider mit Bedauern bestätigen. Aber Wohlstand ist nun mal nicht homogen verteilt; und wer wenig verdient, fährt auch kleinere Autos, ohne dass das als gesellschaftlicher Missstand beklagt wird. Aber sehen Sie unser Sozialsystem doch einmal im internationalen Vergleich mit der sogenannten westlichen Welt. Wir kümmern uns auch um Menschen, die zum wirtschaftlichen Wohlstand nichts beitragen - und zwar nicht nur in der Pandemie! In manchen europäischen Ländern und vor allem in den USA werden Menschen, deren Arbeit, aus welchen Gründen auch immer, nicht mehr benötigt wird, fristlos gefeuert. Wenn Arbeitslose dann ihre Miete nicht mehr zahlen können, setzt man sie auf die Straße. Und wer nicht krankenversichert ist, bekommt keine medizinische Behandlung. Manche Bürger dieses Landes wissen nicht zu schätzen, wie sie bei uns von Vater Staat gepampert werden. Und wenn das so ist, muss man als Regierung auch mal ein Machtwort sprechen dürfen.«

Moderator: »Das ist eine gute Überleitung zum Thema Rio-Bracelet. Herr Minister, laut Gesetzesentwurf soll bei zwei Zielgruppen das permanente Tragen des Bracelet behördlich angeordnet werden: bei Bürgerinnen und Bürgern, die nachweislich gegen die Rio-Regeln verstoßen haben, und bei Menschen mit hochgradiger Einschränkung ihrer geistigen Fähigkeiten, beispielsweise durch die Alzheimerkrankheit.«

Blogger: »Das Alzband für Demente und Unbotmäßige!«

Moderator (*lacht gequält*): »Darauf kommen wir später zurück. Zuerst möchte ich Herrn Preuss die Gelegenheit geben, uns und den Zuschauern zu erklären, warum sich sein Ministerium für das Rio-Bracelet einsetzt, obwohl Sie damit einen deutlichen Schritt auf dem Weg in einen Überwachungsstaat gehen.«

Minister: »Lieber Herr Franz, Sie denken in Orwell! Unser Anliegen ist nicht, unsere Bürger zu überwachen, sondern sie zu schützen. Für Demente oder aus anderen Gründen orientierungslose Menschen bietet die elektronische Auffindbarkeit einen Schutz vor sich selbst. Bei Personen, die nachweislich und mehrmals die Regeln bewusst verletzt haben, bietet das Bracelet einen Schutz für unsere Mitbürger. Eines wissen wir aus Erfahrung: Personen, die das Leben anderer Menschen für die Befriedigung eigener Bedürfnisse aufs Spiel setzen, tun das nicht etwa nur einmal, nein, sie tun das fortgesetzt – und bisher konnten sie sich darauf verlassen, dass man sie in der Regel nicht erwischte. Dem können wir nur Einhalt gebieten, wenn der Regelbrecher weiß, dass er unter kontinuierlicher Supervision steht.«

Moderator: »Herr Keller, befürworten Sie als Vorsitzender der Polizeigewerkschaft den Einsatz des Bracelet, und glauben Sie, dass diese Maßnahme Ihren Kollegen künftig die Arbeit erleichtern wird?«

Polizeigewerkschaftler: »Die Antwort ist zweimal *Ja*, ohne Wenn und Aber. Wenn wir bei Regelverstößen nur *dududu* machen dürfen, können wir nicht die Aufgabe erfüllen, unsere Bürger zu schützen. Außerdem kündigen uns reihenweise die Kollegen und suchen sich einfachere Jobs.«

Moderator: »Was macht den Beruf des Polizisten in dieser Krise so schwierig, dass Ihre Mitarbeiter kündigen?«

Polizeigewerkschaftler: »Schon vor der Pandemie hatten wir mit unserer knappen Personaldecke oft Mühe, die zunehmende Gewalt auf den Straßen, aber auch im privaten Raum einzudämmen. Seit der HeLiPa-Pandemie ist das Brutalitätspotenzial in der Gesellschaft noch mal erheblich angestiegen, im letzten Quartal wurden neununddreißig Prozent mehr Körperverletzungsdelikte verzeichnet. Aggressivität entsteht regelhaft, wenn man Menschen in ihrem Bewegungsspielraum einschränkt, besonders bei sozial weniger gut gestellten Mitbürgern in beengten Verhältnissen. Zum Beispiel in den sogenannten Brennpunktvierteln, die mittlerweile ja bis zu vierzig Prozent unserer Großstädte ausmachen. Aber es gibt auch viele wohlhabende Wutbürger, die sich ihre Poolparty nicht verbieten lassen wollen.

Oft müssen die Kollegen sich beleidigen und bedrohen lassen. Und bei der Auflösung verbotswidriger Zusammenkünfte kommen sie in unmittelbaren physischen Kontakt mit gewaltbereiten Menschen.«

Moderator: »Wie viele Kollegen haben sich bereits angesteckt?«

Polizeigewerkschaftler: »Insgesamt waren es 198 Fälle, davon sind fünfzehn Kolleginnen und Kollegen an HeLiPa verstorben, vier Mütter und elf Väter kleiner Kinder.«

Moderator: »Da kann man verstehen, dass Beamte den Beruf wechseln wollen. Herr Keller, was wird sich mit dem Bracelet konkret für Ihre Kollegen ändern?«

Polizeigewerkschaftler: »Wir haben damit die Möglichkeit einer zentralen Überwachung des Bewegungsprofils über zwei Ansätze: erstens personenbezogen als systematische Stichprobe bei Menschen, die bereits auffällig waren; oder zweitens ortsbezogen bei einem gezielten Hinweis, z. B. auf Zusammenkünfte, Demos, Partys usw. Dann können wir im System die entsprechende Region markieren und sehen, wie viele Menschen sich dort aufhalten.«

Moderator: »Aber wenn Ihnen zum Beispiel eine Randale-Demo gemeldet wird oder eine Zusammenkunft von Leuten, die Schaufenster und Autos demolieren, dann müssen Sie doch trotzdem Ihre Beamten dort hinschicken?«

Polizeigewerkschaftler: »Klar, und wenn wir anrücken, heißt es natürlich ›Achtung, die Bullen kommen!‹, und viele hauen ab. Aber solche Randalierer sind oft Wiederholungstäter. Bislang konnten nach Zusammenkünften von einigen Hundert Gewaltbereiten teilweise nur ein paar Dutzend strafverfolgt werden. Und zwar, weil wir auf die Schnelle nicht genügend Personalkapazität hatten, um die Festnahme und Personalienfeststellung durchzuführen. Mit dem Bracelet können wir die Träger:innen ohne physischen Kontakt erfassen und den Tatbestand der Missachtung des Versammlungsverbotes rechtssicher dokumentieren und strafrechtlich verfolgen.«

Moderator: »Und was machen Sie mit denen, die noch kein Bracelet haben?«

Polizeigewerkschaftler: »Jeder Beamte hat einen Receiver, mit dem er erkennt, ob jemand ein Bracelet trägt. Wir können uns dann in der akuten Situation auf die Personalienfeststellung der Delinquenten konzentrieren, die noch nicht erfasst sind und die in der Folge dann auch ein Bracelet verpasst kriegen.«

Moderator: »Herr Keller, gerne wollte ich noch hören, wie Sie zum Einsatz des Rio-Bracelet bei Patienten mit Demenz stehen. Diese Menschen leiden doch besonders unter der Pandemie, da sie deren Bedeutung, vor allem aber die entsprechenden Maßnahmen oft gar nicht verstehen?«

Blogger: »Bracelet als Hundehalsband für regelwidrig Gassi gehende Greise …«

Polizeigewerkschaftler (*schüttelt den Kopf*): »Gerade für Demente bedeutet das Rio-Bracelet sogar einen *Zuwachs* an Freiheit. HeLiPa ist so gefährlich, dass man alte Menschen zu ihrem eigenen Schutz oft komplett in einen Raum einsperren muss, damit sie nicht ausbüxen, womöglich ohne Maske. Und wenn man irgendwann merkt, dass sie es doch nach draußen geschafft haben, muss man sie weiträumig, meist mit mehreren Personen, suchen. Das Rio-Bracelet kann man so programmieren, dass es Alarm schlägt, sobald der Träger oder die Trägerin eine definierte Umgebung verlässt, zum Beispiel den Park eines Seniorenstiftes. Dann kann man sie mit nur einer Person zeitnah auffinden und zurückführen.«

Moderator: »Herr Keller, ich danke Ihnen herzlich für diese beeindruckenden Einblicke in die Polizeiarbeit, deren Beitrag zur Bewältigung der Rio-Krise man gar nicht hoch genug schätzen kann.«

(Moderator dreht sich nach links.)

»Herr Hoger, Sie sind bekennender Digital-Affiner, dennoch scheinen Sie das Rio-Bracelet abzulehnen. Warum?«

Blogger: »Bis vor Kurzem lebten wir in einem Zeitalter postmittelalterlicher Dignoranz, und zwar durch die Sturheit vorgealterter, meist männlicher Politiker ...«

Moderator: *(unterbricht)*: »Ist das jetzt nicht ein bisschen altersdiskriminierend?«

Blogger: »Zu wenig Vigilanz, Herr Franz! Ich habe weder gesagt noch gemeint, es sei eine Frage des Alters, ob man ein Digi-Dino ist! Ich sprach vielmehr von *vor*gealtert; und damit meine ich ein verkrustetes Mindset, das jede Veränderung ablehnt, die mit Umdenken verbunden ist - überwiegend aus Bequemlichkeit. Diese mentale Sklerose tritt bei manchen Menschen leider schon in der Jugend auf.«

Moderator: »Sie sagten, wir hätten noch *bis vor Kurzem* in der Dignoranz gelebt. In welchem Zeitalter leben wir jetzt?«

Blogger: »Wir rutschen quasi übergangslos von der Digitalophobie in die Sinokratie. Dass die chinesische Methode der totalen Kontrolle des gläsernen Menschen punktuell funktioniert, hat sich ja schon früher im chinesischen Pandemiemanagement gezeigt.

Nachdem wir hierzulande über Jahrzehnte auf angeblichen analogen Freiheiten beharrt haben, die uns in Wirklichkeit zu Sklaven einer veralteten Technologie machten, stolpern wir jetzt plötzlich klaglos in den Digi-Terrorismus, der aktenkundig festhält, in welche Bedürfnisanstalt wir wann pinkeln gehen.«

Moderator: »Haben Sie unterschiedliche Standpunkte, was den Einsatz des Bracelet für Demente und ›Unbotmäßige‹ betrifft?«

Blogger: »Durchaus! Das Alzband für Demente ist eine nahtlose Fortsetzung der Anti-Sozialpolitik des Gesundheits- und Sozialministeriums, mit der die Kosten der Versorgung alter Menschen reduziert werden sollen. Und das ist naturgemäß nur möglich, indem man Personal abbaut. Digitale Kontrolle ist billiger als persönliches Kümmern.«

Minister: »Unsachliche Polemik!«

Blogger: »Darf ich ausreden? Das Rio-Bracelet ist auch bei den Regelbrechern nur auf den ersten Blick einleuchtend. Die von Herrn Keller angesprochenen *wohlhabenden Wutbürger* kratzt ein Bußgeld umso weniger, als sie ihren Reichtum in Pandemiezeiten nicht mehr so einfach für Luxus-Lifestyle ausgeben können. Und dem Prekariat, also den vielen Menschen, die dieselbe unsoziale Politik richtig arm gemacht hat, geht ein Bußgeld erst recht am Anus vorbei. Dem Nackten kann man bekanntlich nicht in die Tasche greifen, also schickt man ihn ersatzweise in den Knast. Kleiner Haken: Knäste quellen über und sind HeLiPa-Brutstätten.«

Minister: »Sie sind frappierend unlogisch! Wenn der Knast so gefährlich wäre, würden doch alle alles tun, um da nicht hinzumüssen!«

Blogger: »So spricht der reiche Erbe! Es gibt zahllose Menschen, die auf der Straße hungern und nach der Schließung der Obdachlosenasyle noch mehr vom Erfrierungstod bedroht sind. Können Sie sich wirklich nicht vorstellen, dass in dieser Situation ein Bett in der JVA attraktiver sein kann als der Schlafsack unter der Brücke?«

(Minister schüttelt augenrollend den Kopf.)

Moderator *(hebt beschwichtigend die Hände)*: »Vielen Dank, meine Herren, einmal mehr zeigt unsere Sendung, wie fundamental verschieden derselbe Sachverhalt aus unterschiedlichen Perspektiven betrachtet werden kann.

Lassen Sie mich nun nochmals auf die juristische Situation zurückkommen. Frau Dr. Wackershausen, es ist ja sicher damit zu rechnen, dass im Falle einer Verabschiedung des Gesetzesentwurfes zum Rio-Bracelet umgehend eine Verfassungsklage eingereicht wird. Wie sehen Sie da die Rechtslage?«

Verfassungsrechtlerin: »Wesentlich komplexer, weil hier weitgehend juristisches Neuland betreten wird. Die elektronische Aufenthaltsüberwachung nach Paragraf 68b des Strafgesetzbuches ist üblicherweise auf schwere Gewaltverbrechen oder Sexualstraftaten für rückfallgefährdete Straftäter beschränkt. Weder im Grundgesetz noch im Infektionsschutzgesetz ist ein Tatbestand wie die kontinuierliche Aufenthaltserfassung zur Seuchenbekämpfung bislang Thema gewesen.«

Moderator: »Mal abgesehen von der Rechtslage wollen wir gerne verstehen, ob die wissenschaftliche Begründung eine so eingreifende Maßnahme rechtfertigt. Herr Prof. Carstens?«

Virologe: »Na ja, dieses Virus nutzt gnadenlos sämtliche Schwachstellen in der Kette der Infektionsverhütung. Jeder überflüssige Kontakt kann Leben gefährden, jeder vermiedene Kontakt kann Leben retten. Wenn man die Infektionszahlen und die Fallsterblichkeit betrachtet – und zwar selbst unter den bestehenden Maßnahmen –, dann braucht man weder Fantasie noch mathematische Modelle, um sich auszurechnen, was passiert, wenn wir es so laufen lassen wie bei Corona.«

Moderator: »Damals wurden schon die anonyme Verfolgung von Mobilitätsdaten und die Warn-App von Datenschützern kritisiert …«

Virologe: »Genau. Mit zunehmender Dauer der Beschränkungen machte sich eine fortschreitende Pandemiemüdigkeit in der Bevölkerung breit, und die Maßnahmenmissachtung nahm stetig zu. Je nach aktueller Wahlkampflage hat die Politik seinerzeit regional unterschiedlich reagiert; insgesamt wurde aber der abnehmenden Compliance ziemlich tatenlos zugesehen. Dabei war COVID-19, gemessen an HeLiPa, wie ein Schnupfen im Vergleich zu einer schweren Lungenentzündung. Seinerzeit gab es zwar deutlich mehr Infektionen, aber die Erkrankung verlief ungefähr zehnmal weniger tödlich - und sowohl die Krankheitsdauer als auch die Zeit, in der Patienten andere anstecken konnten, waren wesentlich kürzer. Und seinerzeit wurde die Apokalypse kurz vor zwölf noch verhindert, weil es Impfstoffe als Wellenbrecher gab.«

Moderator: »Frau Dr. Müller-Riefenstein, wie verhält es sich aus psychologischer Sicht mit der Bereitschaft der Bürger, sich von der Politik Einschränkungen auferlegen zu lassen?«

Psychologin: »Also, ich fand es schon in den Zwanzigerjahren unangemessen, dass man denjenigen Politikern ihre Umsicht vorgeworfen hat, die nicht gleich in hektischem Aktionismus Bürgerfreiheiten beschnitten haben, weil sie sich für irgendwelche Wahlen profilieren wollten. Es war seinerzeit genau richtig, dass man sehr sorgfältig die Gefährdung der Allgemeinheit gegen den Nutzen eines aggressiven Eingriffs in die Freiheitsrechte des Individuums abgewogen hat ...«

Minister (*unterbricht*): »Mit Verlaub, Frau Doktor, es ist ein wesentlich aggressiverer Eingriff, jemandem einen Tubus in die Luftröhre zu rammen, weil der sonst elend erstickt. Und denken Sie ernsthaft, mit Schläuchen in allen Körperöffnungen wäre die persönliche Freiheit nicht eingeschränkt?«

Moderator: »Frau Dr. Müller-Riefenstein, hat der Bürger aus

Ihrer Sicht ein moralisches Anrecht darauf, dass der Staat ihm Vernunft zutraut?«

Psychologin: »Vielleicht kein Anrecht in dem Sinne, dass der Staat davon ausgehen sollte, dass der einzelne Bürger in allen Belangen vernünftig entscheiden würde. Aber wer als Politiker Demokratie ernst nimmt, sollte auch seine Mitmenschen ernst nehmen. Vertrauen ist nämlich ein zentrales Element in den Interaktionen zwischen dem Staat und seinen Bürgern. Wie soll ein mündiger Bürger einem Staat vertrauen, der eine elektronische Fessel unter dem Namen Rio-Bracelet verkauft, als wäre es ein exotisches Schmuckstück?

Und was mir noch sehr wichtig ist: Vertrauenswürdigkeit hat etwas mit *Würde* zu tun. Wenn man einem Menschen vermittelt, dass man ihm misstraut - dann nimmt man diesem Menschen ein Stück weit seine Würde.«

Blogger: »Super Stichwort! Da sollte man vielleicht noch mal Karlsruhe fragen, was es denn auf sich hat mit der Unantastbarkeit der Menschenwürde. Und von wegen freier Entfaltung der Persönlichkeit ...«

Moderator: »Frau Dr. Wackershausen, ich darf diese Frage direkt an Sie weitergeben.«

Verfassungsrechtlerin *(lacht)*: »Das ist wohl eine eher rhetorische Frage. Ich gehe davon aus, dass Ihnen, Herr Hoger, auch der zweite Teil von Artikel 2, Absatz 1 des Grundgesetzes geläufig ist. Dort steht nach dem Satz *Jeder hat das Recht auf die freie Entfaltung seiner Persönlichkeit* nämlich ein Komma - und dann kommt die Einschränkung: *soweit er nicht die Rechte anderer verletzt*. In Absatz 2 heißt es dann bekanntlich: *Jeder hat das Recht auf Leben und körperliche Unversehrtheit.*«

Blogger: »Na also! Ist das etwa körperliche Unversehrtheit, wenn man einen Feuermelder verpasst kriegt, den man 24/7 am Körper tragen muss, weil er beim Abnehmen einen Alarm auslöst?«

Minister *(unwirsch)*: »Daran haben wir natürlich gedacht. Man kann das Armband einmal täglich für eine Viertelstunde abnehmen, beispielsweise, wenn es beim Duschen stört; und für diese Zeit kann die Alarmfunktion ausgeschaltet werden.«

Blogger: »Na toll! Und nehmen wir mal an, ich habe diese Viertelstunde schon fürs Duschen verbraucht. Muss ich mich dann meiner Partnerin im Bett mit einem kratzigen Plastikarmband zumuten? Falls sie das nicht mag, soll ich etwa ungeduscht bleiben und das Teil ablegen, wenn wir Sex haben - mit dem ich dann aber in fünfzehn Minuten fertig werden muss? Wenn nicht, schrillt das Schmuckstück los, und ich kriege vor Schreck einen Herzinfarkt. Der kann dann nicht rechtzeitig behandelt werden, weil die Intensivstationen mit Rio-Patienten belegt sind. Nennen Sie das etwa körperliche Unversehrtheit?«

Minister *(mit klopfender Schläfenader)*: »So ein Quatschkonstrukt! Das Bracelet ist wasserfest und kratzt überhaupt nicht.«

Blogger *(unterbricht)*: »Schon im Bett probiert?«

Minister *(zieht den linken Mundwinkel nach unten)*: »Um Ihnen auf Ihrem Gossenniveau entgegenzukommen, hier ist mein Tipp: Wenn Sie Wert auf Sex ohne Armband legen oder mit Armband nicht können, dann halten Sie sich doch einfach an die Rio-Regeln!«

Moderator *(verschränkt die Hände und beugt sich vor)*: »Meine Herren, das Thema Sex sollten wir an dieser Stelle nicht weiter vertiefen ...«

Virologe *(unterbricht)*: »Oder vielleicht doch, aber in etwas seriöserem Kontext. Ich habe heute auf dem MedRxiv Pre-Print-Server eine neue Studie aus Oxford gefunden, die nahelegt, dass der genitale Sekretaustausch bei ungeschützten Sexualkontakten eine bedeutsamere Infektionsquelle darstellt als bislang angenommen. Und zwar zusätzlich zur unvermeidlichen physischen Nähe!«

Moderator *(fährt sich durch die Haare)*: »Herr Prof. Carstens, das ist natürlich wahnsinnig spannend, aber vielleicht sollten wir da die endgültige Publikation abwarten. Für die heutige Sendung würde ich gerne beim Rio-Bracelet bleiben.

Frau Dr. Müller-Riefenstein, was meinen Sie, wie sich eine solche Verordnung insgesamt auf die Befindlichkeit in der Gesellschaft auswirken könnte?«

Psychologin: »Gut, dass Sie das ansprechen. Wissenschaftler vergessen nämlich immer wieder, was so eine Ausnahmesituation mit uns als Menschen macht. Wir müssen berücksichtigen, dass Einschränkungen unsere gesamtgesellschaftliche Seele verändern können, wenn wir sie als unverhältnismäßig empfinden. Wenn das Individuum spürt, dass es als solches nicht wahrgenommen oder nicht ernst genommen wird, dann empfindet es sich nicht mehr als Teil der Gemeinschaft, und dann fühlt es sich dieser Gemeinschaft auch nicht mehr verpflichtet. Es wird auch bei vielen Menschen, die selbst gar kein Bracelet tragen müssen, eine tiefe emotionale Verunsicherung auslösen, wenn ihnen auf diese Weise die Machtlosigkeit des Individuums gegenüber einem gnadenlosen Staat demonstriert wird.«

Minister *(rollt mit den Augen)*: »Sorry, Frau Doktor, aber das finde ich jetzt total gnadenloses Psychopathos ...«

Moderator: »Bei allem Respekt, Herr Minister, wie Sie wissen, ist die kontroverse Diskussion in dieser Sendung willkommen - aber bitte ohne persönliche Diskreditierung! Es ist mir immer wichtig, alle Probleme ganzheitlich aus verschiedenen Blickwinkeln zu beleuchten. Deshalb möchte ich noch einmal den Virologen um ein Statement zu folgender Frage bitten: Sind wir aus epidemiologischer Sicht mit dem derzeitigen Stand der Pandemie in einer so verzweifelten Situation, dass ein solcher Eingriff in die Freiheit des Einzelnen gerechtfertigt ist?«

Virologe: »Wissenschaftlich betrachtet ist die Sachlage einfach. Wir sind verdammt hart an der Grenze unserer medizinischen Kapazitäten. Trotz Umfunktionieren aller medizinischen Einrichtungen wie Spezial- oder Rehakliniken findet die Patientenversorgung schon jetzt teilweise in Zeltlazaretten und Containern statt. Davon abgesehen gibt es einen bedrohlichen Personalmangel im ärztlichen und pflegerischen Bereich.

Ohne weitere Einschränkung der Bevölkerungsmobilität und der damit verbundenen Reduktion von Kontakten werden wir in Kürze so weit sein, dass die massenhafte Triage unumgänglich wird. Triage heißt, wir Ärzte müssen entscheiden, welche Patienten wir noch behandeln können und welche wir sterben lassen. Als Arzt und Virologe begrüße ich jedes Tool, mit dem sich das verhindern lässt - also auch das Bracelet.

Als Privatperson mit politischem Bewusstsein sehe ich jeglichen Eingriff in die persönliche Freiheit mit zwiespältigen Gefühlen; und offen gestanden bin ich heilfroh, dass ich solche Entscheidungen nicht treffen oder verantworten muss.«

Moderator: »Dann möchte ich zum Schluss noch einmal den Entscheidungsträger zu Wort kommen lassen. Herr Preuss, wir wissen alle, dass Sie im Wahlkampf sind. Befürchten Sie nicht, dass diese Aktion Sie zahlreiche Stimmen kosten könnte, weil viele Wähler das als übergriffige Beschneidung ihrer Persönlichkeitsrechte empfinden?«

Minister *(richtet sich auf und hebt beide Hände)*: »Ach, wissen Sie, wir befinden uns mitten in einer historischen Krise, in der es um Leben oder Tod unserer Bürger geht. Da bleibt keine Zeit, Gedanken an persönliche Ambitionen zu verschwenden. Ich werde mich in meinem Handeln ausschließlich daran orientieren, ob es dazu geeignet ist, diese Pandemie unter Kontrolle zu bringen. Falls mich das Stimmen kostet, muss ich das in gebotener Demut akzeptieren.«

Blogger: »Amen, halleluja!«

¤ ¤ ¤

16. Dezember

Ehemals strahlend weiß über dem Bühler Tal thronend, war das frühere Luxushotel mit seiner abgeblätterten Fassade inzwischen schneematschfarben. Eine Patrouille mit Kampfhunden sicherte den elektrische Stacheldrahtzaun, der das Gebäude vom Rest der Welt trennte. Kameras scannten die Umgebung, auch das massive Stahltor war mit einem Überwachungssystem samt Tastatur ausgestattet. Nachdem Anna ihre App mit den Testergebnissen der letzten drei Tage vor die Kamera gehalten hatte, erfolgte die Iriskontrolle.

Das Tor glitt zur Seite, sie passierte das Zelt für die Materialannahme. Dort wurden sämtliche Anlieferungen, einschließlich Lebensmittel und Post, desinfiziert und für 48 Stunden bei einer Temperatur von sieben Grad gelagert, bevor man sie ins Haus holte.

Links vom Hotelgebäude lag der neu installierte Quarantänecontainer wie ein hingeworfenes Riesenbauklötzchen. Die Stämme der Bäume, die man dafür hatte abholzen müssen, lagen noch herum und verrotteten. Nach zwei negativen HeLiPa-Tests mussten alle Aspirantinnen für das Refugium in diesem Container drei Wochen Quarantäne durchlaufen, erst dann durften sie in den Wohnbereich übersiedeln.

Anna parkte und setzte die Maske auf. Die Haustür öffnete sich automatisch; eine junge Frau in Schutzkleidung empfing sie und geleitete sie ins Büro. Statt Patientenakten händigte sie ihr ein Tablet mit Informationen zu jeder Klientin aus, mit Angaben zum Beruf, IQ-Test und sämtlichen medizinischen Daten zur Schwangerschaft.

¤

Im dritten Obergeschoss drangen *Jingle Bells* und Gelächter aus dem Salon der VIP-Station. Zwölf Frauen in unterschiedlichen Stadien der Schwangerschaft saßen um einen großen Glastisch, schlürften exotische Smoothies oder knabberten Weihnachtsplätzchen, Petit Fours und Fruchtspieße. Der üppig geschmückte Christbaum nadelte in der Ecke.

Anna plauderte drei Minuten mit den Damen und bat sie dann einzeln in das Untersuchungszimmer. Alle Promi-Schwangeren waren wohlauf, die Ultraschalluntersuchung zeigte ausschließlich gesunde Föten jeder Größe – sieben von neun ohne Zipfel.

Milena F. maulte wieder. Sie finde es dem Preis-Leistungs-Verhältnis im Refugium nicht angemessen, sich von einer Person untersuchen zu lassen, die *von da draußen* in das ansonsten hermetisch abgeriegelte Refugium eindringe. Für das Geld, das sie hier zahle, hätte sie jede Luxuskabine auf einem Kreuzfahrtschiff buchen können – und da wäre der Schiffsarzt nicht nur inklusive, sondern auch 24 / 7 verfügbar.

Nur Elsbeth war allein auf ihrem Zimmer. Auf Annas Frage, warum sie nicht bei den anderen sei, schüttelte sie mit fast fröhlichem Lächeln den Kopf. »Ach, wissen Sie, als Dienstmädchen tanzt man nicht so gern mit der Herrschaft.«

»Quatsch«, sagte Anna, »nehmen Sie sich ein Beispiel an Ihren Kindern.« Wie Elsbeth ihr kürzlich erzählt hatte, waren die beiden derzeit auf einem Schweizer Internat und fanden den ungewohnten Luxus und die reichen Schulkameraden krass geil.

Anna mochte Elsbeth und betreute sie gerne, wenn auch mit mulmigem Gefühl. Elsbeths Mann hatte sich vor einem Jahr nach Ungarn abgesetzt, wo familienflüchtige Ehemänner keine Unterhaltsklagen zu befürchten hatten, da das Land nicht mehr der EU-Rechtsprechung unterlag. Mit neununddreißig Jahren fand sich Elsbeth ohne abgeschlossene Berufsausbildung und mit zwei schwierigen halbwüchsigen Kindern in der plötzlich unbezahlbaren Wohnung wieder. Sie war langjährige Haushälterin bei Krappsteins, einem reichen, kinderlosen Ehepaar, doch von ihrem Gehalt hätte sie den Schuldenberg auf dem gemeinsamen ex-ehelichen Konto niemals tilgen können. Als ihre Arbeitgeberin ihr nach den eigenen erfolglosen IVF-Versuchen antrug, das »vertrauensvolle Arbeitsverhältnis« zunächst als Leihmutter, dann als Kindermädchen fortzusetzen, zögerte sie nicht.

Anna war fassungslos gewesen, als Frau Krappstein in ihrer Sprechstunde mit Elsbeth im Schlepptau und einem Gutachten auftauchte, das die persönliche Beziehung der beiden Frauen und die Uneigennützigkeit bestätigte, auch der Antrag auf Leihmutterschaft war bereits genehmigt. Vier Krappstein-Embryonen lagerten noch in der Kryokonservierung, und Elsbeth fragte: »Was kann den Tiefkühlbabys denn Besseres passieren, als zwei leibliche Mütter um sich rum zu haben? Eine, von der sie das Bio kriegen, und die andere, wo sie im Bauch waren.«

Diese Logik und die überschäumende Begeisterung, die beide Frauen ausstrahlten, hatten Annas Bedenken schwinden lassen. Gegen ihre ärztliche Empfehlung bestand Elsbeth auf dem Transfer von zwei Embryonen, was prompt zu einer bislang unkomplizierten Zwillingsschwangerschaft führte.

Nach Ausbruch der Pandemie hatte Frau Krappstein ihre Tennisclubkameradin Mechthild kontaktiert, die dann dafür sorgte, dass Elsbeth im Refugium aufgenommen wurde. Dort durfte sie im VIP-Geschoss wohnen, wobei sie den Komfort schätzte, auf die VIPs aber gerne verzichtet hätte. Elsbeth genoss die ungewohnte Muße, vor allem, da die Krappsteins ihre Kinder in die Berner Alpen geschickt hatten, wo die Rio-Inzidenz niedrig lag und ihre Mutter sich nicht pausenlos sorgen musste, was *die Blagen* wieder angestellt hatten. Da sie völliges Nichtstun aber nicht aushielt, hatte Elsbeth bereits Berge von Babyklamotten und Socken in allen Größen gestrickt, von denen Anna sich ein Paar aussuchen durfte. Sie nahm grau mit hellgrün.

Elsbeths trainierter Uterus bot dem Zwillingspaar genügend Raum, im Ultraschall sah man das Mädchen strampeln; der Bub machte nur ein paar müde Handbewegungen, als wollte er der Untersucherin nahelegen, ihn in Ruhe zu lassen. Das Strahlen in Elsbeths Augen ließ Anna bezweifeln, dass diese Mutter sich nach der Geburt leichten Herzens in die Rolle eines Kindermädchens schicken würde.

¤

Im ersten Stock war der Teppichboden abgetreten, die Tapete hatte sich an einigen Stellen von der Wand gelöst. Auch hier gab es einen Weihnachtsbaum - der im Vergleich zur Weißtanne im VIP-Bereich allerdings eher einer Krüppelkiefer ähnelte und nur mit schlaffem Engelshaar geschmückt war.

Auf der Sozialstation wurden seit Ausbruch der Pandemie überwiegend Schwangere aufgenommen, die sich verpflichteten, ihr Kind zur Adoption freizugeben. Auch bei Vanessa stand ein Ultraschall an. Anna sah sie zum zweiten

Mal seit der Übernahme aus einer Suchtklinik, die auf Drogenentzug von Schwangeren spezialisiert war - ohne die Wartezeit, die sonst Monate betrug. Während der Entzugstherapie wurden die Frauen häufig überredet, ihr Baby nach der Geburt freizugeben. Vanessa war so schlau gewesen, sofort nach dem positiven Schwangerschaftstest einen Termin im Refugium zu vereinbaren; dort wurden nur Frauen in den ersten Wochen der Schwangerschaft aufgenommen, nach gründlicher Pränataldiagnostik und vor der Fetopathie.

Vanessa war zwanzig Jahre jung, optisch hatte sie noch vor Kurzem doppelt so alt ausgesehen; mittlerweile hatten Detox und Schwangerschaftshormone ihre Züge geglättet, und das Grau im Gesicht war einer gesunden Rosigkeit gewichen. Dank ihrer Motivation hatte sie den körperlichen Entzug problemlos durchgestanden - sie war verliebt in den Erzeuger. Der hatte sich, nachdem sie schwanger wurde, allerdings zügig umorientiert und war aus Vanessas Leben verschwunden, mit ihm auch deren Bereitschaft für den Verzicht auf Crystal Meth. Seit sie das ihrer Psychotherapeutin in der Videosession anvertraut hatte, stand Vanessa unter verschärfter Supervision und musste Briefe und Päckchen unter Aufsicht öffnen.

Während der Sonografie schimpfte die werdende Mutter über die Psycho-Denunzianten-Schlampe und die Scheißpandemie, ohne die sie sofort abhauen würde. Anna hörte geduldig mit einem Ohr zu und tröstete, alles würde gut. Tatsächlich war gebärmutterseitig alles in Ordnung, das kleine Mädchen tanzte munter zu den Ultraschallwellen. »Ihrer Kleinen geht es super, sie macht Party in Ihrem Bauch.«

»Mir doch egal; wenn ich sie geworfen habe, kriegt ihr sie sowieso«, kommentierte die werdende Mutter.

Als Anna nicht antwortete, fügte sie trotzig hinzu: »Und ich krieg mein Leben zurück - und endlich wieder *meine* Partys.«

Wortlos wischte Anna das Gel vom Bauch der Mutterschaftsmüden.

¤

Anna tauschte Visier gegen Helm, ehe sie die Meldetaste an der Tür ihrer letzten Station drückte, dem Quarantänecontainer.

Die zuständige Krankenschwester öffnete, und ihr strahlendes Lächeln ließ die Freude über den Kontakt zu einem Außenmenschen ahnen. Sie durfte während der Zeit ihres Einsatzes den Container nicht verlassen, außer für kurze Spaziergänge auf dem Grundstück. Als Anna sie bei ihrem ersten Besuch gebührend bedauert hatte, lachte sie; das werde *lohnend bezahlt* und sei immer noch besser als die Situation der armen Schwangeren, die während der gesamten Quarantänezeit allein auf ihren Zimmern bleiben mussten.

Nach dem äußeren Eindruck eines hässlichen Fremdkörpers in schöner Landschaft überraschte der Container durch die liebevolle Gestaltung des Innenbereiches, mit gehobener Hotelqualität der Zimmer und Hightech-Ausstattung. Bei der Erstellung ihres Konzeptes hatte Anna nicht daran geglaubt, dass ein derart luxuriöses Equipment genehmigt würde, aber Mechthild war so erfreut, sie für das Projekt gewonnen zu haben, dass sie allen Vorschlägen zustimmte, ohne mit der Wimper zu zucken. Neben der Preuss-Stiftung beteiligte sich auch MM großzügig am Sponsoring.

Auf den ersten Blick wirkten die zehn Räume wie kleine Suiten, hinter einem Schirm aus Bambus verbarg sich in jedem

Zimmer ein Verbandswagen mit allen zur klinischen Untersuchung notwendigen Instrumenten und verschiedenen Blutabnahmesets, außerdem ein einklappbarer gynäkologischer Untersuchungsstuhl und ein Ultraschallgerät. Die Tastatur war von einer Folie bedeckt, die die Dateneingabe erlaubte. Nach jeder Untersuchung wurden die plastiküberzogenen Ultraschallköpfe zur vaginalen und abdominellen Untersuchung samt Verbindungskabel ausgetauscht und sterilisiert.

Karla K. saß vor dem Bildschirm und sprach mit ihrer Psychotherapeutin. Viel länger würde sie diesen Stubenarrest nicht ertragen, und es sei pure Folter, dass sie die Psychopharmaka gegen ihre Angststörung nicht mehr nehmen dürfe.

Als Anna mit der Schwester eintrat, beendete sie das Gespräch und kreischte mit ausgestreckten Händen »Halt, stopp!«. Erst als Karla K. sich ihre Maske aufgesetzt und ein Visier übergestülpt hatte, durfte Anna näher kommen. Karla bat darum, die gynäkologische Untersuchung zu verschieben, sie wolle sich nicht zwei Tage vor Ende der Quarantäne einem Ansteckungsrisiko aussetzen.

Gebetsmühlenartig wiederholte Anna, sie werde täglich getestet, selbst bei Positivität habe das Virus keine Chance, den Schutzwall des Ganzkörperanzuges zu überzuspringen. Und die Feststellung der intakten Schwangerschaft sei nun einmal zwingende Voraussetzung für die Übernahme von der Quarantäne ins Refugium.

Sie verteilte das glibberige Ultraschallgel auf Karlas Bauch, nicht ohne es vorher kurz in der Hand zu wärmen. Fast entglitt ihr der Schallkopf, als sie das Bild sah, vor dem sie sich immer fürchtete: die Fruchtblase mit einem randständigen Embryo ohne Herzschlag.

»Haben Sie den Lautsprecher nicht eingeschaltet?«, fragte Karla K.

Als Anna der Schwangeren mitteilte, sie habe eine stumme Fehlgeburt, krümmte die sich weinend und brüllte immer wieder »NEIN!« Sie schrie und bettelte um Annas Stillschweigen, es gehe doch um ihr Leben, da draußen müsse sie krepieren.

Wortlos reichte die Schwester Karla K. eine Schmelztablette Tavor, die sofort in deren Wangentasche verschwand.

Als Karla ruhiger atmete, erfüllte Anna ihre herzzerfetzende Pflicht und erklärte der Klientin, die gerade zur Patientin geworden war, das Refugium sei ausschließlich dem Schutz Schwangerer vorbehalten, sie könne zu ihrem größten Bedauern nicht mehr anbieten als die notwendige Ausschabung ihrer abgestorbenen Frucht.

¤ ¤ ¤

28. Dezember

V*IGILANZVISION-online*

Wiedereinführung der Todesstrafe?
Nie waren Prügel so gefährlich wie heute: Rio-Ausbruch bei Strafgefangenen nach Schlägerei im Knast.

Von Ben Cortes, 28.12. 12:00 Uhr

Aus der JVA Bruchsal wird heute ein Rio-Ausbruch gemeldet. Einige Teilnehmer einer Spuck-und-Beiß-Demo, die Polizisten tätlich angegriffen hatten, waren kürzlich in einem gerichtlichen Schnellverfahren zu Geld-, ersatzweise Haftstrafen verurteilt worden, alle hatten sich geweigert zu zahlen. In der Vollzugsanstalt wurden die Rio-Sünder von den Insassen als Bedrohung wahrgenommen und systematisch gemobbt.
Als Außenseiter pflegten die mittlerweile fünfundzwanzig Armbandträger in der JVA engen Kontakt untereinander. Zwar wurden alle Delinquenten vor Aufnahme negativ getestet, möglicherweise war bei einem der später Erkrankten der Test falsch negativ oder die Inkubationszeit verlängert. Da er die Krankheitssymptome zunächst ignorierte, infizierten sich elf Männer der Gruppe und drei weitere Insassen. Daraufhin vereinbarten die Mithäftlinge, sämtlichen Armbandträgern nach einem »Weihnachtswaffenstillstand« eine Abreibung zu verpassen. Nach Angaben des Wachpersonals entwickelte sich daraus eine Massenschlägerei, bei der sich auch die Angreifer

untereinander in die Haare gerieten. Erst zwanzig Minuten nach dem Alarm eines Aufsehers konnte die Prügelei unter Einsatz von Tasern und Schlagstöcken beendet werden. Bei einem anschließend prophylaktisch durchgeführten Test wurden drei weitere Häftlinge positiv getestet.
Alle Vollzugsbeamten, die bei der Auseinandersetzung eingegriffen hatten, wurden in Quarantänecontainern untergebracht. Da weitere Infektionen zu befürchten sind, verhängte die Anstaltsleitung für drei Wochen eine Zellenisolation für sämtliche Insassen und stellte einen Antrag auf personelle Unterstützung durch die Bundeswehr.
Gefängnisdirektor Werner Wagner sagte auf unsere Anfrage, ob solche Aggressionen eine Ausnahme darstellten: »Ich fürchte, das werden wir noch öfter erleben. Bis vor Kurzem haben unsere Häftlinge die Rio-Armband-Träger noch als ›Revolutionäre gegen das Establishment‹ gefeiert. Mit wachsender Furcht vor Rio ist die Stimmung inzwischen total gekippt. Manche Häftlinge wollen ihre Zelle aus Angst vor Ansteckung nicht mehr verlassen; der Wegfall sportlicher Aktivitäten lässt das Aggressionsniveau weiter ansteigen. Eine Gruppe plant nun, einen offenen Brief an den Justizminister zu schreiben. Diese ›Seuchenverbreiter zu normalen Menschen in den Knast zu stecken‹, sei eine ›Wiedereinführung der Todesstrafe‹.«

¤ ¤ ¤

29. Dezember

Fast genoss er die Fahrt von Herrn Karliczek, wissend, dass es das letzte Mal sein würde. Der Jammer-Motzer beklagte sich über die Viertelstunde, die er vor der Praxis seines Hausarztes hatte stehen müssen, da nur drei Patienten zugleich im Wartezimmer sein durften. Ben ließ ihn schimpfen und wünschte zum Abschied noch ein schönes Leben.

»Verarschen kann ich mich selber«, maulte Herr Karliczek.

»Das glaub ich Ihnen glatt«, antwortete Ben und fuhr fröhlich in die Zentrale.

Dort stellte er das Taxi in der Garage ab, ging ins Chefbüro, übergab die Autoschlüssel und wünschte Erwin alles Gute. Der rammte ihm seinen Ellenbogen in die Seite und brummte: »Mach's gut, Kleiner. Schade, dass du aussteigst, wir hatten schon Schlechtere als dich.« Bevor Ben auf diese ungewohnte Sympathiebekundung seines chronisch grantigen Ex-Chefs eingehen konnte, schob der nach: »Kannst jederzeit wieder bei mir anfangen, wenn diese Pandemiescheiße rum ist oder falls dir dein Geschreibsel langweilig wird.«

»Gut zu wissen, danke«, antwortete Ben, und für den Moment meinte er, was er sagte. Als er die Tür hinter sich schloss, kam die Erleichterung: Nie mehr würde er als Dienstleistender auf engem Raum mit fremden Menschen die Atemluft teilen und die Kunden ohne Ansehen der Person zum Ziel bringen. Und nicht mehr jedes Fahrgastgeschwätz aushalten müssen, selbst wenn es unsäglich war, und, last not least, endlich der olfaktorischen Penetranz ungewaschener Körper oder ranziger Parfüms entkommen.

Der Dreißig-Stunden-Vertrag für zwei Jahre bei *VIGILANZ-VISION-online* würde Zeit für eigene Schreibprojekte lassen und eine zugesicherte Pandemiezulage weitere finanzielle Spielräume eröffnen. Seit Wochen hatte ihn Anna bestürmt, den infektiologisch bedenklichen Taxijob aufzugeben, ihm unausgesprochen vermittelt, er müsse sich um die finanzielle Einbuße nicht sorgen. Ihre Bereitschaft, ihn notfalls zu unterstützen, hatte er als liebevoll, aber inakzeptabel empfunden, da seine Idee vom Minimalismus unvereinbar damit war, den eigenen Verzicht auf Verdienst durch eine Gutverdienerin sponsern zu lassen. Annas überschäumende Freude und Erleichterung über den festen Vertrag hatte ihm ein lang vermisstes Gefühl des Beheimatet-Seins beschert.

Ben holte das Fahrrad aus Erwins Garage und stieg in die Pedale, um im kalten Wind nicht auszukühlen. Vor dem *Internationalen Supermarkt* stand eine Schlange von Frierenden, was ihn jedoch nicht abhielt, Frieda am Ständer anzuschließen und sich anzustellen. Hier gab es bezahlbaren Kaviar, zwar Keta, aber den mochte er fast lieber als den Beluga, der nur noch auf dem Schwarzmarkt gehandelt wurde. Ben war entschlossen, zur Feier des neuen Lebens ausnahmsweise den Prinzipien des Minimalismus zu entsagen. Anna liebte Kaviar - ein weiteres Laster, das sie teilten. Seinen Eltern hatte Ben zwar *Frevel gegen die Natur* vorgehalten, wenn sie diese dekadenten Schleimeier zu besonderen Gelegenheiten servierten, was ihn aber nicht davon abhielt, die knackigen Kügelchen dennoch mit schamhafter Wonne zu verspeisen. Er fand, das Voranschreiten in eine neue berufliche Dimension rechtfertigte den einmaligen Rückschritt in die überwundene Phase der elternhäuslichen

Wohlstandsverwahrlosung. Er würde Anna an Silvester Kaviar mit Blini und Champagner servieren.

¤

Ein vierschrötiger Wachmann überprüfte bei jedem Eintretenden den korrekten Sitz der Maske, Ben musste die linke Hand aus der Jackentasche nehmen und die Handschuhe vorzeigen, bevor er sich einen Wagen nehmen durfte.

Im Inneren des Supermarktes roch es nach verfilzter Wolle und Sauerkraut, überlagert vom süßlichen Aroma des Desinfektionssprays, mit dem eine Frau im mintgrünen Kasack die Flächen der Regale für frisches Obst und Gemüse absprühte. Es gab noch Kartoffeln, Kohl und schrumpelige Äpfel. Viele Regale waren leer, ein Schild in krakeliger Schrift verkündete: *Hantschuhe zur Zeit nicht lieferbahr.* Am Fischstand bekam Ben seine 250-Gramm-Dose Keta-Kaviar, ohne anzustehen. Bei den Backwaren ergatterte er die letzten zwei Portionen abgepackte Blini zum Aufbacken. Ihm selbst verkohlten die Buchweizenfladen regelmäßig oder missrieten zu schlaffen Teigfladen.

Auf dem Weg zur Milchtheke musste er die Spirituosenabteilung durchqueren, aus der lautes Stimmengewirr drang. Auch hier waren die Regale bis auf vereinzelte Flaschen weitgehend leer gefegt, nur die Liköre waren noch einigermaßen bestückt.

Der schmale Durchgang wurde von einer Gruppe blockiert, die sich um einen Einkaufswagen geschart hatte, an dem zeternd eine Frau zerrte. Beim Näherkommen sah Ben, dass in dem Wagen ein kleiner Junge mit alten Augen und am Kinn hängender Maske saß, der drei Flaschen Wodka Gorbatschow an seinen mageren Bauch presste und gegen den Zugriff der

Frau verteidigte, die breitbeinig vor dem Einkaufswagen stand. Ihr Gesicht war über der Maske blaurot angelaufen, sie keifte: »Ihr asozialen Alkoholiker, das waren die letzten Wodkas.«

Ein untersetzter Typ mit Glatze rannte mit einem Sixpack Bier in der rechten Hand und geballter linker Faust auf die Angreiferin zu und brüllte: »Du mein Kind anfassen, ich mache aus dein Gesicht Hackholz.«

Die Frau ließ den Wagen los und kreischte: »Darling, Hilfe! Wo bist du?«

Einige der Umstehenden zückten ihre Handys und filmten; Ben griff ebenfalls zu seinem Smartphone, eigentlich, um es für einen Notruf parat zu haben, drückte dann aber die Videotaste, als eine breitschultrige Gestalt von mindestens 1,85 Meter Körpergröße und einer Sumoringerfigur um die Ecke stürmte und drohend den Arm hochriss. Die Flasche in der linken Hand reflektierte funkelnd das Neonlicht. »Wenn du meine Frau anpackst, mach ich aus deinen Eiern Blutwurst.«

Dem Glatzkopf blieb der Mund offen. Doch die Botschaft der Schwenkflasche mit der Aufschrift *Nordhäuser Doppelkorn* war klar genug, um ihn mit ausgestreckten Händen einen Schritt zurücktreten zu lassen.

»Du bist super, Süße«, kommentierte die Frau am Wagen und entwand dem Jungen blitzschnell eine der drei Flaschen Gorbatschow.

Die beiden Damen marschierten los. Alle steckten ihre Handys ein.

Ben hatte nicht nur Blinis und Kaviar, sondern auch die Idee für seinen nächsten Artikel.

¤ ¤ ¤

30. Dezember

Klinikum Stuttgart«, meldete sich die distanziert samtige Stimme der Telefonzentrale. Die Anruferin vergewisserte sich, dass sie mit Frau Dr. Martini persönlich sprach, und kündigte an, sie mit Dr. Wagner zu verbinden, Stationsarzt der inneren Medizin, Infektiologie. Während Vivaldi durch den Hörer plätscherte, ertappte Anna sich schaudernd bei dem Wunsch, falls Rio, möge es nicht ihre Schwester betreffen - und wenn schon Familie, dann nicht Mama.

Der Arzt stellte sich vor und fragte, ob sie die Ehefrau von Herrn Josef Martini sei.

Das Telefon fiel Anna aus der Hand, federnd landete das Leichtkarbon auf der Tastatur des Schreibtischcomputers. Sie klaubte es auf. »Ehefrau. Ja.« Das »Ex« verschluckte sie.

Die Stimme des Kollegen klang jung und empathisch. Vor drei Tagen hatte er Herrn Martini notfallmäßig im Klinikum aufgenommen. HeLiPa, schwerer, hochfiebriger Verlauf, beginnende Pneumonie. Zustand ernst, momentan stabil, Prognose noch nicht möglich. Der Patient hatte ihn darum gebeten, seine Frau zu kontaktieren, die Ärztin sei und für die er eine Schweigepflichtentbindung aussprach. Außerdem hatte er Frau Dr. Martini in seiner Patientenverfügung als entscheidungsbefugt in allen medizinischen Belangen angegeben.

Die Worte erreichten Annas Ohr, wurden weitergeleitet und blieben vor dem Bewusstsein stecken. Nie war Joschi krank gewesen, ohne sie umgehend anzurufen und sie mitunter zu nerven mit seiner Hypochondrie.

Ob sie zu ihm dürfe, fragte sie den Stationsarzt. Eigentlich nicht, war die Antwort, nur bei Patienten in lebensbedrohlichem Zustand oder bei Sterbenden, und so weit sei ihr Mann derzeit nicht.

Das *derzeit* blendete Anna aus und insistierte auf *eigentlich*. Sie schmeichelte, bettelte und bot an, eigene Schutzkleidung mitzubringen, einschließlich Helm. Nach fünf Minuten war der junge Mann mürbe. Ausnahmsweise. Weil Kollegin. Aber nur mit frischem PCR-Test. Schutzkleidung werde man ihr stellen, doch sie müsse hinter einer Plexiglasscheibe sitzen, mit Gegensprechanlage und natürlich ohne Patientenberührung.

Anna bedankte sich, legte auf und rief Joschi an. Er hielt das Handy so, dass sie ihn kaum sehen konnte. Seine Stimme, sonst volltönend, klang volumengemindert und brüchig, wie über ein Reibeisen gezogen. »Bist halt doch meine Leibärztin. Sorry, wenn ich dich störe.«

»Was hast du denn jetzt wieder angestellt, kannst du nie irgendwas auslassen?«

Sein Lachen klang gequetscht. »Nicht, was du immer denkst. Mit niemand geknutscht, mit niemand geprügelt, nie ohne Maske.«

Sein schweres Atmen drang durch den Hörer, sie sagte: »Bleib, wo du bist, nicht wieder abhauen, ich bin demnächst bei dir – falls es dir gerade passt?«

»Aye, aye, M'am«, sagte er. Sein leises »Ich hab's gewusst, dass du mich nicht im Stich lässt, dank dir«, ließ Anna zweimal schlucken, bevor sie »bis später« erwidern konnte.

Als sie das Dinner-Date absagte, war Ben zunächst einsilbig, äußerte dann artig sein Bedauern, dass es ihren Ex-Mann getroffen habe, und betonte, als Ärztin würde Anna ja wohl wissen, was sie tat - mit dem Besuch eines schwer erkrankten HeLiPa-Patienten.

¤

Ordnungsgemäß vermummt wurde Anna zu Joschis Zimmer geleitet. Bevor sie eintreten durfte, bediente die Schwester eine Taste auf der Überwachungskonsole, eine Plexiglasscheibe senkte sich von der Decke neben seinem Krankenbett ab. Sie stellte einen Besucherstuhl an das Kopfende. »Maximal eine halbe Stunde, Sie können klingeln, wenn Sie gehen wollen, bitte nicht herumlaufen und nichts anfassen!«, mahnte sie und schaltete die Sprechanlage ein.

Inmitten seiner Strippen, Schläuche und Infusionen sah Joschi alt und zerbrechlich aus. Blinkende Monitore tauchten sein verschwitztes Gesicht im Rhythmus des Herzschlags in grünliches Licht und ließen den Schweiß glänzen. Doch als er Anna sah, war sein Grinsen unvermindert schalkhaft und verjüngte ihn schlagartig.

Er legte die ausgestreckte linke Hand ans Plexiglas, der Druck machte das Weiß seiner Handinnenfläche wächsern. Anna legte ihre behandschuhte Rechte darüber. Er patschte zweimal gegen die Fläche: »Der Astronautenlook steht dir! Schau nicht so betroffen, das macht Falten. Bist du mir böse?«

»Hä, bitte was?«, äffte sie ihn nach; er lachte über den ex-ehelichen Running Gag, bis der Husten ihn abwürgte.

»Ob du mir böse bist, weil ich dich noch mal zu meiner Frau gemacht hab. Diesmal ohne zu fragen. Sonst hätten die Ärzte dich nicht zu mir gelassen.«

Das Flehentliche in seinem spitzbübischen Grinsen ging Anna unter die Haut. Sie wackelte mit dem rechten Zeigefinger und sagte: »Genehmigt, solange du Rio hast. Aber wenn du wieder fit bist, zahlst du den Scheidungs-Schampus.«

Er verzog den Mund zu einem sehnsüchtigen Lächeln »*Wieder fit* klingt gut. Versprichst du mir das?«

»Ich verspreche dir, dass ich den Schampus *nicht* zahle!«

»Hast mich eh nur geheiratet, weil du nicht mehr Häberle heißen wolltest.«

¤

»Natürlich kommst du heim, wenn du in Stuttgart bist, Cariño. Ich mach dir eine schöne Tortilla.« Mutter schien sich aufrichtig über ihren Anruf zu freuen. Seit der goldenen Hochzeit waren die Besuche noch seltener geworden, und in diesem Jahr hatte sie, erstmals seit Jahrzehnten, sogar für Weihnachten abgesagt.

Mama hatte keinen Widerspruch zugelassen, selbst als Anna von Joschis Rio-Infektion berichtete. Insgeheim hatte Anna gehofft, Mutter würde daraufhin die Einladung zurückziehen, und sie hätte ihrem töchterlichen Gewissen Genüge getan. Aber ihre Mutter hatte abgewiegelt. »Wie schrecklich, dein armer Mann. Aber kein Grund, uns nicht zu sehen.«

»Wir könnten auch einen Spaziergang machen, da gibt es fast kein Ansteckungsrisiko«, hatte Anna vorgeschlagen. Vater hasste Spaziergänge.

Aber Mutter ging darauf nicht ein. »Quatsch. Du bist Ärztin, du weißt dich und uns zu schützen. Im Wald gibt es keine Tortilla, und die isst du doch so gerne.«

Mütterlogik, gegen die man machtlos war.

¤

Die Straße war gespenstisch leer, mühelos fand Anna einen Parkplatz am Straßenrand. Sie fröstelte beim Aussteigen, obwohl die Temperatur für das Jahresende zu hoch lag. Mit schnellem Schritt ging sie an Mutters Gemüsehändler vorbei, einem der wenigen kleinen Geschäfte, die die Invasion der Supermärkte überlebt hatten. *Wegen Rio geschlossen*, so stand es in verblassender Schrift auf einem Schild. Aus dem wabenartigen Hochhaus gegenüber, in dem meist große Familien in kleinen Sozialwohnungen lebten, drang Musik, deren Verschiedenartigkeit sich in kakofoner Dissonanz mischte. Hingegen wirkte der Versicherungspalast verwaist, nur vereinzelt waren die verspiegelten Fenster beleuchtet. Ein Hund näherte sich mit sabbernden Lefzen, bis ihn sein hinkendes Herrchen zurückpfiff.

Das Gartentor klemmte, in dem Kies auf dem Zugang zum Häusle sank der Absatz ihres linken Stiefels so tief ein, dass sie beinahe umknickte. Die Haustürklingel klang blechern.

Schon beim Eintreten war die Spannung spürbar. Als sie Mutter und Vater in der Tür stehen sah, nahm Anna schmerzlich das Altern der elterlichen Körper wahr: umgekehrt proportional - was Vater an Gewicht zulegte wie ein aufquellender Hefekloß, verlor Mutter, indem sie schrumpfte wie ein Dörrfisch.

Mama umarmte sie mit ungewohntem Überschwang. Ihr hektisches Quasseln ließ Anna das Unechte der Fröhlichkeit ahnen, mit der Mama oft versuchte, drohende Konflikte zu überzwitschern. Meist erfolglos. Vater blieb im Hintergrund.

Als Anna auf ihn zuging, hob er beide Hände, als wollte er sich vor einem Angriff schützen.

»Welche Ehre, dass Frau Doktor sich auch mal wieder blicken lässt.«

Als seine Frau ihm einen Killerblick zuwarf, fügte er hinzu: »Herzlich willkommen daheim.«

Weder herzlich noch willkommen, dachte Anna, und daheim so wenig ein Zuhause wie meist. Mit Ausnahme von Mutters Tortilla, die nach Kindheit schmeckte.

Der Tisch war schon gedeckt, doch Vater nahm seinen Teller und ging ans andere Ende der Tafel. »Nichts für ungut«, murmelte er, ohne seine Tochter anzusehen.

Mutter setzte sich auf den frei gewordenen Platz und griff nach Annas Hand. »Schön, dass du da bist, mein Kind, lass dir die Tortilla schmecken.«

»Wunderbar wie immer«, sagte Anna nach den ersten Bissen. Niemand schaffte es wie Mama, Kartoffeln und Zwiebeln so auf den perfekten Punkt zu rösten, gerade nicht mehr roh, aber noch mit knusprigem Biss.

»Gib mir mal bitte das Salz«, forderte Vater und sah seine Frau an. Anna sprang auf, nahm den Salzstreuer und knallte ihn vor seinem Teller auf den Tisch. »Wenn du dich schon zwei Meter von uns wegsetzt, musst du nicht Mama scheuchen, um dich bedienen zu lassen.«

Mutter blickte auf ihren Teller, ihr rechter Mundwinkel zuckte. Vater rückte seinen Stuhl einen halben Meter nach hinten und sah seine Tochter vorwurfsvoll an. »Dich hätte ich bestimmt nicht gefragt, wo du gerade von einem Infizierten aus dem Krankenhaus kommst.«

Mutter setzte sich kerzengerade, ihre Augen funkelten kalt.

»Du herzloser Feigling!«, fauchte sie. »Anna war bei ihrem Mann!«

»Ex-Mann«, ätzte Vater. »Unsere Tochter hat ja nicht gewartet, bis dass der Tod sie scheide.«

Da sind sie sich wohl einmal einig, dachte Anna. Für Mercedes Häberle, die sich mit katholischer Inbrunst gegen die Scheidung ihrer Tochter gestemmt hatte, war die Ehe ein Kaufvertrag mit lebenslänglicher Gültigkeit - ohne Kündigungsrecht. Anna verschluckte sich fast, als sie ihre Mutter sagen hörte: »Du elender Spießer! Dir wäre es wohl lieber, deine Tochter wäre eine Witwe als eine geschiedene Frau?«

Anna legte das Besteck zur Seite. »Danke, Mama. Verdammt, Papa, Joschi hat Rio. Und wenn es schlecht läuft, hast du womöglich demnächst eine geschiedene Witwe zur Tochter.«

¤ ¤ ¤

31. Dezember

In normalen Räumlichkeiten habe sie den Jahreswechsel schließlich schon siebzigmal erlebt, hatte Kitty den Wunsch begründet, Silvester mit Kilian im Tiny House zu verbringen. Entgegen ihren überwiegend vegetarischen Essgewohnheiten wollten sie sich zur Feier des Tages ein Fondue Chinoise gönnen, weil das so gesellig war.

Kilian stand eine halbe Stunde in der Schlange vor der Apotheke. Die Apothekerin packte ihm HeLiPa-Tests, Blutdrucktabletten und das Viagra zusammen. Über ihrer Maske sah sie ihn scharf an. »Ich hoffe, Sie messen regelmäßig Ihren Druck?«

Beim Metzger wartete Kilian weitere zwanzig Minuten auf der Straße, bis er sein vorbestelltes und bereits geschnittenes Kalbs-, Rinder- und Straußenfilet im Laden in Empfang nehmen konnte.

Schwer atmend schob er das E-Bike mit den voll bepackten Satteltaschen den schmalen Weg hoch zum Haus und lagerte einen Teil seiner Einkäufe in der Styroporkiste unter den Holzplanken der Terrasse.

Als mäßig routinierten Koch stellte die räumliche Enge der Kochnische ihn vor eine Herausforderung. Kitty hatte angeboten, die Soßen beizusteuern - bis auf die Remoulade, eine seiner wenigen kulinarischen Kompetenzen, mit der er hoffte, seine Liebste zu beeindrucken. Er schnitt Spreewaldgürkchen und Kapern klein und mischte sie mit aufgetauter Petersilie, Estragon und Dill aus dem eigenen Gärtchen. Da sein Rührgerät streikte, schlug er erst von Hand, dann mit dem Milchschäumer zwei Eigelb mit Kokosblütenzucker, etwas Bio-Apfelessig,

Zitrone und tropfenweise Sonnenblumenöl zu einer cremigen Masse. Zum Schluss gab er das gehäckselte Grün darunter, schmeckte mit Pfeffer, Salz und Creme fraîche ab und schnalzte zufrieden mit der Zunge, er fand die Soße Kitty-tauglich.

Sein zweites Highlight waren die Marillenknödel. In Ermangelung frischer Aprikosen hatte Kilian die getrockneten Früchte über Nacht in Marillenbrand eingelegt und bereits am Vormittag die mit Schnapsfrüchten gefüllten Knödel gekocht. Nun musste er sie nur noch in Pankobröseln panieren und in Butter anbraten. Auch die Vanillesoße mit Eierkirsch stand im Kühlschrank bereit, ebenso ein kleiner Krug mit Hugo als Begrüßungsdrink.

¤

Für Silvester hatte sie Lust auf festliche Garderobe mit einer Prise Punk. Lange hatte sich Kitty nicht so auf den Jahreswechsel gefreut. Keine Small-Talk-Party bei Freunden, die oft nur Bekannte waren und meist paarweise aufkreuzten. Stattdessen ein Tête-à-Tête mit dem Lover, der wie ein Herbststurm in ihr Leben gefegt war und ihren jungen Taxifreund zum unfreiwilligen Kuppler gemacht hatte. Welches Glück, Kilian vor der Pandemie begegnet zu sein, vor der Phase der Isolation - besonders schmerzlich für Menschen ohne Familie. Beim Beobachten der allgegenwärtigen Angst jüngerer Menschen, die fürchteten, ihr Leben entweder zu verlieren oder zu verpassen, spürte Kitty nicht nur Mitgefühl, sondern auch heitere Genugtuung über die sieben Jahrzehnte ihres eigenen Da-Seins, das nicht durchgehend glücklich, aber doch so erfüllt gewesen war, dass kein Virus der Welt ihr die positiven Erinnerungen nehmen konnte. Außerdem war sie dankbar für die Zugabe eines neuen Liebeslebens, das sie ihre Einundsiebzigjährigkeit einfach vergessen ließ.

Sie wählte eine silbergraue Seidenbluse mit floralem Muster, Stehkragen und Schulterpolstern, die durch die optische Verbreiterung ihre Zierlichkeit noch betonten, ebenso der schwingende Maxirock aus nachtblauem Crêpe Georgette, der mit dem Burgunderrot ihrer Stiefeletten kontrastierte. Farblich und zu ihrem Übermut passend, tönte sie sich je eine metallic-blaue und -rote Strähne ins Haar und bürstete sie mit Spray zu vertikalem Stand. Ins linke Ohr steckte sie den Platinohrring mit Lapislazuli.

Die Soßen stellte sie in eine flache Kiste zur Thermohülle mit dem Grünen Veltliner. Diese Rarität von einem der wenigen noch nicht versteppten Weinberge in der Wachau hatte sie bei einem österreichischen Delikatessenshop im Netz entdeckt und für einen sündhaften Preis als Silvestergeschenk für Kilian gekauft. Außerdem hatte sie für ihren Germanisten ein Buch erstanden, das sie als perfekt passend für die aktuelle Weltlage empfand: *Liebe in Zeiten des Hasses.*

Die Straßen waren wie ausgestorben, das Haus verlassen durfte nach zwanzig Uhr nur, wer einen triftigen Grund nachweisen konnte, alle Geschäfte waren ab achtzehn Uhr geschlossen. Keine vormitternächtlichen Böllerschüsse, Feuerwerk jeglicher Art war strikt untersagt, um die überlaufenden Kliniken vor den üblichen Silvesternotfällen zu bewahren. Es waren strenge Kontrollen angekündigt, man fürchtete Partys – als ob irgendwer in Feierlaune wäre, abgesehen von ein paar unausrottbar Unbelehrbaren, die sich in kollektiver Realitätsverweigerung zu teilweise paramilitärischen Rudeln organisiert hatten. Zur Einsparung von Energie war nur jede vierte Straßenlampe in

Betrieb, geisterhaft schaukelten die wenigen Kaltlichtleuchten im eisigen Wind. Dreierpatrouillen von schwer bewaffneten Soldaten in Tarnfarben waren in der Dunkelheit nur schemenhaft erkennbar. Auf halber Strecke blockierte ein Lieferwagen die Weiterfahrt. Kitty drehte um und stellte fest, dass die Parallelstraße in einer Sackgasse endete.

Dann rief Cousine Karin an, die seit Rio die Treffen mit ihrem Damenzirkel vermisste und deshalb Kitty ein Ohr abkaute, neuerdings in ungewohnter Regelmäßigkeit. In ihren wenigen Sprechpausen wollte sie alles über den Lover wissen, von dem ihr Kitty leichtsinnigerweise erzählt hatte. Bei diesem Stichwort fiel ihr ein, dass sie das Gleitgel vergessen hatte, was nicht unwichtig war, seit Kilian wegen der Pandemie darauf bestand, Präservative zu verwenden. Darüber verpasste Kitty die richtige Abzweigung und wurde nervös, da die Sperrstunde näher rückte, nach der man nicht nur einen triftigen Grund, sondern einen Notfall nachweisen musste. Zu allem Unglück lag das Bestätigungsformular über den Zweitwohnsitz bei Kilian statt im Auto. Nach dem Elsass-Erlebnis hatte sie offiziell einen Wohnsitz für beide Domizile angemeldet, da eine Eigenherstellung des Zertifikats nicht mehr möglich war; neuerdings wurden diese mit angeblich fälschungssicheren Hologrammen versehen.

»Ganz schön mutig, in deinem Alter noch was mit einem neuen Lover anzufangen«, zwitscherte die Cousine, die vier Jahre jünger war. »So richtig mit allem?«

»Mit weniger als allem wäre es schließlich kein Lover«, gab Kitty zurück. »Und übrigens: Ich finde, in *unserem* Alter braucht man Mut nur noch dafür, Gelegenheiten auszulassen.«

¤

Zufrieden betrachtete Kilian den festlich gedeckten Esstisch und zündete für einige Minuten die fünf Kerzen im Leuchter an, damit sie ihren köstlichen Bienenwachsduft entfalteten. Kittys Fondueteller umrahmte er herzförmig mit den abgezupften roten Blüten eines Weihnachtskaktus.

Auf eine Postkarte mit zwei kopulierenden Fröschen, die von einem nahenden Auto überrollt zu werden drohten, schrieb er mit seinem altmodischen Füller: *Für Kitty, deren Liebe mein Menschenbild vor der Misanthropie bewahrt.* Dann wickelte er sein Päckchen in Geschenkpapier, das mit Herzen bedruckt war, deren Rot genau zu den Kakteenblüten passte.

Um zehn nach sieben putzte Kilian die Zähne, rasierte sich noch einmal und tupfte ein paar Tropfen Rosenholzduft auf den Hals. Kurz vor halb acht löschte er die Kerzen und ging zum Parkplatz, Kitty war stets pünktlich, und er wollte sie in Empfang nehmen, um die Soßen zu tragen. Fröstelnd zog er sich die Kapuze ins Gesicht, der nasskalte Nebel machte die Brille blind, der eisige Schneeregen durchfeuchtete den wattigen Parka. Um sich warm zu halten, lief er hüpfend auf und ab und rieb sich die Hände.

Sieben Minuten nach halb acht: Keine Spur von Kitty. Dafür heulten in der Nähe Sirenen. Seine Nackenhaare sträubten sich unter der kratzigen Kapuze. Kilian kniff die Augen zusammen, um das Bild von Kittys zerquetschtem Mini zu verscheuchen, das sich brutal ins innere Auge brannte. Er spürte die vertraute Federzwinge in der Brust, seit Jahren Ankündigung seiner Panikattacken, die ihn meist nachts überfielen und in schwarze Spiralen der Angst zogen – vor den letzten Lebensmetern, die nach hilfloser Vergreisung im einsamen Tod endeten. Mit Kittys Auftauchen waren die Anfälle schlagartig verschwunden. Zwar blieb die eigene Endlichkeit real, verlor aber ihre Allgegenwärtigkeit.

Nun kam die Panik in neuer Gestalt zurück. Erst hatte er gefürchtet, Kitty würde ihn verlassen, nun quälte ihn die Zwangsvorstellung, sie würde ihm entrissen. Wie hatte sie seinen Spruch belächelt, die Summe der Angst bleibe auch mit der Liebe gleich …

Die Sirenen kamen näher. Erst kürzlich hatte er Kitty verlegen eine Visitenkarte mit seinen Kontaktdaten in die Hand gedrückt, unter die er geschrieben hatte: *Bei Unfall oder Notfall bitte umgehend kontaktieren!* Als sie das Kärtchens einsteckte, hatte sie ihn zärtlich »mein Hasenherz« genannt.

Mit klammen Fingern wühlte Kilian in seinen Taschen. Er hatte das Telefon im Haus liegen lassen. Hektisch stürmte er den Weg hoch, rutschte fast aus auf der überfrierenden Nässe. Fand das Handy - ohne Nachricht. Versuchte Kitty zu erreichen - erfolglos. Lief zurück zum Parkplatz. Sah die Lichter des roten Mini, der sich näherte und einparkte. Die Scheinwerfer erloschen, niemand stieg aus. Kilian rannte zum Auto, klopfte an die Scheibe, die Kitty prompt herunterließ. Sie winkte und sagte ins Telefon: »Meine Liebe, jetzt muss ich leider Schluss machen, ich bin beim Lover angekommen, der Süße hat schon auf mich gewartet. Alles Gute für das neue Jahr.«

Dankenswerterweise war es so dunkel, dass Kitty seine entgleisten Gesichtszüge nicht erkennen und er seine Hasenherzigkeit mit einem munteren Gruß an unbekannt überspielen konnte. Die Erleichterung machte aus seiner Umarmung eine Umklammerung, die er erschrocken löste, als Kitty piepste: »Bitte nicht kaputt quetschen!«

Kilian trug die Kisten, Kitty kämpfte auf dem teilweise gefrorenen Weg bergauf mit den Absätzen ihrer Stiefeletten und schützte mit den Händen ihre Fönfrisur vor den feuchten Böen.

¤

Im Haus war es mollig warm, obwohl Kilian sonst möglichst Heizenergie sparte. Es roch winterlich nach Bienenwachs und sommerlich nach Aprikose mit einem Hauch Rosenblüte. Kilian half Kitty aus dem Mantel und küsste ihre Hand. »Das Königinnenblau ist deine Farbe, du siehst hinreißend aus, wie eine Meerjungfrau.«

»Charmeur«, sagte Kitty, »alte Schachteln muss man eben bunt verpacken.«

Als habe sie ihm ein Stichwort gegeben, deutete Kilian auf den umkränzten Teller. Kitty strahlte, als sie nach dem Päckchen griff, und kurz befürchtete Kilian, sie würde den Inhalt als echten Schmuck missdeuten und enttäuscht sein. Irgendwie war es ja Schmuck und immerhin Swarovski. Der Rio-Nasenclip war kaum als solcher zu erkennen, am äußeren sichtbaren Teil blitzte eine kleine Rose aus geschliffenem Zirkonium, die Elektronik verschwand im Inneren des Nasenflügels. Ein Strass-Stein verdeckte auch den Sender der zwei größenverstellbaren Fingerringe, die fiepten, sobald sich die Hand dem Gesicht näherte. Der Rio-Nasenclip sollte nach epidemiologischen Angaben das Infektionsrisiko senken, das durch unwillkürliche Berührungen des Gesichts entstand. Kitty hatte jedoch die herkömmlichen, meist oropaxfarbenen Clips entstellend gefunden.

Sie küsste Kilian stürmisch, nachdem sie seine Widmung gelesen hatte. Der Schmuck stand ihr vorzüglich.

¤

Sirenengeheul übertönte den Klang der Hugo-Gläser beim Anstoßen. Zum Jahreswechsel erwartete man Unruhen.

»Wir lassen uns den Rutsch nicht verderben«, sagte Kitty, erhob aber keinen Einspruch, als Kilian mit der Fernbedienung das Angkor-Wat-Bild zur Seite gleiten ließ, hinter dem sich der Flachbildschirm in der Wand verbarg. In den Nachrichten wurde berichtet, es habe nur eine kleine, genehmigte Demonstration in Rostock gegeben, bei der die Teilnehmer friedlich geblieben seien. Nach dem Wetterbericht, der anhaltende Kälte vorhersagte, wurde die Ansprache der Bundespräsidentin angekündigt. Kilian wollte abdrehen, legte aber auf Kittys Bitte die Fernbedienung zurück.

Die Bundespräsidentin hatte ihre Haare im Nacken zu einem Knoten gerafft, um den ein grünes Band mit gelben Schlangenlinien gewunden war. Sie begrüßte die lieben Mitbürger:innen sehr herzlich und das neue Jahr tief besorgt.

»Man sagt, der Mensch wächst mit seinen Aufgaben. Man hofft, der Mensch wachse auch mit seinen Krisen. Anhaltende Krisen durchlaufen meist mehrere Stadien. Zu Beginn fördern sie das Gute in uns zutage: Je größer die Bedrohung, umso mehr entdecken wir plötzlich unsere Solidarität und Opferbereitschaft. Die gemeinsam durchlittene Angst schweißt uns zusammen und schenkt uns ein Gefühl der Verbundenheit. In einer Zeit wachsender Entfremdung und zunehmender Spaltung der Gesellschaft erleben wir das als durchaus beglückend. Auch als ungewohnt, denn es überbrückt kurzfristig die Gegensätze zwischen Arm und Reich, zwischen hoch und gar nicht Gebildeten, zwischen Menschen, die im Luxus leben, und solchen, die sich menschenwürdiges Wohnen nicht mehr leisten können. Solidarität in der Krise lässt uns wieder entdecken, wie sinnstiftend es sein kann, Schwächere zu unterstützen und unseren Mitmenschen zu helfen.

Doch irgendwann gerät die Krise dann in Phase zwei. Wie Albert Camus in seinem berühmten Roman *Die Pest* schreibt: *Schon durch ihre Dauer sind große Unglücke eintönig.* Ohne dass es dafür eine logische Begründung gäbe, vermindert sich die Angst. Die Bedrohung, die mit zunehmender Zeit nicht mehr als akut empfunden wird, lässt die Bereitschaft bröckeln, eigene Interessen im Dienst der Gemeinschaft hintanzustellen. Erneut greift der Egoismus um sich, sei es als persönlicher Eigennutz oder im Konflikt von Interessensgruppen. Politiker, die sich anfänglich im Katastrophenmanagement einigen konnten, nutzen die Krise als politisches Instrument, vorzugsweise als Wahlkampfwaffe. Arbeitgeber stellen ihren Profit wie zuvor über das Wohl der Mitarbeiter, Wohnungseigentümer setzen wieder ihre unverschuldet zahlungsunfähigen Mieter auf die Straße.

In Phase zwei wird das Murren lauter, und man beklagt die Einschränkungen - entweder als zu einschneidend oder als nicht ausreichend. Mitunter wird über dem Jammern das Handeln vergessen. Man fragt nicht mehr ›was kann ich beitragen?‹, sondern ›was steht mir zu?‹. Die Wohlhabenden fordern ihre Privilegien ein, ihr Recht auf Kultur, sie pochen einmal mehr auf die verfassungsrechtliche Freiheit des Einzelnen; und horten knapp werdende Güter.

Beunruhigend ist die wachsende Verdrossenheit von weniger begünstigten Mitbürgern. Ich verstehe durchaus, dass Menschen, die sich schon vor Rio abgehängt fühlten, nun endgültig die Lust verlieren, sich für die Gemeinschaft zu engagieren. Der soziale Friede in einer Gesellschaft hängt nicht zuletzt davon ab, wie viele Menschen nichts mehr zu verlieren haben. Wenn hier ein Schwellenwert überschritten wird, entsteht aus der Frustration die Akzeptanz für Anarchie.

Teilweise äußert sich diese Frustration in jüngerer Zeit als Randale. Eine Hooliganisierung der zu kurz Gekommenen lässt deren Grölen in Gewalt münden. Eine so noch nie da gewesene und besonders verwerfliche Art von Übergriffen äußerte sich darin, Mitmenschen mit Beißen, Spucken oder dem Angriff mit verspritzten Körperflüssigkeiten bewusst einem Infektionsrisiko auszusetzen. Und hier hört jegliches Verständnis auf, ich stehe persönlich hinter den Einsatzkräften von Polizei und Bundeswehr und befürworte ausdrücklich ein konsequentes Durchgreifen gegen diese widerliche und würdelose Form der Aggression.«

Die Präsidentin trank einen Schluck Wasser, Kilian goss Hugo nach.

»Diese Randale ist furchterregend, und bürgerkriegsähnliche Bilder dominierten bis vor Kurzem unsere Nachrichten. Mein Eindruck ist jedoch, dass sich hier das Bewusstsein geändert hat: Die Pandemie hat uns schmerzlich gelehrt, dass Kontaktbeschränkungen überlebensnotwendig sind.

Und so drängt sich mir neben den sozialen Unruhen noch eine andere, stillere Horrorvision auf. Bei manchen Mitbürgern äußert sich die Frustration leise, als innerer Rückzug - und auch das birgt Sprengstoff für die Allgemeinheit. Unser aller tägliches Leben wird unmittelbar bedroht, wenn Menschen sich weigern, systemrelevante Tätigkeiten weiterzuführen; beispielsweise, weil sie es nicht mehr einsehen, für ihren schlecht bezahlten Job eine vielleicht tödliche Ansteckung zu riskieren. Dabei denke ich keineswegs nur an die medizinische Versorgung, sondern an alle Berufsgruppen, ohne deren Mitwirkung unsere Infrastruktur zusammenbricht.

Stellen Sie sich vor, es ist Pandemie und keiner geht hin.

Diesen fatalen Trend spüren wir bereits schmerzhaft in unserem Alltag. Noch nie waren so viele Menschen krankgeschrieben.

Ich möchte an dieser Stelle allen Mitbürgerinnen und Mitbürgern sehr herzlich danken, die einerseits die notwendigen Einschränkungen akzeptieren, andererseits aber gewissenhaft ihren Pflichten nachkommen und dafür sorgen, dass wir noch keinen flächendeckenden Zusammenbruch unserer lebenswichtigen Systeme beklagen müssen. Und ich appelliere an Sie alle: Folgen Sie dem Motto im bereits zitierten Roman von Camus, der seinen Helden sagen lässt: *Die einzige Art, die Pest zu überwinden, ist der Anstand. In meinem Falle weiß ich, dass der Anstand darin besteht, meinen Beruf auszuüben.*

›Anstand‹ mag als Begriff unmodern sein, als Charaktereigenschaft ist er gefragter denn je. Anstand hat, wer Pflicht nicht nur als Anforderung betrachtet, der man sich nicht entziehen *kann*, sondern als Aufgabe, als Herausforderung, der man sich nicht entziehen *will*. Anstand heißt für mich, füreinander da zu sein. Dem Hass, der in dieser Zeit einmal mehr hochbrandet, unsere Nächstenliebe entgegenzusetzen. Wobei das Gegenteil von Liebe nicht immer der Hass ist, oftmals ist das Gegenteil von Liebe vielmehr die Gleichgültigkeit. Dagegen hilft nur praktizierte Mitmenschlichkeit, manche sagen auch einfach Sportsgeist und meinen damit dasselbe: Kümmern statt jammern. Vielleicht bietet ein wenig mehr achtsame Selbstlosigkeit uns sogar eine Chance zur Selbstfindung? Achtsamkeit ist auch ein wirksames Tool gegen die gedankenlose Selbstverständlichkeit, mit der wir meinen, uns stünde zu, was wir als Privileg sehen und als Geschenk wertschätzen sollten: Gesundheit, Sicherheit und eine Infrastruktur, die uns, trotz allem Abbau des Sozialstaates, ein besser funktionierendes Sozialsystem bietet als in den meisten anderen Ländern.«

»Depperte Blunzen!«, schimpfte Kilian, trank seinen Hugo auf ex und drehte ab. »Nicht zu fassen, dass eine Grüne dem System derart in die Hämorrhoiden kriecht!«

Kitty runzelte die Brauen. »Kilian Gnadenlos! Pass auf, dass du keine Verbitterungsstörung kriegst! Schließlich soll die Neujahrsansprache der Bundespräsidentin nicht grün sein, sondern staatstragend - und vor allem versöhnlich. Außerdem hat sie recht mit dem Appell an die Selbstlosigkeit.«

Kilian legte sich Kittys Handfläche an die Wange und sah schräg zu ihr auf. »Stimmt schon; aber wie sie das ausgezehrte Sozialsystem lobt, ist peinlich, und wenn Politiker von Selbstlosigkeit reden, kommt mir das vor, als ob eine Puffmutter einen Ratgeber zur Bewahrung der Keuschheit schreibt. Und überhaupt ist Selbstlosigkeit für die meisten Mitmenschen ein Ausnahmezustand und hat nur in Ausnahmesituationen eine Chance gegen den Egoismus.«

Kitty setzte das Glas ab. »Willst du etwa behaupten, eine Pandemie mit zigtausend Toten wäre keine Ausnahmesituation?«

»Doch, aber die *Situation* ist das, was sich gerade abspielt, hingegen ist der *Zustand* die Verfassung, in die der Mensch dadurch versetzt wird. Eine andauernde Ausnahme wird irgendwann zur Normalität, und die Überdosis an Stresshormonen ist nur begrenzt auszuhalten, deshalb sinkt der Spiegel irgendwann. Stefan Zweig hat gesagt: *Starke Gefühle lassen sich nicht ins Ungemessene verlängern*. Das gilt auch für die Angst. Wenn akute Angst chronisch wird, führt das bestenfalls zu Abstumpfung und schlimmstenfalls zur Brutalität.«

»Hm«, machte Kitty und wiegte den Kopf. »Wie schade. Gilt das mit den starken Gefühlen auch für die Verliebtheit?«

Kilian hob abwehrend die Hände. »Nein, ganz anders«, dozierte er. »Die Angst will man loswerden, das Verliebtsein hingegen so lange wie möglich erhalten. Denn Verliebtheit ist wie ein Zaubertrank, der uns Kraft gibt, das eigene Idealbild zu leben - für den Liebsten zu werden, wie wir gerne wären, im Alltag aber nicht sein können. Doch der Ausnahmezustand ist kurzlebig, der Trott kehrt zurück und enthüllt den Verliebten das echte Bild - was oft das Ende von allem ist. Wer des anderen Sosein dann immer noch mag, bekommt die Chance zu lieben.«

Kitty klatschte in die Hände. »Das klingt ein bisschen schwurbelig, und außerdem bist du definitionssüchtig - aber deine Lektionen in Lebenskunde sind originell. Darauf müssen wir uns einen GV gönnen.«

Kilian riss die Augen auf und schluckte, bevor er erwiderte: »GV? Klar, immer gerne, Liebste.«

»Prima«, sagte Kitty, stand auf und holte den Grünen Veltliner aus der Thermohülle.

»Ach so!« Seine Verblüffung ging in ein Strahlen über. »Ich dachte, *diese* Art GV würde ich nie wieder kriegen. Unglaublich, dass du den aufgetrieben hast.«

»Du musst öfter mal an das Unglaubliche glauben!«

Als der Wein leicht moussierend in den Gläsern schimmerte, fragte Kitty: »Worauf trinken wir?«

Kilian sah ihr tief in die Augen: »Nieder mit der Misanthropie! Die Welt ist scheiße - aber das Leben ist schön.«

¤

Das Kreuzfeuer der Katastrophenberichterstattung in allen Medien war erträglicher, seit Ben die Pandemie für sich als Job definiert hatte. Bei *VIGILANZVISION* war Rio ohnehin zu seiner Hauptbeschäftigung geworden, so lag es nahe, sie auch für das Traumprojekt zu nutzen - sein Buch mit Anna. Der Minimalismus lief nicht weg und hatte eine längere Halbwertszeit. Den Buchtitel hatte er schon im Kopf: *Irgendwo ist überall.*

Beim Kaviar kündigte Anna an, sie habe ein paar Skizzen zum Thema Rio entworfen, die sie ihm nach dem Essen zeigen würde. Ben verschlang ungeduldig seine Blinis, der Kaviar war etwas schleimig und fischte mehr als sonst. Anna verspeiste ihre Portion trotz anfänglicher Appetitlosigkeit klaglos und spülte mit ungewohnten Mengen Champagner nach. Als sie die Crème brulée holen wollte, griff Ben nach ihrer Hand. »Bitte erst Bilder, dann Dessert.«

Anna hatte ihre Skizzen mit den Urwaldaffen um ein kleines, schwarzbezopftes Mädchen ergänzt, das in Lumpen auf einer Mülltonne vor einer halb verfallenen Wellblechhütte saß und ein Äffchen auf dem Schoß hielt, dessen lange, haarige Arme sie innig umschlangen. *Rocinha* stand darunter.

Auf dem zweiten Blatt erschien eine Sequenz von Zeichnungen mit einem braun gebrannten Schönling in Bermudashorts, der an einer Bar mit der Aufschrift *Copacabana* einen Drink schlürfte und eine Frau im Baströckchen im Arm hielt. Auf dem nächsten Bild grinste er beim Besteigen eines Airbus mit Selfiestrahlen in die Kamera, steckte dann mit seiner Sitznachbarin die Köpfe zusammen und fing in einem überfüllten Shuttlebus eine schwankende alte Frau auf. Beim Exit im Airport ließ er sich von einer Frau und zwei Kindern küssen. Auf der letzten Skizze erkannte man dieselbe Frau und die beiden

Kinder schwarz gekleidet bei der Beerdigung von Ehemann und Vater.

Ben nahm Annas Gesicht in beide Hände und küsste sie auf Stirn, Nase und Kinn. »Mit deinen Bildern machst du mich arbeitslos. Text überflüssig.«

Nach der Diagnose ihres Ex-Mannes hatte Ben befürchtet, Anna würde womöglich abspringen von der geplanten Graphic Novel über Rio. Doch mit jedem Bild schien ihre ursprünglich getrübte Stimmung sich aufzuhellen, und gemeinsam schwelgten sie in der Euphorie über die Kongenialität des gemeinsamen Projektes.

¤

»Die Raumtemperatur ist zu niedrig, man muss den Thermostat regulieren oder zeitnah den Kundendienst verständigen«, schnarrte Robby, den Anna und Ben in einer sentimentalen Anwandlung auf die Dachterrasse mitgenommen hatten, um *en famille* das neue Jahr zu begrüßen. Statt Feuerwerk gab es eine Drohnenshow, die in bunten Leuchtfarben *Frohes neues Jahr* und Herzen in den Himmel flimmerte. Vereinzelte Fünfhundert-Euro-Bußgeld-Böller zerkrachten die Ruhe, die durch Abwesenheit von Raketen und Partylärm an Silvester besonders grabesstill schien.

Bens Mitternachtskuss schmeckte nach Aldi-Champagner und Keta-Kaviar. Anna torkelte ein bisschen, musste sich an ihm festhalten und kuschelte sich in seine Schulterkuhle. Was für ein Jahr! Die Bedrohung, das Leben zu verlieren, war durch die Pandemie zum Alltag geworden. Am schlimmsten war die Vorstellung, mit dauerhaft zerbröseltem Hirn zu überleben.

HeLiPa hatte auch die ruhigen Bahnen ihres Berufslebens gesprengt, wobei die neuen Aufgaben sich ein wenig ambivalent, doch insgesamt richtig und wichtig anfühlten. Und alles Grauen verblasste vor dem Lottogewinn in der Liebe. Sie sog Bens Duft ein und sandte einen stummen Dank an *Wen-auch-immer-da-oben*. Und gute Wünsche für all ihre Lieben, diesmal war auch ihr Ex wieder dabei.

»Geht's uns gut? Haben wir das überhaupt verdient?«, fragte sie Ben mit schampusschwerer Zunge.

»Und wie!«, antwortete Ben und nahm ihr Gesicht in beide Hände.

Er sah ihr mit leuchtendem Ernst in die Augen. »Und jetzt sag mir, was du dir für das neue Jahr und für die Zukunft wünschst.«

Ihre Antwort kam spontan und ohne nachzudenken: »Dass Joschi wieder ganz gesund wird.«

Das erwartungsvolle Strahlen in Bens Augen trübte sich ein, er ließ sie los. »Klar«, war sein Kommentar. »Lass uns reingehen, Robby friert.«

Er schnappte sich den Roboter, der allein nicht über die Türschwelle kam, Anna stolperte den beiden hinterher. Gerne hätte sie ihren Neujahrswunsch zurückgeholt, aber sie wusste nicht, wie - und schmeichelte stattdessen: »Was ich mir für uns wünsche, muss ich ja nicht sagen, das weißt du sowieso.« In den eigenen Ohren klangen ihre Worte wie Mutters Konfliktvermeidungs-Tschilpen. Ben nickte höflich und murmelte: »Schon gut.«

Was eben noch perfekt schien, war plötzlich nichts weniger als gut. »Du bist die Liebe meines Lebens«, sagte sie flehentlich, »aber Joschi ist nun mal mein Mann.«

»Verstehe«, gab Ben zurück. »Dein Mann.«

»Also, Quatsch, Ex-Mann«, stammelte Anna, »aber eben Familie.«

»Ach so, Familie. Dagegen kann ein Lover natürlich nicht anstinken.«

»Du muss doch gar nicht anstinken. Außerdem hast du sowieso den knackigeren Arsch!«

»Sehr poetisch«, kommentierte Ben mit blechernem Lachen. »Vielen Dank für den schmeichelhaften anatomischen Abgleich!«

Beim Wegräumen von Geschirr und Gläsern blieb Ben wortkarg. Ohne Anna den Vortritt anzubieten, ging er ins Bad.

Danach stellte sich Anna unter die Dusche; kaltes Wasser machte sie manchmal nüchtern, und im Bett würde alles gut werden. Als sie in den Schlafbereich kam, gab Ben ihr einen Gute-Nacht-Kuss. Auf die Wange! Sie lagen reglos nebeneinander, und Anna wartete, dass sein rechter Fuß endlich ihr linkes Schienbein streicheln würde, bevor er zu ihr rollte. Seine Worte »träum was Schönes« trafen sie wie ein Tritt. In verzweifelter Sehnsucht griff sie nach ihm. Ben reagierte ohne Abwehr, mit freundlicher Zuwendung, deren Geschäftsmäßigkeit ihre Gier erst abkühlte, dann aber die schmerzhafte Begehrlichkeit sogar anheizte. Sie setzte sich auf ihn, er hielt die Augen geschlossen, sie vermisste seinen Fesselblick und krallte sich in seine Schultern. Als ihre Fingernägel seine Haut perforierten, pausierte sein Daumen die kreisende Liebkosung, er griff ihr in die Haare und zog ihren Kopf von sich weg. Ihre Hilflosigkeit wandelte sich zu aggressiver Ekstase, die nach einem wilden Ritt mit einem Schrei endete, der von irgendwoher aus der Kehle eines fremden Tieres zu stammen schien. Nachdem Ben, ihre letzten Kontraktionen abwartend, mit einem diskreten Stöhnen nachgekommen war, tätschelte er ihre Wange, schob sie sanft von sich, wünschte nochmals eine gute Nacht und drehte sich zur Seite.

Ob es einen einsameren Ort gebe als neben dem geliebten Menschen, der einem den Rücken kehrt, fragte sich Anna und schämte sich in den Schlaf. Das neue Jahr fühle sich alt an, kaum dass es begonnen hatte.

¤ ¤ ¤

3. Januar

Als sie kurz vor dem Stuttgarter Bahnhof die App von Perso-Guard Security aufrief, las Anna, dass bedauerlicherweise derzeit kein Mitarbeiter zur Verfügung stehe. Krankheitsbedingt. Der geschätzte Kunde möge sich bei erneutem Bedarf gerne wieder an PGS wenden.

Der Bahnhof war weitgehend leer. Anna musste eine Gruppe von drei Obdachlosen passieren, die lautstark dagegen protestierten, von zwei City-Security-Männern mit einem knurrenden Terrier verscheucht zu werden.

Ihr Handy vibrierte. Mutter mit ihrem siebten Sinn. Anna fühlte sich ertappt, den heutigen Trip verschwiegen zu haben, und schuldig, weil sie sich zu Silvester nur per Textnachricht gemeldet hatte. Sie wollte den Anruf ignorieren, da sah sie die dürre Gestalt im flammend roten Wollmantel am anderen Ende des Bahnsteiges. Sie blieb stehen, drehte sich um und drückte auf Annahme.

»Rate mal, wo ich bin«, zwitscherte Mutter.

»Keine Ahnung«, log Anna. Als Mutter es ihr wortreich erklärt hatte, rannte sie los. Mühelos stemmte sie das rote Fliegengewicht in die Höhe und wünschte alles Gute zum neuen Jahr.

Mama hatte Joschi in der Klinik angerufen, um ihrem lieben Leider-Ex-Schwiegersohn gute Besserung und ein frohes neues Jahr zu wünschen. Er hatte ihr verraten, mit welchem Zug Anna zum nächsten Besuch kommen wollte. »Ich dachte, wenn ich dir ankündige, dass ich komme, gibst du mir vielleicht einen Korb«, sagte Mutter entschuldigend. »Also habe ich einfach gehofft, dass dir nichts dazwischenkommt.«

»Was ist denn mit dir los, Mama?«, fragte Anna, als sie die schwarz umrandeten Augen ihrer Mutter feucht werden sah.

Irgendein Bauchgefühl habe ihr verraten, dass es der Großen nicht gut ging.

»Ach, Mama«, sagte Anna und kämpfte gegen den Kloß im Hals. »Lass uns eine Runde durch den Schlosspark laufen.«

Der Park, sonst minutiös gepflegt, war verschandelt von zerbeulten Getränkedosen, Zigarettenkippen und Essensabfällen, selbst der Teich war verschlammt. Ein struppiger Hund kaute an den Resten eines Grillhuhnskeletts, während sein Frauchen, auf einem Haufen von Habseligkeiten liegend, an einer verbeulten Blechflasche nuckelte.

Sie gingen mit zügigem Schritt. Mutter gab keine Ruhe und ließ sich mit der Sorge um Joschi nicht abspeisen. Widerstrebend erzählte Anna von Ben - erstmalig seit Jahren teilte sie derart Persönliches mit der Frau, deren Gene sie trug. Die ungewohnte Intimität tat überraschend wohl.

Dass Ben Journalist war, fand Mutter aufregend, den ledigen Familienstatus beruhigend und Minimalismus als Lebensform interessant, Geld habe Anna ja selbst. Seine Eifersucht auf Joschi wertete sie als Zeichen der Zuneigung und damit entschuldbar.

»Greif zu, Cariño«, sagte sie und gab ihrer Tochter einen Klaps auf die Schulter. »Schieß Yuyu auf den Mond und genieße, was du hast.«

Dann fragte sie nach Bens Alter. Anna antwortete wahrheitsgemäß und wappnete sich.

»Fünfzehn Jahre sind wunderbar«, kommentierte Mutter begeistert. Anna blieb der Mund offen.

»Und sei froh, dass du deinen Ben so spät getroffen hast.«

»Warum das?«

»Nicht nur Menschen werden alt, sondern auch das Zwischenmenschliche. Und wenn das Zwischenmenschliche stirbt, bleibt es manchmal untot.«

»Klingt nach Papa!«

»Bevor ich mit deinem Vater im Bett war, hat er mir geschworen, wenn ich mit ihm alt würde, wäre ich als Mercedes ein kostbarer Oldtimer, dessen Wert mit jedem Jahr steigt. Heute bin ich ihm für den Hausdienst unentbehrlich, aber sonst eher Schrott als zunehmend teuer. Ich verstehe das sogar. In einer jungen Ehe übersieht man noch gern die Schwächen des anderen. In einer alten Ehe werden dieselben Schwächen immer weniger erträglich.«

»So schlimm?«, fragte Anna.

»Como siempre«, erwiderte Mutter achselzuckend. »Früher habe ich den Alltagstrott hingenommen, weil ich glaubte, ich hätte das Leben noch vor mir und könnte irgendwann die Dinge ändern, die ich nicht mochte. Aber die Zeit geht rum; und der Trott wird zum Terror, wenn man das Leben bald hinter sich hat und kapiert, dass nichts sich ändert - oder erst, wenn man demnächst stirbt.«

Anna nahm ihre Mutter in den Arm. »So habe ich dich noch nie gehört. Warum hast du dich nicht gewehrt?«

Mercedes strich ihrer Tochter traurig über die Wange. »Weißt du, meine Kleine, Rio hat mir wieder mal die Augen geöffnet, die ich immer zugekniffen habe. Eigentlich ist das Leben zu kurz, um zu bleiben, wo man nicht sein will. Aber Feigheit hat viele Gesichter. Eins davon ist, wenn man nicht Nein sagen kann oder im falschen Moment Ja sagt ...«

Als Anna zustimmend nickte, setzte sie hinzu: »Danke, dass du mir nicht widersprichst. Aber dass man miteinander nicht sein kann, heißt noch nicht, dass man ohne einander sein kann. Und wie kommt man in meinem Alter aus einem Käfig raus, den man sich auch selbst geschmiedet hat?«

¤

Joschis Hals war von einem rotfleckigen Ausschlag bedeckt, ebenso beide Unterarme, die knochig aus dem Flügelhemd ragten. Er war hohlwangig, seine Haut gelbstichig, unter den Augen wölbten sich kissenartige Ödeme. Am Bettgestell hing ein Zwei-Liter-Urinbeutel, der nur hundertfünfzig Milliliter trüben, teefarbenen Harn enthielt.

»Grüß Gott«, krächzte er, als sie hinter der Plexiglasscheibe Platz genommen hatte. »Was verschafft mir die Ehre Ihres Besuches?«

Sie erschrak. »Ich bin's, deine Lieblings-Ex, Anna. Erkennst du mich nicht?«

»Anna ist meine Frau«, antwortete er selig lächelnd. »Sie sehen ihr ähnlich, aber sie ist viel jünger.« Dann schloss er die Augen.

Anna wartete eine Minute, dann klopfte sie an die Scheibe. Er schrak hoch, starrte sie mit leerem Blick an und hustete, ohne sich die Hand vor den Mund zu halten. Den schaumigen Auswurf spuckte er auf die Bettdecke. Dann ließ ihn das Wiedererkennen die Augen aufreißen, und er legte die Hand an die Trennscheibe.

»Anna, du bist das!«, sagte er und hustete bellend. »Ich dachte, ich hätte dich nur geträumt.«

»Stimmt beides«, sagte Anna und drückte die Hand am Plexiglas gegen seine. »Du hast gerade in deinem Traumdusel gesagt, ich sähe deiner Frau ähnlich, aber die wäre jünger.«

»Höchstens ein ganz kleines bissl«, erwiderte Joschi. »Im Traum ist die immer jünger, aber nicht hübscher. Und im Traum ist Anna nie meine Ex.«

¤ ¤ ¤

14. Januar

Anna schloss die Augen, das rhythmische Tuckern des Zuges machte sie schläfrig. Sie sah Joschis glasigen Blick vor sich, die Verlorenheit eines Menschen, dem jegliche Orientierung abhanden gekommen war. Nachdem er Anna beim ersten Besuch nach Beginn der Enzephalitis trotz anfänglicher Verwirrung erkannt hatte, war sie beim nächsten Mal eine Fremde für ihn geblieben, die er freundlich begrüßte und siezte.

Der behandelnde Kollege hatte sie getröstet, die Enzephalitis verlaufe bei Herrn Martini vergleichsweise milde, bei vielen Infizierten trete ein Zustand völliger Verwirrtheit auf, manche dieser Patienten gefährdeten mit aggressiven Ausbrüchen sich selbst und andere so massiv, dass man sie mit medikamentöser Ruhigstellung oder Fixierung ans Bett bändigen müsse. Der Arzt zeigte Anna die kleinfleckigen Herde in der Kernspintomografie von Joschis Gehirns, die Prognose sei unklar. Folgeschäden mit bleibender Beeinträchtigung der Hirnleistung nicht auszuschließen. In fünfzehn bis zwanzig Prozent aller HeLiPa-Fälle trete eine solche Enzephalitis auf, die bei der Hälfte der Patienten folgenlos ausheile, bei den restlichen Betroffenen aber zu einer dauerhaften Schädigung der Hirnfunktion führen könne.

Umso erleichterter war Anna gewesen, als Joschi beim letzten Telefonat wieder orientiert schien und gut gelaunt wirkte. »Noch nie hatte ich einen Rausch, der mich eine ganze Woche von mir selbst befreit hat. Kompletter Blackout, aber kein schlechter Zustand!«

Das Gezeter zwei Sitzreihen weiter riss Anna aus ihren Gedanken. Eine mittelalte Frau, deren Maske unterhalb eines mit Glitzerstrass besetzten Piercings in der Nasenscheidewand hing, keifte den Zugbegleiter an, als er sie auf diese Regelwidrigkeit aufmerksam machte. Sie könne die Maske nicht hochziehen, da sie dann keine Luft bekomme.

Dann müsse er sie bitten, den Waggon zu verlassen, antwortete der Schaffner in ruhigem Ton, bis zum nächsten Halt des Zuges möge sie sich auf der Plattform zwischen den Abteilen aufhalten, in Pforzheim müsse sie dann leider aussteigen.

»In Pforzheim will ich noch nicht mal tot überm Zaun hängen«, schimpfte die Zurechtgewiesene. »Und wenn Sie mich hier weghaben wollen, müssen Sie mich schon raustragen! Nur zu! Aber dann verklage ich Sie von wegen Verstoß gegen die Abstandsregel.«

»Schaffen Sie die fette Kuh hier weg, bevor die uns alle ansteckt, vielleicht hat die ja das Rio-Irresein«, brüllte ein älterer Mann.

»Halt die Fresse, Opa«, keifte die Frau, »du stiftest den Bahnfuzzi gerade an, ’ne kranke Frau zu vergewaltigen.«

Der Zugbegleiter war einen Schritt zurückgetreten und drückte einen Knopf auf seinem Telefon. Ein Alarm schrillte los, alle Fahrgäste hielten sich die Ohren zu. Eine halbe Minute später öffnete sich die Schiebetür, zwei Soldaten traten ein, der größere hatte einen Pitbull an der Leine, der zweite einen Schäferhund. Der Pitbull folgte dem militärisch gebellten Platzgebot seines Herrchens, der Schäferhund begann die Frau zu beschnüffeln, die laut kreischte.

»Unser Rio-Spürhund findet die Zielperson clean«, verkündete der Soldat; er griff nach dem linken Handgelenk der

Reisenden und schob den Ärmel ihrer Jacke hoch. Kein Bracelet. Er fragte die Dame, ob sie freiwillig mitkomme. Die nickte, zog die Maske hoch und stand schwerfällig auf.

In Pforzheim sah Anna der Frau nach, die flankiert von den Soldaten und den an der Leine zerrenden Hunden mit gesenktem Kopf über den Bahnsteig watschelte.

¤

Er saß aufrecht im Bett und war frisch rasiert. Nachdem Fieber und Viruslast zurückgegangen waren und auch die Laborwerte sich normalisiert hatten, war Joschi auf Normalstation verlegt worden. Er war weniger hohlwangig, hatte etwas Farbe im Gesicht, und sein Lächeln wirkte nicht mehr angestrengt.

Anna musste keinen Helm mehr tragen, aber noch immer mit Maske und Schutzkleidung hinter der Plexiglaswand bleiben.

»Mit Maske siehst du noch jünger aus, da sind die meisten Falten verdeckt.«

Anna klappte für zwei Sekunden die Maske herunter und sah ihn streng an. »Dein Charme ist schon wieder gesund, nun beeil dich, dass du es auch wirst.«

Joschi hob sein Glas mit dem Hagebuttentee. »Ich glaub, der Rückweg von Rio ist fast geschafft, auch wenn mir eine Woche fehlt. Aber ich weiß, dass du da warst. Prost und Dank für die Reisebegleitung.«

Sie deutete auf den Infusionsständer, an dem eine Blutkonserve hing, und wollte wissen, warum er Transfusionen brauche, man habe ihr gesagt, seine Blutwerte seien okay?

»Das ist mein eigener Saft«, sagte Joschi grinsend. Er bekam seine roten Blutkörperchen zurückinfundiert, nachdem man im Labor das Plasma herausgefiltert hatte. Jeder Rio-Patient, der bei Bewusstsein war, wurde vor der stationären Aufnahme gebeten, bei Rückgang der Viruslast eine kleine Menge Serum für eine Studie zur Verfügung zu stellen. Ziel der Untersuchung war, die Qualität und Quantität von Antikörpern in verschiedenen Stadien der Genesung zu analysieren. Außerdem prüfte man die Eignung als sogenanntes Rekonvaleszentenserum für die Therapie anderer Infizierter, die selbst noch keine Antikörper gebildet hatten. Mitunter konnte man damit die kritische Zeit bis zum Anspringen des Immunsystems überbrücken. Außerdem wurde an der Entwicklung monoklonaler Antikörper geforscht.

Joschi ratterte die Fachausdrücke herunter, als gehörten sie zu seinem täglichen Wortschatz. Wohl doch kein Rio-Hirn, dachte Anna erleichtert. Stolz berichtete er von seinen Fortschritten, mithilfe einer Schwester konnte er wieder zur Toilette gehen und sich sogar selbst waschen, was aber noch recht anstrengend war.

»Wann sehe ich dich wieder?«, fragte Joschi beim Abschied.

»Irgendwann nach deiner Entlassung. Du hast es ja nun fast überstanden. Denk an den Schampus!«

Joschi zog seine Schmollflunsch. »Shit, dann ist es heute das letzte Mal, dass du mich als meine Frau besuchst.«

¤ ¤ ¤

20. Januar

VIGILANZVISION-*online*

Gottfried Kümmerle mit HeLiPa infiziert

Rio verschont auch Politiker nicht. Nach seinen Kollegen aus Sachsen und dem Saarland ist nun auch der baden-württembergische Ministerpräsident erkrankt.

Von Ben Cortes, 20.1. 12:30 Uhr

Gottfried Kümmerle (PEL) wurde heute Morgen wegen Husten und Luftnot in das Karlsruher Klinikum eingeliefert, die PCR auf HeLiPa war positiv. Nach Angaben der Ärzte ist sein Zustand stabil, er wurde vorsorglich zur engmaschigen Überwachung auf die Intensivstation aufgenommen. Zur Unterstützung der Atmung erhält er Sauerstoff, eine Beatmung ist nach ärztlicher Auskunft vorerst nicht notwendig. Kümmerle ist 68 Jahre alt, ernsthafte Vorerkrankungen sind nicht bekannt. Es liegen keine Zeichen einer Hirnbeteiligung vor.

Kümmerle gilt als Verfechter strikter Maßnahmen gegen die Pandemie. Er übte seine Regierungstätigkeit, wann immer möglich, virtuell aus und hielt sich auch persönlich konsequent an die Regeln.

Vor zehn Tagen hatte er seiner ältesten Schwester, die nach langer, schwerer Krankheit im Sterben lag, einen letzten Besuch im Hospiz abgestattet. Bei zwei Patienten und drei Pflegekräften wurde einige Tage später HeLiPa diagnostiziert. Es

ist nicht bekannt, ob die Schwester von Kümmerle vor dem Besuch ihres Bruders getestet worden war.
Der noch amtierende Ministerpräsident, der bei der nächsten Landtagswahl aus Altersgründen nicht mehr antritt, wird für die Dauer seiner Erkrankung kommissarisch von Caroline Hansmann (Grüne) vertreten. Hansmann (48), die sich bei der anstehenden Landtagswahl um die Nachfolge von Kümmerle bewirbt, wünschte diesem alles Gute und baldige Genesung.

¤ ¤ ¤

22. Januar

Ben hatte sich wieder ins Zeug gelegt. Der Maccheroniauflauf hatte eine knusprige Kruste, die Schinkenwürfel waren saftig und die Nudeln al dente. Der Rotwein schmeichelte mit samtiger Süffigkeit. Nach dem ersten Schluck fiepte Annas Handy. Stuttgart.

Der junge Stationsarzt wirkte auf dem Display übernächtigt und gramzerfurcht. Anna stand vom Esstisch auf und zog sich ins Bad zurück.

Leider habe sich der Zustand von Herrn Martini seit einigen Tagen akut verschlechtert, berichtete der Kollege. Nachdem der Patient schon über den Berg zu sein schien, hatte er plötzlich hohes Fieber entwickelt, wohl aufgrund einer der häufigen Superinfektionen, für die HeLiPa den geschwächten Organismus empfänglich machte. Die resistenten Keime sprachen auch auf das letzte Reserveantibiotikum nicht an, die Blutwerte und das klinische Bild ließen eine Sepsis mit Multiorganversagen vermuten.

»Das glaub ich jetzt nicht«, sagte Anna. »Als ich ihn zuletzt sah, hat er von Entlassung gesprochen.«

»Das ist schon einige Tage her, Frau Kollegin.«

Die Stimme des Arztes war freundlich und vorwurfsfrei, dennoch fühlte sie den Drang, sich zu rechtfertigen und erklärte, sie sei beruflich unterwegs gewesen, habe ihn aber regelmäßig angerufen. Der Stationsarzt versicherte, Herr Martini habe erst heute darum gebeten, seine Frau zu kontaktieren.

»Wie ernst ist es?«, fragte Anna.

»Wir befürchten, dass Ihr Mann diese Woche nicht überlebt.«

Anna legte das Handy erst auf die Kloschüssel, dann hielt sie es direkt vor ihr Gesicht und flüsterte. »Weiß er das?«

Diese Frage konnte der Arzt nicht beantworten, man könne nicht wissen, wie weit die durchgemachte Enzephalitis möglicherweise seine Wahrnehmung beeinträchtige, vorsichtige Gesprächsangebote hinsichtlich der Prognose habe der Patient immer abgeblockt und gesagt, er schaffe das schon. Mehrmals hatte er jedoch wiederholt, was in der Patientenverfügung stand: Er wolle »keine Maschinen«.

Schon bei ihrem letzten Telefonat vor vier Tagen hatte Joschi verändert geklungen, aber behauptet, er habe nur ein bisschen Fieber, wegen eines kleinen Harnwegsinfekts durch den Blasenkatheter.

Als sie sich bei dem Kollegen bedankt und aufgelegt hatte, schienen die Wände des winzigen Badezimmers auf sie zuzukommen, sie einzuschnüren, panisch rüttelte sie an der Tür, die klemmte.

Sie kehrte zum Tisch zurück, Ben hatte ihre Portion Maccheroniauflauf warm gestellt; als sie sich nicht setzte, sah er sie fragend an.

Sie erklärte es ihm.

Er nahm sie in den Arm, sie wollte sich in seiner Schulterkuhle verkriechen, löste sich aber rasch wieder und schob ihn weg, solange die Kraft noch dazu reichte, dort nicht zu versinken. In seinem Blick sah sie, dass die Zurückweisung ihn kränkte; der Impuls, sich wieder in seine Umarmung zu flüchten, war so heftig, dass er sie lähmte.

»Ich muss dann wohl mal«, sagte sie. Ben bot an, sie bei diesem Sauwetter nach Stuttgart zu fahren, quasi als Profichauffeur. Die Erleichterung über das Signal der Verzeihung ließ Anna schlucken, kaum konnte sie ihn ansehen. »Vielen Dank, aber nicht nötig«, antwortete sie und lehnte auch ab, vor der Fahrt noch einen Teller Auflauf zu essen.

»Wie du meinst«, sagte Ben und holte eine Flasche Wasser und zwei Energieriegel für die Fahrt aus dem Kühlschrank.

¤

Kilian ließ sich nicht lange bitten, Maccheroniauflauf war eine seiner Leibspeisen. Er brachte einen Joint mit, sein junger Nachbar hatte so deprimiert geklungen, dass Psycho-Chillen angebracht schien.

Die Problemkatze kam ihm entgegen, strich einmal um seine Beine und verzog sich auf ihren Ledersessel, wo Ben ihr aus einer peruanischen Alpaka-Wolldecke ein Nest eingerichtet hatte.

»Treuloses Vieh«, brummte Kilian. »Hast dir einen Jüngeren gesucht.«

Ben roch nach Rotwein und Missmut.

Sie aßen einige Minuten schweigend, Ben reagierte nur mit einem Kopfnicken auf die Komplimente seines Gastes an die Küche. Erst auf beharrliche Nachfrage berichtete er, warum Anna den Auflauf verschmäht hatte.

»Armes Mädel«, sagte Kilian, »bei dem Wetter über die Autobahn - und dann auch noch zu ihrem sterbenden Ex.«

»Wärst du etwa zu deiner Geschiedenen gefahren, so wie die sich benommen hat?«

»Selbstverständlich«, antwortete Kilian, ohne zu zögern. »Wenn jemand stirbt, der mal zum eigenen Leben gehört hat, geht es nur noch darum, was man miteinander geteilt hat - nicht um das Verlorene.«

Ben schwieg, und Kilian sah ihn scharf an. »Übrigens, ich bin sicher, Kitty hätte mich begleitet.«

»Was glaubst du denn von mir?«, fragte Ben entrüstet und legte los. Wie Anna sein Angebot abgelehnt hatte. Dass sie, seit sie von Joschis Infektion wusste, dauernd zu ihm fuhr, obwohl er immer fremdgegangen war - und trotz Infektionsrisiko. Dass sie immer alles stehen und liegen ließ, wenn »Stuttgart« anrief. Dass er jedes Mal Angst hatte, sie würde sich anstecken.

»Ich weiß, dass ihr Ex-Mann sie wiederhaben will. Und es ist mein Albtraum, dass sie sich bei ihm ansteckt und er sie mir auf diese Weise doch noch entreißt.«

»Eifersüchtig auf einen Sterbenden?«, fragte Kilian.

»Quatsch, Angst um Anna«, antwortete Ben unwillig. »Und vor ein paar Tagen war von Sterben noch keine Rede. In der Silvesternacht ...«

Er verstummte, da die Katze mit drei Sätzen vom Sessel auf die Fensterbank sprang und fauchte. Draußen sirrte leise, aber durchdringend eine anfliegende Drohne, die einen Meter vor dem Fenster verharrte und deren rotierender Scheinwerfer den Raum für Momente in ein gespenstisch kobaltblaues Licht tauchte. Die Katze floh unter den Sessel. Nach zwanzig Sekunden setzte die Drohne ihren Flug fort.

»China lässt grüßen«, sagte Kilian. »Was war Silvester?«

Ben erzählte. Von ihrem gemeinsamen Brainstorming am Buch, wie perfekt sich der Abend trotz oder wegen Rio angefühlt hatte. Von seiner Frage, was sie sich für das kommende Jahr wünsche, und von ihrer Antwort.

Kilian zupfte nachdenklich an seinem Bart.

»Ich hab den knackigeren Arsch, aber er ist Familie«, zitierte Ben und rammte seine Gabel in den Auflauf. »Familie versus

Toyboy. Heimat gegen Spielwiese. Carpe diem als Verbrämung für no future.«

»Wie viel Zukunft brauchst du?«, fragte Kilian. »Schließlich ist sie fünfzehn Jahre älter.«

»Aber nur auf dem Papier, und das ist mir so was von scheißegal.«

»Kein Kinderwunsch?«

Ben verzog das Gesicht. »Einer Frau, die ein Baby von mir wollte, würde ich schreiend davonlaufen. Demnächst ist der Planet entweder verbrannt und vertrocknet, oder er säuft ab – falls die Menschheit nicht vorher von dieser oder einer neuen Seuche ausgerottet ist. In so eine Welt kann man doch kein Kind setzen!«

»Hast du das Anna so gesagt?«, fragte Kilian.

»Nicht so direkt. Ich fand es besser zu sagen, dass ich für mich selbst keinen Kinderwunsch habe. Anna hatte eine Totaloperation wegen Krebs.«

Kilian fiel das Messer aus der Hand. »Oh Gott, das tut mir leid.« Er spießte ein Stück Schinken auf. »Aber gerade dann müsste es ihr doch ein Trost sein, dass dein Nicht-Kinderwunsch keine Laune ist, sondern ein langfristiger Entschluss aus stichhaltigen Gründen?«

Ben schob den Teller weg. »Einmal haben wir das andiskutiert und sind uns fast in die Haare geraten. Anna findet es wichtig, gegen die demografische Entwicklung anzukämpfen. Sie liebt ihren Job, und der besteht wesentlich in der Babyproduktion. Wenn ich auch nur andeute, dass ich es unverantwortlich finde, Kinder in diese Welt zu setzen, ist das für sie eine Kränkung durch Kritik an ihrem Lebenswerk.«

Kilian schlug sich mit der Hand an die Stirn.

»Klassischer Kommunikationskiller! Entscheidendes ungesagt lassen, aus Rücksicht auf vermeintliche Empfindlichkeiten.«

»Ist deine Frau dir deshalb durchgegangen?«, fragte Ben mit einem dreckigen Grinsen. »Weil du immer alles besser weißt?«

»Vielleicht«, antwortete Kilian und registrierte mit Genugtuung einen Schatten von Reue über Bens Gesicht huschen. »Ich lass dir das heute mal durchgehen«, sagte er in väterlichem Ton. »Warum weicht Anna eurer Zukunft aus?«

»Vielleicht habe ich nicht genug zu bieten.« Ben fuhr sich durch die Haare. »Als Minimalist mit Zwei-Jahres-Teilzeitvertag bei einem zweitklassigen Online-Journal und als Möchtegernschriftsteller, dessen Bücher es fast nur im Kopf gibt.«

Erfolgreich sei Anna selbst, widersprach Kilian. Zum Sozialstatus-Aufpeppen brauche so eine Frau keinen Kerl.

»Aber vielleicht braucht sie auch keinen Kerl, der gar keinen Sozialstatus hat«, erwiderte Ben und zermatschte seine Nudeln. »Als Schreiber ein Nobody, in ihrer Upperclass-Welt ein Underdog und bei den Minimalisten der Toyboy einer Chefärztin.«

»Seit wann so uncool?«, fragte Kilian.

»Kann sein, ich tu nur so cool«, sagte Ben und klang wie ein klägliches Kind. »Mein Vater sagt immer, Frauen mögen nur Männer, zu denen sie aufschauen können.«

Kilian seufzte. »Daddys Denkschublade, Aufschrift ›Macho-Mittelalter‹. Deine Freundin ist eine wohlstandsverwöhnte Chefärztin von bald fünfzig Jahren, die in ihrem Berufsleben mutmaßlich bis zur Rente nichts wesentlich Neues mehr erlebt. Dann lernt sie jemanden kennen und lieben, der sein Leben total umgekrempelt hat und seiner Überzeugung entsprechend lebt. Warum sollte diese Frau nicht zu ihrem Minimalisten aufschauen?«

¤

Graupeliger Schnee trübte die Sicht, die Fahrbahn war nicht geräumt und stellenweise glatt, was die Lkw-Fahrer nicht abhielt, sich in Höchstgeschwindigkeit gegenseitig zu überholen und Langsameren hupend auf Handbreite aufzufahren. Die Autobahn gehörte den Truckern, den Lieferhelden der Nation, an deren Tropf die Basisversorgung der Zivilisation hing. Nur vereinzelt waren Pkw unterwegs. Wie ein zwergischer Alien nahm Anna sich wahr - auf dem fremden Terrain eines unwirtlichen Planeten, inmitten von Goliaths, die wie auf Schienen durch die Nacht bretterten, um am Ziel als Retter begrüßt zu werden.

Beim Passieren eines Armeekonvois geriet der Flitzer ins Schlingern, der Autopilot fing ihn auf seifiger Fahrbahn noch eben vor der Leitplanke ab. Anna verfluchte, dass sie Bens Angebot abgelehnt hatte, noch mehr aber, dass sie ihm nicht hatte zeigen können, wie viel ihr die liebevolle Intention seiner Offerte bedeutete. Die vormals mühelose Leichtigkeit ihrer Kommunikation mit Ben war seit Silvester angestrengter Bemühtheit gewichen. Ihr ärgster Feind, das Angstgespenst, war wieder da, einmal mehr hatte Yuyu sie verleitet, zurückzuweisen, wonach sie sich sehnte - bevor sie es verlieren konnte. Auch wenn der Verlust nur als Furcht im Kopf nistete und ihr dort beharrlich einflüsterte, es sei eine Frage der Zeit, wann der Altersunterschied vom wohlwollend ignorierten Unterschied zum Trennungsgrund wurde. Schon schien es ihr, als habe sich seine unstillbare physische Gier in Phase eins der Verliebtheit unmerklich in ein noch immer beglückendes, aber nicht mehr überwältigendes Begehren gewandelt.

Fast fühlte sie sich schuldig, dass neben der Angst um Joschi und dem Entsetzen, dass dessen Leben verloren schien, noch Platz war für die Beziehungsängste.

Das Bluetooth summte, auf dem Display erschien eine Textnachricht. Ben: *Ich denke an dich. Fahr vorsichtig!* Kein Kuss, kein Herz - aber besser als nichts.

¤

Joschis Gesichtsfarbe war gelblich wächsern, nur auf den hohlen Wangen glühten hellrote Flecken. In der Nase steckte ein Sauerstoffschlauch. Sein Puls raste auf dem Monitor in fluoreszenzgrün flackernden Zacken, die sich noch beschleunigten, als die Schwester ihm Kopfhörer und Mikrofon anlegte und er Anna erkannte. Ein schwaches Lächeln zog seine rissigen Lippen auseinander und legte die Schneidezähne mit blutigen Zwischenräumen frei.

Anna presste ihre rechte Hand an die Plexiglasfläche, er versuchte, seine dagegen zu drücken, und rutschte ab. Seine Stimme war unverständlich, die Schwester drehte am Mikro den Verstärker hoch. »Seh ich doch noch mal meine Frau«, sagte er. »Gott sei Dank, bist halt eine treue Seele.«

»Einer von uns muss ja treu sein«, antwortete Anna, was ihr leidtat, als sie bemerkte, dass die Schwester die Brauen hochzog.

Joschi kniff das rechte Auge zu. »Ach, Baby! Weißt eh, ich bin manchmal fremdgegangen, aber dir bin ich immer treu geblieben.«

»Schon klar«, sagte sie leichthin und meinte es ernst. Er hatte so viel gelogen, dennoch hatte sie sich nie bewusst betrogen gefühlt.

»Wie geht es dir, hast du Schmerzen?«

Joschi schüttelte den Kopf und deutete auf die Infusion. »Das Rauschgift wirkt gut. Keine Schmerzen, nur ein bissl Angst, aber nicht schlimm. Weißt du, warum?«

»Sag's mir!«

Doch er schloss die Augen, und sie dachte, er sei eingeschlafen. Dann klappten seine durchsichtig geäderten Lider auf, das Blau seiner Iris war trüb, wie über Nacht gealtert. Seine Stimme war leise, doch sie konnte jedes Wort von seinen Lippen lesen.

»Solang du selbst was tun kannst, hilft Angst beim Überleben. Weil sie dir manchmal zeigt, was du lassen sollst. Aber glücklich sein kann man nur ohne Angst, vielleicht hab ich mir deshalb immer eingeschwätzt, ich hätte keine.«

Er streckte die Hand aus, sein Arm fiel in halber Höhe aufs Bett zurück. »Komisch - jetzt kann ich nix tun, aber ich bin trotzdem ein bissl glücklich. Weil *du* bei mir bist, und ich weiß jetzt, ich schaff das!«

Wie der Arzt wusste auch Anna nicht, wie »das« gemeint war, und fand nicht den Mut, ihn zu fragen, ob er wusste. Ob er darüber sprechen wollte. Sie nickte nur, hätte alles gegeben, ihn zu berühren. Stattdessen streichelte sie die Scheibe, stumpf schrappte der Gummihandschuh über die Trennwand. Tränen tropften in die Gummidichtung ihres Helms, von dem sie hoffte, er würde ihre Affektinkontinenz abschirmen. Doch Joschis Blick durchdrang das Plexiglas, er wackelte schwach mit dem Pulsoxymeter, das auf seinem rechten Zeigefinger steckte.

»Du sollst doch nicht heulen, Baby. Tränen macht süße Frauen salzig und am Ende bitter.«

Sein alter Spruch, mit dem er sie immer zum Lachen brachte, wenn sie weinte. Wie damals, als sie nach der Chemotherapie heulend vor dem Spiegel gestanden und fassungslos ein fettes, aus der Bürste geklaubtes Haarbüschel zwischen Daumen und Zeigefinger betrachtet hatte. Worauf Joschi seinen Spruch aufsagte, ihr dabei die schwarzen Haare aus der Hand nahm und sie sich mit Zahnpasta als Schnurrbart auf die Oberlippe klebte. Der dunkle Schnauzer wirkte im hellhäutigen Gesicht so grotesk, dass sich - nach einem Moment der Empörung - ihre Heulerei in Lachtränen verwandelt hatte. Die wären nicht salzig, hatte er behauptet.

Sie warf ihm eine Kusshand zu, er lächelte sie an, dann dämmerte er hinüber und wachte auch nicht auf, als die Schwester seine Infusion wechselte.

Irgendwann riss Joschi die Augen auf und schien panisch. Anna klopfte an die Scheibe, fing seinen Blick ein, meinte zu sehen, dass er sie erkannte, dass die Rückkehr der Orientierung sein Gesicht entspannte und die Andeutung eines Lächelns ahnen ließ, für das seine Kraft nicht mehr reichte.

Einige Stunden später begann sein Atem zu rasseln, Kopf und Gliedmaßen zuckten. Sie bat, den Arzt zu rufen, der die Morphindosis erhöhte.

Die Schwester schlug eine Pause vor, bot ihr fürsorglich Kaffee und Getränke an; doch Anna lehnte ab, da sie den Raum nicht verlassen wollte.

Die Nacht wurde zeitlos, Annas Kosmos schrumpfte und blendete die Welt aus. In hellwacher Betäubung beobachtete sie den Fluss der Stunden, erfüllt von grenzenloser Verbundenheit zu dem Wesen, das sich jenseits der Scheibe in friedlicher Unaufhaltsamkeit aufzulösen schien. Sie empfand weder Schmerz noch Trauer - nur den allumfassenden Wunsch, da zu sein, nicht zu weichen und Joschi zu halten, bis er losließ.

Um 4.32 Uhr wurden die grünen Zacken auf dem Monitor zur Nulllinie.

¤ ¤ ¤

28. Februar

Von der Biskaya kommend näherte sich Orkantief Tabea mit einer angekündigten Windgeschwindigkeit von bis zu hundertfünfzig Kilometern pro Stunde. Halbstündlich wurden Unwetterwarnungen im Netz, Fernsehen und Radio aktualisiert.

Zwei Mitarbeiter von *City Security* waren im Tiny House Park von Haus zu Haus gegangen und hatten den Anwohnern dringend empfohlen, die Siedlung zu verlassen. Für Häuser auf Rädern galt eine behördliche Anordnung zur Evakuierung. Bei Kilians Tiny House hatten die Männer anerkennend genickt, als er ihnen die aerodynamisch sturmabweisenden Qualitäten durch die abgerundete Form erklärte und die High Impact Fenster zeigte.

»Ihr Häuschen ist 'ne echte Ausnahme«, kommentierte der Ältere, »aber manche von den anderen Pappschachteln in diesem Tiny House Park dürfte man in unseren Zeiten gar nicht mehr bauen. Und die Bewohner müsste man wenigstens zwangsevakuieren. Wenn wer zu Schaden kommt, isses Geschrei wieder groß, und die Verletzten stressen dann die Krankenhäuser, die eh schon überlaufen.«

Viele Anwohner hatten ihre Häuser verrammelt und freiwillig den Park verlassen. Ben kam mit der Problemkatze auf dem Arm und bat Kilian, ihr Asyl zu gewähren und sein Haus im Blick zu behalten, in Annas Domizil waren Haustiere verboten. Beim Absetzen fauchte die Katze und flüchtete mit einem Satz durch den offenen Spalt in der Haustür nach draußen. »Gottesurteil«, brummte Kilian, »kein Mangel an Nächstenliebe zum Tier.«

»Ich würde gerne bei dir bleiben«, sagte Ben, »aber dann macht mir Anna die Hölle heiß.«

Auch Kitty hatte Kilian bestürmt, das Orkantief bei ihr auszusitzen, aber er wollte sich endlich vor Ort von der Unwetterfestigkeit seines Tiny House überzeugen. Er hatte alles gesichert und die ordnungsgemäße Funktion des Notstromaggregates überprüft. Der Kühlschrank war gut gefüllt, und es war ausreichend Trinkwasser vorhanden.

Die Windböen wurden lauter, klangen wie das Heulen hungriger Raubtiere, die an den Gitterstäben ihrer Käfige rüttelten. Durch das einzige Fenster, dessen Läden Kilian noch nicht geschlossen hatte, sah er die nackten Zweige der Trauerweide im Wind flattern wie eine Fahne aus Spinnenbeinen. Nur zwei Häuser in seinem Blickfeld waren beleuchtet. Ausgerechnet Erna und Otto Schmidt hatten ihr altes Häuschen aus der Vor-Unwetter-Ära nicht verlassen wollen. Zwar waren sie nur vier Jahre älter als Kilian, doch für dessen Empfinden gebrechliche Oldies. Ansonsten schien der Tiny House Park wie ausgestorben, und Kilian fragte sich, ob zu bleiben eine gute Entscheidung war. Mit der Fernbedienung fuhr er den Rollladenpanzer herunter.

Die Unwetter-App auf dem Pad zeigte Stufe 3 und meldete wörtlich: *Amtliche Unwetterwarnung: Die erwartete Wetterentwicklung ist sehr gefährlich. Es können verbreitet Schäden durch das Wetter auftreten. Informieren Sie sich regelmäßig über die Wetterentwicklung. Vermeiden Sie Aufenthalte im Freien. Wenn Sie sich dem Wetter aussetzen müssen, seien Sie sehr vorsichtig.*

Er öffnete probehalber die Tür, und eine Bö blies ihn fast um. Kein Gedanke, zum nächsten Taxistand zu kommen, selbst der Weg den Berg hinunter bis zur Straße schien gefährlich.

Immerhin hatte er viel Geld in ein Tiny House mit dem Attribut *hurricane proof* investiert. Er nahm sich ein Bier und atmete tief, um den steigenden Puls zu beruhigen.

Das Telefon: Kitty. Ob alles in Ordnung sei, ob er es sich nicht noch einmal überlegen wolle. »Alles bestens«, sagte er mit bemühter Munterkeit, von der er hoffte, Kitty möge sie ihm als entspannte Souveränität abkaufen. Er war erleichtert, als sie wegen der schlechten Verbindung das Gespräch zügig beendete, mit einem geschmatzten Kuss und der Ermahnung, gut auf sich aufzupassen.

Fast hätte er im Wetterlärm das Kratzen überhört. Als er die Tür einen Spalt öffnen wollte, knallte sie ihm mit voller Wucht entgegen und prellte schmerzhaft seinen Ellenbogen. Die Problemkatze hatte sich besonnen, schoss kläglich maunzend ins Haus und wich ihm nicht von der Seite. »Jetzt bin ich dir gut genug«, grummelte er und kraulte ihr das Fell. Besser Katze als ganz allein. Er hatte noch eine Dose *Miezentrost mit zartem Huhn* aus der Zeit, bevor sie ihm mit Ben untreu geworden war.

Draußen heulten die ersten Feuerwehrsirenen. Im Netz kam die dringliche Aufforderung, das Haus nicht mehr zu verlassen, und die Mitteilung, der öffentliche Verkehr würde zur Stunde eingestellt. Autofahrer und Taxen wurden angewiesen, zügig ihr Ziel anzusteuern und sich nur noch in Notfällen auf der Straße zu bewegen.

Textnachricht von Ben, der fragte, ob alles in Ordnung und die Katze aufgetaucht sei. Kilian schrieb zurück: *Ad 1.: Noch ... Ad 2: Deine neurotische Zweit-Lebensgefährtin nimmt heute mit mir vorlieb. Grüße an Nr. 1.*

Er schaltete den Fernseher ein. Tabea hatte in Frankreich massive Schäden verursacht, Bäume umgestürzt, Dächer abgedeckt, in einer Vorstadtsiedlung von Straßburg Container durch die Luft gewirbelt und auf einem Campingplatz die Wohnwagen wie Pappschachteln ineinandergeschoben. Es waren mindestens neun Tote und zahlreiche Verletzte zu beklagen. Erste Ausläufer des Orkantiefs hatten Süddeutschland erreicht, die volle Sturmstärke wurde in ein bis zwei Stunden erwartet.

Kilian gönnte sich einen doppelten Buchweizenbrand. Auf der Suche nach Ablenkung zappte er durch die TV-Kanäle, klickte sich in eine Folge seiner früheren Lieblingsserie *Altes Geld*, konnte sich aber nicht konzentrieren und schaltete zurück zur aktuellen Berichterstattung des Regionalsenders.

Der noch amtierende Ministerpräsident von Baden-Württemberg hielt eine kurze Videoansprache aus der Klinik, in der er seit mehr als fünf Wochen wegen seiner HeLiPa-Infektion behandelt wurde. In einen Kissenberg gebettet, gab er seiner Dankbarkeit Ausdruck, sich auf dem Wege der Besserung zu befinden. Er klang kurzatmig, und seine Gesichtsfarbe wirkte wie gebleichtes Pergament, als sei der Landesvater im Zeitraffer zum Urgroßvater gealtert. Dringend appellierte er an seine Landsleute, die Unwetterwarnung ernst zu nehmen, die Wohnung möglichst nicht mehr zu verlassen und den Anordnungen der Behörden unbedingt Folge zu leisten. Seiner kommissarisch amtierenden Stellvertreterin wünschte er Glück bei der Bewältigung einer weiteren schweren Krise, mit der das Ländle nach meteorologischer Voraussage würde fertig werden müssen.

Als die Unwetter-App dreimal schrill fiepte, sprang die Katze Kilian auf den Schoß. Nunmehr zeigte das Display in Dunkelrot die Stufe 4 der amtlichen Unwetterwarnung. Wörtlich hieß es: *Die erwartete Wetterentwicklung ist extrem gefährlich. Es kön-*

nen lebensbedrohliche Situationen entstehen und große Schäden und Zerstörungen auftreten. Häufig sind dabei größere Gebiete betroffen. Vermeiden Sie Aufenthalte im Freien. Verhalten Sie sich sehr vorsichtig und informieren Sie sich regelmäßig über die Entwicklung der gefährlichen Wettersituation. Folgen Sie auf jeden Fall unter Umständen ausgegebenen Anweisungen der Behörden, Ordnungs- und Hilfskräfte. Bereiten Sie sich auf außergewöhnliche Maßnahmen vor. »Der Deutsche Wetterdienst kann noch nicht mal Deutsch«, erklärte er der Katze.

Draußen schwoll das akustische Inferno aus Krachen und Splittern an, Gegenstände flogen durch die Luft, knallten an die Hauswand; einige trafen scheppernd die Alu-Läden, was Kilian jedes Mal zusammenzucken und die Katze fauchen ließ. Er wagte nicht, die Rollläden hochzufahren, um das Geschehen zu beobachten. Mehrmals schepperte das Fensterglas, aber der Panzer aus stranggepresstem Aluminium hielt stand.

Kilian meinte Schreie zu hören.

»Verlassen Sie keinesfalls das Haus, Sie begeben sich in Lebensgefahr!«, mahnte der TV-Wetterexperte, in Notfällen solle man bitte Feuerwehr und Polizei verständigen, die aber völlig überlastet seien. Schmidts ließen Kilian keine Ruhe, er wählte den Notruf. Besetzt. Ed Sheeran klagte *Ain't no Sunshine* in Dauerschleife.

Die Stimme der TV-Moderatorin erstarb mit einem Zischlaut, der Bildschirm begann zu flackern und wurde schwarz.

Kilian griff zum Pad.

Meine Elfe, wir sprachen öfter über die Liebe, hier noch mal eine persönliche Definition: Liebe ist, wenn eine katastrophale Krise die schönste Zeit eines Lebens ist. Danke, dass Du in mein Leben sterngeschnuppt bist. Immer Dein K.

Er zögerte einen Moment, trank sich noch einen Schluck Mut an und drückte auf *Send.*

Kein Netz.

Er klappte das Pad zu, noch ein Gottesurteil, vielleicht war so viel Pathos uncool. Dann erloschen alle Lichter.

Kein Strom.

Für einen Moment wurde es totenstill, als habe sich das Auge des Hurrikans sekundenlang weit geöffnet. Die plötzliche Dunkelheit war undurchdringlich wie Teer, ließ die Luft gerinnen, machte das Atmen mühsam und das Herz zum Vorschlaghammer. Entsetzen kroch Kilian wie ein Insekt mit klebrigen Tentakeln über den Nacken. *Lonesome in this tiny dark world.*

Niemand, der hilft, wenn der Herzkasper kommt. Und wenn doch, wird es kein Bett geben, und wenn doch, dann keinen Arzt.

Keine Chance, selbst anderen zu helfen, nicht mal Erna und Otto, deren vorsintflutliche Hütte ihnen um die Ohren fliegt.

Von niemandem verabschiedet, mit niemandem versöhnt. Letzte Worte an Kitty nicht abgeschickt. Den verlorenen Sohn nicht wiedergefunden und nicht mal gesucht. Nur die Katze als warmen Trost. Warum jetzt, da das Leben so schön ist?

Sein Herz stolperte aus dem Tritt, der Blutdruck hämmerte an den Schläfen. Kilian saß ganz still.

Das Sturmrütteln erhob sich wieder, noch lauter als zuvor, und riss ihn aus dem schwarzen Loch der Lähmung. Er klappte das Pad auf; blaues Licht stanzte einen kleinen Kegel in die Stockfinsternis. Die Katze krallte sich an seinem Hosenbein fest, als er aufstehen wollte. Er setzte sie ab, knipste die akkubetriebene Tischleuchte ein und holte die Taschenlampe.

Unschlüssig, ob er das Notaggregat einschalten sollte, entschied er sich dagegen; fünf Stunden Laufzeit verlangten sparsamen Umgang. Noch war es warm und der Kühlschrank kalt.

Das Telefon blieb netzlos. Kilian nahm sich ein weiteres Bier, tappte mit der Taschenlampe ins Bad und kramte eine alte Tablettenschachtel mit Beruhigungspillen aus dem Spiegelschrank. Die Qual, nichts tun zu können, wäre schlafend erträglicher. In eine Wolldecke gewickelt kauerte er sich auf die Couch, rief die Katze, die darunter lag, sich aber nicht locken ließ.

Donnerndes Poltern draußen ließ ihn fürchten, halbe Häuser würden den Berg hinabstürzen. Pille, Bier und Brand zeigten keine Wirkung. Ein Heulen, das nicht menschlich klang, drang ihm durch Mark und Bein. Wie heulten Waschbären? Etwas fehlte in der Kakofonie, aber er kam nicht drauf. Dann doch: keine einzige Sirene! Es war Katastrophe und keiner ging hin. Es war Katastrophe und keiner kam helfen.

Kilian nahm eine zweite Tablette mit reichlich Schnapsspülung. Keine Wirkung. Fast hatte er die Hoffnung auf pharmakologische Erlösung aufgegeben, als ihm schlagartig das Benzodiazepin in Buchweizen einen Schleier der Amnesie überstülpte.

¤ ¤ ¤

1. März

Nach zwei Stunden unruhigen Dämmerns erwachte Kitty um sechs Uhr morgens, als das Licht wieder anging. Tabeas Wüten war nach vier Uhr langsam abgeflaut. Sie hatte Schuldgefühle, Kilian nicht energischer zum Verlassen des Tiny House Parks gedrängt oder darauf bestanden zu haben, bei ihm zu bleiben, wenn er schon so stur war, das Unwetter zu Hause auszusitzen. Bei all den Ängsten, die sie selbst in der endlosen Nacht ausgestanden hatte, quälte sie der Gedanke, wie viel schrecklicher es für Kilian sein musste, ganz allein und stromlos in einem winzigen Haus zu sitzen, dessen Sturmfestigkeit nicht bewiesen war, umgeben von Leichtbauhäuschen, die einem Orkan wie Tabea kaum standhalten konnten. Sie hoffte, dass wenigstens Ben in seiner Nähe geblieben war.

Sie griff zum Handy, noch immer kein Netz. Beim Zappen durch den Fernseher - überall Katastrophenberichte, abgedeckte Häuser, zerborstene Fensterscheiben, umgeworfene Autos, Äste oder ganze Bäume, die quer über Straßen lagen und auf Hausdächer gekracht waren. Bislang zählte man in Deutschland siebenundneunzig Tote und viele Verletzte. Ein kleiner Waschbär wurde gezeigt, der mit gebrochenem Genick in einer Mülltonne entdeckt wurde, die meterweit durch die Luft geflogen und an eine Mauer geprallt war. Ein Fuchs war auf der Flucht in einem Abwasserrohr eingeklemmt worden und erstickt.

Notunterkünfte für freiwillig oder behördlich angeordnet Evakuierte waren knapp, da viele geeignete Räumlichkeiten als provisorische Lazarette für Rio-Patienten dienten. Bei einigen unzureichend gesicherten Supermärkten gab es Plünderungen. Ein exklusives Mannheimer Möbelhaus mit Delikatessenabteilung im Souterrain war von bewaffneten CDA-Anhängern besetzt worden, die sich so verbarrikadiert hatten, dass eine Räumung ohne massive Gewalt nicht möglich war. Die Polizei, personell zu einem Rumpftrupp geschrumpft, kündigte den Einsatz von Tränengas an, verhandelte aber über Straffreiheit im Falle einer freiwilligen Räumung. Die Besetzer drohten ihrerseits mit der totalen Verwüstung sämtlicher Einrichtungsgegenstände, boten jedoch an, nach drei Tagen kampflos abzuziehen, falls man sie bis dahin in Ruhe lasse und die konsumierten Lebensmittel aus dem Deli nicht in Rechnung stelle.

Kitty zappte in den Regionalsender. Wie bei den meisten Unwettern schien Karlsruhe vergleichsweise glimpflich davongekommen zu sein. Allerdings war die Zahl der Toten und Verletzten noch nicht bekannt. Eine junge Mutter wurde im Auto von einem umgestürzten Baum erschlagen. Ihr zweijähriges Kind konnte am frühen Morgen leicht verletzt vom Rücksitz geborgen werden. Der Kindsvater befand sich nach Angaben von Nachbarn beruflich im Ausland.

Die meisten Gebäudeschäden hielten sich in Grenzen, sagte der Moderator, nur die Containersiedlung am Stadtrand und ein Tiny House Park seien stärker betroffen und würden auf absehbare Zeit teilweise unbewohnbar bleiben. Dort gab es einige Verletzte, die aufgrund der Überlastung der Rettungskräfte nur verzögert versorgt werden konnten.

Eissplitter rieselten Kitty durch das Rückgrat bis in die Zehenspitzen.

Noch immer kein Netz. Weder Kilian noch Ben hatten einen Festnetzanschluss.

Hastig zog Kitty sich an, schnappte sich den Schlüssel zum Tiny House und rannte zum Auto.

Im trüben Dämmerlicht ließen sich die Sturmschäden nur erahnen, mehrmals musste Kitty Umwege fahren, Straßen waren von Bäumen oder umgeworfenen Autos blockiert oder von der Polizei gesperrt. Um sieben Uhr früh war es menschenleer, auch Einsatzkräfte waren nur vereinzelt zu sehen.

Der Weg vom Parkplatz, der zum Tiny House Park bergauf führte, war teilweise zugeschüttet und wurde gerade abgesperrt. Einige Bewohner waren mit Aufräum- und Sicherungsarbeiten beschäftigt, viele der beschädigten Hütten schienen jedoch verwaist. Ein Feuerwehrmann mit Boxerfigur und Bubengesicht wies Kitty darauf hin, dass der Zutritt zum Park wegen Einsturzgefahr vieler Häuser und teilentwurzelter Bäume verboten war.

»Sie schickt der Himmel, bitte helfen Sie mir«, sagte sie mit flehendem Augenaufschlag. »Ich wohne hier, und mein Mann ist allein im Haus und herzkrank.«

»Na, wenn das so ist, dann wollen wir mal«, antwortete der Bube, schaufelte einen schmalen Durchgang frei und eskortierte sie zum Haus. Dankbar nahm sie sein Angebot an, zu warten, ob mit ihrem kranken Mann alles okay sei.

Keine Reaktion auf ihr Klingeln. Sie schloss auf und rief nach Kilian - keine Antwort. Ihr Herz sackte. Abgestandene Luft schlug ihr entgegen, es roch nach Schweiß, Schnaps und etwas Ammoniakalischem. Dann erfasste das Licht der Taschenlampe die Couch, auf der Kilian mit offenem Mund lag und schnarchte; quer über seinem Bauch kuschelte die Katze. Sein Pferdeschwanz war verrutscht, und die abgekaute Ohrmuschel, sonst sorgfältig verdeckt, lag frei.

Kitty schluckte Erleichterungstränen und dankte dem jungen Feuerwehrmann. »Für die kollegiale Kaffeekasse«, murmelte sie und drückte ihm einen Zwanzig-Euro-Schein in die Hand, den er nach kurzem Sträuben verschämt einsteckte. Dann fuhr sie die Rollläden hoch und öffnete ein Fenster. Die Tür ließ sie angelehnt. Als ihre Contenance zurückgekehrt war, trat sie zur Couch; die Katze ergriff die Flucht.

Kitty legte Kilian eine Hand auf die Wange. »Guten Morgen, mein Held.«

Kilian schoss hoch, blickte mit blutunterlaufenen Augen wild um sich und stöhnte: »Oh mein Gott!«

»Wenn schon, dann bitte Göttin«, antwortete Kitty und bettete seinen Kopf samt säuerlicher Fahne an ihren Bauch.

¤

Um halb sieben Uhr morgens rief der Chef an. »Ich wollte nur mal hören, ob es Ihnen gut geht. Wohnen Sie nicht in diesem Tiny House Park, wo besonders viel kaputt sein soll?«

Ben antwortete mürrisch, er sei nicht vor Ort, sondern bei seiner Lebensgefährtin - und zwar im Bett. »Macht nix«, antwortete der Boss mit jovialem Lachen und forderte ihn auf, sich schnellstmöglich in den Park zu begeben; dort hatte die Presse wegen angeblicher Einsturzgefahr momentan keinen Zutritt. »Als Anwohner dürfen Sie da natürlich rein. Machen Sie so viele Fotos wie möglich, dann sind wir wieder mal die Ersten. Und befragen Sie die Anwohner, wenn welche verletzt sind, auch mit Foto, und gegebenenfalls fahren Sie ins Krankenhaus.«

Ben sagte zu und rief Kilian an - keine Verbindung. Schweren

Herzens verschob er den rituellen Morgensex im beiderseits simulierten Halbschlaf. Aus dem Augenwinkel fing er Annas enttäuschten Blick auf, doch als er den Grund nannte, griff sie sofort zum Smartphone, entschuldigte sich bei Aisha für die frühe Stunde und instruierte sie, für den Vormittag sämtliche Termine im KiZ abzusagen.

Ohne zu duschen zog Anna sich an. Aus dem Badezimmerschrank holte sie zwei Schutzanzüge, FFP2-Masken und Visiere. »Falls wir aufräumen müssen und dabei irgendwelchen Helfern nahekommen«, erklärte sie. Ben drückte ihr stumm die Hand.

Auf dem Parkplatz nahm Anna den Arztkoffer aus dem Auto. Sicherheitshalber. Der Zugang zum Park war weiträumig abgesperrt. *Lebensgefahr! Kein Zutritt, keine Presse!* stand auf einem Schild, das bedrohlich im immer noch blasenden Wind wackelte. Ein Securitymann ließ sie erst passieren, nachdem er Bens Wohnsitz überprüft hatte, Anna durfte mit, weil Lebensgefährtin und Ärztin.

»Wohin zuerst?«, fragte sie Ben.

»Natürlich zu Kilian.«

Die Häuser, die von dem notdürftig geräumten Weg aus einsehbar waren, schienen überwiegend, wenn auch in unterschiedlichem Ausmaß, demoliert. Vor dem Kilian-Castle seufzte Ben erleichtert auf, nach dem ersten Augenschein hatte es dem Sturm unbeschadet standgehalten. Dennoch spürte er sein Herz klopfen, als er von außen durch das Fenster schaute. Kitty und Kilian lagen eng umschlungen auf der Couch.

Anna legte ihm die Hand auf den Arm. »Lass sie schlafen«, sagte sie. »Auf zur Schadensermittlung!«

Der Anblick war ein Schock, obwohl er sich gewappnet glaubte, wohl wissend, dass die Sturmfestigkeit seines »Tiny but miny« mit dem Castle nicht mithalten konnte. Die kleine Terrasse war weggebrochen, ein Teil des Daches eingestürzt, ein Rollladen abgerissen und die Fensterscheibe zertrümmert. Nur mit Mühe konnte er die verklemmte Türe öffnen. Das Innere des Tiny House wirkte, als wäre eine marodierende Horde eingefallen. Durch das abgedeckte Dach hatte Tabea Einlass gefunden und den Inhalt der beiden Regale sowie alle Gegenstände auf dem Tisch zu Boden gefegt.

»Armer Obdachloser«, sagte Anna. »Die Reparatur wird dauern, und Holz ist knapp. Natürlich wohnst du bei mir.«

Ben nahm sie in den Arm und sagte »danke, Tabea«.

Dann zückte er sein Smartphone und tippte auf das Icon für die Kamera mit Panorama-Weitwinkelfunktion. Schließlich hatte er einen Arbeitsauftrag.

Als sie aus dem Haus traten, um weitere Aufnahmen zu machen, kam eine Gruppe von sieben Personen den Berg hoch. Ben kniff die Augen zusammen, Masken erschwerten die Gesichtserkennung. Er konnte sein Glück kaum fassen: Caroline Hansmann. Kein Medientross, nur die Personenschützer, der PR-Mann und Pressesprecher - und ein Fotograf, den er als Parteikollegen bei den Minimalisten flüchtig kannte.

Hansmann trug Gummistiefel, eine Safarihose, dazu Ton in Ton passend eine moosgrüne Seglerjacke, eine lindgrüne FFP2-Maske und einen grellgrünen Helm. Ben schoss mehrere Fotos, zückte seinen Ausweis und ging auf die Gruppe zu. »Ben Cortes von *VIGILANZVISION-online*, willkommen im Tiny House Park, Frau Ministerpräsidentin.«

»Keine Presse!«, schimpfte der Pressesprecher.

»Ich bin nicht als Journalist, sondern als betroffener Anwohner hier«, gab Ben zurück. »Mein Tiny House ist teilweise zerstört.«

Mit einer Handbewegung winkte Hansmann ihren PR-Mann zurück und lächelte Ben freundlich an.

»Na, wenn die Presse hier wohnt, ist ihre Anwesenheit mehr als gerechtfertigt«, sagte sie. »Ich wollte mir persönlich ein Bild machen, schauen, wie es den Bürgern in den Ortsteilen von Karlsruhe geht, die am stärksten vom Sturm betroffen sind. Und wie wir helfen können. Ich sehe mit Freude, dass Sie unverletzt sind, aber ein demoliertes Heim ist ja schlimm genug. Mögen Sie mir Ihr Tiny Houses zeigen?«

Und wie er mochte. Sein Chef würde ausflippen.

¤

VIGILANZVISION-online

Tabea wütet im Tiny House Park
Verletzte und Wohnungslose nach Sturmtief. Ministerpräsidentin spricht Anwohnern vor Ort Trost zu.

Von Ben Cortes, 1.3. 14:00 Uhr

In Zeiten unbezahlbaren Wohneigentums bieten Tiny Häuser eine kostengünstige und umweltfreundliche Alternative für Menschen, die in den eigenen vier Wänden leben wollen und bereit sind, sich räumlich einzuschränken. Die Unwetterfestigkeit der kleinen Häuser ist jedoch geringer als bei konventionellen Gebäuden.

Im Karlsruher Tiny House Park entstanden massive Schäden vor allem an älteren Häusern, von denen einige wahrscheinlich abgerissen werden müssen. Vor fünf Jahren waren nach Orkantief Fridolin die Sicherheitsauflagen deutlich verschärft worden. Doch auch an moderneren Gebäuden deckte Tabea teilweise Dächer ab und zertrümmerte Fensterscheiben. Sieben Bewohner erlitten Verletzungen beim Versuch, ihre Häuser zu sichern, davon einer ein Schädel-Hirn-Trauma.

Als besonders belastend empfanden die Bewohner den Stromausfall während des Unwetters. Eine 74-jährige Anwohnerin sagte: »Es war wie Weltuntergang. Mein Mann blutete, die Hütte flog uns um die Ohren, das Telefon war tot – und kein Mensch kam helfen.«

Caroline Hansmann machte sich als kommissarische Ministerpräsidentin ein Bild vor Ort. Sie war sichtlich betroffen vom Ausmaß der Zerstörung, spendete den Anwohnern Trost und versprach schnelle, unbürokratische Hilfe.

Hansmann wörtlich: »Abgesehen von den materiellen Schäden sind die Verwüstungen oder der Verlust des eigenen Zuhauses für viele ein schrecklicher Schicksalsschlag, vor allem in Pandemiezeiten. Besonders ins Herz geschnitten hat mir, dass einige Verletzte Angst und Schmerzen aushalten mussten, weil sie wegen HeLiPa über viele Stunden nicht versorgt werden konnten. In der Tiny-House-Community hat der Klimawandel paradoxerweise Menschen besonders hart geschlagen, die umweltbewusst und nachhaltig leben – und die dafür auf viel Komfort verzichten.«

¤ ¤ ¤

10. März

Arian Preuss in der Maske des Aufnahmestudios. Die Visagistin trägt Mundschutz und Visier, sie appliziert Puder und Concealer unter die Augen. Auf Wunsch des Ministers deckt sie vereinzelte weiße Augenbrauenhaare mit mittelbrauner Farbe ab und lässt ihn für die sieben Minuten Einwirkzeit allein.

Preuss greift in seine Hosentasche und zieht einen zerknautschten Zettel heraus, den ihm Mario in die Hand gedrückt hat.)

Marios Memo für Interview *Belinda Live*

Denk dran: 50 Prozent der Bürger (und späteren Wähler) sind weiblich, und die Einschaltquote dieser Sendung ist hoch. Das ist wahlkampftechnisch umso wichtiger, als der Wahlkampf ausgesetzt ist!! Die Redakteurin darf nicht mal ahnen, dass du sie für eine Schreckschraube hältst, Frauenzeitschriften verachtest und ihr Sendeformat bescheuert findest.

Hier dein 9-Punkte-Memo:

- Zeige Emotionen, aber nicht deine echten! Empathie wg. Tabea!
- Nutze die HeLiPa-Infektion des MP für Sympathiepunkte und lass dir NICHT anmerken, dass du über die Wahlverschiebung stocksauer bist.
- Kein böses Wort über die grüne Konkurrentin und ihr Krisenmanagement als stellvertretende MP!
- Bestreite jegliche Ambitionen auf eine Kanzlerschaft!!!
- Halte deinen »inneren Macho« im Zaum!!
- Du bist ein Frauenförderer, Frauenverehrer, und VOR ALLEM: Du nimmst Frauen ERNST!!!

- Du bist ein Familienmensch! Nur das Beste über Mechthild als Frau deines Lebens, irgendwas Gefühliges über das Baby, einen Liebender-Sohn-Satz über deine Mutter!
- Vorsicht beim Thema Schwangeren-Refugium, dünnes Eis! Auf Mechthild verweisen (lobend!!!)
- Bei Rio: Ernst der Lage würdigen, aber optimistischen Ausblick geben!

¤

(Die Chefredakteurin heißt Leser:innen und Zuschauer:innen herzlich willkommen.)

Belinda: »Herr Minister, ich begrüße Sie bei *Belinda Live*. Den heutigen Termin hatten wir Anfang Januar vereinbart, bevor beschlossen wurde, die Landtagswahl in Baden-Württemberg zu verschieben, nachdem vor einigen Wochen der amtierende Ministerpräsident an HeLiPa erkrankte.«

(Preuss nickt lächelnd in die Kamera.)

Belinda: »Eigentlich wollen wir mit diesem Sendeformat in der Wahlkampfzeit unserem Publikum die Kandidaten für politische Spitzenämter auf andere Weise vorstellen als in herkömmlichen Interviews. Unsere Zuschauer:innen sollen neben dem Politikprofi auch einmal die private Persönlichkeit mit ihren menschlichen Facetten kennenlernen, die im professionellen Politikgeschäft manchmal unsichtbar bleibt, aber dennoch einen wesentlichen Einfluss darauf hat, wen wir uns als Regierungschef wünschen. Ich freue mich, dass Sie heute bei uns sind.«

Minister: »Danke für die Einladung. Ich finde es total spannend, an einem Sendeformat mitwirken zu dürfen, das nicht

Mainstream ist und ewig die gleichen 08/15-Fragen durchnudelt.«

Belinda: »Kurz noch einmal zum Wahlkampf. Finden Sie es richtig, dass unter diesen Umständen die Landtagswahl verschoben wird, zumal derzeit das Ländle ja auch mit der Bewältigung der Verwüstungen durch Orkantief Tabea beschäftigt ist?«

Minister: »Selbstverständlich! Derzeit gibt es Wichtigeres als Wahlkampf. Den ich selbst übrigens wegen meiner Verantwortung als Gesundheitsminister schon vor Wochen weitgehend auf Eis gelegt habe.

Es ist mir ein Anliegen, an dieser Stelle auch allen von Tabea betroffenen Bürgerinnen und Bürgern meine herzliche Anteilnahme auszusprechen, vor allem meinen Landsleuten in Baden-Württemberg, die besonders unter den Folgen des Unwetters leiden. Wo immer es in meiner Macht steht zu helfen, werde ich das natürlich mit vollem Einsatz tun. Die Preuss-Stiftung hat übrigens schon einen angemessenen Betrag für Unwettergeschädigte gespendet.«

(Die Regie blendet für spendenwillige Zuschauer eine Kontonummer für Soforthilfe nach Tabea ein.)

»Lassen Sie mich an dieser Stelle aber auch an unseren Landesvater, meinen väterlichen Freund und Parteikollegen, denken und ihm von Herzen eine baldige Genesung wünschen. Seine HeLiPa-Infektion hat mich tief betroffen gemacht, aber Gott sei Dank scheint er bereits auf dem Wege der Besserung zu sein.«

Belinda: »Ist es für Sie hinsichtlich der Wahl von Nachteil, dass Frau Hansmann als Stellvertreterin nun kommissarisch regiert und sich im Katastrophenmanagement Tabea den Wählern ohne Wahlkampf empfehlen kann?«

Minister: »Nein, kein Nachteil. Allenfalls mag es für meine Mitbewerberin ein *Vorteil* sein, dass sie sich überhaupt mal profilieren kann und ein bisschen Regierungserfahrung sammelt. Abgesehen davon, dass der Wahlkampf momentan in meinem politischen Denken und Handeln keine Rolle spielt, glaube ich, die Bürgerinnen und Bürger wissen es zu schätzen, dass ich in der Rio-Pandemie mein Krisenmanagement unter Beweis gestellt habe.«

Belinda: »Bei allem Respekt, Herr Minister, es gibt auch massive Kritik an Ihrem Pandemiemanagement. Obwohl der Anstieg der Infektionszahlen sich vor Tabea zu stabilisieren schien, ist die Fallsterblichkeit eher gestiegen, sodass die Beerdigungsinstitute ihre Arbeit nicht mehr bewältigen. Beispielsweise beklagt der Berufsverband der Bestatter die neue Verordnung zur chemischen Massenbestattung mit Chlorkalk als *Totenschändung und Trauma für Trauernde.*«

Minister: »Sie können mir glauben: Auch mir zerreißt dieser Umgang mit unseren Verstorbenen das Herz. Aber bei überlasteten Krematorien und überfüllten Friedhöfen lässt die Notwendigkeit der zeitnahen und hygienisch einwandfreien Beseitigung infektiöser Leichen nun mal keine andere Methode zu.«

Belinda: »Ihre Kritiker monieren auch, Sie hätten unsinnige Entscheidungen getroffen, um die Wirtschaft nicht zu verprellen. Sie haben zwar die Geschäfte offen gelassen, aber die Menschen kaufen nur noch das Nötigste und wollen nicht mehr shoppen. Sie haben zwar Schulschließungen vermieden, aber viele Eltern schicken ihre Kinder nicht mehr in die Schule. Wäre man mit einem rechtzeitigen Lockdown nicht epidemiologisch besser gefahren?«

Minister: »Schauen Sie doch mal über den Tellerrand der deutschen Grenze. In keinem anderen Land der Welt gibt es pro Kopf so viele Krankenhaus- und Intensivbetten. In kürzester Zeit haben wir außerdem Zeltlazarette aufgebaut und Messehallen für die Versorgung von Rio-Patienten umgerüstet.«

Belinda: »Was aber fehlt, ist geschultes Personal, um diese Betten kompetent zur Patientenversorgung zu nutzen. Pflegekräfte müssen ärztliche Aufgaben übernehmen, da der Medizinermangel bei Klinikärzten noch ausgeprägter ist als im ambulanten Bereich. Für die Behandlung von Rio-Patienten werden teilweise Physiotherapeut:innen, Schwesternschüler:innen oder Altenpfleger:innen mit geringen medizinischen Kenntnissen eingesetzt, selbst auf Intensivstationen, wo eine zusätzliche Spezialausbildung zwingend ist, um überhaupt mit der Technik umgehen zu können. Kein Wunder, dass dann mehr Erkrankte sterben.«

Minister: »Leider! Da wurde in der Vergangenheit viel versäumt. Man hat sich immer darauf verlassen, dass es genügend Idealisten gibt, die diesen Job machen. Kurzfristig versuchen wir, Abhilfe zu schaffen, indem wir in Kooperation mit dem Verteidigungsministerium den gesamten medizinisch ausgebildeten Kader der Bundeswehr für die Versorgung von HeLiPa-Patienten abgestellt haben. Der Mangel an Medizinern und Pflegekräften ist übrigens ein langfristiges Problem. Wir arbeiten dran, und zwar mit Hochdruck.«

Belinda: »Zum Beispiel, indem Sie aus England, Polen und Ungarn gezielt billige medizinische Fachkräfte abwerben, obwohl dort die Pandemie besonders wütet. Ist das ethisch?«

Minister: »Absolut! Es liegt nicht in meiner Verantwortung, dass diese Länder sich von den EU-Standards der Lohngestaltung für medizinisches Personal verabschiedet haben - und dass deren Fachkräfte sich hier besser bezahlte Jobs suchen. Was aber sehr wohl in meiner Verantwortung liegt, ist die bestmögliche Versorgung deutscher Patienten.«

Belinda: »Noch mal zum Effekt Ihrer Maßnahmen gegen die Pandemie, beispielsweise die Kontaktbeschränkungen. Ist es nicht so, dass die Menschen sich zwischenzeitlich gar nicht mehr hinaustrauen? Ist somit der Rückgang von Neuinfektionen vor Tabea wirklich Ihrem Management zu verdanken oder nicht vielmehr der allgegenwärtigen Angst vor Rio, die sich auch als massenweise Krankschreibung äußert?«

Minister: »Als wir die Maßnahmen ergriffen haben, wollten viele Mitbürger deren Berechtigung nicht einsehen. Stichwort Spuck-und-Beiß-Demos. Inzwischen hat sich die Situation grundlegend geändert, was die Maßnahmen aber nicht weniger richtig macht. Dass jeder durch eine Missachtung der Regeln sein Leben riskiert, haben viele Bürgerinnen und Bürger leider erst begriffen, nachdem sie in ihrem Umfeld einen oder mehrere Menschen verloren hatten. Und nun fallen manche ins andere Extrem und ziehen sich in den sicheren häuslichen Raum zurück, statt in ihrer beruflichen Funktion der Gemeinschaft zu dienen. Das finde ich zwar verständlich, aber keinesfalls akzeptabel.«

Belinda: »Befürchten Sie einen totalen Zusammenbruch der gesellschaftlich lebensnotwendigen Infrastruktur?«

Minister: »Klar sehe ich das Risiko für ein solches Szenario, und ich fürchte, wir sind von dieser Katastrophe nicht allzu weit entfernt. An lebenswichtigen Schaltstellen ist der Betrieb nur notdürftig durch den Einsatz der verbleibenden Kräfte aufrechtzuerhalten. Leider nimmt insgesamt die Bereitschaft ab, sich für andere zu engagieren. Immer gab es in unserem Land nach Unwetterkatastrophen eine Welle der Hilfsbereitschaft, Menschen kamen von überallher, um mit anzupacken. Nach Tabea war das kaum zu beobachten, teilweise haben sich sogar Rettungssanitäter und die freiwillige Feuerwehr geweigert auszurücken. Dass Menschen, die sich verpflichtet haben, anderen zu helfen, in einem Notfall ihre Hilfe verweigern, ist tief bestürzend.«

Belinda: »Nothelfer, Pflegende und Polizisten werden bescheiden bezahlt. Hätte man für diese Menschen mehr tun müssen, und hat unser Sozialstaat da versagt?«

Minister: »Überhaupt nicht. Der überfürsorgliche Sozialstaat macht mit seinen Bürgern etwas Ähnliches wie Helikoptereltern mit ihren Kindern: Die werden unselbstständig und strengen sich nicht an. Und man weiß ja vor der Berufswahl, was man zu erwarten hat.«

Belinda: »Wie sehen Sie insgesamt den weiteren Verlauf der Pandemie? Nach den Erkenntnissen der Abwasser-Epidemiologie werden die Zahlen weiter ansteigen.«

Minister: »Das ist wahrscheinlich ein kurzfristiges Phänomen, durch Tabea verursacht. Wie Sie schon sagten, war die Inzidenz vor dem Unwetter rückläufig. Es gibt auch sonst durchaus positive Ausblicke: Ein Nachfolgepräparat von Remdesivir, das bereits bei Ebola erprobt wurde, wird demnächst zur Verfügung stehen. Mehrere Medikamente werden in klinischen Studien getestet. Die Therapie mit monoklonalen Antikörpern wird bereits mit guten klinischen Erfolgen eingesetzt. Und das Wichtigste: Die Weiterentwicklung eines Impfstoffes, der schon vor Jahren für Pferde entwickelt und dann auch klinisch erprobt wurde, steht wahrscheinlich schon demnächst zur Verfügung, einige weitere, die vielversprechend erscheinen, werden in Studien untersucht. Damit wird ein Ende der Pandemie absehbar.«

Belinda: »Kommen wir nun zu einem weiteren Thema. Was unsere Zuschauerinnen im Kontext der Rio-Pandemie besonders interessiert, ist die Initiative *Schwangeren-Refugium*, die werdenden Müttern in abgeschlossenen Institutionen einen weitgehenden Infektionsschutz bis zur Geburt bietet. Wie ist die Nachfrage, und wer bekommt einen Platz?«

Minister: »Die Nachfrage ist immens. Wir haben mittlerweile in mehreren Bundesländern solche Refugien eingerichtet; schließlich sind Schwangere die Schutzbedürftigsten unserer Gesellschaft. Das Projekt läuft unter der Federführung meiner Frau, die mit einem Fachleuteteam die Aufnahmekriterien festgelegt hat. Die Details sind mir da nicht geläufig, aber ich weiß, dass die Vergabe strikt nach Prinzipien sozialer Gerechtigkeit erfolgt.«

Belinda: »Steht das *Schwangeren-Refugium* auch Migrantinnen oder Geflüchteten zur Verfügung, die oft in beengten Verhältnissen leben und besonders gefährdet sind?«

Minister: »Natürlich nicht!«

(Die Chefredakteurin richtet sich auf und runzelt die Stirn.)

Belinda: »Würden Sie uns das bitte erklären?«

(Preuss trinkt einen Schluck Wasser und hebt die Hände.)

Minister: »Nicht, dass Sie mich jetzt falsch verstehen: Diese Frauen können wir einfach deshalb nicht aufnehmen, weil die Kapazitäten dafür nicht ausreichen. Und dann würden wir vielleicht Anreize schaffen, dass Asylantinnen sich schwängern lassen, weil sie lieber in einem Einzelzimmer in unserem Refugium die Pandemie ausliegen als in einem Auffanglager. Und dass deren Kinder dann von unserem Sozialsystem leben.

Auch hier gilt: Unsere Verantwortung sehe ich primär darin, für unsere deutschen Mütter und Kinder zu sorgen.«

Belinda: »Sie sprachen von Frauen in Asylantenheimen. Was ist mit Migrantinnen, die bereits in unsere Gesellschaft integriert sind?«

Minister: »Das ist sicher etwas anderes, aber wie schon gesagt, da sind mir die Details nicht präsent, weil das unter der Ägide meiner Frau läuft.«

Belinda: »Lassen Sie uns nun von der Politik in den persönlichen Bereich kommen. Bleiben wir bei Ihrer Frau. Was sagen Sie zu den Gerüchten, dass im Falle Ihrer Wahl zum Ministerpräsidenten in Baden-Württemberg Ihre Frau das Bundesministerium für Gesundheit und Katastrophenschutz übernehmen könnte?«

Minister: »Über Gerüchte spekuliere ich prinzipiell nicht. Ich möchte aber anmerken, dass meine Frau als Ärztin mit einem Master in Medizinmanagement eine ausgewiesene Expertin für gesundheitspolitische Fragen ist. Gerade in Zeiten wie diesen hat sie eine unschätzbare Unterstützung bei der Krisenbewältigung geleistet.«

Belinda: »Interessante Wortwahl. Sehen Sie Frauen eher in der Rolle, Politiker zu *unterstützen*, als selbst Politik zu machen?«

Minister: »Überhaupt nicht! Machen soll, wer's kann, egal ob Frau oder Mann.«

Belinda: »Da möchte ich gerne nachhaken. Nachdem zu Beginn des 21. Jahrhunderts das Bewusstsein für Gendergerechtigkeit zuzunehmen schien, hat die Anzahl von Frauen in politischen Führungspositionen im letzten Jahrzehnt wieder deutlich abgenommen. Alle wichtigen Ministerien und Schaltstellen der politischen Macht sind in Deutschland mit Männern besetzt. Wie würden Sie im Falle Ihrer Wahl mit diesem Missstand umgehen? Wird es eine verbindliche Quote zur Herstellung eines paritätischen Genderverhältnisses in Ihrer Regierung geben?«

Minister: »Meine Mutter, die ich zutiefst verehre, hat zu diesem Thema einmal gesagt, jede Quotenregelung sei eine Beleidigung für die Frau. Weil sie nämlich unterstellt, dass Frauen nicht imstande sind, allein durch ihre Qualifikation eine Position zu erringen. Bei der Besetzung meines Kabinetts wird jeweils die größtmögliche fachliche Kompetenz für das jeweilige Ressort ausschlaggebend sein. Wo immer eine Frau diese mitbringt, werde ich sie mit offenen Armen im Amt willkommen heißen. Gerade in diesen Krisenzeiten werde ich allerdings keinen qualifizierten Mann wegschicken, um eine weniger qualifizierte Person auf seinen Stuhl zu setzen, nur weil sie eine Frau ist.«

Belinda: »Glauben Sie, dass sich die Menschen in Baden-Württemberg Gedanken darüber machen, dass ein potenzieller Ministerpräsident Preuss im nächsten Karriereschritt die Kanzlerschaft anstrebt?«

Minister: »Nein! Ich habe immer gesagt, ich will Landesvater in meiner Heimat Baden-Württemberg werden. Mein Platz wird in Karlsruhe sein.«

Belinda: »Das heißt, sie würden auch bei künftigen Bundestagswahlen eine Kanzlerkanditatur ausschließen, selbst wenn man Sie ausdrücklich dazu auffordern würde?«

Minister: »Ach wissen Sie, natürlich bin ich ein Mensch, der sich einer Aufgabe, die ihm sein Land oder seine politischen Freunde stellen, nicht entzieht. Aber nur, falls es niemanden gibt, der geeigneter wäre. Und wir *Echte Liberale* sind als Partei personell so gut aufgestellt, dass ich mir ein solches Szenario gar nicht vorstellen kann.«

Belinda: »Herr Minister, lassen Sie mich abschließend nochmals auf Ihre grüne Mitbewerberin zurückkommen und ein Thema ansprechen, das vor einiger Zeit bei unseren Leser:innen großen Unmut verursachte. Sie haben Frau Hansmann eine *Bähmulle in Spreizfußsandalen* genannt …«

(Preuss hebt erneut beide Hände und lacht verlegen.)

Minister: »Bitte nicht schon wieder diese olle Kamelle! Dafür habe ich mich entschuldigt und ihr sogar Blumen geschickt.«

(Redakteurin schaut streng über ihre Brille.)

Belinda: »Herr Minister, mit Verlaub, Sie müssen mir und Ihren potenziellen Wählerinnen schon die Frage gestatten, ob die abfällige Kommentierung der Fußform Ihrer Konkurrentin frauenfeindlich ist – und was so etwas über Ihre persönliche Einstellung zu Frauen aussagt?«

Minister: »Das sagt allenfalls etwas über die persönliche Einstellung zu meiner Frau aus. Ich bin nun wirklich kein Frauenfeind, sondern ein Frauenverteidiger! Als die wichtigste Frau in meinem Leben in diskriminierender Weise verleumdet wurde, habe ich einmal kurz meine Kinderstube vergessen. Immerhin hat die Kollegin Hansmann behauptet, meine Frau würde ihre Schwangerschaft für den Wahlkampf missbrauchen.«

Belinda: »Der Begriff ›Missbrauch‹ fiel überhaupt nicht. Wörtlich hat Frau Hansmann von ›werbewirksamer Inszenierung‹ gesprochen.«

Minister: »Bei mir ist das emotional als Unterstellung von Missbrauch angekommen. Ich war noch tief bewegt von dem späten Geschenk, das mir das Leben mit der Geburt meiner Tochter beschert hat. Da habe ich diese verbale Beschmutzung nicht ertragen - vielleicht auch, weil ich das gerade aus dem Munde einer grünen Frau als besonders frauenfeindlich empfand.«

Belinda: »Sie sind also ein Frauenfreund, der uns gegen frauenfeindliche Frauen verteidigt?«

Minister: »Wenn Sie so wollen. Bekanntlich gibt es keine schlimmeren Kriege als Zickenkriege.«

Belinda: »Schlimmer als testosterongesteuerte Hahnenkämpfe?«

Minister: »Mit Verlaub, das ist doch ein Genderklischee. Männer schlagen sich frontal, Frauen sticheln von hinten. Die Effizienz in der Feindvernichtung ist bei Frauen keinesfalls kleiner.«

Belinda: »Vielen Dank, da unsere Sendezeit bereits überschritten ist, wird Ihr letztes Statement das Schlusswort sein. Ich überlasse es unseren Zuschauerinnen, ob sie es als Kompliment werten wollen, dass Sie, Herr Minister, dem weiblichen Geschlecht eine den Männern ebenbürtige Feindvernichtung zubilligen.«

¤ ¤ ¤

16. März

VIGILANZVISION-online

Ministerpräsidentin spricht Obdachlosen Mut zu

HeLiPa-Pandemie bestätigt: Seuchen treffen die Schwächsten am stärksten. Wohnsitzlose verloren ihre besten Freunde.

Von Ben Cortes, 16.3. 13:00 Uhr

Nachdem sich letzte Woche in einem Frauenhaus bei Bretten siebzehn Frauen und Kinder mit HeLiPa infiziert hatten (wir berichteten), wurde heute ein Ausbruch in der provisorischen Obdachlosenunterkunft in Karlsruhe Daxlanden gemeldet. Diese war kurzfristig im Rahmen des Notprogramms entstanden, das nach dem Unwetter am 28. Februar auf Initiative von Caroline Hansmann, der kommissarischen Ministerpräsidentin, ins Leben gerufen wurde. Tabea hatte zahlreiche Wohncontainer und Leichtbauhütten in den sogenannten K-Townships am Karlsruher Stadtrand zerstört.
Da Wohncontainer zunehmend von Kliniken als Reservestationen, aber auch als Quarantänemöglichkeit für Menschen genutzt werden, die in beengten Verhältnissen leben, besteht derzeit ein erheblicher Lieferengpass. Deshalb kamen in der Siedlung umfunktionierte Bürocontainer mit einer Fläche von 7,5 Quadratmetern zum Einsatz, allerdings müssen sich jeweils zehn Menschen einen Sanitärcontainer teilen.
Ein Bewohner lief gestern bei 4 °C nackt und laut schreiend

im Kreis um seine Notbehausung. Nachbarn, die ihn für betrunken hielten, konnten den kräftigen Mann nicht bändigen. Nach Überwältigung des Tobenden durch die Polizei wurde in der PCR eine Rio-Infektion nachgewiesen. Der Patient wurde auf eine Spezialabteilung für HeLiPa-Enzephalitis in der geschlossenen Psychiatrie aufgenommen.

Von den restlichen fünfzig Bewohnern wurden neunzehn positiv getestet, elf Personen gaben grippeähnliche Symptome an, die sie als Erkältung gedeutet hatten. Ein Patient klagte über starke Kopfschmerzen.

Unklar ist, ob die Infektion von einem der elf Hunde übertragen wurde, die die Bewohner von der Straße ins Containerdorf mitgebracht hatten. Im Rahmen einer derzeit laufenden Studie zu HeLiPa bei Haustieren wurde stichprobenartig bei zwei Tieren ein Rio-Test durchgeführt, beide waren positiv. Da sämtliche Tiere ständig Kontakt miteinander hatten, wurden sie daraufhin, ungeachtet der verzweifelten Proteste ihrer Besitzer, alle in ein Tierasyl gebracht und eingeschläfert.

Die kommissarische Ministerpräsidentin besuchte die Unterkunft und überbrachte allen Bewohnern einen Korb mit ausgesuchten Lebensmitteln. Sie wechselte in gebührender Distanz mit jedem Einzelnen einige Worte der Ermutigung, sprach besonders den elf Hundebesitzern Trost zu, die teilweise ihren einzigen Freund verloren hatten, und versprach ihnen nach Ende der Pandemie einen neuen Hund auf Staatskosten. Ihr Bodyguard musste eingreifen, als ein offensichtlich Angetrunkener sie umarmen wollte und rief: »Unser Ländle braucht eine Landesmutter.«

¤ ¤ ¤

17. März

Das Glasdach des smaragdgrünen Tesla Roadster reflektierte das gleißende Licht der LED-Lampen, die den Parkplatz auf der Bühler Höhe für die Überwachungskameras ausleuchteten.

Nachdem das Projekt *Schwangeren-Refugium* planmäßig angelaufen und die Nachfrage gestiegen war, wurden Tagungshotels, denen pandemiebedingt die Gäste fehlten, zu Refugien umgerüstet, vorzugsweise in der Peripherie von Städten, wo es einfacher war, das Kommen und Gehen zu überwachen und die Gebäude vor eventuellen Übergriffen zu schützen. Die Ausstattung war meist weniger luxuriös, genügte jedoch standardisierten epidemiologischen Anforderungen. Die unterste Etage diente jeweils der Quarantäne vor endgültiger Aufnahme. Viele Mitarbeiter des Hotelpersonals waren dankbar, nicht nur ihren Job zu behalten, sondern einen Zuschlag zu bekommen und nahmen willig die Bedingung in Kauf, während ihres Einsatzes das Hotel nicht zu verlassen.

Überwiegend kümmerten sich ortsansässige Gynäkologen um die Schwangeren, nur das Refugium auf der Bühler Höhe betreute Anna auf Mechthilds Wunsch weiterhin persönlich. Allerdings gehörten sporadische Supervisionsvisiten in allen Häusern zu Annas Aufgaben, dafür durfte sie je nach Entfernung und lokalen Gegebenheiten den Preuss'schen Heli oder den Minijet nutzen. Nach anfänglichem Sträuben genoss sie die kurzen Flüge, obwohl Ben diese Art zu reisen maximal dekadent fand, wofür er allerdings keine klimatechnischen Argumente geltend machen konnte - die Maschinen waren schließlich wasserstoffbetrieben. Gelegentlich begleitete Mechthild sie auf diesen Tagestouren, um den Frauen »Mut zuzusprechen«. Tatsächlich waren die werdenden Mütter regelmäßig begeistert, wenn die Frau des Gesundheitsministers mit einem persönlichen Besuch die Langeweile ihres derzeit ereignisarmen Lebens durchbrach. Auch für Anna waren die gemeinsamen Trips zunehmend vergnügliche Escapes, da Mechthild sich als unterhaltsame Gesprächspartnerin erwies, die mitunter auch offen über das eigene Leben sprach, zum Beispiel über ihre Mutter, die sich und ihre beiden Töchter als alleinerziehende U-Bahn-Fahrerin durchgebracht hatte. Über der verseuchten Welt schwebend, konnten die beiden Frauen beim gemeinsamen Lachen kurzfristig das pandemische Elend vergessen, und unmerklich entwickelte sich eine komplizenhafte Verbundenheit.

Ihre Ehe und politische Themen sparte Mechthild weitgehend aus, was Anna respektierte. Obwohl ihr oftmals die Frage auf der Zunge lag, ob Mechthilds unbedingte Unterstützung des Preuss-Wahlkampfes der Gattenliebe oder eigenen Ambitionen auf das Gesundheitsministerium geschuldet war.

Anna begann ihre Runde auf der ehemaligen Sozialstation, die zwischenzeitlich in ein Hotel ausgelagert worden war. Nur Vanessa, die zornige Ex-Junkie, hatte Anna zu deren Erstaunen unter Tränen darum gebeten, nicht dorthin übersiedeln zu müssen, da sie sich nur unter ihrer persönlichen Obhut ›sicher‹ fühle.

Verblüffenderweise war Vanessa gut drauf, sie hatte im Netz einen Ex-Junkie kennengelernt, der ihr voll romantische Mails schreibe und außerdem schwangere Frauen und Neugeborene total geil finde. Sie schickte Amir, ihrem Prinzen, täglich ein Babybauch-Selfie; Anna verkniff sich die Frage, wo fototechnisch die Grenze des prächtig prallen Babybauches lag.

Beim Ultraschall demonstrierte das kleine Mädchen in der dreißigsten Woche bereits seine Kickboxerqualitäten, Vanessa lachte übermütig, wurde aber unvermittelt wieder ernst. »Was ist, wenn Amir nicht mehr auf mich steht, nachdem das Baby raus ist?«, fragte sie mit aufgerissenen Augen.

»Quatsch«, sagte Anna, »Wenn Ihr Netzlover Sie und Ihre Tochter nach der Geburt kennenlernt, wird er sich in euch beide verlieben.«

Sie biss sich auf die Zunge, als ihr mit Schrecken einfiel, dass Vanessa das Kind zur Adoption freigeben würde.

»Super, dass Sie das sagen«, antwortete die werdende Mutter und tätschelte ihren Bauch. »Ich werde das Baby nämlich doch behalten.« Zur Weiterleitung an Amir musste Anna ein besonders schönes Ultraschallbild aufnehmen, auf dem die Tochter beide Fäuste nach oben streckte, als wollte sie gegen Mutters Uterus trommeln.

Im ersten Stock fand Anna eine Schwangere in der einunddreißigsten Woche heftig weinend, da ihre Mutter und die ältere Schwester mit Rio in der Klinik lagen, besonders bei der Mutter war der Zustand kritisch. »Und Sie können sie gar nicht besuchen«, sagte Anna. »Das muss schrecklich für Sie sein.« Sie legte der Schluchzenden tröstend eine Hand auf die Schulter.

»Das können Sie laut sagen«, antwortete die Patientin. »Hätte ich mir damals bloß nicht den Abbruch ausreden lassen! Meinen Mann kann man in der Pfeife rauchen, und ohne meine Mom kann ich mit Kind die Karriere knicken.« Anna ersuchte die junge Frau, sich für die Sonografie frei zu machen.

Amira Alzuhur, ihre nächste Patientin, war neu, sie strahlte und verlieh in fast perfektem Deutsch ihrer Freude Ausdruck, hier sein zu dürfen und Frau Doktor kennenzulernen. Die Informatikstudentin aus Syrien war in der dreizehnten Woche schwanger, ungeplant, wie sie errötend gestand.

¤

Auf der VIP-Station drangen Lachen und Stimmengewirr aus dem Salon. Anna ging vorab zu Elsbeths Suite. Von deren sonnigem Gemüt war nichts zu spüren. Medizinisch war alles in Ordnung, und die Zwillinge strampelten putzmunter. Auf Nachfrage meinte Elsbeth, sie wolle nicht jammern.

»Sie sollen auch nicht jammern, sondern erzählen«, kommandierte Anna. Also ließ Elsbeth die Tränen kullern und berichtete von der Sorge um ihre Kinder. In dem Schweizer Internat, das ihre Arbeitgeber finanzierten, waren zwei Rio-Infektionen aufgetreten, nachdem die Jugendlichen verbotswidrig eine Party besucht hatten. Inzwischen galt eine strenge Ausgangssperre, die beiden Geschwister fanden das Internat nun nicht mehr geil, sondern nur noch ätzend und versuchten immer wieder, nachts auszubüxen. Die Direktorin hatte mit Schulverweis gedroht.

»Es sind ja nur noch drei Wochen bis zur Entbindung«, versuchte Anna zu trösten.

»Und was ist dann, wenn die beiden wieder hier sind - mit dem ganzen Tabea-Chaos und mit Rio, wo sie auch nicht so können wie normal?«, seufzte Elsbeth.

Darauf hatte Anna keine Antwort.

»Sehen Sie, Frau Doktor, jetzt habe ich doch gejammert.«

Alle anderen Klientinnen der VIP-Etage waren im Salon um den Tisch versammelt. Am Kopfende saß eine Gestalt in Schutzkleidung. Ihre Nebensitzerin sagte zu der Maskierten: »Herzliches Beileid, dass man die Wahl verschoben hat, das war sicher ein Schlag für euch. Dein Mann würde im Ländle viel besser aufräumen als diese grüne Hausfrau. Und du würdest als Gesundheitsministerin diese Scheißpandemie viel besser in den Griff kriegen als dein Göttergatte.«

Alle lachten, verstummten aber, als sie Anna bemerkten. Mechthild sprang auf. »Anna, schön, dass du da bist, ich hatte gehofft, dich hier zu treffen.« Zu den Frauen gewandt fügte sie lächelnd hinzu: »Sie wissen ja, dass ich Frau Dr. Martini als Chefin unseres Projekts *Schwangeren-Refugium* gewinnen konnte, sie hat dafür auch die Organisation übernommen und die Ausstattung konzipiert. Dabei ist sie für mich nicht nur eine geschätzte Expertin, sondern auch meine persönliche Vertraute.«

Die Damen erhoben sich mit unterschiedlicher Schwerfälligkeit und applaudierten.

Anna bedankte sich verlegen, lehnte den angebotenen Kaffee ab und bat die erste Klientin in den Untersuchungsraum.

»Können wir nachher etwas besprechen?«, rief ihr Mechthild hinterher. »Ich werde auf dich warten.«

¤

Im Büro des ehemaligen Hoteldirektors, an dessen Tür aus alten Zeiten noch die Aufschrift »Geschäftsleitung« zu lesen war, nahmen sie die Masken ab, setzten sie aber wieder auf, als es klopfte und der Hausbedienstete einen Servicewagen in den

Raum rollte. Er stellte ein Tablett mit Teegeschirr, Keksen und Wasser auf den Tisch.

»Ich mach das schon«, sagte Mechthild und legte einen Schein auf den Wagen.

Nachdem die Tür sich geschlossen hatte, schenkte Mechthild Tee ein. »Gut, dass wir sprechen können«, eröffnete sie. »Es tut mir leid, dass manches in Arians Interview bei *Belinda live* falsch rüberkam, vor allem das *Schwangeren-Refugium*. Damit ist unser Projekt unberechtigt ins Zwielicht geraten.«

Mechthilds Stimme wurde metallisch. »Es gab einen unglaublichen Shitstorm, wir wären rassistisch; irgendein Idiot hat sich nicht entblödet zu behaupten, das Refugium sei eine *Schutz-Brutanstalt für deutsches Erbgut*.«

»Hmm«, machte Anna, der Ben diesen Spruch kürzlich brühwarm beim Frühstück unter die Nase gerieben und ihr damit die morgendliche Stimmung versaut hatte.

Mechthild rührte klappernd in ihrer Teetasse. »Das bescheuerte Interview hat Arian in der nächsten Forsa-Umfrage prompt in seinen Zustimmungswerten abstürzen lassen. Und da der Wahlkampf ausgesetzt ist, kann er das nur bedingt wiedergutmachen. Dagegen kann sich seine Konkurrentin als stellvertretende Ministerpräsidentin täglich profilieren - ohne Wahlkampf. Und um ehrlich zu sein: Sie macht das tadellos.«

Anna richtete sich auf: »Hast du deshalb die syrische Studentin aufgenommen?«

»Wie kannst du so etwas denken?«, fragte Mechthild mit haifischigem Unschuldslächeln. »Frau Alzuhur ist eine gut integrierte Geflüchtete aus Syrien, eine begabte Studentin für Change-Management, und sie genießt in Deutschland regulär Asyl ...«

Die Redaktion von *Belinda* hatte Mechthild kontaktiert und

um ein schriftliches Interview sowie um eine Stellungnahme zum Rassismusvorwurf gebeten, da der Minister seine Frau ausdrücklich als Verantwortliche und Ansprechpartnerin genannt hatte. Ob sie in diesem Interview Anna namentlich nennen und vorschlagen dürfe, sie als medizinische Leitung ebenfalls zu interviewen.

»Spricht wohl nichts dagegen«, antwortete Anna lustlos. »Für unser Projekt stehe ich ein, auch wenn dein werter Gatte das mit den deutschen Prioritäten unpassend formuliert hat. Allerdings würde ich das Frauenbild, das er in diesem Interview vermittelt hat, keinesfalls unterstützen.«

»Was glaubst du, wie ich mich fremdgeschämt habe!«, stöhnte Mechthild. »Wir hatten anschließend Ehekrise, und mein Gatte hat mir noch immer nicht verziehen, dass ich ihn einen ›Macho im Bockspelz‹ geschimpft habe. Angeblich hat er sich an die Regieanweisungen seines Beraters gehalten. Ich habe ihm empfohlen, den auf einen Kommunikationskurs zu schicken. Die beiden haben sich dann ziemlich verkracht, was mir gar nicht unlieb ist. Politisch ist Mario ein Trüffelschwein, aber in puncto Frauen ist er ein Schwanzlurch mit Wahrnehmungsschwäche.« Simultan lachten sie los.

Mechthild beugte sich vor. »Ich würde dich gerne als Mediatorin gewinnen, als kommunikative Schnittstelle zwischen Wissenschaft, Politik und den Medien. Und ich brauche deinen Rat in Sachen Rio.«

»Du hast doch Ralph Carstens an Land gezogen«, wandte Anna ein. »Ich bin schließlich Gynäkologin.«

»Eben drum«, gab Mechthild zurück.

»Und außerdem hast du über ein epidemiologisches Thema promoviert, das aktueller nicht sein könnte.«

»Dein Mossad ist auf Zack«, konstatierte Anna, und Mechthild lachte, wurde aber gleich wieder ernst. »Carstens' fachliche Kompetenz ist unbestritten. Aber er hat kein Kommunikationskonzept, und Kommunikation ist eins der wichtigsten Tools im Pandemiemanagement.«

»Soll heißen?«, fragte Anna.

»Als Reproduktionsmedizinerin bist du prädestiniert für Sexualaufklärung. Carstens hat schon Anfang Dezember in einer Talkshow erwähnt, es gebe Daten zur direkten sexuellen Übertragbarkeit von HeLiPa. Inzwischen wurde diese Studie im *Lancet* publiziert. Bei einer Vielzahl männlicher Rio-Patienten wurde replikationsfähiges Virus im Sperma nachgewiesen - und zwar bis zu zwei Monate nach der Genesung. Ähnliches wurde vor Jahren bei Ebola- und Zika-Infizierten beobachtet, dabei war das Virus im Sperma länger nachweisbar als in anderen Körperflüssigkeiten. Teilweise trat sogar eine Beeinträchtigung der Zeugungsfähigkeit auf.«

Mechthild klickte auf ihr Pad und schob es Anna über den Tisch. Das Abstract der Studie erschien auf dem Display, Anna überflog es.

Mechthild ließ ihr dreißig Sekunden, bevor sie fragte: »Könnte man prinzipiell Männern mit Kinderwunsch eine prophylaktische Kryokonservierung anbieten, wenn man sie nicht nur mit Abstrich getestet, sondern auch ihr Sperma auf HeLiPa untersucht hat? Selbst wenn derjenige latent infiziert sein sollte, ginge doch später von PCR-negativem Sperma kein Risiko aus?«

Anna runzelte die Brauen. »Prinzipiell kann man das machen, aber wem sollte das mitten in der Pandemie ein Anliegen sein?«

»Ganz einfach«, antwortete Mechthild. »Das könnte ein Anliegen von Männern mit mittelfristigem Kinderwunsch sein, die im Infektionsfall eine Unfruchtbarkeit oder auch die spätere Ansteckung ihrer Partnerin nach Genesung fürchten.«

»Okay«, sagte Anna gedehnt. »Und weiter?«

»In der Studie steht, dass Paare, die Sex mit Kondom hatten, sich seltener gegenseitig mit Rio infizierten. Wer ein Kind will, nimmt kein Kondom, obwohl er sollte. Die Kryokonservierung wird ihm das leichter machen. Und für alle anderen brauchen wir eine Safer-Sex-Kampagne, ähnlich wie früher bei HIV.«

»Safer Sex ist epidemiologisch immer gut«, sagte Anna und hob das Pad hoch. »Aber die Patientenzahl in der Studie lag unter hundert. Willst du etwa auf dieser Datenbasis eine Kondompflicht einführen? Oder am besten gleich die Verordnung ›kein Sex ohne Test‹?«

»Deine Ironie ist unterhaltsam«, antwortete Mechthild trocken. »Leider sind Tests vor jedem Sex für die meisten Menschen zu teuer, und leider ist weniger Sex kontraproduktiv.«

Anna stellte ihre Tasse ab. »Aha?«

Mechthild schob die Plätzchen über den Tisch. »In diesen Zeiten brauchen wir jedes Ventil für ungenutzte physische Energie und die wachsende Aggression der Bürger. Anno dazumal hieß es: *Make love, not war*. Heute könnte man sagen: *Lieber kopulieren statt randalieren*. Wem wir schon Stadien und Kirchen schließen, dem soll man nicht auch noch den Sex vermiesen.«

Anna verschluckte sich an einem Zimtsternkrümel. »Hut ab, sehr poetisch! So klingt es allerdings eher zynisch, man müsste das umformulieren. Gib mir eine Minute.«

Mechthild sah sie erwartungsvoll an. Anna nahm ihr eigenes Pad samt Digitalstift aus der Tasche und begann zu kritzeln. Dann schob sie es Mechthild über den Tisch.

Sie hatte links ein Herz und rechts ein stilisiertes Kondom gezeichnet, das an einen Feuerlöscher erinnerte, dazwischen stand der Spruch:

»Sex ist süß - HeLiPa ist grausam

Liebe bei Rio = Sex mit Kondom«

»Großartig!«, jubelte Mechthild und bat Anna, eine Pressemitteilung mit dieser Überschrift für die Website des Gesundheitsministeriums zu formulieren, in der sie auf verständliche Weise die Studiendaten erklären und den Appell zum Safer Sex begründen möge, der prinzipiell für alle gelte, auch und besonders für Genesene. Außerdem solle sie für das Angebot einer teilsubventionierten Kryokonservierung werben.

Anna misstraute dem Kick der Begeisterung ob der neuen Herausforderung und gab zu bedenken, Kondome würden für die Infektionszahlen wohl keinen großen Unterschied machen, vor allem, wenn Paare sich beim Sex auch küssten, da anders als bei Zika nicht nur die Aerosol-Komponente größer, sondern auch der Speichel hoch infektiös sei.

»Macht nix«, entgegnete Mechthild. »Wir haben bislang insgesamt über zwei Millionen Infizierte, von denen ein Zehntel stirbt, viele behindert bleiben und manche irgendwann in Monaten oder Jahren an Spät-Enzephalitis erkranken. Da sind auch kleine Effekte hilfreich. In der Studie wurden nur symptomatisch Infizierte erfasst. Wie sich Kondome bei den zwanzig Prozent der asymptomatisch Infizierten auswirken, lässt sich noch nicht beurteilen.«

»Was sagt der Herr Minister dazu?«, wollte Anna wissen.

»Noch mauert mein Mann«, antwortete Mechthild, »weil sein Mario meint, mit einer staatlichen Einmischung in den Intimbereich würde man Wähler vergraulen. Aber ich weiß, wie ich die beiden rumkriege.«

Mechthild hob die Teetasse und grinste siegesgewiss. »Da jedem Erwachsenen kostenfrei ein Rio-Hygiene-Kit pro Woche zusteht, packen wir zu Maske, Handschuhen und Desinfektionsmittel einfach noch ein paar Kondome. Die Mehrkosten sind Peanuts. MM hat eine Arbeitsgruppe abgestellt, die an der Entwicklung von besonders gefühlsechten und dennoch kostengünstigen Polymeren arbeitet.«

Anna klatschte in die Hände. »MM, die Wundertüte! Jetzt steigt sie auch noch ins Lümmeltüten-Business ein. Und du meinst, die Menschen lassen sich das überstülpen?«

»Schauen wir mal«, antwortete Mechthild mit leisem Lächeln. »Egal, wie viele Männer die Präser dann wirklich über ihr bestes Stück stülpen, und egal, wie klein oder groß der Effekt ist - es gibt eine klare Botschaft an alle: Diesmal hantiert die Politik nicht nur mit Inzidenzen. Diesmal beschäftigt die Politik sich nicht nur mit medizinischen Problemen oder den Belangen der Wirtschaft. Diesmal schaut die Politik hin, wie es den Menschen geht. Diesmal kümmert sich die Politik um die ureigenen Bedürfnisse ihrer Bürger und schenkt ihnen mit einem kleinen bunten Gummi ein Stück Lebensqualität.

Und all das zu Zeiten, in denen die Wahl verschoben ist und man sonst keine Wahlkampfgeschenke machen darf …«

¤

Anna kam aufgedreht und für Rio-Zeiten ungewohnt gut gelaunt aus dem Refugium. Bei Tisch erzählte sie Ben von Mechthilds Anwerbung, er sah in ihren Augen das Abenteuerleuchten wie seinerzeit auf dem Motorrad.

Ben blieb einsilbig. Preuss, Petri und Politik waren Reizthemen, die er möglichst mied. Anna sonst auch, aber diesmal war sie wohl zu begeistert, um sich zu bremsen. Stolz zeigte sie ihm auf dem Pad die Zeichnung mit Herz und Kondom. »Was hältst du davon, wenn wir die Illustration für die Kampagne auch in *Irgendwo ist überall* übernehmen?«

Die Skizze war hinreißend. Das Kondom hatte einen verschmitzt-lüsternen Gesichtsausdruck, auch den Spruch vom Sex mit Kondom fand er charmant. Er wollte sie beglückwünschen und den Missmut abwehren, doch der war stärker. Anna ging fremd mit ihrer Kreativität, ließ sich einspannen von der Preuss-Connection, nahm damit dem gemeinsamen Herzensprojekt ein Stück seiner Einzigartigkeit. »Mal sehen«, sagte er und sah die Enttäuschung in ihrem Blick. Er fügte hinzu. »Sehr gelungen, keine Frage. Aber eigentlich möchte ich in meinem Buch keine Bilder haben, die vorher auf einer Website der Echten als Reklame für deren Politik zu sehen waren.«

Anna stach die Gabel in ihr Eigelb, das sich zähflüssig in das Kartoffelgratin verteilte. »Website des Bundesgesundheitsministeriums«, korrigierte sie kühl. »Als Aufklärungskampagne für die Bevölkerung zur Eindämmung der HeLiPa-Pandemie. Aber wenn das ein Ausschlusskriterium für *dein* Buch darstellt …«

Weniger, was sie sagte, als wie sie es sagte, war wie eine Eisdusche und rüttelte Ben schlagartig wach. »Ich bin ein Arsch«, murmelte er und hoffte vergeblich auf Einspruch. Er sprang auf, ging zum Couchtisch, rupfte eine Blüte vom Orchideenstrauch und legte ihn auf ihren Tellerrand. Dann küsste er ihren Nacken. »Bitte verzeih mir«, raunte er in ihr Ohr, »ich war ein eifersüchtiger Idiot, weil du deine Inspirationen mit jemand anderem geteilt hast. Wahrscheinlich, weil ich die Zeichnung so genial finde. Und ›*mein* Buch‹ war ein Aussetzer, für den ich mich total schäme. Wie kann ich das gutmachen?«

Sie gab ihm einen Klaps, und in ihrem Lächeln schmolz die gekränkte Distanz. »Indem du demnächst dein fabelhaftes Gratin nicht so überpfefferst.«

»Geht klar«, sagte Ben mit erleichtertem Grinsen. »Und wenn du willst, verwende ich auch klaglos Kondome.«

»Nicht nötig«, antwortete Anna. »Als Lover einer Ärztin mit täglicher Testpflicht muss der Minimalist ausnahmsweise mal Luxus ertragen: nämlich Sex mit Test statt Sex mit Tüte.«

¤ ¤ ¤

4. April

Auf der Rheinbrücke radelte er an einer Kolonne stehender Lkw vorbei, die sich vor einer Rio-Teststation stauten. Die Wolke aus Benzindunst, die über der Fahrzeugschlange hing, war ein Indiz für die Überzahl von Brummis aus Osteuropa. Ben war froh, das Rheinufer zu erreichen.

Der Wind kräuselte die Oberfläche des Wassers und verwirbelte das Glitzern der Sonne auf dem Fluss. Es roch nach Frühling. Überall platzten Knospen, und das frische Grün sprossender Gräser und Blätter diffundierte von der Netzhaut direkt in die Seele wie ein Hoffnungselixier. Ben setzte den Helm ab und genoss das Flattern der Haare, als er in die Pedale trat. Bei seinem Abstecher in den Auwald änderte sich schlagartig die Atmosphäre; hier war Tabea noch gegenwärtig, mit abgerissenen Ästen und entwurzelten Bäumen, als wäre ein zorniger Riese darüber getrampelt. Nach einigen Kilometern war der Weg durch einen Baumstamm blockiert; Ben musste umkehren und weiter am Ufer entlangfahren. Die träge auf dem Fluss tuckernden Frachtkähne versetzten ihn in meditative Stimmung, machten sein Herz weit und das Hirn leer.

Zurück von der Tour hoffte Ben, Herr Chang wäre mit der Wohnung fertig. Zu seinem Verdruss hörte er beim Aufschließen, dass Annas taiwanesischer Zugehmann noch immer putzte. Dazu sang er fiepsig und falsch. Immer dasselbe: *Über sieben Brücken musst du geh'n.* Die FFP2-Maske minderte zusätzlich die Tonqualität. Lautstark verschob er die Möbel, damit der Saugroboter jeden Winkel erreichte. *Sieben dunkle Jahre übersteh'n.*

Jeden Dienstag machte Herr Chang Annas Domizil zum Sperrgebiet, sie selbst war an diesem Tag immer unterwegs.

Für Bens Vorschlag, die Hausarbeit zu übernehmen, hatte Anna sich artig bedankt, sein Ansinnen aber rundweg abgelehnt. Vornehmlich, da Ben ihr Gast sei, nicht ihr Putzmann. Außerdem brauche der arbeitslose Film-Location-Scout aus Taipeh jeden Cent. Deshalb erhielt er von Anna neben einem übertariflichen Stundenlohn noch zwei Rio-Hygiene-Kits pro Woche, einen tagesaktuellen Test musste er zur Arbeit mitbringen. Immerhin nahm Herr Chang die Hygieneregeln ernst, wechselte häufig die Handschuhe und besprühte zum Schluss alle blitzsauber geputzten Oberflächen so gründlich mit Sagrotan, dass ohne Lüften eine Atemwegsreizung drohte.

Nachdem er Changs Angebot, ihm Tee zu kochen, freundlich abgelehnt hatte, verzog sich Ben in Annas Arbeitszimmer, das im Gegensatz zur lichten Größe des Wohnraumes ziemlich klein und ziemlich voll war. Um auf seinem Laptop zu arbeiten, musste er zunächst auf dem Schreibtisch Platz schaffen und Stapel von Fachartikeln zur Seite schieben, altmodischerweise las und zeichnete Anna noch immer gerne auf Papier. Ein Blatt fiel zu Boden. Als er es aufhob, bemerkte er verblüfft, dass er eine Skizze von Anna in der Hand hielt. Sie zeigte ein Spermium, der Kopf ein angedeutetes Gesicht, die runden Augen von Spikes umrahmt. Das Rio-Spermium steuerte eine Eizelle an, bei der Anna es irgendwie geschafft hatte, ihr einen Gesichtsausdruck zu verleihen, der an den *Schrei* von Munch erinnerte.

Ben starrte auf das Bild, das er noch nie gesehen hatte. So war das also. Anna hatte ihre Kreativität nicht nur vom gemeinsamen Projekt abgezogen und sich von Preuss-Petri kaufen lassen, sie tat es auch heimlich hinter seinem Rücken. Bis vor Kurzem hatte sie ihm wenigstens ihre Bilder gezeigt, aber nach seinem wiederholten Maulen wegen ihres neuen Engagements hatte sie das wohl aufgegeben.

Er rief sich zur Ordnung. Bei seinem Vater hatte er Eifersucht und Besitzdenken immer verabscheut. Er zeigte ihr auch nicht jeden Textentwurf, also hatte Anna jedes Recht der Welt ...

Er legte das Blatt zurück und checkte seine Mails. Dort fand er die befürchtete Nachricht; der Dachdecker verschob erneut den Termin, den er für Mitte des Monats in Aussicht gestellt hatte. Personalmangel, Lieferengpass. Er wies darauf hin, dass der ursprüngliche Kostenvoranschlag nur kurzfristig gelte. Der Glaser hatte sich nicht gemeldet, die zerbrochene Fensterscheibe war noch immer nicht ausgetauscht und nur notdürftig mit Plastikfolie abgedeckt. Tabea hatte sein Tiny Traumhaus auf unbestimmte Zeit unbewohnbar gemacht, ohne Versicherung für Schäden durch höhere Gewalt waren die Kosten unkalkulierbar. Die Warnung seiner Eltern, in Zeiten des Klimawandels sei eine solche Hundehütte niemals unwetterfest und er solle entsprechend vorsorgen, hatte er seinerzeit als kassandrische Unkenrufe versicherungssüchtiger Villenbewohner abgetan. Nun war das Erbe der Tante weitgehend aufgebraucht und die Frage, ob sich die Reparaturen am Tiny House lohnten, unbeantwortet.

Obwohl ihrerseits von Herzen angeboten, war die Wohngemeinschaft mit Anna seiner Obdachlosigkeit geschuldet und nicht dem Wunsch entsprungen, das Leben auch räumlich zu teilen - ein Zustand, in den beide ohne Übung gestolpert waren. Die erste Zeit war reine Wonne gewesen. Als Anna fast täglich zur Arbeit ging, hatte er ihr gerne morgens das Frühstück bereitet, sich tagsüber auf sie gefreut und abends mit Begeisterung für sie gekocht. Seit sie mit dem neuen Beraterjob für das Gesundheitsministerium viel im Homeoffice blieb, hatte der Alltag unmerklich einen Grauschleier über den prickelnden Zauber des Neuartigen gelegt. Schneller als erwartet, denn Rio hatte der Beziehung die Chance genommen, sich nach außen zu öffnen, Freunde aus dem Umfeld des anderen oder gemeinsam neue Menschen kennenzulernen, kulturelle Veranstaltungen zu besuchen, geschweige denn, miteinander zu reisen. Außerdem bemerkte Ben zunehmend, dass der Minimalismus, den Anna als Lebensprinzip mit warmen Worten bewunderte, in ihrem persönlichen Lebensraum wenig Umsetzung fand, was ihn in ein Dilemma brachte: Er genoss die Bequemlichkeit und den nicht mehr gewohnten Luxus; gleichzeitig fürchtete er, in die alten, gerade überwunden geglaubten Verhaltensmuster seines früheren Lebens zurückzufallen.

Herr Chang sang noch immer, deshalb griff Ben zum Kopfhörer und klickte sich, wie jeden Tag, durch die Portale mit relevanten Rio-News. Laut der RKI-Website nahmen die Infektionszahlen überall wieder zu, besonders aber in den von Tabea betroffenen Gebieten - etwa eine Woche, nachdem die Abwasser-Epidemiologen das vorhergesagt hatten. Binnen vierundzwanzig Stunden hatten sich 16.383 Personen infiziert, von denen über 1.500 Menschen HeLiPa nicht überleben würden.

Er öffnete die Liveübertragung der Bundestagsdebatte.

Die Haustierverordnung, nach der Hunde ein Rio-Halsband sowie außer Haus einen Maulkorb tragen mussten und nicht mehr frei laufen durften, wurde mehrheitlich angenommen.

Der schnelle Wiederanstieg der Rio-Zahlen war ein gefundenes Fressen für Preuss' politische Gegner. Sie machten dafür den Gesundheitsminister verantwortlich, der in Absprache mit dem Pandemierat die Quarantänezeit für Kontaktpersonen auf zwei Wochen verkürzt hatte, um einen totalen Zusammenbruch der Infrastruktur zu verhindern. Dieselben Politiker, die vorher gegen Einschränkungen der persönlichen Freiheit protestiert hatten, schimpften nun, man riskiere damit mutwillig Menschenleben. Das Argument, in fünfundneunzig Prozent der Fälle betrage die Inkubationszeit unter dreizehn Tage, wurde ignoriert. Die Patrioten sprachen von »Verbrechen am Volk«, der linke Abgeordnete Klaus-Jürgen Marks kommentierte: »Sie, Herr Minister, bringen Menschenopfer auf dem Altar der Konzerne. In typisch liberaler Manier wollen Sie mal wieder die Unternehmer schonen, die durch den Ausfall von infizierten Mitarbeitern oder Kontaktpersonen in Quarantäne um ihre Gewinne fürchten.«

Der Minister bellte daraufhin ins Mikrofon: »Vielleicht sollte man von Abgeordneten vor der Wahl einen Intelligenz- und Bildungstest fordern. Sie, Herr Kollege Volksrepräsentant, kapieren noch nicht mal den Unterschied zwischen Ökonomie und Infrastruktur. Drei Wochen Quarantäne sind *möglicherweise* eine Belastung für die Wirtschaft. Für Sie, Herr Murks, sind drei Wochen Quarantäne aber *ganz sicher* ein Desaster, wenn zum Beispiel Ihr Bungalow brennt und die Feuerwehr nicht kommt. Oder wenn so viele Schlüsselstellen im Wasserwerk unbesetzt sind, dass nach Ihrem häuslichen Toilettengang Ihre Scheiße in der Schüssel bleibt.«

¤ ¤ ¤

5. April

V*IGILANZVISION-online*

Haustiere als Pandemietreiber?
Wenn beste Freunde zur tödlichen Gefahr werden

Von Ben Cortes, 5.4. 12:00 Uhr

Eine neue Haustierverordnung im Rahmen der Pandemiebekämpfung tritt ab Sonntag in Kraft. Sie sieht vor, dass alle Hunde ein Rio-Halsband und außer Haus einen Maulkorb tragen müssen und nicht mehr frei laufen dürfen. Streunende Hunde ohne Halsband werden eingeschläfert.
Die Forschungsergebnisse sind eindeutig: Die Ansteckungsrate bei Hunden ist ähnlich wie beim Zweibeiner, allerdings entwickeln die Tiere keine Symptome. Die Wissenschaft geht davon aus, dass die HeLiPa-Übertragung in der westlichen Welt anfangs ausschließlich von Mensch zu Mensch erfolgte, der dann seine Haustiere infizierte. Da das Virus über Körperflüssigkeiten, vor allem Speichel, übertragen wird, kommt es nun auch vermehrt zur umgekehrten Infektion vom Haustier zum Menschen. Zu dieser Hypothese passt, dass in den letzten Wochen die Voraussagen der Abwasser-Epidemiologen die Infektionszahlen eher unterschätzten. Naturgemäß werden die Ausscheidungen von Hunden nicht über die Kanalisation erfasst.
Bei Katzen vermutet man Ähnliches, noch sind die Daten nicht ausreichend; weitere Ergebnisse werden in Kürze erwartet.

Diese Studien sind insofern von Bedeutung, als die Zahl der Hundebesitzer durch die extremen Temperaturen im Klimawandel stark abgenommen hat. Viele Menschen, die sich ein Haustier ohne tägliche Spaziergänge in Freien wünschen, haben sich statt Hunden lieber Katzen angeschafft.

¤ ¤ ¤

14. April

Der *Fight Club der Tiere* zeigte das tödliche Duell eines sibirischen Tigers mit einem Braunbären, Letzterer gab furchterregende Laute von sich. Kitty konnte kaum glauben, dass sie vor dem blutigen Gemetzel auf der Mattscheibe eingedöst war. Seitlich an Kilians Schulter geschmiegt, spürte Kitty, wie er wegrutschte, dabei gab er leise gurgelnde Geräusche von sich. Kilian nickte öfter schnarchend vor dem Bildschirm ein, besonders, wenn sie Rotwein getrunken hatten, noch dazu einen schweren wie den *Château de Nages*. Meist ließ sie ihn schlafen, aber das Stöhnen war anders, wohl ein Albtraum, also wollte sie ihn wecken. Als sie aufstand, kippte Kilian seitlich weg. Sein linkes Auge war aufgerissen, das rechte schien verrutscht und war zur Hälfte vom Lid bedeckt. Er krächzte etwas, das sich wie »Schital« anhörte.

Kitty schnappte nach Luft, die Panik war wie eine Lawine, die sie kaum atmen ließ. Freitagabend, kein Hausarzt erreichbar. »Ganz ruhig«, sagte sie zu Kilian. Sie zog ihn in sitzende Position und rüttelte ihn sanft. »Was ist los? Bitte sprich mit mir!«

Er wiederholte »Schital«. Dann, zwar undeutlich, aber verständlich: »Schlaganfall.« Nun begriff sie auch das andere Wort: Spital. Mit hektischen Bewegungen seiner linken Hand nuschelte er: »Scheißfenscha.«

Das Wort verstand sie nicht, aber sie sah die Todesangst in seinem verzerrten Gesicht. »Keine Angst, Liebster, ich bringe dich in die Klinik.« Kittys Lieblingsonkel war an seinem zweiten Schlaganfall gestorben, sie wählte 112. Der Notruf war zunächst besetzt, dann läutete es endlos, bis jemand abnahm. Der

Diensthabende forderte sie auf, ganz ruhig zu bleiben und sich zu gedulden, die Notärzte seien entweder im Einsatz oder in Quarantäne.

»Scheißfenscha«, krächzte Kilian dazwischen. Das Telefon in Kittys Hand wurde glitschig vom kalten Schweiß; sie forderte einen Krankenwagen, der Kilian direkt in die Klinik bringen solle. »Ich war im medizinischen Bereich tätig«, fügte sie hinzu, »und bin fast sicher, dass es sich um einen Schlaganfall handelt.«

Die freundliche Stimme versprach, sich zu kümmern.

Sie setzte sich zu Kilian auf die Couch, sprang wieder auf, und um irgendetwas zu tun, legte sie ihm die Blutdruckmanschette an, konnte sich aber nicht merken, was sie gemessen hatte.

»Alles wird gut, Blutdruck ist prima.«

Er lächelte schiefmundig, klang jedoch erstaunlich klar: »Alles gut, solang ich dich hab.«

Sie setzte sich zu ihm, hielt ihn in den Armen, wiegte und streichelte ihn, spürte, wie sein Atem ruhig wurde, die Spannung sich in seinem Körper löste und seine Ruhe sich auf sie übertrug. Nach einer Ewigkeit, unter der sie nicht litten, kamen zwei Sanitäter, voll vermummt.

Kitty berichtete.

Der Jüngere verkündete, er werde jetzt einen FAST-Test machen, das sei die Basisuntersuchung bei Verdacht auf Schlaganfall. Er forderte Kilian auf zu lächeln, was halbseitig gelang. Die Arme vor dem Körper auszustrecken war nur rechts möglich. Den Satz *Der frühe Vogel fängt den Wurm* nachzusprechen, verweigerte Kilian mit dem Kommentar: »So a Schmarrn, hörst eh, dass i net red'n kann.« Der Blutdruck war mäßig erhöht, der Zucker normal.

Der Rettungssanitäter machte ein erstes Gesicht.

»Kann schon ein Apoplex sein«, fasste er seine Diagnose zusammen, »also ein Schlaganfall.«

»Er ist Student und macht Praktikum«, erklärte sein Kollege. Der Junge wollte einen venösen Zugang legen, was der Ältere mit der Bemerkung, das dürfe er beim nächsten Bewusstlosen üben, selbst übernahm und eine Infusion anhängte.

»Fahren wir jetzt in die Neurologie?«, fragte Kitty. »Kann ich bei Ihnen mitfahren?«

Der Sanitäter schüttelte den Kopf. »Sorry, wegen Rio dürfen wir leider keine Angehörigen im Krankenwagen mitnehmen. Außerdem muss der Patient erst mal in die Notaufnahme zum HeLiPa-Test.«

Bei Kittys Einwand, sie hätten sich beide am Morgen getestet, hob er bedauernd die Hände. »Tut mir leid, aber das sagen alle, die ihre Lieben in der Klinik haben wollen. Letzte Woche hat ein Hausarzt telemedizinisch einen Schlaganfall festgestellt und darauf bestanden, dass der Privatpatient direkt auf die Stroke Unit kam, angeblich am selben Tag getestet. Und was hat er gehabt? Ein akutes Rio-Hirn!«

Kitty sah die Panik in Kilians Blick zurückkehren und sagte: »Dann fahre ich in meinem Auto hinterher.«

»Davon würde ich abraten«, erwiderte der Sani und schaute demonstrativ auf die leere Weinflasche. »Sie sind dann womöglich den Lappen los, und Ihrem Mann bringt es auch nix. Keine Klinik lässt Angehörige rein. Und vielleicht müssen wir wieder stundenlang durch die Gegend fahren, um den Patienten irgendwo unterzukriegen. Geben Sie mir lieber Ihre Telefonnummer, dann kann der Doc Sie anrufen und alles abfragen, was er wissen muss, wo Ihr Mann sich doch mit dem Sprechen schwertut.«

Kilian schlug die funktionsfähige Hand vors Gesicht und murmelte. »Nicht allein lassen. Kein Held.«

Kittys wütende Hilflosigkeit verflüssigte sich zu Tränen, gegen die sie machtlos war. Der Rettungssanitäter sah zu Boden und murmelte, er könne sie sehr gut verstehen, aber die Regeln ...

Sein junger Kollege schaltete sich ein. »Wenn Sie mir Ihre Handys oder Tablets geben, lade ich Ihnen ein schönes Face Programm runter, das auch für ältere Menschen leicht zu bedienen ist. Dann können Sie die ganze Zeit virtuell bei Ihrem Mann sein. Und wir können Ihnen immer sagen, wo wir sind.«

Ein Schmunzeln stoppte kurz den Fluss ihrer Tränen. »So alt sind wir auch wieder nicht«, antwortete sie. »Das Face Programm habe ich selbst, aber danke fürs Angebot. Genauso machen wir das.«

Die Sanis hievten Kilian auf die Trage. Kitty drückte ihm sein Smartphone in die Hand und küsste ihn. »Ich bin trotzdem immer bei dir.«

»Weisch ich«, antwortete Kilian. »LuvU.« Sein Blick aus dem aufgerissenen Auge presste ihr das Herz durch einen Häcksler.

»Das wird schon«, tröstete der ältere Sani. »Wir fahren erst mal ins Klinikum. Ich sag Ihnen dann Bescheid.«

¤

Das Schaukeln der Trage beim Transport zum Sanka trieb eine Kotzwelle in Kilians Speiseröhre, sie schmeckte nach Knoblauch und Rotwein mit viel salzigem Essig. Wie damals, als er seekrank war, auf der Fähre von Dieppe nach ... Der Name war weg, was Kilian wütend machte. Dieppe nach ... keine Chance.

Kilian zog sich aus der Affäre: Dieppe nach England war auch nicht falsch. Kitty würde es wissen, irgendwas mit *N*.

Die Sanis hatten das Blaulicht angelassen und den Krankenwagen auf dem Gehsteig geparkt, er stand schief und schien im Rhythmus des Flackerns zu schaukeln. Vielleicht machte jemand Liebe, war ja Frühling. Ob man nach einem Schlaganfall noch Viagra nehmen durfte?

Sie schnallten ihn im Wagen fest wie einen Verrückten in der Irrenanstalt, und er war ihnen ausgeliefert. Blödes Wort, »ausgeliefert« klang nach Paket von Amazon, das wurde auch irgendwo hingeschmissen und dann im Lieferwagen festgezurrt. Kilian wollte protestieren, aber Sprechen war wie Gewichtheben mit der Zunge und einer Zehn-Kilo-Hantel. Außerdem genierte er sich für die verwaschenen Wörter, sie würden ihn für besoffen halten und wieder den blöden Witz machen wie damals der Piefke in seiner Klasse nach der Maturafeier: *Kilian Pichler - nomen est omen*. Dabei war es heute nur eine halbe Flasche Rotwein gewesen, oder eineinhalb Hälften? Château de ...? Wie auch immer, er war nicht besoffen, obwohl er sich so fühlte. Vielleicht war es doch kein Schlaganfall, sondern ein Rio-Hirn, wie der Sani vorhin gesagt hatte? Woher kam noch mal der Spruch: *Man kriegt immer, wovor man sich am meisten fürchtet?* Seit letztem Sommer, oder war es Herbst, jedenfalls schon lange, fürchtete er sich vor Rio, nie vor Schlaganfall, wie war das andere Wort, irgendwas mit Apo?

Dann erinnerte er sich: Der Rotwein hieß *Château de Nages*. Französisch zu sprechen wäre jetzt leichter, die Wörter nicht so scharfkantig. »Mon amour«, probierte er, es kam laut und deutlich; der junge Sani guckte befremdet, dann fragte er: »Sie wollen Ihre Frau sprechen?«

»Meine Liebste«, wollte Kilian korrigieren, »meine Frau« war besetzt mit Ehedrachen und Rosenkrieg. »Liebste« ließ sich gut denken, aber schlecht sprechen, das st war wie ein Zaun für die Zunge, da blieb sie hängen. Also nickte er nur. Wäre eine gute Lektion für Politiker: Dinge denken und dann nicht einfach mal sagen können, weil die Zunge dazwischengeht, als Notbremse. So was sollte es auch für die Finger geben, dann könnten die nicht jeden Mist twittern. Kilian versuchte, die Finger der linken Hand zu bewegen, sie fühlten sich an wie geschwollene Elefanten-Flossen.

Der Sani drückte auf Kilians Handy die Eins, die Kurzwahlnummer hatte ihm Kitty gezeigt.

Als ihr Gesicht auf dem Display erschien, machte Kilian den zweiten Test. »Ma belle, je t'aime.« Ging tadellos, und seine Liebste strahlte. »Ich dich auch«, antwortete sie, die deutschen Zischlaute klangen weniger schön, aber das war wurscht. Sie fragte: »Wie geht es dir?«

Der Krankenwagen legte sich in eine Kurve, und die Kotze kam wieder hoch. »Schlecht«, stöhnte Kilian und sah, wie sie erschrak; eigentlich hatte er nur »Brechreiz« gemeint, aber das Wort war auch zu schwierig. »Alles gut«, korrigierte er und versuchte ein Lächeln. »Nur müde, müde.«

»Dann gönn dir doch ein Nickerchen«, sagte sie. »Schlafen ist die beste Medizin.«

Das erschreckte ihn. Im Film durften Notfälle nie schlafen, da sagte der Retter immer: *Bleiben Sie bei mir.* Weil man sonst vielleicht wegblieb, wenn man schlief, Hypnos und Thanatos waren ja bekanntlich Brüder.

»Hab Angst vorm Schlafen, dann bist du nicht da.«

»Musst du nicht, Liebster«, sagte Kitty.

»Leg dir doch einfach das Handy auf die Brust, ich bleib dran, und so bin ich bei dir, auch wenn du schläfst.«

»Super, nur fünf Minuten«, antwortete er erleichtert, legte Kitty auf sein Herz und schlief ein.

Doch das Nachtgebet »Beschere uns unseren Schlaf und erlöse uns vom Bewusstsein« wurde nicht erhört, Kilian glitt in ein Zwischenreich, in dem er alles kristallklar sehen, aber angstfrei und schmerzlos betrachten konnte, wie ein Zaungast oder Zaunkönig, der jederzeit wegflattern darf.

Schlaganfall war scheiße - aber besser als Sterben. Sterben war schade - aber nicht schrecklich. Menschen waren ignorant - aber nicht böse. Wissenschaftler wär er gern geworden - doch auch ein Lehrer bewirkte viel. Der eigene Sohn war eine Enttäuschung - aber er hatte Ben. Seine Exe war 'ne Hexe - aber nun hatte er 'ne Elfe.

Er hatte eine Elfe. Seine Kitty. Und deshalb war Sterben doch schrecklich.

¤

Bügeln beruhigt, hatte ihre Mutter immer gesagt. Kitty legte das Handy aufs Brett und nahm sich die erste von drei Blusen vor. Eine Falte raus, zwei rein. Das Telefon übermittelte nur leises Knurpseln, wahrscheinlich rieb das Gerät durch die Atmung auf dem Stoff von Kilians Hemd. Leider kein Herzschlag. Die beiden Sanitäter unterhielten sich leise im Hintergrund.

Zehn Minuten später meinte sie ein Bremsgeräusch zu hören, einer der Sanis telefonierte und kommentierte die übermittelte Auskunft mit »Mist«. Kurz danach sah sie den Älteren auf dem Display. Die Stroke Unit war voll belegt, auch sonst gab es im

Klinikum kein Bett, die Notaufnahme hatte sich abgemeldet. Er reichte sie weiter an Kilian.

»Wie viel Stunden?«, fragte er.

»Wie lange du geschlafen hast? Höchstens eine Viertelstunde. Im Klinikum klappt es leider nicht.«

»Scheiße! Scheißfenscha.«

Wieder verstand sie ihn schlecht. »Schlaf noch ein bisschen, ich bleib dran.« Sie sah noch, wie Kilian den Kopf schüttelte, dann nahm der Junge ihm das Handy ab. Der Akku sei demnächst leer. Er schlug vor, die Verbindung zu beenden, und versprach anzurufen, sobald es etwas Neues gebe, als Nächstes würden sie das evangelische Krankenhaus anfahren.

Kitty legte auf und stellte das Bügeleisen senkrecht, das auf der hellbraunen Bluse einen dunkelbraunen Brandfleck hinterlassen hatte.

Auch das evangelische Krankenhaus war überfüllt und hatte sich von der Notfallversorgung abgemeldet, wie ihr der Sanitäter erklärte. Sie bat ihn, den Hörer an Kilian weiterzureichen.

Das sei leider nicht möglich, wurde sie freundlich beschieden, wegen Rio dürften Patienten das Sanka-Telefon nicht anfassen.

Sie klappte das Bügelbrett zusammen, warf die Bluse in den Müll, goss alle Pflanzen, zupfte welke Blätter ab und beschnitt die Luftwurzeln der Monstera. Zum Schluss versorgte sie die Küchenkräuter.

Dann fiel ihr der Spruch des Sanitäters über das Rio-Hirn ein. Und das Mantra des Virologen im Podcast, ein Test sei nur eine Momentaufnahme. An Rio starben insgesamt zehn Prozent, aber galt das auch für Enzephalitis? Kitty klappte das Pad auf und suchte »Prognose HeLiPa Enzephalitis«. Der Bildschirm flimmerte, sie konnte sich nicht konzentrieren, das Telefon war die Erlösung.

Bei den barmherzigen Brüdern ging gar nichts, dort war das Klinik-Informationssystem gehackt worden. Sie stünden jetzt auf der Autobahn Richtung Heidelberg leider im Stau wegen eines brennenden Lkw. Das könne dauern. Als Kitty aufschluchzte, bot der Sanitäter an, nochmals mit Kilians Handy durchzurufen.

Dessen Gesicht war noch grauer geworden. Das Sprechen machte ihm sichtlich Mühe, als er sagte: »Anna, bitte.«

Das Erschrecken traf sie wie ein Stromschlag. Die Familie nicht mehr zu erkennen, war doch ein Zeichen fortgeschrittener Hirnschädigung? »Kilian, Liebster, ich bin's, Kitty.«

Kilian schüttelte den Kopf und klang unwirsch. »Weischichdoch, ruf Anna an. Scheißfenscha.«

Sie atmete auf und kapierte. Ärgerte sich, nicht selbst darauf gekommen zu sein.

Anna nahm beim dritten Läuten ab. Nach Kittys Schilderung tippte auch sie auf Apoplex. Als sie hörte, Kilian habe sich noch vor gut zwei Stunden völlig normal verhalten, tröstete sie Kitty. Soweit sie sich erinnere, sei es bei Schlaganfall wichtig, möglichst innerhalb von ungefähr vier Stunden nach dem Auftreten von Symptomen mit der Therapie zu beginnen, da sei Kilian noch im Zeitfenster.

Kitty lachte erleichtert auf. »Zeitfenster! Und ich dachte, er wäre verwirrt und würde fluchen. Er hat immer wieder so etwas wie ›Scheißfenscha‹ gesagt. Also war es nur die schwere Zunge und gar nicht Verwirrtheit, das ist doch ein gutes Zeichen?«

»Bestimmt«, bestätigte Anna. »Und wenn man das Blutgerinnsel rechtzeitig nach dem Schlaganfall auflöst, kann sich das Gehirn wieder vollständig erholen. Ich kann nichts versprechen, aber ich hab eine Idee.«

Die Nummer des Kardiologen war noch in Annas Speicher, sie ließ das Telefon erbarmungslos läuten, bis er endlich abnahm, und entschuldigte sich für die Störung. »Herr Kollege, Sie haben im August letzten Jahres nach der Geburt von Viktoria Petri gesagt, ich hätte etwas gut bei Ihnen.«

»Stimmt«, antwortete Struck lustlos.

Anna schilderte die Sachlage und fragte, ob er ihr helfen könne, ein Bett auf einer Stroke Unit zu bekommen - mit seinen hervorragenden überregionalen Beziehungen.

Um wen es denn gehe, fragte Struck.

»Um meinen Patenonkel«, antwortete Anna.

»Sind Sie sicher, dass es keine Rio-Enzephalitis ist?«

Anna war froh, dass sie keinen Bildschirmkontakt hatten. »Onkel Kilian hat mich heute Morgen besucht«, log sie. »Seine Frau hat meinen Computer upgedatet. Ich selbst habe beide getestet. Übrigens ist er als ehemaliger Beamter privat versichert.«

»Na dann ...«, brummte Struck, versprach einen Rückruf und legte auf.

Zwanzig Minuten später meldete er sich und klang stolz. Er hatte seinen Kollegen und Golfpartner, den Chefarzt der Neurologie des Klinikums angerufen. Auf der Stroke Unit lag gerade ein Patient im Sterben, den könne man ins Arztzimmer schieben und Kilian aufnehmen.

Anna dachte *wie tröstlich* und sagte: »Wie traurig! Aber für meinen Onkel eine glückliche Fügung, ich bin Ihnen natürlich sehr dankbar.«

Auf sein freundlich gebrummtes »Schon gut«, fügte sie hinzu: »Und falls Sie wieder einmal meine Hilfe brauchen …«

»Schon gut! Meine Tochter und ihr Mann kommen irgendwie nicht zu Potte mit dem Schwangerwerden. Wenn Rio rum ist, schick ich sie mal zu Ihnen.«

¤

»Das müssten wir hinkriegen, und Ihr Mann hat Glück mit so ’ner Frau«, hatte der Sani gesagt, als Kitty ihn bat, nach Karlsruhe umzukehren, Kilian habe nun ein Bett auf der Stroke Unit im Klinikum.

Der Neurologe wirkte zugewandt am Telefon, Kitty fragte sich, ob der Arme aus dem Arztzimmer telefonierte, in das der Sterbende geschoben worden war, um Platz für Kilian zu schaffen. Er erhob eine »Ersatzanamnese«, erfragte die allgemeine Krankengeschichte und Medikamente sowie den genauen Zeitpunkt des ersten Auftretens von Symptomen. Als Kitty berichtet, ihr Lebensgefährte sei noch zum Ende der *Tagesschau* völlig klar gewesen, wertete er das als prognostisch günstig, Kilian sei gerade noch im Zeitfenster, und eine intravenöse Behandlung mit Alteplase, einem sogenannten Fibrinolytikum, erfolgversprechend. Das funktioniere wie Rohrreiniger in einer Wasserleitung und löse Gerinnsel in den Blutgefäßen auf. Sobald durch die bildgebende Diagnostik eine Blutung ausgeschlossen sei, könne man umgehend die Behandlung einleiten.

Kitty bedankte sich überschwänglich und fragte, wann sie ihn sehen könne.

»Wenn Sie morgen einen aktuellen PCR-Test von einer zertifizierten Teststelle mitbringen, dürfen Sie Herrn Pichler besuchen. Wenn Sie mögen, können Sie unseren Schwestern ein bisschen Pflege abnehmen, ihn zum Beispiel, falls nötig, waschen oder das Bett machen. Wir haben totalen Personalnotstand.«

Kitty atmete auf. »Sehr gerne, ich komme auch putzen.«

¤ ¤ ¤

16. April

Der warme Wind blies ihr föhnig ins Gesicht - Kopfwehwetter -, was Kittys Stimmung nicht trübte. Kilian war ihr geblieben - zwar schwer gezeichnet, die Sprache noch immer verwaschen und die linke Körperhälfte kraftgemindert, doch nach Aussagen des Arztes war die Lähmung rückläufig; mit konsequenter Physiotherapie schien eine vollständige Gesundung möglich. Am wichtigsten: Kilian schien er selbst geblieben, nicht wie ihr Onkel nach dem ersten Apoplex nur ein Überlebender, dessen Geist und Seele zusammen mit dem durch Minderdurchblutung geschädigten Hirngewebe untergegangen war.

Sie stapfte den Weg zu Kilians Castle hoch, einige Häuser zeigten immer noch Tabeas Spuren. Bens Nachbarin Frau Schmidt kam ihr entgegen und schilderte ohne Punkt und Komma den Fortgang der Reparaturarbeiten an ihrem Haus, der Cousin ihres Schwiegersohnes war Handwerker und kannte jemanden, der vor dem Unwetter ein großes Vorratslager mit Baumaterialien angelegt hatte und mit dessen Hilfe sie die unendlichen Lieferzeiten umgehen konnten. Auf Kittys Frage, ob der Cousin auch ihrem Nachbarn Ben Cortes helfen könne, wurde Frau Schmidt einsilbig, und der Wortschwall versiegte.

Im Tiny House lag ein Hauch von Kilians Tropenholz-Rasierwasser in der Luft; wie immer hatte er ordentlich aufgeräumt, sie musste nur ein paar Sachen für ihn packen und verderbliche Lebensmittel aus dem Kühlschrank räumen. Vor der Sprossenleiter zum Schlafbereich traf sie schlagartig die Erkenntnis, dass es nun so weit war: Das hypothetische Szenario, die Wohnung zu teilen, entworfen auf dem Parkplatz nahe Wissembourg, wurde unverhofft Realität, nachdem sie zum zweiten Mal in ihrer jungen Beziehung um sein Leben gefürchtet hatte. Damals Gedankenspiel für eine fiktive Zukunft bei Ausgangssperre, ergab sich nun eine Notwendigkeit, vorgegeben von Kilians momentaner Behinderung, die ihm den Alltag im Castle unmöglich machte: Sein Tiny House war nicht barrierefrei und nur über einen steilen Fußpfad erreichbar. Der Neurologe hatte unmissverständlich erklärt, dass sie den Patienten nicht lange stationär behandeln konnten - akuter Betten- und Personalmangel. Leider gab es in Zeiten von Rio auch keine Reha nach Schlaganfall, es sei denn, der Betroffene war noch aktiv in systemrelevanten Berufen tätig. So wurde, was bei dem Ausflug prickelnde Option gewesen war, zur Liebespflicht, der sie mit Freude, wenn auch nicht ganz ohne Bangigkeit nachkommen würde.

Als sie alles erledigt hatte, zog sie Maske und Handschuhe an, um den Müll wegzubringen. Sie trug den Eimer zu den Containern beim Parkplatz, über denen mit schrillen Schreien Krähen kreisten.

Sie öffnete den Deckel, ließ ihn wieder fallen und holte Luft, bevor sie die Tonne erneut öffnete. Auf einem Berg von Kartoffelschalen lag die Problemkatze, das weiße linke Ohr ließ keinen Zweifel zu. Ohne nachzudenken holte sie das Tier aus der Tonne und klappte sie zu. Die Katze war mausetot. Beim Ablegen schlackerte das Köpfchen zur Seite - eindeutig Genickbruch. In hilflosem Entsetzen starrte Kitty Kilians Sturmgefährtin an und hatte keine Idee, was sie tun sollte. Zurück in den Müll ging gar nicht. Einfach liegen lassen widerstrebte ihr auch. Sie kippte den Abfall in die Nachbartonne und versuchte die Katze in ihrem Hausmülleimer zu verstauen.

Ein empörter Schrei ließ sie aufschrecken. »Was machst du da mit der armen Katze?« Ein kleines Mädchen, höchstens zehnjährig, starrte sie mit blitzenden Augen an. »Mach mal die Maske runter!«

In ihrer Verblüffung tat Kitty wie geheißen, ohne zu verstehen, weshalb sie sich fühlte wie ein ertappter Verbrecher.

»Du bist ja ganz alt, wie meine Oma«, konstatierte das Kind, »aber meine Oma mag Tiere.«

»Ich heiße Kitty, und ich mag Tiere auch«, versicherte sie und erklärte, warum sie hier war und wie sie die Katze gefunden hatte. Zum Schluss fragte sie das Kind: »Sagst du mir auch deinen Namen?«

»Ich bin Lilly.«

»Freut mich, dich kennenzulernen, Lilly. Nimmst du auch mal kurz die Maske ab?«

»Nicht so gerne«, antwortete das Mädchen, klappte aber dennoch den Mundschutz herunter. Ihr Gesicht mit den großen blaugrauen Augen, der Stupsnase und einer Pfirsichhaut ließ Kitty an einen kleinen Engel denken, bei dem der künftige Lolita-Charme bereits zu ahnen war. Allerdings hatten Engel keine Lippe-Kiefer-Gaumen-Spalten, und leider hatte ein plastischer Chirurg Lillys Hasenscharte unzureichend korrigiert. Schnell zog das Mädchen die Maske wieder hoch und lenkte ab. »Woran ist die Katze denn gestorben?«

»Sie hat sich das Genick gebrochen.« Kitty sprach nicht weiter, um das Kind nicht durch ihren Mordverdacht zu verschrecken.

Lilly schüttelte den Kopf. »Katzen sind wie Gummi, die brechen sich nicht den Hals. Die hat jemand umgebracht. Das machen Leute, die kein Geld haben zum Einschläfern von ihren Haustieren. Die lassen sie dann überall rumliegen.«

»Woher weiß du das denn?«, fragte Kitty perplex.

»Meine Mom ist Tierärztin, früher hat sie Tiere gesund gemacht, jetzt muss sie ganz viele totspritzen.«

»Deine arme Mutter! Warum muss sie das machen?«

»Sie sagt, viele Menschen wollen keine Hunde oder Katzen mehr, weil die sie mit Rio anstecken können. Und für die Tiere ist es schöner, wenn sie einschlafen, als wenn ihr Herrchen sie totschlägt oder mit Gift umbringt. Wenn sie dann gestorben sind, kommt abends ein Auto und fährt sie alle zusammen in die Tierkörperbeseitungsanstalt. Willst du da jetzt auch hin?«

Kitty überlegte fünf Sekunden und schüttelte den Kopf. »Nein, ich wusste gar nicht, dass es so was gibt. Und ich möchte nicht, dass sie in die Tierkörperbeseitigungsanstalt kommt. Weißt du, ich kannte die Katze.«

»Jeder kannte die Katze«, entgegnete Lilly lakonisch. »Die gehörte niemand und war immer woanders. Du kannst sie in unserem Garten neben meinem Meerschweinchen begraben, dann sind die beiden nicht so allein.«

¤ ¤ ¤

19. April

VIGILANZVISION*-online*

Dennis Ortlieb – Zusammenbruch durch HeLiPa-Spät-Enzephalitis?

Weitere Schreckensdimension von HeLiPa: Genesene tragen tickende Zeitbombe im Kopf

Von Ben Cortes, 19.4. 11:00 Uhr

Der Minister für Digitale Infrastruktur und Cybersicherheit, Dennis Ortlieb (38), nahm gestern an einer Sitzung der Kommission für die Vergabe von Fördermitteln am Karlsruher Institut für Technologie teil. Bei seinem Redebeitrag über die *Bedeutung der Cyberkriminalität für die Politik* erlitt der Minister einen Zusammenbruch.

Ortlieb wörtlich: »Liebe Freunde und Feindinnen! Ich habe immer schon gesagt, Deutschland muss digitaler werden, sonst sind wir demnächst eine Entwicklungsrepublik. Aber meine politischen Feinde wollen, dass Deutschland analog wird, dann gäbe es keine Viren mehr. Meine Minister-Freunde genehmigen nur noch Förderforschung für das Affenvirus aus Rio de la Plata, aber das ist kontraintelligent, weil die Schadsoftviren dann weiter mutieren und den Fortschritt killen, und ohne Fortschritt werden wir ein Bananenland.«

Der Redner bat um ein Glas Wasser, das er erbrach, bevor er das Bewusstsein verlor. Er wurde umgehend in die Notaufnahme des Klinikums gebracht.

Laboruntersuchungen widerlegten die Spekulationen, der Minister habe Alkohol oder Drogen konsumiert. Die Kernspintomografie ergab das typische Bild einer Enzephalitis. Der Minister war Ende September nach dem Besuch der KI-Messe in Rio de Janeiro an HeLiPa erkrankt, hatte aber keinen krankenhauspflichtigen Verlauf und keine Beteiligung des Gehirns. Er galt als genesen.
Bereits in den Neunzigerjahren waren in Australien und Südostasien beim Henipa-Virus Fälle von Spät-Enzephalitis beschrieben worden, die Monate bis Jahre nach vermeintlicher Ausheilung der Infektion auftraten, ohne dass man das Virus selbst nachweisen konnte. Die Erkenntnis, dass sich auch bei HeLiPa lange nach der Genesung eine Spät-Enzephalitis entwickeln kann, verleiht dieser Pandemie noch eine weitere Dimension des Grauens.

¤ ¤ ¤

21. April

Wie alles weitergehen würde, stand in den Sternen. Doch am letzten Abend vor Kilians Entlassung gönnte sich Kitty noch einmal Ausgang, einen Mädelsabend, den sie genießen und sich zugleich bei Anna revanchieren wollte, für die Nothilfe, die ihr vielleicht den Lover gerettet hatte. Gerne hatte sie Annas Vorschlag angenommen, deren Sportflitzer zu nehmen und mit offenem Dach durch den warmen Frühlingsnachmittag zu düsen. Der Autopilot erlaubte eine Promillegrenze von 0,8, sodass sich beide einen Schluck Wein gönnen konnten.

Vom Parkplatz zu Kittys Lieblingsstelle am Wasser mussten sie mehrere Hundert Meter zu Fuß gehen. Bis auf das Tschilpen der Vögel herrschte spätnachmittägliche Stille - bis sich langsam von landeinwärts ein röhrendes Blubbern mit gelegentlichem Aufheulen näherte. Kitty zückte ihr Mini-Fernglas, mit dem sie sonst auf Spaziergängen Tiere in der Natur beobachtete. Heute sah sie eher Kreaturen vom Rande der Zivilisation: Ungefähr zwanzig *AnarCondas* näherten sich auf ihren Harleys. Die Biker-Gang machte neuerdings Stadt und Land unsicher und war bei der Polizei gefürchtet, da sie, allzeit gewaltbereit, gerne die körperliche Konfrontation suchte. Auf ihren Kutten las Kitty das Club-Credo: anarchy = autonomy.

»Diese Prügelknaben haben uns gerade gefehlt«, sagte Anna.

»Ach, die wollen nur spielen«, meinte Kitty. »Und mit Frauen prügeln sich Biker nicht.«

Die Gang blieb im Schritttempo direkt hinter ihnen, alle zehn Sekunden drehten sie am Gas und ließen ihre Harleys aufjaulen. Dann überholte eine Vierergruppe und setzte sich direkt vor die beiden Frauen, zwei weitere Biker kamen seitlich und fuhren neben ihnen her.

»Na, Mädels, Bock auf ’ne geile Strandparty?«

Kitty nahm die Maske ab und war erstaunt, dass Anna es ihr nachtat.

»Oh Mann, die eine ist ja aus dem letzten Jahrtausend«, grölte ein tätowierter Riese, den sein Patch auf der Kutte als PRES auswies. Der Gang Leader zitierte: »*Von hinten Lyzeum, von vorne Museum*, hat mein Opa immer gesagt.«

»Aber die andere ist ein Sahneschnittchen«, antwortete sein Nebenmann, »und gerade noch vor dem Verfallsdatum.«

»Sorry, Jungs, heute keine Party«, rief Kitty und deutete auf den Picknickkorb, den Anna ihr abgenommen hatte und dessen Inhalt mit einem karierten Handtuch abgedeckt war. »Wir begraben unsere Katze, die ist an Rio gestorben.«

»Fuck, das tut mir leid«, sagte der Präsident, und es klang verblüffend empathisch. »Dann macht’s mal gut, ihr zwei. Und die Rio-Mieze schön tief verbuddeln!« Er hob die Hand und gab der Gruppe ein Zeichen. Sekunden später waren sie im Pulk davongedonnert und hinterließen eine Staubwolke, die sich träge auflöste.

Erleichtert lachend legten die Frauen die letzten Hundert Meter zurück, bei Kittys Lieblingsplatz setzten sie sich am Baggersee auf einen Baumstumpf. Kitty deckte den Korb auf. Es gab Geflügelsandwiches, frisches Baguette mit Käse und Parmaschinken, Cocktailtomaten und Weintrauben. Dazu eine Flasche Château de Nages, derzeitig Kilians Lieblingsrotwein.

»Du warst ganz schön cool«, sagte Anna, als sie anstießen. »Das fand ich übrigens schon damals, als du das KiZ betreut hast; schön, dass wir uns wiedergetroffen haben.«

»Dito«, erwiderte Kitty und überreichte Anna einen Digitalstift, den sie als kleines Dankeschön erstanden hatte, da er sich laut sämtlichen Bewertungsportalen besonders zum Zeichnen eignete.

»Danke noch mal für die Rettungsaktion bei Kilians Katastrophe.« Sie hob ihr Glas. »Auf unsere Männer!«

»Auf unsere Viererbande!«, ergänzte Anna, und ihre Augen leuchteten, als sie den Stift auspackte.

Sie aßen schweigend und schauten aufs Wasser. Eine Entenfamilie mit fünf winzig-wolligen Küken schaukelte vorbei. Die Friedlichkeit der frühen Abendstimmung ließ die Begegnung mit den *AnarCondas* surreal erscheinen.

»Haben wir nicht Glück in all dem Unglück?«, fragte Kitty ins Blaue. »Vier eingefleischte Singles, die sich plötzlich in zwei Wohngemeinschaften wiederfinden.«

Anna sah schweigend aufs Wasser.

»Na?«, hakte Kitty nach.

»Klar doch«, sagte Anna und erzählte vom Buchprojekt, das Fortschritte machte, wenn auch langsamer, seit sie die Kondomkampagne begonnen hatte. Der erste Teil von *Irgendwo ist überall* war fast fertig und beschrieb in Wort und Bild die brutale Abholzung des Regenwaldes und die Wildtierflucht in die Favelas, wo die putzigen Äffchen munter das Virus verteilten, das sie selbst verschonte, doch den Slumbewohnern Krankheit und Tod brachte. Und das dann die Reichen und Schönen in Rio heimsuchte – um sich anschließend über Linien- und Billigflieger in der gesamten Welt auszubreiten.

»Ich hatte noch nie einen Menschen, mit dem ich meine Leidenschaft fürs Zeichnen und Schreiben teilen konnte«, schloss Anna. »Genau davon habe ich immer geträumt.« Sie legte eine Pause ein und biss in ihr Geflügelsandwich.

»So ähnlich wie bei John Updike?«, fragte Kitty. »*To share the basic understanding of life?*«

»Das trifft es. Aber nicht nur. Es ist auch noch immer die perfekte Chemie, egal, ob im Bett oder sonst wo.«

Kitty sah sie aufmerksam an. »Aber?«

Anna trank einen Schluck Rotwein. »Kein echtes Aber. Aber *eine* Singlewohnung für *zwei* Individualisten. Kein Rückzug, außer wenn ich gelegentlich rausmuss. Und draußen tobt Rio. Draußen hat man Angst. Draußen friert man und will rein. Und drinnen wird es dann ein bisschen stickig. Für ihn mehr als für mich ...« Sie hielt inne, einmal ausgesprochen, wurde vage Wahrgenommenes zur unabweisbaren Erkenntnis.

»Ich ahne, was du nicht sagst«, durchbrach Kitty das Schweigen. »Als Tabea die ersehnte Präsenz zur ständigen machte, ist eher Enge als Nähe entstanden?«

Kitty hatte den Nerv getroffen, der Damm brach. Fast überschlug sich Annas Stimme. Wie sehr Ben ihr sogenanntes »Engagement für die Preuss-Connection« verabscheute. Mit Mühe war es gelungen, ihm das *Schwangeren-Refugium* plausibel zu machen, doch auf die Kondomkampagne hatte er harsch eifersüchtig reagiert, vor allem auf die Zeichnung für Petri. Was sie ja andererseits auch nicht unschmeichelhaft fand ...

Kitty schüttelte energisch den Kopf. »Ich mag Ben sehr. Doch es ist ein alter Frauenfehler, Eifersucht als Zeichen der Zuneigung zu werten. Andere Kerle - okay. Aber wenn er auf berufliche Chancen außerhalb der Beziehung eifersüchtig wird, dann ist das machomäßiges Monopoldenken.«

»Hm«, machte Anna nachdenklich. »Klingt nach persönlicher Erfahrung?«

Kitty lächelte melancholisch. »Jung verheiratet bin ich bald nach dem Studium bei meiner ersten IT-Firma die Karriereleiter hochgefallen. Mein Mann tingelte währenddessen mit seiner Rockband über Land, und Dorfhochzeiten waren die Höhepunkte des Erfolges. Das ging nicht lange gut.«

Anna biss in ihr Sandwich. »Kenn ich. Erfolgreiche Frauen wecken den männlichen Jagdinstinkt, aber auf Dauer braucht das Ego eine, die aufschaut. Ben ist da anders. Unabhängig von Statusdenken. Und begabt. Und fünfzehn Jahre jünger. Irgendwann wird er Erfolg haben, und die Frauen werden ihm zu Füßen liegen, während ich gegen Falten, Fett und Cellulite kämpfe.«

»Einspruch! Verdacht auf Verlustangst. Sorge dich nicht um des anderen Liebe! Wichtig ist, ob *du* ihn liebst. Camus hat das auf den Punkt gebracht: *Nicht geliebt zu werden, ist nur misslicher Zufall, nicht zu lieben jedoch ist Unglück.*«

»Du weises Wesen«, sagte Anna. »Und jetzt Schluss mit Zitaten, jetzt bist du dran!«

Mittlerweile stand die Sonne tief, eine Brise kräuselte das Wasser. Kitty umschloss ihr Glas mit beiden Händen.

Kilian zu sich zu nehmen sei alternativlos, begann sie. Zumindest bis er in seinem Castle wieder zurechtkäme und den Schlafbereich über die Leiter erklimmen könne. Doch ihr Liebster hatte auf diesen Vorschlag ambivalent reagiert, einerseits glücklich - er suchte stets maximale Nähe. Andererseits freudlos bedrückt, da das Angebot der Not geschuldet war.

Der Schlaganfall hatte Kilian verändert, sein Charme und der trockene Humor blitzten bisweilen durch, überdeckten aber nur kurzfristig die depressiv-morose Stimmung, und manchmal geriet sein Sarkasmus zum resignativen Zynismus.

Leider konnten Logopädin und Krankengymnastin nicht

regelmäßig mit ihm trainieren, da die meisten ihrer Kolleginnen wegen Rio in die Notfallversorgung versetzt waren. Beide hatten sich immerhin Zeit genommen, Kitty einige Übungen zu zeigen. Die sie eisern mit ihm absolvierte. Fortschritte waren merkbar, aber es gab auch schlechte Tage, an denen kaum etwas ging. Noch immer war die linke Hand kraftgemindert, er zog das Bein nach, und die Sprache war schleppend. Manchmal fürchtete Kitty, Kilian sei ihr böse, dass sie ihn mit dem Üben ›so quälte‹, doch vor allem war er wütend auf sich selbst, weil es so langsam voranging. Immer wenn Kilian sie angemault hatte, verfiel er in totale Zerknirschung, entschuldigte sich tausendfach und versicherte sie seiner Liebe und Dankbarkeit.

Was schon bei stundenweisen Besuchen in der Klinik schwierig war, würde ab morgen, allein mit ihm in der Wohnung, keinesfalls leichter werden.

Depressive Episoden seien nach Schlaganfall nicht außergewöhnlich und oft vorübergehend, versuchte Anna zu trösten. Solange die Liebe noch intakt war …

Kitty seufzte. »Zu viel Dankbarkeit kann der Liebe abträglich sein und die Leidenschaft zerstören. Weniger bei dem, der vermeintlich seinem Partner Gutes tut, als eher bei dem, der das annehmen muss.«

Anna runzelte die Brauen. »Ich weiß, was du meinst. Aber wie war das noch mal mit dem Camus-Zitat?«

¤ ¤ ¤

24. April

Marios Memo für PK Impfstoffzulassung

Denk dran: Das Wording ist so wichtig wie nie!!!

- Verdienst der frühzeitigen Beschaffung herausstellen!
- Priorisierung nur ganz kurz anreißen, keine Details. Auf den Ethikrat verweisen! Bei Nachfragen: Ausweichen!!
- Thema Alter über 75: Meiden! Wenn Nachfrage: Medizinische Gründe nennen (Alte sind empfindlicher für Nebenwirkungen, deshalb ist Studienlage der Vorsicht geschuldet). Keinesfalls kommunizieren, dass die Alten diesmal zuletzt drankommen.
- Kein Wort zu Problemen mit der STIKO oder deren Zickerei wegen der chinesischen Daten!
- Falls das Thema Impfpflicht aufkommt: Ausweichen!

(Preuss tritt ans Mikrofon, blass, aber mit strahlendem Lächeln.)

»Meine Damen und Herren, heute ist ein historischer Tag. Der erste Impfstoff gegen das HeLiPa-Virus wurde von der Europäischen Arzneimittelkommission EMA zugelassen. Die Prüfung der Daten durch die ständige Impfkommission STIKO ist nur eine Formsache, und die entsprechende Empfehlung wird zeitnah erfolgen.

Zugelassen ist der Impfstoff für Zwölf- bis Fünfundsiebzigjährige, eingeschlossen sind auch Schwangere. Für jüngere Kinder und Hochaltrige liegen noch keine ausreichenden Daten vor.

Wir waren natürlich umsichtig und hatten schon vorab zwanzig Millionen Dosen reserviert, dabei haben wir das Risiko in Kauf genommen, nicht zu wissen, ob die Zulassung wirklich erfolgt. Heute konnten wir weitere fünfundzwanzig Millionen bestellen, was erheblicher Anstrengungen bedurfte, denn China und die USA hatten sich große Kontingente gesichert. Es ist mir in langen und schwierigen Gesprächen mit meinen chinesischen Kollegen gelungen, für Deutschland eine größere Menge herauszuhandeln als alle anderen europäischen Staaten. Erfreulicherweise hat uns diesmal die EU keine Fesseln angelegt, nun hoffen wir auf eine baldige Lieferung.

In der Phase einer begrenzten Verfügbarkeit und bis zur Marktreife der anderen fünf Impfstoffe in der Warteschleife kommen wir anfänglich um eine Priorisierung nicht herum, sind aber zuversichtlich, dass sich das bald ändert. Details werden derzeit vom Ethikrat ausgearbeitet. Da momentan unserer kritischen Infrastruktur ein kompletter Kollaps droht, werden Mitarbeiter in systemrelevanten Berufen zuerst geimpft, allen voran medizinisches Personal in Kliniken, Praxen und Laboren sowie Lehrer und Erzieher.

Meine Damen und Herren, zwar liegt noch ein hartes Stück Arbeit vor uns, dennoch wird heute erstmals ein Licht am Ende des Tunnels sichtbar - der Sieg über diese furchtbare Pandemie, die nicht nur fast zehn Prozent der Erkrankten tötet, sondern auch unter den vermeintlich Genesenen viele dauerhaft Behinderte zurücklässt. Als ehemaliger Leistungssportler darf ich es in einem Bild formulieren: Wir sind im Marathon bei Kilometer dreißig!

Vielen Dank!«

(Der Moderator bittet die per Video zugeschalteten Journalisten, sich kurzzufassen und jeweils nur eine Frage plus Nachfrage zu stellen.)

Frage: »Sie nennen bei der Priorisierung im medizinischen Bereich Kliniken, Praxen und Labore. Haben Sie die Alten- und Pflegeheime in Ihrer Aufzählung vergessen?«

Minister: »Nein, der Ethikrat ist da noch dran. Aber in der Anfangsphase sind Altenpfleger und Heimbewohner nicht in der höchsten Priorisierungsgruppe.«

Nachfrage: »Verstehe ich es richtig: Die Erzieherin, die in der Kita mit Kindern spielt, wird geimpft, während die Pflegekraft, die alte Menschen füttert, leer ausgeht. Nimmt die Politik damit nicht in Kauf, dass hochaltrige Heimbewohner angesteckt werden und sterben?«

Minister: »Was die Politik *nicht* in Kauf nimmt ist, dass die Gesellschaft im Chaos versinkt. Kritische Infrastrukturen sind nun mal Einrichtungen mit lebenswichtiger Bedeutung für das Gemeinwesen, das bei deren Ausfall zusammenbrechen würde. Wenn wir Schulen und Kitas dichtmachen, fallen deren Eltern aus, zum Beispiel Krankenschwestern oder Feuerwehrleute. Altersheime leisten für den Erhalt dieser Funktionsfähigkeit keinen so unmittelbaren Beitrag.«

Nachfrage: »Sind Großeltern nicht …?«

(Moderator unterbricht. »Bitte nur eine Frage und Nachfrage. Als Nächstes bitte Frau Heinz vom Ärzteblatt.«)

Frage: »Ich finde es nachvollziehbar, dass Kinder erst in Studien aufgenommen werden, wenn Daten von Erwachsenen vorliegen. Unverständlich ist mir aber, dass es für über Fünfundsiebzigjährige keine ausreichenden Zahlen gibt. Sind jüngere Kollektive bevorzugt untersucht worden, und ist das nicht eine Art von Altersdiskriminierung?«

Minister: »Für die Konzeption wissenschaftlicher Studien bin ich weder zuständig noch verantwortlich. Ich nehme an, dass sich die Probandenauswahl bei einem neuen Impfstoff unter anderem danach richtet, wem mögliche Nebenwirkungen besonders gefährlich sein könnten. Alte Menschen haben da ein höheres Risiko.«

Nachfrage: »Werden Sie, sobald die entsprechenden Daten vorliegen, eine Priorisierung nach Alter vornehmen, um Hochaltrigen, also den schwächsten und schutzbedürftigsten Mitmenschen, eine Infektion zu ersparen?«

Minister: »Diese Pandemie macht uns alle zu Schutzbedürftigen! Und es sind nun mal nicht die Schwachen, die das Gemeinwesen am Laufen halten. Außerdem kann HeLiPa in jedem Alter tödlich sein, deshalb ist die Impfung zunächst für Menschen derjenigen Altersgruppen vorgesehen, die für das Funktionieren unserer Gesellschaft unmittelbar notwendig sind.«

Nachfrage: »Wie sieht das denn dann bei den Kindern aus, die ja auch keinen aktuellen Beitrag zum Erhalt der Infrastruktur leisten?«

Minister: »Kinder leisten vielleicht keinen *aktuellen* Beitrag, sehr wohl aber einen *langfristigen.* Sie werden nämlich irgendwann Steuern und unsere Renten bezahlen.«

Frage: »Verstehe ich Sie richtig, dass Sie bei ausreichender Datenlage zunächst Kinder impfen, weil die in der Zukunft Steuern zahlen - und erst in zweiter Linie alte Menschen, die ihre Steuern über Jahrzehnte in der Vergangenheit gezahlt haben?«

Minister *(unwirsch):* »Das habe ich so nicht gesagt, aber prinzipiell ist die Politik für die Gestaltung der Gegenwart und Zukunft verantwortlich. Und dafür, zu erledigen, was ansteht. Ihre Frage steht im Moment überhaupt nicht zur Diskussion.«

Frage: »Wie wir wissen, ist es aus ethischen Gründen nicht ohne Weiteres möglich, Schwangere für Studien zu rekrutieren. Wie kann es sein, dass es da schon so früh ausreichend Daten für die Zulassung gibt? Wo sind diese Untersuchungen durchgeführt worden?«

Minister: »Die Daten kommen aus China, da liegt die Messlatte für den Einschluss schwangerer Frauen für klinische Studien etwas niedriger.«

Nachfrage: »Die Zulassung erfolgt also auf der Basis von ethisch fragwürdigen Studien, bei denen werdende Mütter als Versuchskaninchen dienten, noch bevor ausreichend Daten bei anderen Probanden vorlagen?«

Minister: »Was soll unethisch daran sein, dem Schutz ungeborenen Lebens besondere Priorität einzuräumen? Schließlich gibt man freiwilligen Probandinnen in einer Studie die Chance, sich und ihr Baby vor einer tödlichen Infektion zu schützen.«

(Moderator kündigt an, noch zwei Fragen zuzulassen, zunächst von Herrn Heck vom Heimatforum.)

Frage: »Herr Minister, planen Sie die Einführung einer Impfpflicht?«

Minister: »First things first! Lassen Sie uns doch erst mal den Impfstoff beschaffen! Über Impf*pflicht* können wir uns den Kopf zerbrechen, wenn wir allen ein Impf*angebot* gemacht haben. Ich glaube nicht, dass es bei Rio viele Impfverweigerer geben wird ...«

Nachfrage: »Herr Minister, wenn Sie diese verfassungsrechtlich wichtige Frage als Gesundheitsminister schon nicht beantworten wollen, können Sie uns wenigstens sagen, ob Sie persönlich für eine Impfpflicht sind.«

Minister: »Selbstverständlich!«

(Moderator: »Unsere Zeit geht zu Ende, bitte nur noch eine kurze Frage.«)

Frage: »Möchten Sie Ihre letzte, einsilbige Antwort nicht wenigstens begründen?«

Minister: »Erstens war die Antwort viersilbig, und zweitens können wir es uns als Staat nicht leisten, verbohrten Uneinsichtigen, denen HeLiPa das Hirn dauerhaft verflüssigt hat, eine lebenslange Pflege zu finanzieren.«

¤ ¤ ¤

1. Mai

Aisha erwiderte kaum ihren Morgengruß, als Anna das Sekretariat betrat.

»Chefin, Sie glauben es nicht! Den Preuss hat's jetzt auch erwischt.«

Anna trat hinter ihre Sekretärin, die im PC ein Nachrichtenportal aufgerufen hatte.

Arian Preuss notfallmäßig in Berliner Klinik eingeliefert.
Bereits gestern hatte es Spekulationen über den Gesundheitszustand des Ministers gegeben, nachdem Preuss sich nach mehrmaligem Husten frühzeitig aus einer Sitzung verabschiedet und einen abendlichen Pressetermin nicht wahrgenommen hatte. Sämtliche Personen, mit denen Preuss näheren Kontakt hatte, wurden auf HeLiPa getestet, bislang sind keine Ergebnisse bekannt geworden.
Wegen vorangegangener Morddrohungen gegen Preuss und seine Familie wurde die aufnehmende Klinik geheim gehalten und eine Nachrichtensperre verhängt.
Der Gesundheitsminister hatte sich vor zwei Wochen mit seinem österreichischen Kollegen getroffen, der kurz danach an HeLiPa erkrankte. Spekulationen, auch Preuss habe sich infiziert, werden bislang weder bestätigt noch dementiert.

»Das geschieht ihm recht«, kommentierte Aisha.

»Rio wünscht man seinem ärgsten Feind nicht«, rügte Anna. »Und Minister Preuss hat Ihnen nix getan.«

»Ich bin zwar Türkin«, gab Aisha zurück. »Aber da gibt es

ein schwäbisches Sprichwort. *Wie's Gscherr, so der Herr.* Der persönliche Referent vom Minister, dieses Mega-A ...«

Anna hob die linke Hand und legte den rechten Zeigefinger auf die Lippen. »Falls dieses Sprichwort zutrifft, gilt es auch für Herr*innen*«, sagte sie streng. »Und dann bin ich beleidigt, wenn Sie jetzt Ihren Gossensprech auspacken!«

Ein bisschen schämte sich Anna für den Impuls zu lachen, den sie sich sofort verbiss.

¤

Rio-Geburten waren bei allen Mitarbeitern gefürchtet, meist übernahm Anna sie selbst. Nachdem sich zu Pandemiebeginn weltweit Ärzte und Schwestern bei der Entbindung infiziert hatten, war eine Leitlinie erstellt worden, die für HeLiPa-positive Mütter routinemäßig die Entbindung per Kaiserschnitt vorsah.

Die Infektion der jungen Mutter war nach einem mittelschweren Verlauf bereits am Abklingen, die Lungenfunktion aber noch eingeschränkt, so hatte der Anästhesist einige Probleme; die Operation verlief hingegen problemlos. Das Neugeborene war ein prachtvolles Mädchen von dreitausendsechshundert Gramm und brüllte kräftig, als die Hebamme erbarmungslos Nase und Rachen abstrich.

Dann kam der spannendste Moment: Der Test beim Baby war negativ. Zwar würden Mutter und Kind sich zum Schutz des Neugeborenen erst zwei Wochen nach dem letzten negativen Test der Patientin kennenlernen, dann aber stand beiden eine riofreie Zukunft offen: Die Patientin war mutmaßlich immun und hatte hoffentlich dem Baby schon im Mutterleib ihre Antikörper weitergegeben. Anna und die Hebamme tauschten einen Blick, dessen tiefes Einverständnis für einen Augenblick alles Rio-Elend der Welt auslöschte.

¤

Als Anna gegen vier Uhr nachmittags aus dem Kreißsaal zurückkehrte, fand sie Aisha blass und bedrückt.

»Chefin, Sie hatten recht, mit mir zu schimpfen«, platzte sie heraus. »Ich sag so was nie wieder.«

Anna sah ihre Sekretärin verständnislos an, dann schaute sie auf das Handy, das Aisha ihr reichte.

Breaking News: Nach einer soeben eingegangenen Mitteilung der Charité ist Bundesgesundheitsminister Arian Preuss am frühen Nachmittag nach intensiven Wiederbelebungsversuchen auf der Intensivstation verstorben. Über die Todesursache wurden vorerst keine Angaben gemacht, es lag jedoch keine Fremdeinwirkung vor. Seit seinen Ankündigungen zur Impfpriorisierung hatten der Minister und seine Frau mehrmals Morddrohungen erhalten.

Anna bat um einen Tee und schickte Aisha nach Hause.

Auf dem Pad fand sie eine Textnachricht von Ben: *Ich wollte dir für unser erstes Date im Castle eine selbst gemachte Pizza mit frischen Artischocken servieren. Ist das okay?*

Anna war gerührt, bei ihr gab es die Lieblingspizza immer als Tiefkühlkost, aufgepeppt mit ein bisschen Käse.

Froh, noch eine Stunde Zeit für sich zu haben, versuchte Anna, den inneren Aufruhr zu sortieren. Ihre Verstörung galt nicht vornehmlich Arian Preuss, dem seligen Kotzbrocken. Sie fand, dass miese Menschen durch den Tod nur zu besseren wurden, weil man nicht mehr unter ihnen litt. Aber mitten in der Pandemie würde sein Ableben ein Loch reißen. Möglicherweise verlor MP die Position als graue Eminenz im Ministerium. Ein neuer Chef würde sich mit eigenen Vertrauten umgeben.

Zwar empfand Anna aufrichtiges Mitgefühl für Mechthild, aber ihre diffuse Traurigkeit war mehr dem möglichen Verlust ihrer eigenen Perspektive geschuldet. Die Einbindung in die Kampagne zur Rio-Aufklärung hatte eine neue und überraschend beglückende Dimension in ihren ärztlichen Alltag gebracht und die Gelegenheit geboten, den Wunsch nach professioneller Nützlichkeit mit dem Spieltrieb ihrer künstlerischen Sehnsucht zu verbinden. Was sie umso mehr vermissen würde, als sie sich widerwillig eingestehen musste, dass ihr Raketenstart mit Ben sich auf mittlerer Reiseflughöhe eingependelt hatte. Tendenz Sinkflug.

Zunächst hatte Tabea sie räumlich zusammengebracht und dann emotional entfernt. Dabei sehnte sie sich mit jeder Faser nach Ben und dem Gefühl des Angenommenseins, das er ihr gab. Endlich Heimat. Die abrupt wieder wegbrach, als er Kilians Anfrage, während seiner Krankheit das Castle zu hüten, so prompt und freudig angenommen hatte. Für Anna war sein Umzug ein schmerzlich kränkender Rückzug, obwohl ihr Kopf ihn als Chance begriff, durch räumliche Distanz die frühere Nähe wieder zu beleben.

Sie textete an Ben: *Schöne Idee! Ich freu mich auf dich und die Pizza.*

Dann goss sie sich eine weitere Tasse Tee ein und schrieb an die Witwe des Ministers.

Liebe Mechthild, ich möchte dir mein tiefes Mitgefühl aussprechen. Wie du weißt, teilte ich in vielen Punkten die politische Ausrichtung deines Mannes nicht, vor allem manche Aussagen in seiner letzten Pressekonferenz. Aber da wurde er durch den Shitstorm in der Öffentlichkeit sicher genug gestraft. Außerdem hat er in dieser Krise Mut bewiesen, viele richtige Entscheidungen getroffen und zahlreiche Leben gerettet. Ich glaube, dass ein erheblicher Teil davon auf deinen Einfluss zurückging, auch wenn das hinter den Kulissen geschah und von der Öffentlichkeit nur ansatzweise wahrgenommen wurde. Falls er Opfer der Pandemie wurde (?), die ihr beide bekämpft habt, fände ich das tragisch. Unabhängig von der Todesursache ist es furchtbar, dass er dich mit deiner kleinen Tochter zurücklässt, die ihren Vater nicht wirklich kennenlernen konnte.

Ich wünsche dir die Kraft, trotz Trauer dein Engagement im Kampf gegen die Pandemie fortzusetzen. Wo immer ich dich dabei weiterhin unterstützen kann, werde ich das gerne tun. Ich hätte aber auch volles Verständnis, wenn du nach dem furchtbaren Verlust und den scheußlichen Morddrohungen all das hinter dir lassen und dein Leben anders gestalten würdest. Falls ich dir in dieser schweren Zeit helfen kann, lass es mich wissen. HG Anna

¤

Die Pizza war matschig, Ben war mit Kilians Backofen nicht zurechtgekommen. Dabei hatte er Anna etwas Besonders bieten wollen, sich viel Mühe gegeben, den Teig dünn auszurollen und dann mit Artischocken, Salami und frischen Pilzen zu belegen. Dazu gab es Prosecco, er wollte Anna verwöhnen zur Feier des Tages; schließlich war es ihr erster gemeinsamer Abend in seinem neuen Übergangsdomizil.

Nun hatte ihm der Preuss einen Strich durch die Rechnung gemacht, sein plötzlicher Tod ließ keine gute Laune aufkommen. Anna schien ernsthaft angefasst, Ben versuchte, seine klammheimliche Schadenfreude zu verbergen, konnte sich einige despektierliche Bemerkungen aber nicht verkneifen. Preuss' vorzeitiges Ableben komme wohl zur unpassenden Zeit, und eine qualifizierte Nachfolge für den Gesundheitsminister sei nicht in Sicht, wer strebe schon in diesen Zeiten freiwillig nach einem Schleudersitz, dessen Abwurfwahrscheinlichkeit mit jeder getroffenen Entscheidung steige? Vielleicht seine karrieregeile Gattin? Doch die sei ja nun trauernde Witwe und würde als Alleinerziehende eines Kleinkindes so einen Kraftakt ja gar nicht stemmen.

»Du hast bei Preuss immer nur das Negative benörgelt«, gab Anna kühl zurück. »Nie hast du seine Verdienste gesehen. Und ich sage dir, du unterschätzt seine Frau.«

»Sorry, es fällt schwer, das Positive bei einem Politiker zu sehen, der eine Katastrophe für seine Karriereambitionen missbraucht. Vielleicht hat Rio ja zurückgeschlagen und ihn mit dem Tod bestraft. Und keinesfalls unterschätze ich Frau Petri. Sie ist eine ebenso kalte Kalkulatorin wie ihr Mann. Aber selbst wenn deine neue Freundin ihren verblichenen Gatten beerben wollte, würde der Kanzler das verhindern. Der hat die Preuss-Petri-Connection gefressen.«

Anna schwieg, nur ihre Nasenflügel blähten sich.

»Nix für ungut«, beschwichtigte Ben. »Ich freu mich einfach, wenn du endlich mehr Luft für unser Projekt hast als für das Preuss-Marketing der Petri.«

Er hob sein Glas in der Hoffnung, das Brabbelwasser könnte die Stimmung aufhellen. »Möge Preuss in Frieden ruhen«, toastete er. »Auf die Lebenden! Auf uns und auf Kilian und sein Castle.«

Sie stießen an, und Anna sagte: »Ich wünsche dir alles Gute in deinem neuen Zuhause. Des einen Freud, des anderen Leid ...«

Nach kurzem Überlegen entschied Ben, die Zweideutigkeit ihrer Worte zu ignorieren, indem er vorgab, ihren Spruch auf Kilian zu beziehen. Er hoffte, zu verbergen, dass er es genoss, wieder sein eigenes Reich zu haben. Was aber nicht an Anna lag, die er noch immer für die Frau seines Lebens hielt. Vielleicht an ihrer Wohnung, vielleicht an Rio – aber eigentlich an etwas nicht Greifbarem, das sich verselbstständigt hatte und Distanz schuf, gerade wenn man Nähe suchte.

»Kilian wird sicher bald wieder fit«, sagte er. »Falls meine Hütte bis dahin immer noch nicht repariert ist, darf ich dann noch mal Asyl bei dir suchen? In der Zwischenzeit kannst du dich ein bisschen von mir erholen.«

»Schauen wir mal«, war ihre lakonische Antwort.

¤

Das Fiepen ihres Handys unterbrach das Schweigen und lieferte Anna einen Vorwand, sich zu entschuldigen. Sie ging zur Spüle, goss sich ein Glas Wasser ein und las Mechthilds Message.

Liebe Anna,

danke für deine Anteilnahme, die mir viel bedeutet, da ich bei dir weiß, dass sie ehrlich gemeint ist.

Zu deiner ungestellten Frage nach der Todesursache: Nein, mein Mann hatte kein Rio. Dennoch wurde er Opfer der Pandemie – teilweise auch Opfer seiner selbst. Umgebracht hat ihn der Stress des

Krisenmanagements, vielleicht auch der Hass, der ihm besonders nach der letzten PK entgegenschlug, bei der er sich vor Begeisterung über die Impfstoffzulassung zu unabgesprochenen Äußerungen hat hinreißen lassen.

Arian ist an seinem zweiten Herzinfarkt gestorben, dessen Warnzeichen er erneut ignoriert hat und den er auch diesmal wieder geheim halten wollte.

Auf dein Angebot, mir zu helfen, werde ich gerne zurückkommen. MM hat auch schon Unterstützung signalisiert. Und ich werde Frau von Kittwitz fragen, ob sie bei speziellem Bedarf als »Privathackerin« einspringt. Das wird ein Power-Glückskleeblatt!

Nichts wird mich davon abhalten, mein politisches Engagement fortzuführen, wenn möglich sogar meine bisherige Kampfzone hinter den Kulissen nach vorne zu verlegen. Und ich werde jemanden an meiner Seite brauchen; die Erfahrung hat mich gelehrt, wie selten loyale Mitstreiter im politischen Universum sind.

Natürlich weiß ich nicht, wie alles weitergeht. Doch ich hatte heute ein überraschend angenehmes Telefonat mit dem Kanzler, der mir kondoliert und mich seiner Wertschätzung versichert hat, die er mir als medizinischer Expertin, aber auch als Person entgegenbringe – und zwar ganz unabhängig von früheren Differenzen mit meinem verstorbenen Mann. Wichtig sei in diesen Zeiten eine Bündelung der fachlichen Kompetenz, und er hoffe, weiterhin auf mich zählen zu können.

Kann er. Fragt sich nur, was man mir anbietet …

Falls ich den entsprechenden Gestaltungsspielraum bekomme, würde ich dich u. a. gerne für eine Aufklärungskampagne zur Impfung gewinnen. Du hast das Talent, komplexe Sachverhalte so zu formulieren, dass sie auch jeder Laie versteht – und wer damit immer noch überfordert ist, kapiert spätestens mit den Zeichnungen, was gemeint ist. Nichts ist in diesen Zeiten so wichtig wie eine für Menschen jeder Bildungsstufe verständliche und einleuchtende Kommunikation. Auch wird man manches geraderücken müssen, was in Aris letzter PK schief rüberkam. Er gehörte zu denen, die glaubten, mit der Impfung sei ein großer Teil der Probleme gelöst (Kilometer 30 beim Marathonlauf!). Ich sehe das anders: Viele Probleme fangen mit der Impfung erst an. Umso wichtiger, dass man sie mutig angeht!

Darf ich dich kontaktieren, sobald der Beerdigungsrummel vorbei ist?

Danke, dass du an meiner Seite bist. LG MP

Anna spürte die Wangen wärmer und den Puls schneller werden. Sie trank einen Schluck Wasser, schickte Mechthild als Emoji einen hochgereckten Daumen und kehrte an den Tisch zurück.

Ben starrte sie mit gerunzelten Brauen an. »Was treibt dir diesen rosigen Schimmer ins Gesicht? Scheint ja eine gute Nachricht zu sein. Darf man sich vielleicht mitfreuen?«

Annas Hirn rotierte in gegenläufigen Spiralen - mit ihm zu teilen, was wichtig war, versus Meiden verminten Terrains?

»Darf man«, antwortete sie. »Ich habe heute eine Rio-Patientin entbunden. Von ihrer Risikogeburt hat sie sich gut erholt, ihr Baby ist wunderbarerweise HeLiPa-negativ und durch die Mutter auch noch immun gegen das Virus.«

Ben lehnte sich zurück, ein Lächeln glättete sein Gesicht und vertrieb den missmutigen Ausdruck. In seinem Blick lag wieder ein Strahlen, das warme Wellen über Annas Nacken flimmern ließ.

Er griff nach ihrer Hand. »Echt wunderbar. Bei einem Menschen bleibt die Pumpe stehen, während durch deine Hände ein neues Wesen ins Leben purzelt, geschützt gegen dessen größte Gefahr - wie Siegfried nach dem Drachenblutbad. Solange es solche Wunder gibt, kann die Welt doch wohl nicht verloren sein?«

¤ ¤ ¤

Nachwort und Dank

Liebe Leser:innen, danke dass Sie bis zum Schluss durchgehalten haben und mir nicht verübeln, dass ich Sie mit manch losen Enden zurücklasse. Ich bin gespannt, wo Sie im Spektrum zwischen Happy End und Katastrophe - oder auf der Skala zwischen Utopie, Dystopie und Apokalypse - den Ausgang sehen.

Formal gehört dieser Roman zum Genre der Dystopien, in Wikipedia definiert als: *meist in der Zukunft spielende Erzählung, in der eine erschreckende oder nicht wünschenswerte Gesellschaftsordnung dargestellt wird.*

Für die Sichtbarkeit solch erschreckender Entwicklungen wirkt die Pandemie in *Amazonah* wie ein Brennglas und zeigt die zunehmend klaffende Schere zwischen Privilegierten und Prekariat, eine Politik, die postdemokratische und patriarchalische Züge aufweist, sowie Politiker, die Katastrophen für Partikularinteressen und Wahlkampf nutzen. Andererseits gibt es konsequente Maßnahmen, die jedoch ins Leere laufen, wenn die Angst der Menschen stärker wird als ihr Freiheitsdrang.

Die Krise bringt sowohl die besten als auch die schlechtesten Charakterzüge im Menschen ans Licht. Vernunft kämpft gegen Halbwissen, Wissenschaft gegen Verschwörungswahn. Ausgang ungewiss. Doch in *Amazonah* zeigt sich auch, dass Liebe nicht nur in Zeiten der Cholera möglich ist. Ein älteres und ein jüngeres Paar finden sich und trotzen als Viererbande dem Elend. Frauen tun sich zusammen und werden kreativ - abseits der konventionellen Pfade.

Manches klingt nach Déjà-vu. Einmal mehr stellt sich die Frage nach der menschlichen Lernfähigkeit und wohin deren Fehlen führt - oder ob gar die Apokalypse droht. *Dys Topos* heißt *schlechter Ort*. Die Leser:innen mögen beurteilen, ob *Amazonah* eine »lupenreine« Dystopie ist oder der Hoffnung Raum lässt, Empathie und Engagement könnten den schlechten Ort zu einem besseren machen. Die Modellierer haben uns schließlich gelehrt, dass die Hochrechnung aktueller Daten, je nach angenommenem Szenario, verschiedene Prognosen für die Zukunft erlaubt, da der Datensatz aus zahlreichen Variablen besteht - und kleine Änderungen in deren Zusammenspiel große Unterschiede bewirken können.

Amazonah entstand vor Beginn des Ukrainekrieges und die denkbaren Schreckensvsionen, die sich daraus für die Zukunft der Menschheit ergeben, bleiben deshalb unberücksichtigt. Die Romanentstehung lag auch vor dem Ausbruch der Affenpocken, die Wahl des Löwenäffchens als Infektionsüberträger war davon unbeeinflusst.

Romanautoren haben die Freiheit, Szenarien zu erfinden, die einem Faktencheck nicht standhalten müssen. Für *Amazonah* wollte ich dies Privileg nur bedingt nutzen und eine Geschichte erzählen, die sich so weit an bestehenden Realitäten orientiert, dass sie sich plausiblerweise abspielen könnte wie beschrieben. Obwohl in der Zukunft spielend, wurde im Roman den medizinischen Sachverhalten der heutige Stand der Wissenschaft zugrunde gelegt. Die entsprechenden Quellennachweise finden Interessierte im Literaturverzeichnis.

Unabdingbar für die Beschreibung einer Pandemie war die Suche nach einem geeigneten Virus. Ich danke PD Dr. Thomas Hoenen (Institut für Molekulare Virologie und Zellbiologie,

Friedrich-Loeffler-Institut) für die Empfehlung des Henipa-Virus, das nach kleinen schöpferischen Modifikationen seiner biologischen Eigenschaften eine ideale Vorlage für das fiktive HeLiPa-Virus bot (siehe Quellenverzeichnis).

Besonderen Dank schulde ich meinem virologischen Gewissen, Frau Dr. Sandra Diederich (Institut für neue und neuartige Tierseuchenerreger, Friedrich-Loeffler-Institut). Als Henipa-Expertin und Leiterin des BSL-4-Labors am FLI hat sie mich in allen epidemiologischen Fragen kompetent beraten, mir wertvolle Anregungen gegeben und die Manuskriptentstehung mit einem virologischen Faktencheck begleitet.

Weiterhin danke ich:

Daniel Horowitz, der für die Gestaltung des Covers und der Illustrationen die wesentlichen Anliegen von *Amazonah* zu ihrer Essenz destilliert und so dem Roman eine sinnliche Qualität verliehen hat.

Claus Sautter, der mich als Künstler bei der Gestaltung dieses Buches inspiriert und unterstützt hat und von dem die Idee zum Romantitel stammt.

Andreas Pawlenka, der mich bei der Entstehung des Romans unermüdlich mit wohlwollend kritischer Rückmeldung begleitet, unterstützt und mitunter geerdet hat.

Dieter Durchdewald, der mit Rat zur Seite stand, wenn ich vor lauter Bäumen nicht mehr durch den Wald sah.

Dr. Felicitas Igel, meiner Lektorin, die mich auf einer gemeinsamen Wellenlänge abholt, meine gelegentliche Neigung zum schwarzen Humor teilt und deren konstruktiv kritische Anregungen den Text bereichert haben.

Eva Wagner, die im Schlusskorrektorat zielsicher und zuverlässig die Fehler und Inkonsistenzen aufspürte, die wir alle zuvor übersehen hatten.

Jasmin Zitter, die mit liebevoller Gnadenlosigkeit ihren Finger auf die Schwachstellen des Plots gelegt und mich zur Optimierung ermutigt hat.

Dirk Peschl, der beim Layout sämtliche Änderungs- und Extrawünsche geduldig, gutgelaunt, prompt und präzise umgesetzt hat.

Beate Leopold, die mir seit Jahrzehnten als Fels in der Brandung in allen Höhen und Tiefen beisteht.

Last, aber kein bisschen least:

Dr. Verena Sautter, die mich immer aushält, in allem unterstützt und mich auch in Pandemiezeiten durch ihre Liebe vor der Misanthropie bewahrt hat.

Lou Bihl

Glossar

Antigentest: Mit einem Antigentest werden Moleküle nachgewiesen, die der Körper als fremd erkennt und gegen die er beim Kontakt sogenannte Antikörper bildet. Typische Antigene sind Eiweiße auf der Zelloberfläche von Bakterien, Pilzen und Viren. Antigentests sind für einen Infektionsnachweis weniger zuverlässig als ein PCR (siehe unten).

Antikörper: Proteine, die als Reaktion auf bestimmte (schädliche) Stoffe (Antigene) gebildet werden. Antikörper sind ein wichtiger Bestandteil des Immunsystems und neutralisieren Krankheitserreger wie Bakterien und Viren.

Asperger-Syndrom (Asperger-Autismus) ist eine autistische Entwicklungsstörung. Sie geht unter anderem mit einem begrenzten Einfühlungsvermögen, eingeschränkter sozialer Kompetenz und ungewöhnlichen Sonderinteressen einher.

Assistierte Reproduktion (früher: künstliche Befruchtung): Oberbegriff für verschiedene Verfahren, die mit medizinisch-technischen Hilfsmitteln eine Schwangerschaft bei Frauen mit unerfülltem Kinderwunsch erzielen.

Benzodiazepine (umgangssprachlich *Benzos*): Medikamente, die angstlösend, beruhigend, schlaffördernd (oder schlaferzwingend) und muskelentspannend wirken.

Betablocker: Wirkstoffe, die Betarezeptoren blockieren und so die Wirkung der »Stresshormone« Adrenalin und Noradrenalin hemmen. Dadurch werden Herzfrequenz und Blutdruck gesenkt.

DHEA: Dehydroepiandrosteron ist das am häufigsten vorkommende Steroidhormon im menschlichen Körper. DHEA ist die Vorstufe sowohl für männliche Sexualhormone (Androgene) als auch für weibliche Sexualhormone (Östrogene) Wird als Nahrungsergänzungsmittel mit angeblichem Anti-Aging-Effekt gehandelt.

Descensus: Gebärmuttersenkung oder -vorfall durch Dehnung der Haltebänder.

Eklampsie: schwere Erkrankung in der Schwangerschaft mit hohem Blutdruck, Schwellungen (Ödemen), Nierenschädigung und Eiweißverlust.

Enzephalitis: Entzündung des Gehirns, meist infektiös bedingt, hervorgerufen durch Viren, seltener durch Bakterien oder Pilze. Sie kann auch als Autoimmunerkrankung auftreten (Multiple Sklerose).

Fetopathie: Folge einer Schädigung des ungeborenen Kindes während der Fetalperiode (ab der 9. Schwangerschaftswoche)

FFP2-Masken: filtern mindestens 94 % aller Partikel aus der Luft. Herkömmlicher Einsatz: Arbeitsschutz (z. B. Staubpartikel). Bei Infektionskrankheiten: Filterung von Aerosolen, die Krankheitserreger enthalten. Im Gegensatz zu chirurgischen Masken, die nur das Umfeld schützen, besteht bei FFP2-Masken auch ein Schutz für den Träger.

Gammahydroxybuttersäure, GHB: als Droge oder *K.-o.-Tropfen* bekannt. Sie wird fälschlicherweise auch als *liquid ecstasy* bezeichnet, ist aber pharmakologisch nicht mit Ecstasy (MDMA) verwandt. In niedriger Dosierung hat GHB eine anregend-euphorisierende Wirkung, höher dosiert führt sie zu komatösen Zuständen.

Henipavirus: Gattung behüllter Viren aus der Familie *Paramyxoviridae*, die fünf Spezies umfasst. Aus der Bezeichnung für zwei dieser Virusarten, *Hendra-Virus* und *Nipah-Virus*, wurde der Gattungsname gebildet. (Detailinformationen siehe Quellenverzeichnis).

HeLiPa: Henipa-Like Paramyxovirus, ein fiktives Virus, das dem Henipa-Virus ähnlich ist und das über Aerosole und Kontaktinfektion verbreitet wird.

Inkontinenz: unkontrollierter Abgang von Urin oder Stuhl.

IVF – In Vitro Fertilisation: Nach Stimulation der Eierstöcke durch Hormone werden der Frau Eizellen aus dem Eierstock entnommen und in einem Reagenzglas mit den Spermien des Partners vermischt. Erfolgt eine Befruchtung und entwickeln sich die befruchteten Eizellen weiter, wird ein Embryo in die Gebärmutter zurückübertragen.

Inkubationszeit: zeitliches Intervall zwischen Ansteckung mit einem Krankheitserreger und dem Auftreten der ersten Symptome.

KIT: Karlsuher Institut für Technologie

Koronarangiografie: invasives bildgebendes Verfahren, das mithilfe von Kontrastmitteln über einen Herzkatheter den Innenraum der Herzkranzgefäße sichtbar macht. Sie ermöglicht damit die Darstellung (und ggfs. Aufdehnung) von Verengungen, sogenannten Koronarstenosen.

Kryokonservierung: Einfrieren von Zellen oder Gewebe in flüssigem Stickstoff. Mithilfe dieses Verfahrens ist es möglich, die Vitalität der Zellen nahezu unbegrenzt aufrechtzuerhalten.

Leihmutterschaft: Austragung einer Schwangerschaft für eine Frau, die ihren Kinderwunsch nicht selbst realisieren kann (oder will). Das Kind wird nach der Geburt den Wunscheltern überlassen, die nicht die genetischen Eltern sein müssen. Nach § 1 Abs. 1 Nr. 7 des Gesetzes zum Schutz von Embryonen (ESchG) ist es strafbar, bei einer Ersatzmutter eine künstliche Befruchtung durchzuführen oder einen menschlichen Embryo auf sie zu übertragen. Die Leihmutter selbst und die künftigen Eltern bleiben straffrei.

MDMA: Partydroge, chemisch 3,4-Methylendioxy-N-methylamphetamin. Wirkt durch Anhebung des Serotoninspiegels euphorisierend, empathiefördernd und empfindungsverstärkend.

Parainfluenza: wird durch verschiedene humane Parainfluenzaviren aus der Familie der Paramyxoviren verursacht, die grippeähnliche Symptome auslösen. Die Viren sind weltweit verbreitet. Die Übertragung erfolgt durch Tröpfcheninfektion.

Paramyxovirus: gehört zu den behüllten einsträngigen RNA-Viren. Sie verursachen beim Menschen und vielen Tierarten vorwiegend respiratorische Erkrankungen, können aber auch schwere systemische Verläufe nehmen. Wichtigste Erkrankungen sind Masern und Mumps.

PCR (Polymerase-Kettenreaktion): Vervielfachung eines kleinen Teiles des Erbgutes (DNA bzw. RNA). Dazu wird das Enzym DNA-Polymerase verwendet. Die Produkte vorheriger Zyklen dienen als Ausgangsstoffe für den nächsten Zyklus und ermöglichen eine exponentielle Vervielfältigung. Goldstandard im Nachweis von Viruserkrankungen.

Periduralanästhesie: Verfahren zur Betäubung von Rückenmarksnerven, mit dem verschiedene Körperbereiche großflächig schmerzunempfindlich werden. Dazu wird eine kleine Menge Betäubungsmittel in den Periduralraum gespritzt, der das Rückenmark umgibt.

Pränataldiagnostik: Untersuchungen, in der Frühschwangerschaft, mit denen bestimmte Erkrankungen und Behinderungen des ungeborenen Kindes festgestellt werden können

Polytoxikomanie: eine Form des Drogenkonsums, bei der zwei oder mehr psychotrope Substanzen involviert sind.

Replikation: Vervielfältigung der Nukleinsäuremoleküle (z. B. DNA, RNA) als Träger der Erbinformation einer Zelle oder eines Virus.

Reproduktionszahl (R_0, Basisreproduktionszahl): Startwert zu Beginn einer Pandemie, der beschreibt, wie viele andere Menschen eine infizierte Person im Mittel ansteckt. Annahme: Die gesamte Bevölkerung kann sich anfänglich mit dem Virus anstecken, da zum Ausgangszeitpunkt noch niemand immun ist, kein Impfstoff verfügbar ist und noch keine Infektionsschutzmaßnahmen getroffen wurden. Die Basisreproduktionszahl ist eine Größe, die für eine bestimmte Bevölkerung zu einem bestimmten Zeitpunkt ausgerechnet wird, und somit kein allgemeingültiger Wert.

Respiratorisch: die Atmung betreffend. Respiratorische Erkrankungen sind solche der Atemwege.

Sequenzierung: Biochemische Analyse der Reihenfolge (Sequenz) der 4 Aminosäuren, aus der die Bausteine der der Erbsubstanz bestehen (Bei RNA-Viren : Adenin,Cytosin, Guanin, Uracil, acil)

Social Freezing: vorsorgliches Einfrieren unbefruchteter Eizellen ohne medizinische Notwendigkeit. Damit erhalten sich Frauen die Chancen auf eine Schwangerschaft in fortgeschrittenem Alter. Ursprünglich war die Eizell-Konservierung für jüngere Krebspatientinnen vor Chemotherapie vorgesehen.

Spermiendichte: Anzahl der Spermien pro Milliliter. Gemäß WHO ist zur erfolgreichen Befruchtung eine Spermienzahl von mehr als 15 Millionen / ml erforderlich.

STIKO: Die Ständige Impfkommission ist eine ehrenamtliche, politisch und weltanschaulich unabhängige Expertengruppe in der Bundesrepublik Deutschland, die beim Robert Koch-Institut in Berlin angesiedelt ist.

Stroke Unit: neurologische Station, die auf schnelle Diagnostik und Therapie von Patienten mit Schlaganfall spezialisiert ist.

Totimpfstoff: inaktivierter Impfstoff, der abgetötete Krankheitserreger oder deren Bestandteile enthält, die vom Körper als fremd erkannt werden. Sie regen das körpereigene Abwehrsystem zur Antikörperbildung an, ohne dass die jeweilige Krankheit ausbricht.

Virustatikum: Substanz, die die Vermehrung von Viren hemmt.

Vitrifizierung: Verfahren zum schnellen und schonenden Einfrieren von Biomaterial (z. B. Eizellen oder Embryonen), meist mit Flüssigstickstoff und Zusätzen, die eine Kristallisation verhindern. Damit wird die Chance erhöht, die Vitalität zu erhalten (siehe auch Kryokonservierung).

Zervixkarzinom: Gebärmutterhalskrebs

Zoonosen: Infektionskrankheiten, die von Bakterien, Parasiten, Pilzen, Prionen oder Viren verursacht und wechselseitig zwischen Tieren und Menschen übertragen werden können.

Medizinische Literatur

Aditi and M. Shariff. »Nipah virus infection: A review.« *Epidemiology and infection* vol. 147 (2019): e95. doi:10.1017/S0950268819000086

COMMISSION RECOMMENDATION of 17.3.2021 on a common approach to establish a systematic surveillance of SARS-CoV-2 and its variants in wastewaters in the EU

Chatziparasidou, Alexia et al. »Accumulation of oocytes and / or embryos by vitrification: a new strategy for managing poor responder patients undergoing pre implantation diagnosis.« *F1000Research* vol. 2 240. 12 Nov. 2013. doi:10.12688/f1000research.2-240.v2

Chen, Jieliang. »Pathogenicity and transmissibility of 2019-nCoV-A quick overview and comparison with other emerging viruses.« *Microbes and infection* vol. 22,2 (2020): 69–71. doi:10.1016/j.micinf.2020.01.004

Delamater P. et al. »Complexity of the Basic Reproduction Number (R_0) Emerging Infectious Diseases.« *www.cdc.gov/eid* vol. 25, No. 1, January 2019

Geisbert, Thomas W. et al. »Therapeutic treatment of Nipah virus infection in nonhuman primates with a neutralizing human monoclonal antibody.« *Science translational medicine* vol. 6,242 (2014): 242ra82. doi:10.1126/scitranslmed.3008929

Gurley, Emily S. et al. »Twenty Years of Nipah Virus Research: Where Do We Go From Here?« *The Journal of infectious diseases* vol. 221, Suppl 4 (2020): 359–362. doi:10.1093/infdis/jiaa078

Gurley, Emily S. et al. »Person-to-person transmission of Nipah virus in a Bangladeshi community.« *Emerging infectious diseases* vol. 13,7 (2007): 1031–1037. doi:10.3201/eid1307.061128

Meissner, C. et al. »Awareness, knowledge, and perceptions of infertility, fertility assessment, and assisted reproductive technologies in the era of oocyte freezing among female and male university students.« *Journal of assisted reproduction and genetics* vol. 33,6 (2016): 719–729. doi:10.1007/s10815-016-0717-1

NIOSH [2020]. Filtering facepiece respirators with an exhalation valve: measurements of filtration efficiency to evaluate their potential for source control. By Portnoff L, Schall J, Brannen J, Suhon N, J. U. S. Department of Health and Human Services, Centers for Disease Control and Prevention, National Institute for Occupational Safety and Health, DHHS (NIOSH) Publication No. 2021-107. https://doi.org/10.26616/NIOSHPUB2021107

Payne, Kelly et al. »Twenty-First Century Viral Pandemics: A Literature Review of Sexual Transmission and Fertility Implications in Men.« *Sexual medicine reviews* vol. 8,4 (2020): 518–530. doi:10.1016/j.sxmr.2020.06.003

Playford, Elliott Geoffrey et al. »Safety, tolerability, pharmacokinetics, and immunogenicity of a human monoclonal antibody targeting the G glycoprotein of henipaviruses in healthy adults: a first-in-human, randomised, controlled, phase 1 study.« *The Lancet. Infectious diseases* vol. 20,4 (2020): 445–454. doi:10.1016/S1473-3099(19)30634-6

Schindell, Brayden G. et al. »Persistence and Sexual Transmission of Filoviruses.« *Viruses* vol. 0,12 683. 2 Dec. 2018. doi:10.3390/v10120683

S2e Leitlinie zur Akuttherapie des ischämischen Schlaganfalls AWMF-Registernummer 030-046 Version 2021

https://de.statista.com/statistik/daten/studie/235/umfrage/anzahl-der-geburten-seit-1993/

Sarji, S. A. et al. »MR imaging features of Nipah encephalitis.« *AJR. American journal of roentgenology* vol. 175,2 (2000): 437–442. doi:10.2214/ajr.175.2.1750437

Shi, Yuhua et al. »Transfer of Fresh versus Frozen Embryos in Ovulatory Women.« *The New England journal of medicine* vol. 378,2 (2018): 126–136. doi:10.1056/NEJMoa1705334

Soman Pillai, Vinod et al. »Nipah Virus: Past Outbreaks and Future Containment.« *Viruses* vol. 12,4 465. 20 Apr. 2020. doi:10.3390/v12040465

K. Stark et al. Robert Koch-Institut, Berlin. Die Auswirkungen des Klimawandels. Welche neuen Infektionskrankheiten und gesundheitlichen Probleme sind zu erwarten? *Bundesgesundheitsblatt* 2009 DOI 10.1007/s00103-009-0874-9 © Springer-Verlag 2009

Tan, Rhh et al. »Virus-neutralising antibody responses in horses following vaccination with Equivac® HeV: a field study.« *Australian veterinary journal* vol. 96,5 (2018): 161–166. doi:10.1111/avj.12694

Westhaus, Sandra et al. »Detection of SARS-CoV-2 in raw and treated wastewater in Germany – Suitability for COVID-19 surveillance and potential transmission risks.« *The Science of the total environment* vol. 751 (2021): 141750. doi:10.1016/j.scitotenv.2020.141750

WHO (R&D) Roadmap Nipah Research and Development, May 2018 – DRAFT FOR PUBLIC COMMENT

Wong, Kum Thong. »Emerging epidemic viral encephalitides with a special focus on henipaviruses.« *Acta Neuropathologica* vol. 120,3 (2010): 317–325. doi:10.1007/s00401-010-0720-z